U0565767

清秋子 著

汉家天下

第二部

刘邦定鼎

河南文艺出版社
·郑州·

图书在版编目(CIP)数据

刘邦定鼎/清秋子著. —郑州:河南文艺出版社,2016.12(2021.1 重印)

(汉家天下)

ISBN 978-7-5559-0427-4

Ⅰ.①刘… Ⅱ.①清… Ⅲ.①长篇历史小说-中国-当代 Ⅳ.①I247.5

中国版本图书馆 CIP 数据核字(2016)第 220192 号

策　　划　刘晨芳
责任编辑　刘晨芳
责任校对　赵红宙
装帧设计　刘运来　张　萌
责任印制　张　阳

出版发行　河南文艺出版社
本社地址　郑州市郑东新区祥盛街 27 号 C 座 5 楼
邮政编码　450018
承印单位　河南瑞之光印刷股份有限公司
经销单位　新华书店
开　　本　787 毫米×1092 毫米　1/16
印　　张　22.25
字　　数　310 000
版　　次　2016 年 12 月第 1 版
印　　次　2021 年 1 月第 2 次印刷
定　　价　45.00 元

印厂地址　河南省武陟县产业集聚区东区(詹店镇)泰安路
邮政编码　454950　　电话　0371-63956290

目　　录

*　　*　　*　　　　*　　*　　*

序　汉家雄风今犹在

作家清秋子的长篇历史小说《汉家天下》第一部在出版之前，出版社编辑给我看了原稿，并嘱我写一篇文字加以评说。我却之不恭，于是遵嘱，在这里写一点读后的感想。

注意到清秋子的历史写作，是在数年前，我曾应邀为他所撰的历史人物传记《武则天：从尼姑到女皇的政治博弈》写过一篇短序，对他在写史方面的功力颇有印象。如今翻开他这部厚重的书稿，粗读一遍，感觉他的写作在数年间大有精进，已深得历史小说写作的堂奥。

《汉家天下》从"楚汉争锋"开始写起，作者用文学的形式表现了那一段金戈铁马的风云史。自司马迁的《史记》问世以来，这段扣人心弦的历史可谓家喻户晓，若想在史料基础上加以生发，不是一件容易的事，故而初展卷之时，我不免替作者担心。然而在看过数页之后，便立刻放下心来——作者书写历史故事的才华，当下能及者甚少。

读此稿，令我印象深刻的，首先是书中人物的鲜活。写历史小说，难就难在这里，主人公们必须是古代的人，但又要让今人能够理解。读者读过之后，要对他们的一言一行、一颦一笑能够会心。本书作者在司马迁给出的史料基础上，大大发挥了他独到的文学想象力，使得刘邦、项羽及一大批那个时代的风云人物活了起来。

可以说,《汉家天下》的写作,是“有温度”的历史写作,古籍上的人物,到了这部书里,有了血肉,有了声音,有了清晰可感的动态形象。以刘邦为例,他的那种痞、那种韧性、那种包容的胸怀,都是通过各种生动的细节表现出来的。通过一个个的具体细节,一个活脱脱的平民皇帝便跃然纸上。

我一向认为,写历史小说切忌表面的热闹,历史叙事应该有一个鲜明而强大的内核,也就是如何提炼主题。我感觉清秋子在这方面是颇为用心的。西哲有言曰:“所有的历史都是当代史。”此话有一定道理。历史是有传承的,传统的文化几千年来绵延不绝,至今对我们日常生活的影响还很大。清秋子在本书中所强调的“民本”意识,读来触动人心,令人浮想联翩。我想,这就是历史小说不可或缺的魂魄。

本书令我感喟的,还有作者在叙事结构上不凡的功力。楚汉之争期间,战争频仍,许多战役的线索本来就错综复杂,如何将这些事件逐个讲清楚,又不能让事件淹没了人物,作者在这方面处理得非常好。对于多场战争的描绘,详略得当,各有侧重,毫无重复之感;并且经过精心的结构布局,使人物性格在战争场面中逐步延伸展开,直至揭开人物的内心世界。

再有,即是本书在虚实方面的处理也很妥帖。可以说,从总体框架看,《汉家天下》是严格按照历史事实来写作的,即使是想象发挥,也都是有所本的,是一种文学性的“复原”,完全可以把它当作史实来读。但是其中有几个虚拟人物的随机出场,又似神来之笔,恰到好处地烘托了真实的历史人物,于厚重之中又添了几分飘逸。

读这部书稿,我数度有爱不释手的感觉。作者延续了我国古代章回小说的传统写法,融会贯通,加以发扬。其场面的逼真,情节的跌宕,叙说的流畅,都可称为一流文字。在当代,能读到如此古朴而又灵动的文字,是一件令人惊喜的事。

在当今,关于历史的书写可谓浩如烟海,在众多的作品中,《汉家天下》是一部极具个性的作品,必然会在当代历史小说的创作史上留下印记。

数年之前,我曾如此评价过清秋子的写作:“在他的书里,历史是经,文学是纬,从而使一般读者认为十分枯燥的历史,有了血肉,有了温度,能够走进人心里。”在今天,我仍是这种感觉。

据称,《汉家天下》是一部系列长篇历史小说,后面可能还有更精彩的描写。我愿等待作者一部部地写出来,好好把它通读一遍,以享受这种历史与文学的融合之美。

一、将军忍将良弓藏

项羽战亡之际，天寒地冻，本是萧瑟季节；然而在垓下北郊，汉军大营内，却是一派喜庆。众将士经多年征战，皆劳顿不堪，此时忽然没了敌手，顿觉身心俱畅。儿郎们在军帐内歇息数日，只觉得憋闷，都跑出军帐来，相互角力，比试掷石，以此嬉戏。

数日内，自晨至昏，汉王刘邦不知受了多少臣下致贺，诸臣都称灭楚为“万世之功”，谀辞不绝，翻来覆去，直听得耳朵窍里都冒出油来。

故而这日晨起，刘邦便唤来左丞相曹参，吩咐传令诸将：“所有虚礼皆免，都不要来絮聒了，各自守住营垒，不扰民便好。”

曹参走后，刘邦又唤来陈平，劈面便嗤笑道：“你看诸将，都是血溅战袍、创痕遍身，独你这典军者，袍上连个血渍都没有，若非天佑，便是你躲懒，哪里像个上战阵的人！来来，寡人也须沾些你的福气，今日无事，为我诵读《太公兵法》，先养养神再说。”

陈平道了一声：“臣惭愧。”便席地坐下，拿过案头一卷简册，展开来读。

刘邦脱了鞋履，箕踞于榻上，闭目聆听。喧嚣中，有了这书声琅琅，便觉分外提神，听到精妙处，不时抚膝赞叹。

正在悠然之间，忽闻天际传来一阵雷鸣，如山崩地裂，震耳欲聋。刘邦浑身便是一颤，兴致全消。

那滚雷又响了数声，便戛然而止。刘邦忙爬起来，倒趿鞋履冲出帐去，仰起头来望天。只见漫天彤云密布，一派欲雪天气，他脸色便发白，倒吸一口冷气道："冬日里，如何打雷？莫非是天象示警？"当即命中郎将徐厉，速去传太史令来。

陈平此时走出大帐，却一伸臂，拦住徐厉道："且慢！"

刘邦回首瞥了一眼，笑道："陈平兄，又有何高见？"

陈平道："今日闻冬雷，正当其时，君上何须问太史令？"

刘邦睁大双目，讶异道："哦？这又是何道理？"

"冬日雷震，夏日雨雪，皆为逆天之象。应合这人间之事，恐是喻示：倒行逆施者，必难久长也。"

"莫非说这冬雷，是应了项王败亡？"

"正是。此天象所应人事，必为项王之死，而无他！乌江浦距此地，不过五百里。依臣之推算，吕马童等诸将，最迟于今日，就该携项王首级归来。"

"哦？"刘邦被提醒，心内不觉一动。再望望大营内外，见儿郎们也都为冬雷所惊吓，停住了嬉戏，面面相觑。

刘邦便有些恼恨，对徐厉道："项王死了，居然能吓得住活人！你去传令，命儿郎们擂鼓奏乐，闹他一闹。"

待徐厉领命退下，刘邦便与陈平返回帐内。不须片时，大营各处便是金鼓齐鸣，兼以丝竹之声，一片鼓噪。

陈平闻之，不由大喜，抬眼望了望刘邦，以为君上也必是满面喜色。却不料，只见刘邦神色黯然，僵坐于榻上，动也未动一下。

陈平先是一惊，转而一想，便知刘邦心中亦是哀悯，于是连忙敛容坐下。

君臣如此默坐，也不知过了几时，忽闻帐外有马蹄橐橐，由远及近，驰至帐门前停下。一员骁将自马背滚下，进帐来禀报："大王，王翳、吕马童等五将，已携回项王尸身，稍后即至。"

来者原是中郎将周緤，此前两日，他奉刘邦之命，往东去打探消息，半路恰遇见吕马童一行携尸返回。周緤验看了项王头颅，知此事已坐实，便飞马先回大营报信。

刘邦望一眼周緤面孔，不禁一笑：“寡人知道了。看你尘土满面，哪还有半分威仪？莫教同僚辈笑话，快退下洗洗吧。”

徐厉等一众近侍，见周緤飞骑归来，都知项王头颅今日必定传回，各个高兴，蜂拥奔进大帐来，要向君上贺喜。

却不料，刘邦却霍然起身，下令道：“项王虽薨，然终究为尊者，稍后尸身送回，须以诸侯之礼入殓。你等且退下，传令各军统统归帐，不得喧哗，不得出帐观看，违令者，杀头，定不赦！”

众人闻言，都不禁咋舌，连忙分头去传令。

待众人退下后，刘邦回首对陈平道：“陈平兄，你去请齐王韩信来。你二人，便守在这帐外，待验看项王尸身无误，再来禀报。”

陈平领命，出得帐来，即唤来谒者仆射随何，请他速去传召韩信。

韩信得了传令，急忙赶来，满脸都是喜气，只想一睹项羽首级。陈平见他来，忙拉住他衣襟，耳语了数句。韩信听了，神情不禁一凛，当下便与陈平在帐前立定，等候吕马童一行前来报捷。

两人负手等候，却迟迟不见五将踪影，只得耐下性子，不住地朝远处张望。

如此等了多时，只见东方尘头大起，一队军马骤驰而来。前头五将，在辕门前下了马，各自牵了马匹，昂然而入。大营内各处兵卒，因军令之故，都不敢擅动，只躲在军帐内探头张望。

经陈平布置，自辕门至汉王大帐前，有军卒执戟排列，甚是隆重。走在前头的王翳，胸前所挂包袱，即是项王头颅。后面四将，各抢得项王一肢，皆驮于马背之上。

一行人来至汉王大帐前，只听陈平一声招呼，徐厉立时拿来一匹白绢，铺于地上。五将神色肃然，各卸下项王头颅、四肢，于白绢之上拼好。陈平便敛了敛气，拉了韩信上前验看。

此景端的是悲壮之极！但见那项王尸首，虽是战袍褴褛，血污遍体，却仍是须髯偾张，双目圆睁，似随时都可发出雷霆之吼……

陈平朝那尸身看了一眼，便面色发白。韩信到底是胆大，弯腰看清了无误，便朝陈平以目示意，请陈平进帐去禀报。

陈平略稳一稳神，吸了口气，转身进了帐，高声禀道："齐王与臣适才验看，确是项王尸首无疑，请大王亲自验看。"

刘邦闻言站起，正欲出帐，忽又止了步，只缓缓道："项王，故人也。你二人既然看了，自是无误。"

陈平便劝道："大王，灭楚大业，乃千秋之事。今大功告成，还请大王亲眼验看为好。"

刘邦闭了双目，默然半晌，眼角忽有泪水涌出，仰头叹道："项籍兄，广武山一别，尚不足三月，如今……兄之勇烈，我刘季是万不能及呀！"便对陈平挥挥手道："算了，寡人如何能有心情验看？便由你操持吧，用上等棺木装殓，以车载之，随队而行，日后择地安葬。"

陈平领命，正要退下，刘邦又吩咐道："去唤那五将来吧，寡人要当面嘉勉。"

陈平便提醒道："大王，先前曾有军令，得项王首级者，封万户侯。"

"这个自然，五将均可封侯。"

"哦？莫非……要封五个万户侯？"

"荒唐！"刘邦脸上，这才有了些许笑意："如此封赏，岂不是要将天下都赔光了？只一个万户侯，由五人均分；若嫌不够，再多赐半个万户亦不妨。"

陈平一笑，忙将五将唤进帐来。只见那五将，甲胄整齐，鱼贯而入，满身犹有杀气。到得刘邦跟前，便一字排开施礼，礼毕，各个都有得意之色。

刘邦逐一望过去，频频颔首，赞道："虎将，虎将！今日得此大功，恐是祖坟埋得好。待来日封侯，你等子孙袭爵，保万世富贵，定要羡煞众人了。"

五将喜得眉飞色舞，又一齐拱手谢恩。刘邦便戟指吕马童道："将军，项王是你旧主，那乌江边上，你如何下得了手？"

吕马童正自得意，遭此一问，不禁满面惶悚，俯下头去，不能对答。

刘邦遂大笑道："你心肠到底是比我硬！好了，封侯之事，待天下平定之后再说，寡人既有旨，便决不食言。今晚你等都好生歇息，教那灶上好好备一餐饭。"

五将齐声谢恩，揖礼毕，便各自归营去了。

陈平跟着出帐，招呼了一声，众郎卫便一齐上来，七手八脚将项王尸身移走，自去装殓了。刘邦这才踱出帐来，叹息道："项王年方三十二，便如此殁了，寡人实有不忍。"

韩信意气正盛，兴冲冲道："臣则为大王贺！项王横霸天下，终告倾覆；我汉家上下，从此可以安枕了。"

刘邦却挥挥袖道："此时庆功，尚且过早，楚地尚有东海、江东等处未降。这便召各位文武来议吧，教那诸王也来，将此事早做筹措。"

韩信一时血涌，以手按剑，慨然应道："项王既薨，残余不足为虑。请大王引军自回关中，臣愿率齐军，往东南去，将那楚军统统荡平。"

刘邦望了望韩信，微微笑道："垓下之战，齐王居功甚伟。今后这些枝节小事，就不必劳你费神了。"

韩信大失所望，只得退后一步，默然无语。

少顷，英布、彭越、曹参、周勃、樊哙、夏侯婴等一众豪雄，都奉召前来。刘邦便也不讲究礼数，与众人围坐一起，议起用兵之事来。

刘邦道："项王自号'西楚霸王'，乃因楚之根本，皆在彭城以西。如今西楚数郡，大部已定，楚实已覆亡。然我辈不可骄矜自大，今江东之东楚、江陵之南楚，尚有楚军余众数万，不单是未降，且都怀复仇之心，诸君可大意不得。依寡人之意，明日即遣别军两支，将东楚分头略定，不知何人愿当此任？"

此言甫毕，在座诸人便都纷纷起身，争相请命，唯周勃稳坐不语。刘邦便笑道："还是周勃兄厚重！罢罢，此功便给了你吧。自明日起，你率别军一支，前往平定泗水、东海，逐城而夺，务要剪草绝根。"

周勃便霍地起身，唱喏领命。

刘邦又道:“再看那灌婴部,已兵临江东,也是大意不得。楚之江东,乃是项氏旧巢,人心素不向汉。可传令灌婴不必班师,备好渡船,过江去攻吴县(今属江苏省苏州市)。待吴县攻破,再南下平定豫章、会稽两地。楚之余孽,乃我之大患,不得稍有姑息。大军所到之处,只须以刀剑说话,无论良莠,逆之者亡!”

听了刘邦这番布置,众人都狂呼叫好。曹参高声道:“灌婴虽年少,其锋芒却甚锐,追杀项王,未出旬日便将首级传回,今日率军荡平东南,当不在话下。”

刘邦大喜道:“好!我便在这垓下静候,只待南北两路捷报。”

韩信此时,神色却颇显不安,从座中起身建言道:“臣以为,今后兵事,有诸王及各将安排,大王无须多虑,只管引军返归关中。若放心不下,可先撤至洛阳,静观一时。这垓下左近,千里蒿草,满目凄凉,岂是久留之地?”

刘邦却摇头道:“齐王勇气可嘉,寡人不及。然事有奇正之变,哪里有一定之规?寡人时来常思:楚虽三户,尚可亡秦;吾辈新得天下,岂能无忧?吾意已决,楚地不平,不离垓下。”

韩信略作踌躇,便又道:“如此也好。垓下为福地,在此必能等来捷报。只是……我齐军自南下以来,经垓下恶战,折损甚多,人马三去其一,余者亦多疲极。如今既无仗可打,不如臣先行班师,回齐地也好休息。”

“哦?你目下还有多少人马?”

“除去灌婴一部,尚有二十万余。”

刘邦便连连摇头:“齐王不能走!有你这二十万雄兵在侧,我方可睡得安稳。”

韩信不禁面露诧异:“大王亦有兵马二十万,且半为老营精兵。今楚已败亡,仅存余烬,又何惧之有?”

刘邦苦笑道:“寡人用兵,怎与将军相比?不过屡败屡战而已。二十万兵又有何用?近来,曾数次梦见项王活转过来,惊出我一身冷汗。故而寡人之意,齐王还是暂留此地,以防楚地复叛。”

见刘邦执意挽留,韩信也只得应了,不再多言。

刘邦见韩信怏怏不乐,便对众人道:“齐王方才想庆功,也属常情。也罢,寡人这便置酒，为诸君庆功。”

当下，仆射随何一声唤，便有涓人出来，将筵席摆上。诸将见有酒饮，都喜形于色，纷纷解甲，不分尊卑，席地而坐。

酒过三巡，众人开怀大悦。刘邦环视座中，笑道：“吾提剑安天下，唯赖诸君。汉家诸将，可了不得！威名加于四海，何人可敌？”

韩信亦知刘邦心思，忙应道：“武人仗剑，匹夫耳，岂有多智？唯陛下马首是瞻，方能横行天下。”

刘邦闻言，微笑不语，忽瞄见随何立在座侧，便指着随何对众将道：“哈哈，还是武人有用。定天下，安用腐儒哉？”

众将亦随刘邦视之，见随何身形单薄，似手不能缚鸡之状，不禁哄堂大笑。

随何正侍立于刘邦身后，闻诸将哄笑，便略一揖，不慌不忙问刘邦道：“昔年大王引兵攻彭城，倘使项王不回军，大王率步卒五万、骑士五千，能擒来英布吗？”

刘邦一怔，只得答道：“不能。”

“然大王曾遣臣与二十人，出使淮南，至九江，劝降九江王英布。以此观之，臣之贤能，胜于步卒五万、骑五千也。然大王却指臣为腐儒，且称‘定天下，安用腐儒’，又是何故呢？”

“这个嘛……咳咳！”刘邦脸一红，忙改口道，“爱卿之功，也甚是了得！如何打赏，容寡人思之。”

诸武将闻随何之言，皆有所感，纷纷敛容起身，向随何拱手致礼。

果然未及旬日，刘邦便有谕令下，加随何为护军中尉，官职与陈平相等，分陈平之权，朝夕随驾顾问。诸将闻令，无不惊异，再也不敢小觑随何。

此后半月间，刘邦拥大军驻在垓下，日日怵惕，不敢有半分松懈。闲来无事，便阅看各地传回的军书，也无心召婢女来洗脚了。

如此等候，至汉王五年（公元前 202 年）正月间，南北两路，果然都有捷报传至。周勃所领两万人马，北上之后，便如风卷残云，横扫泗水、东海两郡，攻下二十二城，多是兵锋所至，楚民便开门迎降了。

然灌婴所部渡江后，却意外遭逢劲敌。那吴县的守将景阳，乃楚之孤臣孽子，不甘受灭国之辱，闭门抗拒，竟致汉军寸步难进。

灌婴见坚城难下，已引得江东楚军气焰复炽，心里便烦躁。这日他骑马督战，在吴县城下，闻城头守卒叫骂，忽想起汉王破曹咎之计。便命所部后撤，在城郊席地而坐，打起项王灵幡，向城上祖宗八代地乱骂。

这一计，果然灵验。汉军辱骂已故项王，直激得景阳气血上涌，当下率兵倾巢而出，唯求一战。城中的楚卒，都知国破主亡，已再无生路，各个抱定决死之心，勇猛异常。两军厮杀开来，竟难分胜负。然灌婴所率的郎中骑，毕竟多了些历练，战了大半日，渐渐发起力来，长戟飞舞，迭次冲阵，终大破楚军，击杀景阳，这才将吴县平定。

吴县既下，衡山王吴芮在邾县（今湖北省武汉市邾城）孤悬于外，便也无心再守，当即传檄天下，易帜降汉。

楚上柱国陈婴闻之，亦在江东率部降汉，声言要过江来觐见汉王。这位陈婴，早年曾是义帝辅臣，在楚地声望甚高。他之降汉，震动甚广，江东一带立呈瓦解之势。

刘邦在大营得知后，不由大喜，忙驰书灌婴，嘱他务必优待降臣。又函告陈婴暂不必朝见，且与灌婴合兵，略定会稽、豫章两地。

此后情势，正如刘邦事前所料，一入正月，天下便大定。楚之遗民，皆知霸王犹如始皇帝，脑门上写了“暴虐”两字，万年也洗不干净。一旦国亡，便永无复国之望，于是皆俯首称臣，再无反心。

然于此间，仍有一南一北两座城不服。

南边的这一个，乃是临江王的都城江陵（今湖北省荆州市），地处南楚。自霸王分封至今，四年来，临江王的王号已传了两代。那老王共敖，原是战国故楚之贵胄，秦末投了项梁义军，成了楚怀王身边的重臣，官至上柱国。项羽西征咸阳之时，共敖也曾相随，曾领兵一支击破南郡（今湖北省荆州市一带）。后项王分封天下，念他是楚贵胄，便给了他这个临江王做。封地在楚之旧都江陵，也算是恰合身份。

待到刘邦传檄伐楚时，各路诸侯群起相从，独独临江王不予理睬。然楚汉后来在荥阳相持之际，共敖为明哲保身计，却又未发一兵一卒助楚。

老王共敖身体不佳，已于年前过世，其子共尉便袭了王号。至项王战殁之时，老王共敖已死了一年有余，其子共尉血气方刚，只认楚为正统，偏就不来降汉。

刘邦得知此情，心里便发了狠，悄悄唤来刘贾、卢绾，吩咐道："临江王共尉，尚有乳臭，却敢与我汉家作对，寡人必不相饶，定要灭之而后快。今楚地归服，天下初定，再无甚大仗好打了，末尾的这份功劳，便赏了你二人吧。"

刘贾、卢绾顿觉大喜。刘贾应道："千里游击，为我所长。今赴江陵，定要提得共尉头颅回来。"

刘邦却是连连摇头，告诫道："临江凭山临水，有兵法所云之地利。其疆土辽阔，堪比楚汉、三秦，都城江陵得粮道之利，且已有备，尔等若无些韬略，只怕是'可以往，不可返'，故万万不可大意。你二人，乃我心腹，莫要无功而返，丢了我的老脸。"

卢绾口称诺诺，刘贾却是不服，大言道："昔日袭楚，所向无不披靡，况乎区区之江陵？"

刘邦便叱道："咄！没有阿兄我，你个竖子，怕至今仍为卖饼者流，离不开沛县一步。这等狂言，休在我面前搬弄！"

刘贾笑道："正是阿兄照拂，弟才有幸弯弓跃马，做了一回大丈夫。阿兄请勿虑，夺不下那江陵，弟怎有脸面回来？"

二人领命之后，便在本营点起万余兵马，大张旗鼓，向西而去了。

再说那楚之北地，也有一城未降，那便是鲁城。

近日有前去招降的汉使，返回复命称：鲁城军民顽愚之极，倚仗堑深墙高，囤积了足够一年的粮秣，遍竖赤旗，拒不降汉。至此，西楚九郡尽皆归汉，唯此一城仍高悬楚帜，甚为狂悖。使者劝降之时，一语未毕，城上便有乱箭射下，全无转圜余地。

刘邦听罢禀报，不由大怒："鲁城，这是何等怪物？"当下，便召张良、陈平前来商议。

张良道:“鲁城不降,自有其道理。昔年项梁君战死,楚怀王即封项王为鲁公,项王收拾余众,便以此城为根据,与章邯交锋,故而鲁城与项王甚有渊源。鲁人素重礼制,今不降汉,只为感念旧主而已。”

刘邦恍然大悟道:“原来如此!鲁城军民,居然愚到如此地步。”低头想想,又愤然道:“今汉家得势,各路人马都大胜而归,寡人将集天下之兵,前往征讨,非屠此城不可!不如此,不足以令天下服我!”

陈平闻言大惊,忙劝阻道:“区区鲁地,腐儒之邦,何劳大王亲征?可命韩信率别军一支,即可攻破。”

刘邦不禁勃然变色,拂袖怒道:“寡人用兵,固不如韩信;但若论兵,你陈平恐还不如寡人!”

当下陈平脸便涨红,忙请罪道:“诚哉诚哉,请大王赐教。”

“寡人岂敢教你?寡人只知:鲁乃项王旧封之地,父老一心向楚,正是所谓项王老巢,岂是偏师一支就可攻破的?吾与项王,恶斗四载,便宜了韩信,窃得那垓下灭楚大功。今海内渐平,唯此一战,可扬我之名、添我之威,寡人不亲征又当如何?项王生时,我刘季不得出头;项王死了,我还怕个甚么神鬼狐怪?”

陈平望望张良,见张良意态如常,并无惊诧之色,便知刘邦是嫌恶韩信功高,方有此意。于是不敢再争,忙谢罪道:“臣迂腐,不明大事,陛下还请息怒。那鲁城虽微,然能守微而抗我大汉,自是不可小视。陛下亲征,是大有道理。”

刘邦便抬手指点陈平,嗤笑道:“兵书读到你肚子里,如进狗肚,算是全废。此事毋庸再议了,趁正月吉时,即集起天下之兵,征伐鲁城。此战,乃楚汉终局之战,务要一举荡平,教那楚民各个震恐,不敢心生反意。如此,你我之子孙,才好落个万世太平。”

陈平忽想到昔年的睢水之败,便忍不住一笑:“此等豪言,到如今,便是微臣我,也敢说了。”

刘邦听出陈平话中的讥讽,心中骂了一句,叱道:“你只是个嘴巧!”

如此又过了旬日,灌婴率部得胜班师,降臣陈婴亦来归。灌婴禀称:江东数郡,尽皆平定，连同化外番邦，亦多来归降。陈婴所部平定豫章之后，城垣残破，已筑造新城，号曰"南昌"，取"昌大南疆"之意。

刘邦闻之，心内大定，正要点兵北上，忽有军使从西南而归，呈上军书称：刘贾、卢绾兵临江陵城下，急攻共尉不下，折损甚重。

刘邦气极，一把扯烂了军书竹简，顿足道："竖子！庸夫！《孙子兵法》是如何说的？军中屯长、伙夫皆知：'围师必阙，穷寇勿迫'！江陵乃故楚郢都，高城坚壁，天下无匹。共尉此刻恰是穷寇，他若据城死守，岂是两个庸才能围困得下的？"骂毕，又急召韩信前来商议。

君臣二人密议了半日，议定遣骑将靳歙，率别军一支急趋往援，换太尉卢绾回来。靳歙临行，刘邦觉放心不下，又面嘱再三，令他务必效仿韩信破赵，诱敌出城而歼之。

料理好南边军略，刘邦便点起本部二十万人马。连同韩信、英布、彭越、周殷、陈婴等诸部，拢共有五十万之众，冒寒北上。

可怜那江淮一带楚民，于短短四年间，便两次身历数十万军过境，征粮征丁，不胜其扰。幸而此时已是冬季，否则，田禾又不知将踏坏多少。

汉家兵卒挟得胜之威，士气高涨，丝毫不以天寒为苦。樊哙所部先锋中，尚有未战死的巴蜀"板楯蛮"①千余人，一路歌呼，捧雪嬉戏，引得其余诸部也都兴起，南腔北调地唱个不停。

诸臣中，唯张良打不起精神来，一路都心事重重。刘邦在戎车②上看见，忙招手问道："子房兄，可有恙乎？"

张良连忙打马赶上，拱手答道："臣只是略感体虚，并无大碍。"

刘邦望望，疑心道："恐非如此吧，兄莫不是有心事？"

---

① 板楯蛮，古族名，古代巴人的一支。又称"白虎夷""白虎复夷""賨人""巴人"。汉初曾助刘邦定关中。其俗喜歌舞。

② 戎车，亦称"戎辂（lù）"，即战车、兵车。单辕两轮，车厢呈横长方形，后面开门。戎车作战左右旋转自如，以利放箭或格斗。

张良沉吟片刻,问道:“天下之兵尽在此,区区鲁城,不知藏有粮秣几何?”

刘邦便哈哈大笑,笑罢,低声道:“鲁之于我,癣疥之疾也,此行不过虚张声势,大军哪里要进鲁城就食?”

“既如此,君上何必统兵北行?”

“这个……子房兄应知寡人之疾,究竟在何处!”

张良闻得此言,便是一惊,失手将马鞭坠于地,脸色越发不好了。

汉军从垓下拔营,浩荡北上,不数日,便途经萧县。军旅过处,正是旧日战场。刘邦凭轼四望,心中感慨,索性令车驾停下,纵身一跃,跳下车来,换了一匹马骑上,与张良、陈平并辔而行。

一路谈笑,不觉便进抵彭城之下。只见城墙大部已堕,城内街市萧条,楚民皆有惊惧之色。刘邦见此状,颇为惊异,便下令全军稍歇。

俄顷,有城内留守校尉前来觐见,禀称:年前攻破彭城,不待大股汉军入城,城内百姓因恨霸王黩武,竟聚众将王宫一抢而空,又焚毁宫室以泄愤。后灌婴为厌彭城王气,下令将大半城墙堕坏。彭城经此兵燹,元气大伤,城内百业俱废,谋生艰难,百姓已逃亡大半。

刘邦闻罢,叹息不止,遂下令:“各军绕道而行,不得有一卒擅入城内。”又对张良、陈平道:“昔日项王,鼻孔朝天,何其霸道?眼下一朝覆亡,竟是这般可怜相。我今日见了,也是心惊。你二人今后须多留意:我汉家天下,万不能落到此等地步。”

张良附和道:“今日观之,果令人感叹。”

陈平却不以为然,只说道:“大王洪福,断无步项王后尘之理。”

刘邦哼了一声:“月满则亏,平地也要防跌倒,只怕未必是多虑!陈平兄,你何时才能不似倡优,尽说这些拍马的话?”

陈平忙辩白道:“臣也知此理,只不愿口出危言,败了季兄兴头。”

刘邦便笑:“你是无论何时,总有道理!”

待行至彭城郊外九里山,刘邦忽勾起哀伤之念,遂跳下马来,环视左右,躬身以手掘土，翻出了两个箭镞来，叹息道："当日在此，折了我多少儿郎！"

张良、陈平与众侍卫也下马来，在各处寻出些断剑残弓来。众人睹物生情，皆唏嘘不止。陈平喃喃道："当日逃命，何敢想今日重游？时乎？势乎？"

刘邦便道："今天下虽定，然四方豪杰，心却未定。我君臣若鼻孔朝天，难免不重蹈睢水之败。陈平兄，今日鲁城虽微，然亦须大军压境，便是此理。"

陈平叹服道："君上远见，臣万不能及。"

刘邦遂大笑，指着陈平的头顶道："今日得意，莫忘当日丢盔弃甲便好。"

众人闻刘邦调侃，都一片哄笑。陈平顿感大惭，面红耳赤。

大军绕彭城而过，行了未及数里，刘邦忽又下令改道，全军转向西北而行。如此走了数日，大队陆续至定陶城下，即各自安营。

那定陶城内，仓廪丰足，可供大军就食数月。各部之军卒，也知区区鲁城不足一哂，都将北征视为游行，只是喧呼嬉笑，不多时，便扎好了营寨。那连营，竟有数十里之广，远远望去，唯见平野帐幕如林。

在定陶，刘邦只歇了一夜，便留下大部人马，亲率十万老营精锐，往袭鲁城。

一彪人马向东疾行，军伍过处，瞬时便将雪地踏成黑土一片。沿路乡民不知就里，但见旌旗纷纭、戈戟交错，都吓得纷纷避走，闾里为之一空。刘邦也顾不得安民了，只是催军疾进。如此过了五日，行至鲁城数里之外，便望见周勃所部兵马，早将那城围得似铁桶一般。

待刘邦扎下营来，周勃便进帐来拜见。君臣见过礼，周勃大不服气道："区区鲁城，何劳大王亲征？城内仅有邑兵寥寥，无非是千把个丁壮守城。大王若下令，以微臣之力，三日内即可攻下。"

刘邦便斥道："你已贵为公侯，心胸如何还是狭小？寡人岂是疑你无能，皆因此战为大局收尾，须得扬我刘邦声威，以震天下。我亲率大军来此，誓言屠城，便是要教楚民胆寒，永世屈服。"

"季兄，我懂不得那许多。屠也罢，不屠也罢，周勃皆愿为前驱。"

"你明事理便好！以我之意，老营人马歇息一夜，明朝食毕，便与你部合兵攻城，两日内，务必破城。这就传令下去吧，城破必屠，不留根孽！老营随我在广武山吃苦甚多，早该犒赏。今番破城，城内男丁不分老幼，一概屠戮；财帛女子，尽归军士。”

周勃闻令大喜，奔出帐去，向各营传令。老营士卒闻之，无不踊跃，各个厉兵秣马，只待明日放手劫掠。

次日朝食既毕，十万余汉军便倾巢而出，抵近城下。霎时，小小鲁城便成汪洋孤岛。城下，但见汉军旗帜，如林交错；黑衣兵卒，漫野涌动。仅那万千马匹的喘息之声，便如潮声轰鸣。

鲁城墙垣并不甚高，于重围之中，眼见得竟是要倾颓的样子。主将曹参全身披挂精甲，持盾执戟，壮伟如煞神，笑对众将道：“区区小邑，何劳我大军动武？唾水也淹得塌了！”笑罢，一声雷吼，便下令攻城。

众士卒闻令，齐声呼喝，如潮一般奔涌向前。各个举盾挡箭，负土筑版。一派鼓鸣呐喊之中，费时多半日，便筑起了攻城壁垒，与城墙遥遥相对。又将那备好的冲车、楼橹、抛石炮等，都推至前沿。曹参见状，微微一笑，拔起壁垒上大纛来，狠命摇了几摇，扯开喉咙吼道：“三军听着！”一声喊罢，阵前便是万籁无声，军卒们按行伍抵近壁垒，执盾荷戈，弯弓张弩，只待那一声号令。

刘邦披一身簇新犀甲，亲执盾牌，来至壁垒前沿，在大纛下站定。他回望一眼，只见葛衣战袍黑压压一片，延至天际，仍不见尽头。十万汉兵，正一伍一什，排列成行，单膝跪地待命，犹如滚滚黑浪，前后相续，直抵鲁城城垣之下。

众军见汉王亲临城下，都不敢懈怠。加之平素被楚军杀得苦了，今日见了赤帜，立时打起了十二分精神来。

见军卒士气旺盛，刘邦不禁大喜，心中喊了一声好，便抬眼朝城上望去。只见鲁城于晨光之中，似巨兽蹲伏，其门紧闭，人踪全无，唯有无数赤帜遍插城头，旗上皆是斗大的“楚”字。刘邦便不由纳罕：这鲁城，怎的就吃了豹子胆呢？

此时张良、陈平立于旁侧，只是凝神不语。再看身后的曹参、周勃、樊哙等诸将，则是一脸不屑。刘邦顿觉此景甚是滑稽，拈须自语道：“腐儒，偏要弄些名堂出来!”

曹参见时辰已到,便抢步上前,拱手道:“陛下与文臣可退后,待微臣发令,命樊哙登城。”

“且慢!”刘邦摆手道,“看此城,似无城防,我若恃强登城,显是胜之不武。你且喊话,劝这班腐儒降了便罢,免得死人。”

曹参应诺一声,便以盾牌护身,跃上壁垒,大呼道:“大汉左丞相曹参在此!城上诸君听清了。我家汉王御驾亲征至此,意在平鲁。今日定陶城下,有天下兵马五十万,络绎而至。前月,项王已薨,楚地九郡无不降汉,江淮上下再无一面赤帜。天下诸侯,也都是晓事的,早已归顺多时。大势若此,鲁城弹丸之地,岂可回天?还望城中父老不可执迷,勿使白白送了性命。城中若有楚官,只要降了,性命可保,官爵亦可保。人贵在晓事,切勿错失良机,我可再等诸君半个时辰,到时,莫怪我手下无情。”

喊话毕,只见垛堞后有一人挺身而出,向城下喊道:“此城中,哪还有甚么楚官?连县丞、县尉也寻不着了。俺不过是乡中三老,目瞽耳聋,不堪大用,今为阖城父老所推,管些城中闲事。足下所言,我是半句也未听懂。”

曹参不由火起,怒喝道:“我是教你开城降顺,可保你全家头颅!”

那三老仍慢悠悠道:“方才,闻足下自称汉家左丞相,却见你甲胄在身,显是武人。我鲁地,自古乃礼仪之邦,上从周公,下敬孔子,与武人从不相干。适才将军曾言项王已薨,老朽却是未曾闻。敝乡大儒孔子曰:‘知之为知之,不知为不知。’吾人确乎不知项王生死,项王岂是常人,或许还活得好好的!将军只管去忙碌吧,我等乡民,便不奉陪了。”说罢将身一缩,便不见了踪影。

樊哙气得跳起脚来:“曹参兄,如何不下令攻城!”

曹参回头望望刘邦,刘邦便一颔首。周勃会意,抖一抖宽肩厚背,攒足了劲儿,正要下令,忽闻城内笙簧大作、管弦齐鸣。继而,有众人诵读之声悠扬入耳。汉军将士听得面面相觑,不由都将眼光一齐望向刘邦。

刘邦侧耳听了片刻,便一笑:“居然、居然!我刘季自幼好乐,所闻所歌,皆是俗乐。如此雅乐,平生还未曾耳闻呢。攻城之事,不急,且听他一听吧。"

樊哙道:"小心城上伏兵,勿遭了暗箭。"

刘邦便笑:"儒雅之民,他懂得甚么放暗箭?"遂唤郎卫们搬来茵席,招呼诸臣坐下,闭目倾听起来。

听了半晌,刘邦睁开眼,叹道:"周天子之乐,也不过如此吧。"说罢起身,整了整衣冠,下令道,"曹参兄,今番不攻城了,只围住便罢。楼橹、炮石等器械,统统撤回,只留五千人围城,其余可暂回营歇息。"

张良、陈平闻令,都松了一口气,不觉相视一笑。诸将却一时哗然,纷纷上前,问刘邦此乃何意。

刘邦叹口气道:"此处乃礼仪之邦,天下瞻仰,我若破城屠之,胜之以武,定有损于汉家名声,弄得不好,臭名远扬,譬如那秦始皇,弄到天下咬牙切齿。鲁人今日不降,自有他不降的道理。他乃是愚忠,为主守节,若以畜类作喻,便是上等的好狗了!若项王尚在,他就愿为项王死,岂是能讲通道理的?好在项王柩车,即在大营中,夏侯兄请速回营去,将项王首级取来,教那城上看看,以绝他侥幸之念。见了项王头颅,我再以温言劝之,他岂有不降之理!"

陈平闻之,面露欣喜之色,赞道:"这攻心之计,便是孙武子所言'冲其虚也'。"

张良亦喜道:"如此,鲁人幸甚,我将士亦幸甚。"

不多时,夏侯婴便将项王首级取来。刘邦命两名校尉提了首级,从壁垒中策马奔出,绕城而驰。

此时,城上城下两军士卒,都不知此为何等名堂。一时屏住气,只顾呆望。战阵之上,不闻嘈杂,唯有两骑疾奔之马蹄声,清脆如刁斗。

那两名汉军校尉,一人手持长竿,将项羽首级高高挑起,一人高呼:"项王首级在此!今汉王仁厚,不忍屠戮,以此号令鲁城父老,勿再执迷。"

两骑在城下,绕城三匝。城上闻声,忽地就从城堞后冒出许多人来,各个俯身下望。汉军也觉稀罕,都忘了待命,纷纷挺身翘首。阵上寂静,落针可闻。忽然,城上略有骚动,顷刻间便如崩堤一般,爆出来一片哭声。

刘邦在壁垒中见了，微微一笑，对曹参使了个眼色。曹参便跃上壁垒，大呼道：“项王勇武，天下无敌，我汉军也心服口服；然其灭秦之际，坑秦卒、弑义帝，大失人心，成了暴虐之主，与尔等所敬之孔夫子，全不相干。数年前，诸侯联兵讨伐项王，可见人心向背。今楚已覆亡，鲁城父老若不降，试问更为何人守节？世间之事，江河可以倒流，唯天道不可违逆。尔等既敬大儒，便不可愚忠于暴君。昔日项王待你辈如何，汉王也决不减等，城门一开，鲁人便见万世太平，何其美哉！诸父老请听好，今日不降，更待何时？”

如此喊过不久，忽见城上赤帜皆被人拔下，纷纷抛下城来，片刻工夫，便堆得如积柴一般。又过了半晌，城门豁然洞开，有一队人走出，只见诸闾里父老在前，儒生数千随后，皆衣缟素，分列道旁，焚香顶礼。

刘邦大喜道：“这才是识相呢，何须费事？”便拉了身边一匹马来骑上，带领文武诸臣，随大队兵马缓缓进城。

路旁父老及儒生虽皆跪迎，却是埋首不语、泪流满面。刘邦见了，心中忽生怜悯，勒马停下，抚慰道：“天下息了刀兵，总是好事，诸位请回去读书吧。我辈持剑杀伐，血溅战袍，也是乱世所逼，不得不为之。”说罢便催马前行，昂然入城。

进得城后，见街衢整齐、气象端庄，行人峨冠博带、身披云罗，望去皆似君子貌。刘邦便不由赞道：“大儒所在，果真就不一样！”又回首对张良、陈平道：“今见儒乡，即使是寡人，亦有田舍翁进城之感。你二人，骨子里也是腐儒，见此景，当是大遂心愿了吧？惜乎郦老夫子命不好，无缘得见。”

张良在旁提醒道：“叔孙通才是大儒，今在栎阳①做太子太傅，教授太子读书，已闲置多年了。”

刘邦怔了一怔，笑道：“叔孙通已官拜博士，封号稷嗣君，并未埋没。他一介儒生，不教太子，眼下还有何事可做？权当养着。我汉家，养几个腐儒也好，免得人讥我为屠狗辈。”

---

① 栎（yuè）阳，秦置县。曾为战国时秦国都城，在今陕西省西安市武屯镇。

陈平插言道:“那叔孙通因陛下厌儒,已多时不服儒冠。臣见他换了短衣,一如楚制,与儒雅之风毫不相干了。”

“哈哈,这个叔孙通,倒也晓事,怪不得越看他越顺眼。这个嘛……汉家得了天下,少不得要作势一番,多半有赖他谋划。罢罢,这便命他速来军中吧。”

稍后,在城中衙署内,刘邦会过各乡三老,好言安抚毕,便道:“项王于昔日兴楚之际,曾封为鲁公,因而贵乡乃项王的根本之地。根脉既在此,自然最宜修造坟墓。项王与我,兄弟也,他的坟墓,当然我要来修。此事寡人已想了多时,此次来鲁城途中,曾见谷城(今山东省平阴县东阿镇)之东,山水极佳,是个好归处。今拟以鲁公之礼,葬项王于谷城,诸君以为如何?”

众人岂有说不好的?都纷纷稽首谢恩,感泣不止。自次日起,鲁城百姓为项王素服三日,便欣然为汉家臣民了。至此,楚之最后一城,即告收服。楚地千里,再也无楚军片甲了。

鲁城事毕之后,汉军回师定陶,途经谷城,大队停留了数日。刘邦带领众文武与堪舆术士,于城东十五里处,相看了一处好地,点起香烛,行了开山之礼。礼毕,便命数百士卒即刻挖穴造坟。

入葬当日,刘邦一身缟素,亲为发丧。他手捧祭文,立于棺柩前诵之,读至“情同兄弟,本非仇雠”一句,不禁潸然泪下,几欲晕倒。身旁夏侯婴见事不好,忙上前扶住,顺势附耳道:“季兄,人死不能复生。况乎项王若复生,恐非喜事呢。”

刘邦怔了一怔,只佯作未听清,拭去眼泪,勉强读罢祭文,望着众人七手八脚下葬,想起与项羽交往之种种,不禁又大恸,欲以头触地。张良等一众文武,只得上前死命劝住。众军士见了,也为之动容。

经几百军士昼夜忙碌,两日之后,项王墓于平地矗起,状如覆斗,四周柏树森森。刘邦前来看了,甚觉称意,便唤来当地三老、啬夫[①],命其为项王立庙享祭,不得

---

① 啬夫,官吏名,乡官。秦时乡置啬夫,掌听讼、征收赋税。汉、晋及南朝刘宋仍沿袭之。

怠慢。

此处项羽墓葬，在今山东省东平县旧县村一带，早年尚有神道、碑刻等遗存，汉柏成荫，然今日仅存宋代残碑一座，其余皆无迹可寻了。另在项王自刎之处，即今安徽省和县乌江镇上，有一处“霸王庙”，规模甚巨，香火至今不废。此皆为后话了。

且说这夜，刘邦与诸臣宿于谷城。刘邦仍觉心伤，不能入寐，便披了紫羔裘衣坐起，点燃炭炉来烤火。想想息兵之后，仍有诸事如麻，不容稍歇，还不知何日是个尽头。忽而，想起一件事来，便遣人唤了张良来，问道：“楚地已平，项氏旧族多已星散，生死不知。那未死的项伯，是否逃匿在你帐下？”

张良见问得突兀，一时面孔涨红，不敢作答。

刘邦便仰头笑道：“子房兄，在就在，你怕甚么？”

张良更加惶悚，连忙伏地请罪道：“大王，确在臣帐下，此事臣不该隐瞒。”

“嘿嘿，此事我早已知。项伯是何许人也？若在你处，如何便能瞒得住人？莫非你怕寡人一怒，诛了他这老儿吗？”

“臣确是碍于旧谊……然即使项氏伏诛，也属罪有应得。”

刘邦忙将张良扶起，笑道：“子房兄，这是哪里话？若无项伯，我这颈上头颅，还不知在何处呢，焉能取他项伯的头颅？你速去，召他来见我。”

张良闻此言，方觉释然，忙奔回帐中，唤起隐匿在佣仆中的项伯，一同来至刘邦行宫。

刘邦一见项伯，即捧腹大笑道：“项伯兄，你即使戴了绿帻[①]，披了葛衣，亦是细皮白肉的，哪里就像个仆役？只好哄鬼！”

项伯大窘，忙伏地叩首，口称罪人，道：“罪臣项伯，虽苟免于兵乱，然不敢来见汉王。”

刘邦故意面露不豫道：“当今天下，已无寸土未降汉家，你还能逃往何处？”

---

① 帻（zé），又称巾帻，古代汉地男子裹发的巾帕。绿帻，为供膳仆役所服，亦指卑贱者之服式。

项伯只是不敢抬头："臣罪孽在身，万死难谢天下，当任凭汉王发落。"

刘邦大笑三声，起身近前，将项伯恭恭敬敬扶起，嗔怪道："项伯兄这便不爽快了，弟刘季岂是那不仁不义之徒？项王薨了，那是天命难饶他，然项氏族属何罪有之？寡人在垓下时，便已想好：项氏一门，可统统免罪，赐姓刘，与我做个同宗骨肉。如此，也不枉我与项王兄弟一场了。待天下事定，项氏便都封侯，与我共享那万世的富贵。"

项伯闻言，恍似梦寐。呆了一呆，不禁大哭起来："汉王，汉王……项氏即是做马做犬，也是要报恩的。"

"哪里话？鸿门宴上，项庄舞剑时，你那一番与项庄的对舞，不单是救了寡人，也是救了项氏同宗。你一门族属，除项庄战殁、项佗被俘之外，其余藏匿民间者，还请项伯兄统统寻回，好生安抚，皆迁往栎阳安顿吧。"

项伯自是一番千恩万谢，唏嘘不止。三人又在灯下叙了一番旧，项伯方起身告退。

刘邦要留张良议事，便请项伯先返回歇息。待项伯走远，刘邦方对张良道："寡人也不是圣人，有恩报恩，有仇便要报仇。日前过九里山，看得我心惊。当年追杀我最力者，季布、钟离眛也。这二人，就是逃至化外番邦，也必捉回，要砍下头来，祭我亡兄纪信！"

张良闻言一惊，嗫嚅道："只是……此二人全无踪迹。"

刘邦笑望张良道："你脸白甚么？我又没说藏在你处，谅你也无胆量留此二贼。此事，待明日张榜通缉，申令天下。想那两人，总不能遁到地下去吧。"

"缉捕之事，自是应当，然此等戴罪之人，已不足为患了。"

"正是！子房兄，今夜我留你计议，便是要防大患。你且随我来。"说罢，刘邦便拉住张良衣襟，转入密室之中去了。

这日，韩信在定陶壁垒中闲得不耐烦，便带领一干亲随，驰马奔至郊外围猎。日前一场大雪尚未融化，但见雪地上兽踪错杂，宛如图画。韩信兴起，手挽雕弓，只循着那新鲜足迹追赶，弓弦响处，必有斩获，引得众人阵阵喝彩。

众将士飞鹰走马，驰骋了半日，无不尽兴，将那方圆数里的狐兔打了个精光。副将高邑骑马朝韩信奔来，气喘吁吁禀道："此处已无鸟兽可觅，大王可下令回营。"

韩信意犹未尽，将那弓弦拨得铮铮作响，心中便在犹豫，想是否转至他处再猎。

正在此时，身边一员骁将忽地伸手过来，轻轻一掠，便夺过了韩信手中雕弓，笑道："此弓且交与臣吧！既已无物可猎，纵是神弓，也只得空弦自鸣。"

韩信心中一颤，不由想起蒯通当日所言，转头看去，原来是新晋将军陈豨（xī）。

这位陈豨，乃宛朐（qú）人氏，年少有为。宛朐本属砀郡，当年沛公军西取咸阳，途经此处，陈豨便慨然投军。因勇猛善战，颇得刘邦赏识，只不过因年齿尚小，故未得加拜将军。待韩信伐齐之后，刘邦发兵一万前往增援，陈豨便在那援军之中。

入齐之后，陈豨越发神勇，登城陷阵，无不当先。其勇武倒还罢了，于兵法上也十分精通，可独当一面。韩信对他，遂有了一番惺惺相惜之心，多次驰书向汉王保荐。曹参、灌婴、傅宽等诸将，也都对他交口称赞。

行军途次，韩信常唤陈豨到帐中一同吃酒，饮罢，便秉烛论兵，终夜不倦。及至韩信受封为齐王，陈豨便也水涨船高，做了将军。

此时见无物可猎，韩信瞥一眼陈豨，便苦笑道："世无敌手，倒也十分恼人。"

陈豨道："大王何出此言？敌手甚多，天下还远未定呢。"

韩信闻言，心中便是一阵烦乱，吩咐道："不猎了，回营！你且到我帐中来议。"

回到定陶壁垒中，陈豨卸去戎装，换了一身襦衣①，来至韩信帐中。见韩信已摆好棋枰，正等他来下棋。

陈豨便笑："垓下息兵之前，数次与大王对弈，因常有军务打扰，多不能终局。今日总算是无事了。"两人便各执黑白，慢慢下起棋来。

韩信似有心事，只顾揣摩棋局，半晌未置一词，陈豨便也不作声。有侍者送上滚热的羊羹，韩信便对近侍摆手道："你等皆退出帐去，孤王要与陈豨将军好好对

① 襦衣，即短衣。

弈。”

待众近侍退下，韩信凝视棋盘，久久才落下一子，头也不抬地问：“天下之势，不知将军以为如何？”

陈豨小心答道：“无非是又一番合纵连横。”

“嗯？恐不至于。如今项王已死，更有何人能有此手段？”

“微臣只知，若一虎潜踪，则群狼复起。”

“如此说来……倒是得小心了。日前我还正愁闷呢，天下若就此息了兵戈，此生将再也无甚乐趣。”

“臣以为，鏖兵之事，或绵绵不绝，远未至偃武修文之时。臣只是为大王担忧。”

韩信遂一笑：“忧从何来？莫非齐地将有反复？”

陈豨却不答，起身至案边书箧前，寻出一卷书来。韩信望望，原是《庄子》。陈豨手持书卷道：“微臣鲁钝，于军书之外，百书不读，唯嗜读《庄子》。”

韩信便觉好奇：“将军最常习的，是何篇目？”

“便是那《直木》篇。庄子曰：‘直木先伐，甘井先竭。’如此洞见，岂是凡庸之辈所能及？”

“哦？那么孤王便是凡庸了……”

“不敢！臣绝非此意。那庄子神思，大王必能领会。直木与弯木，有大用者，必为人所先伐；甘井与苦井，有甘泉者，必为人所尽汲。在此敢问一声大王：秦末以来，环顾海内，何人最擅用兵？”

“当然是项王。”

陈豨便在棋枰上轻轻落下一子，又低声问道：“然项王终为何人所败？”

韩信顿时呆住，掷下棋子，疑惑道：“将军之言，是谓孤王独秀于林，招致众妒。居王位，势必不宁了？”

陈豨一拜道：“大王，恕臣仅言于此，多言则不祥。”

韩信望住陈豨半晌，而后起身，哗地一下，以袖拂乱棋局，叹口气道：“将军之言，甚有道理，容孤王深省熟虑再说。看来，天下恐未见得已大定，若乱局再起，我当明哲自保才是。”

陈豨便又道：“此处并无他人耳目，容微臣坦言：臣平生所最敬服者，唯大王一人耳。若论纵横谋略，即是吴起、孙武复生，恐亦不如大王；唯有春秋兵圣先轸（zhěn），或可与大王比肩。大王之才，实乃天纵，灭楚之后，已达于鼎盛。望大王及早退步，归于至柔，安享后半世的荣华，即便只做个富家翁，亦强于项王在乌江自刎。”

韩信心头一热，连连叹道：“孤王知矣！将军之才，岂止是驰骋于兵阵焉？”随即便唤人摆酒，两人又是一番畅饮。

如此数日无事。这日，忽有赵国信使自邯郸来，携来赵王张耳、河间郡守赵衍的书信各一封。韩信收下信来，至夜，方才启封细读。见到故人笔迹，往日鏖战的种种情形，纷然而至眼前，令韩信不禁眼湿。

两信中，并无机密事，无非是些家常问候，皆温语款款。

张耳在信中说：去年为小儿张敖迎亲，新媳为汉王之女鲁元公主，因主持纳娶六礼[1]，劳烦过剧，渐至体力疲弱。入冬至今，只是饮酒赏景，政事都交与臣属去办了。数月以来，摒弃俗务，好不快活。久之，忽觉生而有涯，恰如白驹之过隙，待得功名俱至时，竟是再活不多久了。

此信之末尾，张耳感念韩信推举之恩，故以忠言相告，劝韩信趁灭楚建有不世之功，及时行乐，效富家翁声色之娱，以遣岁月。另还须广积资财，惠及子孙。

韩信读罢此信，不由感慨，讶异于如此一位豪雄，晚来心境竟如田舍翁一般。忆起当年与张耳夜走井陉口事，竟如隔世。不由便叹：人世之莫测，有过于此乎？

接着又拆开赵衍书信来看，内中也是一番问候，辞意颇恳切。赵衍信中说道：职在河间郡，欣闻大军进驻定陶，可谓隔河相望，然职守在身，不能擅离，故而无缘拜访。年前一别，不才在赵地做了这庸官，不离衙署，日夜陷于冗务，常念起在将军帐下的许多好处来。

---

① 六礼，古时聘婚的一整套程序。即纳采、问名、纳吉、纳征、请期、亲迎。

信中又言及：昔年承蒙将军教诲，得益匪浅，闻将军以齐王之尊，成就破楚大业，此等丰功，定能垂名后世了。臣赵衍曾为将军僚属，闻之欣然，亦觉与有荣焉云云。

韩信看罢，顿生感慨。昔日赵衍在侧，凡事尚有个可商议之人；如今故人远离，心事再难与人诉说。就算是跻身于诸侯，南面为王，却一如孤峰独立，倍觉寥落。同侪中曹参、灌婴者流，终是草莽出身，胸无点墨，不过是些不怕血溅三尺的匹夫罢了，实难共话古今。帐下诸人，唯有陈豨尚属孺子可教，今后有事，看来还须多与陈豨商量。

继之又想道：自垓下息兵以来，汉王行事，便有诸般的古怪。赐我统军虎符后，便将我这二三十万军牵住不放。军至鲁城，又不与我仗打，一路只是陪他作游行。同是为王，我却要终生仰他鼻息。看来，当年在汉中的擢拔之恩，这一世也是报不完的了。

如此想着，便不由意气消沉，直觉这貌似风光的齐王，做得越来越无甚滋味了。

寂然默坐间，刁斗不知不觉响过了数巡。待到侍者送上羹汤来，韩信这才惊觉，时已过了夜半，急忙援笔写了两通回函，吩咐从人，天明后即交驿使带走。

写罢信函，韩信方觉心中积郁消散了大半，于是唤人端来热水，盥洗就寝不提。

次日醒来，想起昨日陈豨所言“唯有春秋兵圣先轸，或可与大王比肩”之语，韩信心仍不能平。梳洗完毕，即带领亲随巡营，去观看军士操演。

齐军每日的晨操，甚有章法，演兵场上纵横有度，时发阵阵吼声。韩信望见自家儿郎列伍齐整、甲胄鲜明，心头便是一喜。遂走近一士卒身旁，要过他手中的剑来看。

韩信将剑拂拭一遍，举起来端详，见此剑乃是韩地铸铁剑，其纹理之密，层层如鳞，剑脊笔直分明，有一股青光逼人，端的是一柄难得的好剑器。再看列伍中其他军卒所佩，俱是如此，心中便颇为自得。

想到从广武山来的老营汉军，半数用的还是秦铸青铜剑，两军器械之高下，立时可判。如此想来，那陈豨所言，也不见得是当面阿谀。以今日之势，环视海内之兵，还有哪个能比得上这堂堂的齐军？

韩信将剑还回那小卒，正要询问炊食如何，忽闻身后有人疾呼："大王，大王！"回身望去，见是谒者一路狂奔而来。

那谒者奔至近前，拱手禀道："大王，汉王率张良、曹参等朝中重臣，前来壁垒探望。"

"哦？"韩信一时竟回不过神来，"不是尚在安葬项王吗，如此之快，便回定陶了？汉王现在营内何处？"

谒者答道："已入大帐等候。"

韩信只淡淡应了声"知道了"，正要转身回大帐，忽又想起，问那谒者道："你看汉王来营中，究竟是何用意？"

谒者满脸惶然，摇头道："小臣实不能揣度。"

韩信这才向众随从道："尔等且在此观看，孤王稍后便来。"说罢即偕了谒者，朝大帐疾步而去。

走近大帐，只见中郎将周緤、徐厉持剑肃立，守住帐门，四周有数十名执戟郎卫，于帐外警戒。见韩信来，周緤一声号令，众郎卫便恭谨退步，让出了一条路来。

韩信顿觉情形有异常，但无暇多想，便疾步抢入。进得大帐，见刘邦已端坐于主座之上，衣冠分外鲜亮，身着一袭龙凤纹锦缎宽袍，端然有新霸气象。尤其异于平常的，乃是头上戴了一顶簇新的竹皮冠。

昔年刘邦在泗水亭捕盗时，喜戴薛城人编的竹皮冠。登汉王之位后，此好依旧不改，凡遇大事，必戴一顶竹皮冠，其状巍峨，长如鹊尾，如屈原遗风。以至群臣也纷起效仿，以为尊崇，民间皆称之为"刘氏冠"。刘邦若戴起此冠，必有大事。

至于张良等人，似也有异，皆立于刘邦身后，并未坐下。韩信一笑，便招呼众人入座。却听刘邦缓缓道："齐王不必多礼，今为两王相会。其余人等，姑且站着吧。"

韩信无奈，只得朝众人一揖，在刘邦南侧坐下，暗自揣摩汉王来此之意。

刘邦此刻神闲气定，看似并无大事；然则一戴上这顶竹皮冠，便分外郑重其事，绝非平常造访。再看那张良、陈平、曹参、周勃、樊哙、夏侯婴等数人，见了面，亦无平日嬉笑寒暄之态，行礼既毕，便是缄口无语。韩信心中，便知今日必有不寻常事。

正在他忐忑之间，但见刘邦一笑，侧身斜视道："齐王……大将军……哈哈，韩都尉！"

韩信连忙俯首称谢道："臣投汉数年来，全凭大王赏识擢拔。臣实不才，然所得封赏，却逾常人之贵，此厚恩万难报答。"

刘邦便一挥袖，笑道："今日不说这个，仅叙旧而已。"说罢，即吩咐众人道，"诸君也都坐下吧，切莫见外。"

张良略让了一让，便独坐于北侧，其余人皆在下首西向而坐。

刘邦见众人已坐好，便一抬身，懒懒伸直了双腿，道："齐王并非外人，寡人这便不拘礼了。"接着，便将话扯开了去，"寡人于近日，不知何故，常忆起过往陈糠烂谷之事。记得丁酉年秋，魏王豹凭河拒我，郦食其以言辞不能劝降，你率别军北上，与我分略天下，堪堪已是一年有余了。将军之功，天下皆知，其间车马劳累，不说也可知。"

韩信正要谦逊，刘邦却抬手挡住，又道："现如今，郦生已赴了黄泉，魏王也变成枯骨，就是那勇冠天下的项王，数月后，也将化为泥巴。你我诸人，却还在这里谈笑，足见上苍还是偏心的，你我当自珍才是。昔在荥阳，寡人不胜劳烦，体力曾不能支，然在广武山相持之时，常洗脚享乐，身体竟然渐渐好了。齐王，我见你面色又发黄，似甚于当年，总不是有疾患在身吧？"

韩信不知此话为何意，只得尴尬一笑："微臣面黄，自幼而然，昔年曾为项氏叔侄所嫌恶，幸而蒙大王不弃。近年来统军，确是劳顿，然职分内事，不敢言苦。臣目下体力尚可，面色近来不好，恐是宿醉所致，大王请勿念。"

"这便好。"刘邦抚膝大悦，环视诸臣道，"我辈打打杀杀，在剑刃下求生，怎比那黄石公悠闲一世，仍有美名传遍天下？所幸，项王已死了，这个灾星既除，诸侯也就相安无事，再不必兵戎相见了。"

韩信颔首道："正是。"

刘邦望了张良一眼，便向韩信笑道："那么，齐王既然也是此意，今日之事，便好说了。”

闻此言，韩信耳畔便嗡的一声，知今日果然有不测之事。再看张良、曹参等人，神色均是木然，难辨喜怒，唯樊哙略显不安。

此时，刘邦看也不看韩信一眼，似对空说道：“自寡人有幸，得将军之助，平定三秦，东出平阴，以弱胜强，拿到了天下。将军之功，寡人难忘，这个不必提了。然出头之鸟，恐不是好事。将军你骤得富贵，如何能不令人妒忌？应及早抽身为妙。再则，将军体弱，数年间不曾好好将养，若有万一，岂非前功尽失？幸亏今日已无战事，不如好自保重，将三十万军交还，暂由他人代领。”

韩信闻罢，顿觉有五雷轰顶——原来汉王匆匆返驾，是要来袭夺兵权！他情急之下，竟不知如何作答，只得假作恍惚，沉吟不语。

刘邦见韩信缄默，便又追问：“将军意下如何？”

韩信这才明白：刘邦所图，全不是当初项王之分封。汉家诸王，纵是各自带甲百万，亦统统号为汉军。以此推之，自垓下得胜之后，便不该再有这齐军了。

想到此，韩信既悲且愤，几乎要掩饰不住，然转念一想：若在此时力争，恐是全无用处，只能徒然惹祸。今日汉王率旧部勋臣一同来此，便是想迫我就范。天下方定，同袍恩义未绝，我纵是不服，又怎能与此辈拔剑相向？

此时，座中一片哑然。君臣相对，彼此间似呼吸可闻。

见僵持下去总不是事，韩信这才勉强应道：“齐国乃新封之地，民心尚未归顺，若无重兵镇守，恐非所宜。”

刘邦与张良对视一眼，便笑道：“区区草民，欲求安生而不得，岂能复又倡乱？如今天下一统，人心思定，兵马还有何用？不如缴还军符，仍旧封国，安居琅琊山，好好做你的诸侯王，兴百业，治万民，不亦乐乎？”

闻刘邦此言，韩信忽而想到当初武涉所言，方悟到今日这事，原是势所必然。项王灭后，良机尽失，天下如何摆布，自家已是无能为力了。于是心里暗骂了一声，嘴上却应道：“臣这便将虎符交出，明日即返临淄。”

“嘀嘀，齐王也无须心急。近日寡人将大会诸侯，安排天下事，将要新封彭越为王。如此盛会，齐王焉能错过？你且待几日，何必匆忙？”

韩信知无可再躲，便从怀中取出金错虎符①，一语不发，起身递向刘邦。

刘邦也连忙站起，接过虎符，即转手交给曹参，又道：“近日事多，衡山王吴芮新近来投，寡人须召见，这便告辞了。明晨起，齐王即可与曹丞相交接，齐军仍归汉营，总听曹丞相处置，寡人就不再过问了。”说罢，便招呼诸臣起身，与韩信揖别。

诸人面色至此才有所稍缓，都起身与韩信一一揖别。张良率先向韩信一躬，韩信勉强回礼，然忍不住面有愠色。张良不敢与韩信对视，只轻轻一叹，返身便走。他人亦无多言，唯樊哙忍了又忍，终问了一句：“齐王，那临淄女子……尚可观乎？”

韩信唯有苦笑，狠狠瞪了樊哙一眼。

樊哙顿感大窘，连连拱手道：“冒犯冒犯！”

夏侯婴强忍住笑，一把拉住樊哙道：“走吧，齐王岂会与你计较？”

待一行人步出大帐，韩信忽然想起，忙返身去取来“汉王剑”，追至刘邦身旁，双手递上。

刘邦转头看见，“嗯”了一声，接过来，缓缓将剑从鞘中抽出，眯起眼睛道：“此物恐再也无用了，暂由寡人收起。齐王，你我侥幸不死，且享用醇酒妇人，就算有那‘万人敌’的雄心，也须收一收了。将军之职，在于杀敌；敌杀光了，就只能杀羊烹肉。哈哈……”言毕收起剑，将剑鞘鼻往腰带上一挂，就头也不回地走了。同来诸臣忙疾步跟上，一起奔出了齐营，上马离去。

韩信在营门送别罢，呆立半晌未动。俄顷，闻得身边有步履走近，便回身望去，见是陈豨从演兵场来。

陈豨略一揖礼，问道：“大王，晨操已毕，将士尚未散去，还有何吩咐？”

“散了吧！”韩信一甩衣袖，愤然道，“还有何话可说？适才汉王来，已有诏下：明晨起，齐军统归汉营。我韩某，是真正成了孤家寡人！”

---

① 金错虎符，铜质虎符之一种。金错为古代工艺，今亦称为“错金”，即用金银丝在器物表面镶嵌出花纹或文字。

陈豨大惊，“啊”了一声，旋即悟到原委，不由叹道：“直木先伐，其来何速也！”

“将军也不必慨叹了。军权既遭袭夺，孤王倒是乐得做个富家翁。”

“只是，本军既归了汉营，臣欲拜见大王，恐是不易了。”

韩信猛然一震，瞥了陈豨一眼，道：“大丈夫，何必作妇人之怨？江海相逢，必于江海作别，相知又岂在远近？孤王只等你封侯的那一日呢。”说罢，解下腰间所佩山纹玉，递给陈豨，“拿去，见此物，便如见孤王。”

陈豨大惊：“此乃诸侯之物，臣……如何敢受？”

韩信大笑道：“君不见，当今之诸侯，有几个不是拿刀剑夺来的？”

陈豨忍不住涌出热泪，接过玉佩揣入怀中，躬身一揖道：“大王保重，臣定当自勉。”

二人正说话间，忽见营前驿路上，有一队人马迤逦而来。望去约有数千马军，簇拥一队辂车①昂然驶过。

这一队车驾，浩浩荡荡。前有导驾，后有鼓吹，其卤簿之威，几逾诸侯。队中一辆黄盖辒辌车②，极尽华丽。百名郎卫围绕其前后，人人高头大马，手执长铍、金钩，威风凛凛。

“这是何人？”韩信大感惊异。他知刘邦自渡河东征后，与诸将一般起居，早已不用这等卤簿了。

未几，便有巡哨飞步来报：“大王，小的方才已探明：此乃栎阳宫车驾，护送戚夫人驾临，来定陶归宁。为首者，是郎中令③王恬启。”

韩信与陈豨对视一眼，又问那巡哨小卒：“可知戚夫人外家，在定陶何处？”

那小卒答道：“在城东十余里处，戚家寨便是。”

韩信遂摇头叹道：“女流辈竟有如此排场，吾贵为王侯，只不知何日能及？”

---

① 辂车，天子或诸侯所乘的车。

② 辒辌车，此处系指古代的卧车。

③ 郎中令，秦置官职，汉初沿袭，掌握庭掖门户，简掌征讨、出使册封、皇帝丧葬、典校图书等。

旬日之后，正是冬末晴和天气。刘邦将诸事安排妥当，便在济水之南的左岗这地方，大会天下诸侯。与会诸王，除了齐王韩信、淮南王英布、燕王臧荼、韩王信早在军中之外，赵王张耳、衡山王吴芮亦远道赶来。另有原河南王申阳，降汉之后，自请除去封号，改拜将军，故而不在此列。

左岗在定陶以西二十余里，四周山峦连绵，松柏蓊郁，乃一处风景绝佳之地。为此次盛会，刘邦命军卒连日劳作，筑起高台一座，虽仅有数尺高，却是依山而建，可览四方。登临其上，可见到一番浩茫气象。

这日，高台上旌旗遍布，冠盖如云，丝竹之声悠扬悦耳。到会的诸王，均头戴九旒冠冕，身着华章衮服，各自就座于绫罗伞盖下，身后扈从如云，旗甲粲然。自岗下而望之，宛如神仙之会。

当日主司仪为随何，他见吉时已至，便命人鸣锣三声，所有丝竹管弦，立时戛然而止。

刘邦便起身，向诸王一揖，说道："今日诸侯来会，寡人面子可谓十足，故不胜欣喜。想那天下纷纷，迄今已七载有余，百姓之苦，再不能忍。所幸，灭楚大业已告功成，在座各位，皆为不世出的豪雄，解民于倒悬，功莫大焉。今日聚会，便是庆功吧，登高而览山河形胜，不负大丈夫慷慨之志！然则，诸位可知，这左岗是个甚么来头？"

在座诸王彼此望望，皆不能答，便都拱手向刘邦道："愿闻赐教。"

刘邦笑笑，便道："这两日，寡人在定陶闲得无事，访了访本地父老。方知这左岗，地处济水之南，故而名之。[①] 然本地乡民，也另有传言，说那盲眼史官左丘明之父，即葬于此，故而得名。乡间传闻，或不足道，然《左传》确为万世经典。何以见得呢？彼时春秋诸国，君王之功过，皆刊于此书中，一字不能增删。这一字不改，便好生厉害！在座各位，今日有了生杀之权，万不可任性为之。或善或恶，必在后世之

① 古代地理习俗，地处水之南称为左。

《左传》上刊刻，任人评说，你是动不得一个字的。”

诸王闻之，都不由一凛。

张耳于座中高声道：“汉王高见，老朽甚是赞同。我辈自秦末揭竿而起，得享今日荣华，当怵惕自省，以图那百代子孙的安稳。”

刘邦便哈哈大笑：“亲家翁说得好！令公子张敖，寡人的那位小婿，似尚欠历练，须得亲家翁好好调教才是。”

张耳顿感惶悚，忙应道：“小儿无知，老朽欲教之，然竖子哪里肯听？汉王若得便，可多多耳提面命。”

刘邦摆摆手道：“今日不谈家事。我倒要问诸君：打打杀杀了这多年，可曾想过，四年前戏水之会，也曾极一时之盛。当日有十八位诸侯，连同项王，皆为一世之雄。然这一十九人，今日竟大半为鬼，仅余五人侥幸还在。尔等可知，这又是何缘故？”

诸王万料不到刘邦会有这一问，皆面面相觑，满脸得意之色顿然僵住，都一齐望向刘邦。

刘邦瞥了一眼韩信，见韩信亦是无语，便道：“此中道理，寡人一时也未能参透；然素来胡乱读书，却是略有心得。想那黄老之术所谓‘恭俭朴素’‘贵柔守雌’，恐正是苟全性命的要诀。诸君试想：秦之咸阳，楚之彭城，当日的花花绿绿，今朝全都去了哪里？目睹此二城之堕，即是木石之人，也不能不心惊！”

诸王都“哇”了一声，似有所悟。吴芮当即立起，施礼道：“汉王所言甚是。存亡之道，不可不察。”

刘邦大悦，摆手教吴芮坐下，便对诸王道：“衡山王昔年在番阳①，统领那江南诸越，自然懂得以柔克刚。治民者，须与民相睦如父子，方不至遽亡。今天下初定，秦之暴虐，楚之刻毒，固然再无踪影，也要教那后世子孙勿效法。至于我等兴义师，伐无道，更不可得势便做始皇第二……”

---

① 番阳，春秋楚国时为番邑，秦置番阳县，西汉改为鄱阳县，为鄱阳郡治所。

淮南王英布笑道："这个自然。我辈九死一生，搏的便是个安乐和睦。"

刘邦便又向北一指，道："诸位看那边，济水滔滔，万世不竭，泽惠百姓稼穑。汉家承袭水德，为子孙计，为山河社稷计，亦当如此水！"

诸王闻之不禁动容，纷纷拱手称是，神色都极恭谨。

刘邦见诸人均无异议，便起身道："天下豪雄，尚有功高而未封者。今日会盟，寡人便要论功封赏，无使遗漏，在此一并晓谕。"

诸王闻言，知是正戏要开场了，便都起身离座，整好衣冠，恭立听旨。

刘邦便朗声道："我等起兵伐楚，是为义帝复仇。今楚地已平，元凶剪除，然义帝无后，不能垂统万世，实乃憾事。寡人之意，齐王韩信生长于楚，熟习楚地风俗，且攻灭项氏，功盖群雄，今改封为楚王，定都于下邳，镇抚淮北，楚民定当拥戴，楚地则自安。我辈为义帝攻伐一场，如此措置，亦对得起他之冤魂了。"

诸王闻刘邦旨意，一时都怔住。过了片刻，才参差不齐地赞道："汉王英明！"

韩信脸色便一变，心里哀叹：悔不该当初不听武涉、蒯通之劝！甫一抬头，却见张耳在前面，正回首朝他频频使眼色。韩信领会张耳之意，也知此时万不能发作，只得躬身一揖，并无言语。

刘邦见韩信并未谢恩，心中便有数，遂温言款语道："韩信将军，今封你在父母之邦，光耀故里，算是遂了你多年心愿。以你之功，正当如此！谅天下亦无人敢多言。即便是寡人，亦不能及，只得在关中遥望故里了。哈哈……"

韩信心知当下无兵无勇，争也是徒劳，只好狠狠心，一让到底。遂拱手高声谢恩道："汉王厚恩，臣当没齿不忘。向时在齐，便无一日不思归乡。日前，见戚夫人千里归宁，卤簿相接，车马喧阗，是何等荣耀！臣不胜欣羡。不想今日，臣亦能如愿以偿，如何能不谢汉王？臣德薄才小，早年落魄乡里，遭人轻贱，今日竟能翻作楚王，岂非梦寐乎？臣在此谢恩。"

诸王之中，多有不知戚夫人为何人者，都觉诧异，便抬头望向刘邦。

刘邦知韩信此番话，实为绵里藏针，只得一笑，将话头岔过去："哈哈，今日说好不谈家事，韩将军高兴便好。随何，请将楚王印绶交与将军，原齐王印绶，待明日收缴。”

韩信纵有一万个不愿意，也只得将那楚王印绶接过，口称谢恩。

刘邦见韩信接了印，便又对诸王道：“魏相国彭越，灭秦时首义有功，惜乎项王未赏。后于荥阳相持时，彭越又出兵挠楚①，建有不世之功，早当封王。今魏地已无主，寡人便将魏地封与彭越，号梁王，定都定陶。如此，人心方能归服。”

话音甫落，随何便捧出梁王印信，来至彭越面前。彭越此时正坐在下首，乍闻此言，喜极而泣，忙跌跌撞撞起身，接过印信，伏地谢恩道：“谢大王厚恩。臣于梦中，也曾几番封王，醒来却是唯闻蛙鸣狗吠而已。然今朝，却不是梦了。”

刘邦大笑道：“封你的采食之地，离你家乡不远，亦可谓荣耀之极。昨日为贼，今日为王，此中之得意，你自去消受吧。”

当下随何便命近侍数人，七手八脚，将彭越的案几，搬到了诸王席位中，伺候彭越入座。

之后，刘邦又指点着吴芮，对诸王道：“衡山王吴芮千里来投，寡人与之晤谈，方知他是吴王夫差之后。这且不论，衡山王少时便通兵法，秦末任番阳县令，甚得民心，号为‘番君’。当年诸侯反秦，他与英布翁婿两人，率越人举兵反秦，随项王西入咸阳。其间，曾从张良之劝，遣将助我沛公军入武关，有大功。项王偏私，仅以区区郴县封之，实为轻贱天下豪士。故此，寡人已有意，拟改封他为长沙王，定都临湘（今属湖南省），以统驭百越。”

诸王闻之，皆大叹。吴芮感激涕零，拜伏谢恩道：“某愿在江南，世代为汉家守土。”

刘邦又道：“另有故越王无诸，为越王勾践之后，受秦荼毒，连个社稷②也没有。诸侯反秦之际，无诸率闽中之兵，襄赞灭秦，立有大功，然项王分封，却是不问。今寡人遥封其为闽越王，领闽中之地，世守南疆。其余赵王张耳、韩王信、淮南王英

① 后“彭越挠楚”成为古代兵法之一种，意即兵分多路，一部佯攻袭扰，另一部进行实攻。

② 社稷，这里指太庙。

布、燕王臧荼,封土皆如故,永袭王号。值此天下已定,寡人必重信义,践前约。江淮沃土,情愿拱手相让,与四方英雄共享升平。吾汉家虽承秦制,然郡国并行,秦之三十六郡,今朝廷仅据十五郡,其余皆为封国。若三分天下,诸君便已封有其二,较之昔日项王,何人敢言寡人有私?还望诸君,来日各归封国,各立社稷,好生驭民为是。”

诸王便一齐拱手谢恩,赞颂不止。

刘邦忽又敛起笑容,厉声道:“环顾海内,唯一个临江王共尉,不服汉家。然太尉卢绾已在归途上报称:江陵已破,共尉成擒!如此不识好歹的货色,留之何用?依寡人之意,杀之亦不足惜。即日起,撤废临江王之号,以谢天下。”

诸王都知今日之赏罚,乃是汉王借机树威,焉有不从之理,都纷纷称善。

刘邦望望俯首如仪的诸王,大笑不止,一挥袖道:“各位都请落座好了!今日大事已毕,我等且赏乐饮酒,做一日之欢。”

诸王这才不再拘谨,复又言笑,争相向韩信、彭越道贺。刘邦也从座中下来,踱至韩信近前,殷切道:“楚地为王,实为不易,愿将军仍为我左右手,不负天下之望。”

韩信此刻,脸上却似无喜无怒,也不回话,只向刘邦深深一躬。

二、荒野喧腾拥汉皇

韩信在定陶又候了数日，每日仍闻军士操练声喧，然自家号令却再也不能出大帐之外。众军忙忙碌碌，路遇韩信，虽仍执礼甚恭，却是唯曹参将令是从，神色匆匆，竟无暇与韩信多言语几句了。

身边随侍者尚有中涓数十名、郎卫百余名，众人见韩信郁闷，倒是一心想哄他高兴，天天鼓噪着要去围猎。但韩信哪里还有心情，唯盼刘邦早日允诸侯归国。

这日，韩信去拜会张耳，提起此事。张耳身体衰颓，早也是耐不住了，便道："邯郸虽好，却不及临淄之繁盛，无怪韩兄要盼归了。然那汉王新得天下，意气正盛，正是君临天下的瘾头上，你我二人要告辞，怕是未能获允，不如邀了诸王一齐去。"

韩信深以为然，当下便去邀了各位诸侯，一齐来面谒汉王。皆言封国事多，头绪纷纭，不欲在定陶久留，唯盼返国。

刘邦这日正要起驾，前往城东戚家寨，听了诸王来意，不禁大笑："诸君多是武人出身，一日清闲，便耐不住了！我辈自秦末至今，征伐七年有余，好不容易天下平定，尔等急的甚么？寡人与群臣已谋划多时，因嫌栎阳僻远，不日将迁都洛阳，也好居天下之中，控驭四海。诸君且暂留，与寡人同襄盛举，而后再归国也不迟。"

韩信知一时不能脱身，不由得焦躁，脱口道："天下初定，楚孽尚存，如此长久在外淹留，臣等实不放心。"

刘邦便又笑："天下只你一人执拗！吾辈生死以搏，图的不就是这般安闲吗？你那齐地，又何患之有？项王今归黄土，已不能复生，所余区区几个亡臣，何足道哉？好了，诸君之事忙得我头晕，总算各遂其愿。寡人今日还有家事，欲往城东拜一拜新岳丈，失陪失陪！诸君且去歇了，天气这般好，飞鹰走狗，何不快活一番？"

诸王闻此，或满腹疑虑，或玩心顿起，便不再提归国之事，谢了刘邦，一齐退下。

张耳与韩信走在一处，对韩信道："迟暮之年，得安居一隅，我心于此足矣。足下盛年，尚有可为，然切不可心急。"

韩信神色抑郁，对张耳拱拱手道："兄有所不知，弟也是于心足矣。"两人便就此别过，登车各归住所。

韩信车驾过处，鸾辔叮当，后有百余名郎卫呼喝跟随，百姓见了，都纷纷避让。韩信在车上，凭轼而望，见街上有成伍的汉军在巡哨，各个喜气洋洋，心里便叹：自己若是一名小卒，此刻怕也正高兴，只待归乡，凭战功分田晋爵。然可叹曾为三军之帅，拥兵数十万众，一念便可倾动天下，如今军权全失，只能驱使百十个跟从，落得与土豪一般。

想想气闷，韩信当即便命御者："改道！我要去见见张良。"

不过片时，轺车便驰近张良行营，守门阍人见了，慌忙见礼。正待进去通报，韩信却将手一挥："不必，孤王自入便可。"便跳下车来，昂然直入。

阍人不敢阻拦，只得急趋跟随，一面高声通报。

此时张良正于堂上读书，见韩信突然闯入，便是一惊，忙抛下书卷，起身施礼道："不知楚王驾临，未曾远迎。"

韩信步入室内，略作打量，冷笑一声道："子房兄，何必客气？"说罢，便择了客座坐下。

张良急忙相让道："楚王还请上座。"

韩信道："你我兄弟，一切虚礼可免。兄博古通今，举世无匹，弟今日是特来讨教的。"

张良见韩信来者不善，便淡淡一笑："楚王请吩咐。"

“楚王？我之所问，正是这个‘王’字。昔日在齐，印绶系足下所亲授，所允彭城至东海永世封齐，言犹在耳，然寸土也未见到。无信无义，竟可至此地步吗？如何功成之日，便有羞辱迭至，昨日夺军权，今日徙荆楚，汉王究竟视我为何人？我身之所处，一派混沌，兄可否为我一语道明？”

“韩兄请息怒。世上事，本不是一语便可说清的。以我愚见，兄之由卒伍而将军，由将军而封王，应是拜汉王所赐；然汉王受困于广武山、顿兵于阳夏，韩兄彼时又在何处？进退得失，恩怨系之。若以一语以蔽之，便是这个了，不知兄以为如何？”

张良一席话，说得韩信哑口无言，欠身欲起，旋又坐下，以手抚额道：“他还是恨我当时不救！”

张良接着又道：“韩兄，昨日之错不可追了，谨防明日之错，才是要紧。”

韩信想想，又直视张良道：“鏖兵天下者，无人如我；然控驭天下者，子房兄也。弟近来连番受窘，失权徙地，想那汉王如何有此等急智？莫非……计皆由子房兄所出？”

张良连忙起身，对韩信道：“此处不是说话处，容后再说。前几日，项伯送我两匹好马，称其疾可追风。今日晴和，不妨同去郊外一试。”

韩信气已渐平，知张良必有知己之言，便将车驾、扈从打发回营。张良即命舍人牵出马来，与韩信并辔出城，随身只带了家老张申屠等几个家臣。

此时，已是汉王五年正月末梢，天已渐渐回暖。马驰平野，长风拂面，似已有春意和煦。纵马跑了一程，韩信拍拍马颈，不由连声叫好，张良便道：“韩兄所爱，必是良驹，弟便以此马相赠了。”

韩信笑道：“那项伯老儿，亦是了得！竟搜得如此好马，定是始皇所遗的八骏无疑。子房兄，承蒙你好意，弟便愧受了。”

两人当下竞相加鞭，又往前驰驱了一回。几个家臣，只骑马远远跟在后面。

向北驰了十余里，忽见前面有冈峦突起，甚是壮观。韩信望望，疑惑道：“此乃何处？如何便能平地起山？”

张良道："曾问过父老，此处名曰仿山。周天子所封曹国，国都便是这陶邑，前后有二十五代君主，皆葬于此。封土叠加，林木葱茏，故而望去仿似丘山。"

韩信不禁一震："嚯矣！二十五代？"遂勒住马，怅望良久，回首对张良道，"大丈夫应庇荫子孙富贵若此，代代巍峨似丘山，为世人所羡。"

张良便拱手道："韩兄功名，远迈于曹国之君，富贵又岂止二十五代？然庄子曾有言：'削迹捐势，不为功名。'先哲高论，兄亦不可不信。"

韩信蓦然想起，近日陈豨也曾说起"直木先伐"之论，便望住张良："察兄之意，弟应以明哲自保为上？"

"大智者，贵在退步为安。韩兄可知越之范蠡，昔年退隐在何处？"

"哦……弟倒是疏忽了！那范蠡弃官从商，几次聚财千金，原来正是在这定陶。"

张良遂一笑，跳下马来，手指山上，对韩信道："天气晴和，山景亦佳，我二人不妨徒步一游。"韩信欣然应允，两人便将马匹交与家臣，缓步攀上山丘。

眼望平野开敞，禾苗返青，绿油油一片，张良不禁面露怡然之色，停下脚来，慨叹道："曹国乃周文王之后，天潢贵胄，何其荣耀。然煌煌二十五代，尽都在这脚下了。可见人世本无常，岂如这丘山之固？"

"子房兄，汉家方兴，正是你我得意时，听你言谈，何以消沉至此？"

"此无关心绪。近日我曾思之：范蠡何以生，文种何以死？我辈不可不察。范蠡隐于此地时，曾致文种书信一封，内中之语，兄今日可还能记诵乎？"

韩信当即脱口道："飞鸟尽，良弓藏；狡兔死，走狗烹……"背诵至此，忽觉愕然，便戛然止住，直直地望住张良。

张良见他如此，便挥袖笑道："兴之所至，偶尔想起罢了，然古今异势，兄也不必多虑。"

韩信一脸肃然，拱手道："非也！兄以良言赠我，弟当深思。至楚地后，或应百事不问，以光耀故里为乐。"

张良想想，便道："有句知己之言，不可不说与韩兄：当世之文韬武略，除你我二人，再无第三人，然我辈终不过范蠡、文种之辈，万勿作勾践之想。兄之雄才，不输于孙武、吴起，更远胜王翦、项燕，万种计略，当著书传于后世，方不负此生。那衣锦还乡、光耀故里之举，应属微末小事，在可有可无之间也。”

韩信望见张良装束，仍是旧时绨袍，浑如百姓，便微微摇头，道：“兄知隐忍，弟愧不如。”

“韩兄过誉了。”

韩信便将头一扭，直直盯住张良问：“兄淡泊如此，待人亦应宽厚；莫非真是你献计于汉王，要折辱我到此地步？”

张良胸中，此时不免有涟漪冲荡。日前刘邦欲贬辱韩信，夜半问计，张良曾踌躇再三。对韩信，他素有惺惺相惜之心，本不欲献计，然君命不可违，容不得他置身于事外，只得应命。故而一旦谋划既遂，心下总觉得歉然，今日韩信问上门来，自是无法再敷衍了。

思来想去，便将那心一横，对韩信坦言道：“韩兄之种种不快，皆出于君上，自是无疑。弟为君上献计，实为势所迫，不得不然，心内甚是纠结。然弟也以为：福祸相倚，人不可执着于一端，韩兄虽失兵权，改徙楚王，人却是好好的，尊荣未减，终强于范增被逐死……”

韩信望望张良，默然片刻，方说道：“君子之心，在下领教了。”

“韩兄且珍重，待汉家定鼎之后，你我隐于山林，著书纵论兵法，岂不快哉？”

“如此也罢！弟虽娴于兵法，却不谙人事。只想不通：君上如此待诸王，究竟要做甚么？还请子房兄指点一二。”

张良只淡淡一笑：“这个么……兄不见，万人之上，唯此一人耳。”

韩信闻言，不禁瞠目，半晌才回过神来：“原来如此！多亏兄一语道破，弟真乃愚不可及！既然如此，弟这便与诸王联名上疏，共尊汉王为皇帝。待汉王了却心事，诸王方可安居封邑。唯弟于文字之道不甚了了，还望兄代为执笔。”

“此乃小事，遵命便是了。”

韩信遂大喜，当即翻身上马，告辞道：“弟这便去见张耳，共商此事。兄心存高远，乃超然之人，且在这大野之中多多流连，恕弟不陪了。”说罢，一抖马缰，便疾驰而去。

张良负手立于冈上，目送韩信远去，心头不由伤感。想到自己虽是苦心相劝，然闻者能否改弦更张，不得而知。韩信以军功而得诸侯，却不知收敛，那顶诸侯冕旒戴在他头上，究竟是祸是福，实难揣测……

张良闷想了半晌，便唤过张申屠来，吩咐道：“久不行走，腿也要软了。今日便不再骑马了，徒步而归也甚好。我看远处有一市集，不妨顺路逛上一逛。”

主仆一行，便徒步来至集上。这处地方，不过是一寻常亭市①，然商贩云集，货物互易，却也十分热闹。一路看去，沿街多有售卖禽畜谷粟之人，亦有将那草木鱼虫等拿来卖的。

张良见了，不由兴起，将那店中的奇石、珍禽、花木逐个看过。行至街尾，眼前倏地便是一亮，只见路旁地上，摆着些陶钵，内有枝枝青荷插在水中，含苞待放。

再看那卖主，是个约二十七八岁的妇人，貌虽不妖冶，却生得十分清爽。看那光景，显系寒素人家女子，身着一袭旧襦裙，袖手坐于荷丛之中。

张良便大奇，走近前去问道：“这位阿嫂，时方孟春，天气仍寒，如何养得出这夏令的花草来？”

那妇人望了张良一眼，便道：“此花之违时，正合‘有无相生’之道。君不见当今乱世，却仍不乏清正之人？花草亦是一样的。”

张良听那妇人张口便是黄老之术，更是一惊，知这女子绝非凡庸，便深深一揖，又问道：“敢问阿嫂是何方人氏？可曾师从贤德长者？”

那妇人一笑，谦谦答道：“公子不必多礼，唤我何二娘便是。奴家生于潇湘，本以织屦②为业，后逢秦末大乱，为避兵燹，逃匿于济北山中。曾遇一长者授徒，奴家便求告于他，投入门下，为师徒浆洗煮饭，聊以为生。”

---

① 亭市，汉代的农村集市类型之一。其时乡村还有乡市、聚市（设于较大村落）、野市等。

② 屦（jù），以麻、葛编织成的鞋。

张良闻言,心中便是轰的一声,想到当年授书的黄石公,忙问:“那长者所隐仙乡,不知是何处?”

“就在谷城。”

张良便怔住,忽忆起当年在下邳桥上,黄石公曾嘱“十三年后,孺子见我于济北,谷城山下黄石即我矣”。于是急忙问道:“请问何二娘,那长者……可是黄石公?”

何二娘一脸茫然,摇头道:“奴家未闻黄石公之名,只知那长者名唤赤松子,曾教我辟谷之术,至今奴家尚能辟谷,偶食山桃一枚,便可活命半月,不然早成饿殍了。”

“赤松子? 便是那绝世真人! 此刻他就在谷城吗?”

“公子怕是寻他不到了,年前先生遣散徒众,将随身钱物施与奴家,自往蜀中的天台山去了。奴家将钱物用尽,才来此地,做些小本生意度日。”

听罢何二娘所述,张良心中便不免惶惶,深悔当日过谷城时,竟将此事忘了个精光。如此想着,便恨不能立时就飞入山中,去寻那黄石公。惭愧之下,执意要买那妇人两钵青荷,以为酬谢。然而左右摸摸,袖中却是没带钱,只得摘下腰间环佩,要递与何二娘。

张申屠见了,忙抢上一步拦阻道:“主公,有钱,有钱。”说着便往自己腰间箧儿摸去,掏出一把“秦半两”铜钱来,见枚数不多,便又道:“还有,还有。”说着急忙回首,向另外几人使眼色。众人七凑八凑,凑起百余文钱来,张申屠接过,转身便朝二娘手中塞去。

何二娘哪里肯受这么多钱,只拿过几枚来揣好,向张良谢道:“公子好意,奴家领受了。看公子衣履,与奴辈一般无二,然公子之气,却似超迈到了天上去,应是侯王将相之身。奴家虽贱,却也知‘多藏必厚亡’之理。如今刀兵虽然歇了,世道还是乱,人心之险,仍如刀剑环伺,各个都想杀你。唯似公子这般抱素返真,方可保全得好。”

张良听得满心惊异,连连拱手道:“女史之言,在下当谨记。不知此生是否有幸，得亲炙赤松子先生教诲？”

何二娘手指那仿山，只答了一句：“积土尚能成丘，此等微小之事，更有何难？”

张良又一怔，不禁暗自惊呼：“异人，好一个异人！”

此刻，时已至日中，忽闻巷中木楼上传来三通鼓响，便有一位市令出来，吆喝收市。众商家似得了号令一般，都手忙脚乱起来，收拾货物。那妇人也起身，从身后推出一辆独轮鸡公车来，不及言语，只顾收捡荷花。张良又望了何二娘两眼，方才悻悻别过，与众家臣循那来路返回了。

隔日，张良便带着张申屠等北渡济水，疾趋谷城。入了城邑，唤来当地啬夫带路，徒步沿大河寻觅，将那大小丘壑寻了个遍。然奔波两日，却是全不见黄石公踪迹。

一行人又寻入村寨中，问了几位老叟，皆言从未闻黄石公大名。张良莫可奈何，呆立河边，忽望见大河之北亦有山陵，便命啬夫找了船北渡，径直寻至东阿地面。但见此邑各处，俱凿有深井，约六七丈之深，乡民淘井水来煮驴皮，将驴皮化为琥珀似的浆水，倾入盆内凝结，名曰盆覆胶，是为补血良药。

张申屠见张良愁闷，便道：“寻不见黄石公，便是买些盆胶带走也好。”

张良诧异道：“做甚？”

张申屠道：“回去赠那何二娘，亦是好的。”

张良便叱道：“儿戏！此番来，便是掘地，也要寻出黄石先生来。”

众人便又打马北行，走了不多时，忽见渺远处有一山陵，平地矗起百丈，危峰突兀，险僻非常。问路人，知其名为鱼山。于是策马来至山下，见果有大石卧于地，然其色不黄不白，难以分辨。

张良下得马来，举目四望，但见满野荒凉，不见人踪，哪里能探得黄石公踪迹？屈指算来，黄石公迄今寿已逾九十，或是羽化登仙了也未可知。此一巍然巨石，是否为他精魂所化，也万难猜度。

张良在石畔怅然良久，终无计可施，只得命家臣将石前荒草除去，伏地叩拜再三，聊表心意。拜毕，这才捡了一块，怏怏而去。

此事于张良终究是纠结，返程中便直奔仿山，欲再次寻得那何二娘，好生问问，以期探得赤松子行迹。哪知重返那亭市中，却不见何二娘踪迹。张申屠问遍相邻商贩，都谓何二娘已多日不来，亦无人知她居于何处。张良顿感茫然，呆立于巷中，不知如何是好。

张申屠见状，劝道："此妇若有意隐迹，神仙怕也寻不出。主公，且归吧。"

张良仍不语，呆立良久，耳闻那人喧犬吠，觉万般繁华都无趣，心中便发了个毒誓："此生若能往天台山去，王侯亦可不做！"

再说刘邦这几日，将诸王之事料理停当，便带着亲随去了戚家寨，暂享天伦之乐。

刘邦还记得，早年驻军霸上之时，樊哙、张良曾劝谏莫入阿房宫。不入阿房宫，不过是做样子给天下人看而已，然有此禁忌，汉家便得了仁义之名，人心归服，日后果真就灭了那恣意妄为的项王。

项王殁后，刘邦越发认定：迂执亦有迂执的好处。虽此生再也住不进那阿房宫，社稷却是稳稳地坐住了。两者相权衡，孰轻孰重？这个账，自然要算分明。也正是如此，刘邦将安抚诸王看作大事，待诸王事毕，方偷闲前往戚家寨，去看戚夫人。

那戚夫人在栎阳刚诞下一子，本是满心欢喜；然自归宁之后，却还未得机缘见到刘邦一面，正自在庄上心焦。这日，忽闻庄外人马声喧，呼喝连连，知是汉王卤簿到了，连忙右手抱婴儿，左手搀老父，迎出了宅门去。

那边汉王法驾，早有王恬启先行一步迎住。刘邦一脸喜色下车，率亲随来至戚家宅门。

戚太公远远望见，慌忙整衣，便要伏地大拜。刘邦见了，不禁大呼一声："使不得，使不得！"连忙三步并作两步，抢上前去，伏地便拜。拜罢，起身又道："小子即使为王侯，见了丈人，亦是要拜的，岂有丈人拜女婿之理？"

那戚太公见眼前卤簿威仪，恍如置身梦寐，受过刘邦这三拜，忽然膝盖一软，也跪倒于地，口称："方才是贤婿拜老朽，此刻是小民拜君王。"说罢，便叩了几个头。

戚夫人掩口笑道："你们翁婿见面，倒是比别家要麻烦些！"

刘邦起身，这才与戚夫人见过，一把抢过了她怀中婴孩，细细端详。早在广武山时，刘邦便知回栎阳逗留那几日，戚夫人已怀了胎，心中早就惦念。今日见那孩子五官清秀，不由大喜，笑道："小儿甚好，全不似我俗气！"

戚夫人想起近日等得心焦，便嗔道："陛下在定陶，如何勾留这许久？"

刘邦只顾逗弄婴孩，随口道："分天下，岂如分肉那般容易？半月来，要累煞寡人了……喃喃，这小儿，可有名字？"

"尚未取名。"

"小儿来得好！当今时节，天下定，诸侯安，百姓亦不用送死了，真乃诸事如意。小儿便唤作'如意'吧，可还顺耳？"

戚夫人便嫣然一笑："陛下说甚便是甚，这名儿，倒是乖巧。"

早在先前几日，栎阳宫车驾进驻，庄上便闹了个人仰马翻。如今汉王法驾又至，戚家寨更是家家不宁。随侍的谒者、郎卫等，在庄外搭起了帐幕歇宿，刘邦则宿于戚家，做了几日"倒插门"。所喜戚宅虽不宽敞，房屋倒还洁净。

院外槐树下，戚太公每日摆起数十桌流水筵席，邀来乡邻老少，酒肉招待。刘邦便请戚太公与父老坐于上座，自家陪坐对饮。酒馔上来，座中唯闻村语喁喁，话不离菽麦桑麻。那刘邦原是与田家打惯交道的，谈天说地，语多谐谑，庄院内外便是一派喧笑。

寨中有那一群老妪，围着戚夫人恭喜，皆夸戚太公有福气，只一夜留宿，便攀牢了一门好亲。

酒正酣时，座中有一村学老叟，颤巍巍起身，向刘邦敬酒道："老子言：'昔之得一者，天得一以清，地得一以宁，神得一以灵，谷得一以盈，万物得一以生，侯王得一以为天下贞。'诚哉斯言也。今大王得天下，是为得一；得戚姬，亦为得一；小民愿大王万年唯守此一。"

刘邦一时语塞，干咳两声，便欲支吾过去。

那戚太公知此言不妥，脸色就一白，忙起身打岔道："今日吃酒，哪里有恁多斯文？大王起自闾里，视我等细微为兄弟，这同一，便是得一。来来，吃酒吃酒！"

刘邦却朝戚太公摆摆手，对那老叟道："老丈之言，实获我心。那黄老之术，乃圣人之道也，我当谨记。这'得一'嘛，便是我这小儿如意；此生此世，吾将钟爱如一。老丈，你看如何？"

举座闻此言，皆大笑不止，一时又是杯觥交错。

如此一日两醉，闹了数日。这日晌午，朝食既毕，随何忽然自门外奔入，报称："护军中尉①陈平将军到！"

刘邦正与戚太公闲谈，闻报不由遽然变色："陈平来做甚？莫非是韩信反了？"便急命召入。

陈平来至屋内，其神色并无异常，刘邦这才放下心来，懒懒问道："将军来此何干？"

陈平一揖道："诸王与群臣有疏上，亟盼大王恩准。"说罢，自袖中拿出一封奏疏来，恭恭敬敬呈上。

刘邦接过，展册扫了一眼，便浑身一颤，立刻挺身长跽，看了起来。

此疏，原是众臣请汉王上皇帝尊号疏。这还了得？刘邦看得脊梁冒汗，两手颤抖。看罢又看了一遍，才将奏疏卷起，默然无语。

陈平便连连作揖道："众臣皆谓，天下既安，不可一日无主。民久苦于暴秦逆楚，望明君之出，若大旱之望云霓。请大王及早示下，准众臣之请。"

刘邦转头望望戚太公："丈人，你看这成何体统？诸王及群臣，竟要我上皇帝尊号，岂不是要折煞寡人？"

戚太公闻言，神色便一凛，忙俯身拜道："大王，此乃天意，岂可违乎？"

刘邦笑道："正要与丈人商议，来日就常住戚家寨，作林下之游，忙时稼穑，闲来

---

① 护军中尉，汉军军官职。后改称护军将军，有监督诸将、调度全军之责。

饮酒，岂不是好？彼辈竟要我做皇帝，那皇帝怎生做得？但见众叛亲离，疆土分崩，传二世而亡，千秋之下仍由人笑骂！”

“断非如此！那秦政暴虐，方致山河分崩；而大王仁德，泽被苍生，必传万世而不竭。”

“哈哈，丈人又在恭维我了。万世不万世的，只合梦中才有，寡人还是保住眼前之位便好。”

陈平此时又道：“诸臣从大王征伐，九死一生，所为者何？无非冀有百年富贵。大王固然可以淡泊，只是莫要冷了群臣之心。”

“唔？”刘邦似有所悟，便掉头对戚太公道，“请丈人暂且回避，我要与陈平将军说话。”

待戚太公退下，刘邦便敛容问道：“陈平，此事莫非是你主使？”

陈平答道：“臣不敢。但闻韩信谋划甚力，英布、彭越亦热心襄赞。”

“韩信？”刘邦拈须半晌，忽又问道，“那张良却是何意？”

“张良近几日里，只顾四处寻仙问道，倒不曾参与其事。”

“欺我！”刘邦遂将奏疏一摔，“这不是张良的手笔吗？他如何就未曾参与？”

“这个……恕臣失察。”

“哼，韩信要我做皇帝，我偏就不做！此事不要再议了，劝进便是要害我。全是众人在定陶闲得心慌，才生出这等枝节来。回去传诏吧，各部人马立即整装，旬日内即开拔，且往洛阳再说。”

陈平见刘邦全无转圜余地，便叹了一声，拾起奏疏揣于袖中，告辞了。

待陈平一走，刘邦又流连了数日，便也坐不稳，要回定陶。他命备好车驾，便拽住戚太公衣袖，要太公也跟去洛阳享福。

戚太公只是摇头：“这便使不得。田户人家，如何离得了乡土？贤婿，你只管去做皇帝，老朽这里，无须挂碍。待你进了洛阳，若能免去戚家寨三五载的粮赋，便不枉我儿这一番远嫁了。”

戚太公说得动情，刘邦听了，险些落泪，连连颔首道：“丈人放心。一则，免赋之事，遵命便是。二则，寡人莫说不做皇帝，即使做了皇帝，与令爱亦是棒打不散。那如意，更是我心头肉，将来这山河社稷，恐也要传与他呢。"

"这哪里敢当！老朽若寿长，只是年年要去洛阳，看一眼外孙，便知足了。"

一番话别毕，刘邦便点起仪卫，携了戚夫人与如意，匆匆离了戚家寨。

回到定陶，才知赵王张耳身体忽然不支，已回了邯郸。刘邦正自惦念时，忽有赵国使者飞驰来报丧，说赵王于归途中病倒，沉疴不治，竟一命呜呼了。

老友才得享福，便撒手而去，刘邦不由得大恸。半日里，竟是失魂落魄三数回，待得回过神来，自语了一句："人生在世，固然是个梦，然老兄如何真的就睡了！"忙教张良起草了册书，携了金帛财宝，前去邯郸宣慰，诏命张耳之子张敖承继王位。

待张良一走，刘邦即点起各部人马五十万，前往洛阳，命左丞相曹参交还相印，留镇齐地。诸王及汉家文武诸臣，皆随军同行。

行了一日，将近仿山，大队刚扎下营寨，便有随何进帐，呈上奏疏一封。

刘邦打开简册，只看了一眼，便怒道："如何又是劝进表？"正要掷下，忽一眼瞥见领衔者乃是韩信，便又细看起来。只见那奏疏写道：

> 楚王韩信、韩王信、淮南王英布、梁王彭越、故衡山王①吴芮、赵王张敖、燕王臧荼冒死再拜言大王陛下：先时，秦为无道，天下诛之。大王先俘秦王，定关中，于天下功最多。存亡定危，救败继绝，以安万民，功盛德厚。又善待诸侯王有功者，使得立社稷。名位各已定，然大王之位号比拟，与吾等无上下之分。吾等不忍见大王功德之高，于后世不显，故此冒死再拜，请上皇帝尊号。乞伏准行。

看罢，刘邦便对随何笑笑："看这诸王，不想与我做兄弟了。那张敖也是，阿翁

① 衡山王吴芮系项羽所封，吴芮投汉较晚，汉彼时尚未重新册封，故而吴芮自称"故衡山王"。

死了，正是斩衰①之期，服丧尚且不及，也来赶这个热闹。”

随何却道：“天下一心，岂止是诸王。”

刘邦故意板起脸道：“妄言！我做了皇帝，你好做赵高吗？”

随何闻听“赵高”两字，吓得汗出如雨，忙下跪道：“陛下之仁，无远弗届，焉有赵高辈立足之地？”

刘邦恨恨道：“我这里无有赵高，然到了汉家二世，怕也未必。”

随何闻此，只是伏地惶悚，噤不能言。

刘邦忽又笑了：“算了，别人能做赵高，你哪里就能？且去传诸王及众臣来吧。”

待诸王与众臣进得帐来，刘邦便将手中奏疏一扬，斥道：“尔等饱食终日，只费心思在这上面。吾闻帝之尊号非贤者不能当；空言虚语，岂能称帝？诸君哄闹似的抬举我，尤以韩信为甚，不知是何意？寡人起自草莽，素无高行，在沛县尚有酒账未清呢。以此之薄德，如何敢当皇帝尊号？”

众人哪里肯听，只见韩信抢前奏道：“不然！大王起于细微，诛暴秦，平定四海，有功者皆分封裂土为王侯，大王若不加尊号，天下人皆心疑不定。臣等决意以死守候于此，不见大王上尊号，臣等便不走了。”

“哈哈，这算是说了真话。上尊号，哪里是为寡人？分明是想抬举我而自保。此事，日前曾有一疏，今日又见一疏，你等何其心急也！若说我刘季功高堪比五帝，那便是骂我；若说你辈欲求自安，要推我下汤镬，倒还可信。这皇帝之位，诸君既然选举了寡人，还须寡人有心思做方可。且容我稍作斟酌，今日就不议了，照旧吃酒便好。”

众人见劝不动刘邦，也只好暂且作罢。

大队又西行了半日，来至氾(fàn)水之北。刘邦在车驾中，觉万事顺遂，没来由地想起纪信，正在心酸，猛见有一彪人马从后急追上来，有几人翻身下马，拦道伏地而拜。刘邦起身看时，原是韩信、英布、彭越等六王。稍后，又有群臣三百余人蜂拥

---

① 斩衰（cuī），“五服”之等级最高的丧服，用最粗的生麻布制做，服期三年。

而至，也是争相伏地不起。

刘邦大惊："诸君，这是为何？"略一迟疑，又叹道，"唉，你等只是要逼我！"

韩信抬头朗声道："陛下若不加尊号，臣等便遮道候旨，再也无心赴洛阳了。"

英布亦道："陛下以汉王之号君临天下，多有不便。上皇帝尊号，正应了天时民心。"

刘邦摆手道："入洛阳之后再议吧。"

韩信执意不肯让："臣以为不可！事到如今，天意不可违，众心亦不可拂逆。此地开阔，在水之阳，正合老子'居善地'之道，陛下可在此登大位。"

众人也一齐附和，喧声震耳。

刘邦只得起身，朝众人拱手道："诸君之意我已知，既是诸君以为便民，寡人也只得违心，所幸此举上应天意，下合民心，不可谓悖逆。还望诸君同心相与，有益家邦安定。"

诸王与群臣闻之皆大喜，当下稽首叩拜，齐呼"万岁"。随侍郎卫们见了，也猜到了八九分，都纷纷下马，弃戟跪拜，呼声震天。

刘邦只得连连回礼，待喧声稍息，便对随何道："全军便在此安营吧，命士卒垒土筑坛。明日起，由卢绾、叔孙通主事，择吉定仪，筹办郊天大典。"

群臣又一番喧呼欢腾，礼毕起身，都拥至刘邦车驾前道贺，皆是喜极而泣的样子。刘邦苦笑道："寡人起于乡野，也只好在这荒野之中登基了。"

次日，卢绾、叔孙通与随何等人商议了一夜，定下了登基、朝贺仪规。又知会少府，取来秦始皇传国玉玺，以备登基时用。

这汜水之阳①，地处荒郊，所有器物一时难措，诸事只得从权。叔孙通拿来汉王冠冕，亲手加了三条旒，凑成天子之十二旒。至于那皇袍衣饰等，不及置办，就仍用汉王旧物。

这日刘邦无事，一时兴起，便带了王恬启、随何等一干侍臣，来至叔孙通帐中。

① 中国古代地名，山之南、水之北为阳，反之为阴。

叔孙通见刘邦驾临,慌忙施礼。

刘邦含笑问道:“夫子,忙碌得如何?”

叔孙通回道:“臣与太尉已两夜未眠,急督军士筑坛。郊天那座圜丘,后日即可告竣。其余万事俱已齐备,只惜乎百官未有一色官服。”

刘邦便道:“这是何等年月?官袍之事,随众官自便。日后承平,汉家亦不定制官袍。天下之民,穷矣苦矣,寡人何忍再去搜刮?”

说罢,他一眼望见传国玉玺,眼睛便发亮,上前捧起来,细细端详,口中道:“当年,自秦王子婴手中得此物,只道是残砖一块,不想今日派上了用场。”

始皇所遗的这方玉玺,乃是以和氏璧镌成,其方四寸,上纽为五龙交错,精致无比。印文系秦丞相李斯所书,乃是“受命于天,既寿永昌”八个字,字字端丽。刘邦将玉玺摩挲半晌,叹道:“百二河山,如此宝物!只可惜了祖龙基业,竟败在了小儿手里。”

叔孙通道:“汉家兴业,为万物续天命,非暴秦可比。”

刘邦却摇头道:“夫子只管拣好听的讲,将寡人推上高台,你是不怕我跌下来!观今日天下,欲为倡乱者,十室有八。遍地唯见虎豹熊罴,如何得安?我来日若下了黄泉,那太子刘盈,天资不敏,又如何能将天下摆布得好?”

王恬启在旁道:“汉家猛将如云,岂容再有陈胜之辈作乱?”

刘邦望了王恬启一眼,冷笑道:“猛将?倒给你说中了……”当下便托起那玉玺,问道,“我若下了黄泉,此物可抵得一员猛将吗?无非玉石一块,人人皆可得。”

王恬启、随何闻此言,皆不知所对,心内大起惊异。

待刘邦一行走后,叔孙通那弟子百人闻之,全都跑来打探。其中有弟子抱怨道:“吾辈侍奉先生数年,自彭城投汉,一路艰辛,几乎丧命;然先生向汉王举荐用人,却不荐弟子一人。所荐者不是群盗,便是枭雄。如此行事,究竟为何故?”

叔孙通将诸弟子打量一番,哂笑道:“汉王冒矢石而争天下,若遣诸生上阵,可能战斗乎?故须先荐斩将搴旗之士。诸生欲做官,人之常情也;且容一时,我必不忘此事。”

诸弟子听了，都半信半疑。想想无奈，也只得听从叔孙通调遣，为登基事忙碌起来。

如此，又操办了数日，至汉王五年二月甲午（二月初三），便是叔孙通定下的吉日。

这日丑时，夜色未褪，三星微微偏西。五十万各军士卒，皆走出军帐肃立，人人手持火把。汜水之阳，眨眼便是一派通明。刘邦借着火光看清：只在这三五日中，众军卒便依凭土冈，筑起了一座高两丈的圜丘。此丘迄今仍可见模样，后世名为“官堌堆”，在今定陶仿山乡。

圜丘分九层八十一级，各层上旌旗环绕，金钺如林。圜丘之顶，又积满九层薪柴，高可以摩天。阶陛之下，有玉璧、鼎、簋等礼器一字排开。

随何手持火把立于坛上，待时辰一到，便将火把高高擎起，发一声令：“起！”圜丘之下，立时有悠悠乐声腾起。众人屏息静听，乃是圜钟为宫，黄钟为角，大蔟为徵，姑洗为羽，奏出了一曲天籁般的雅乐来。

原来，这是汉军中擅长歌乐的巴人，奏响钟磬琴瑟。乐音悠扬，夜中便似有薄雾飘至，飘游于大野，令五十万军卒都听得醉了。

片时之后，乐毕，刘邦峨冠博带，一身衮衣，手持白圭踱至坛下，主祀昊天上帝。此时太尉卢绾在旁，递上祭文。刘邦便手捧卷册，朗朗而诵，其声远播四方：

> 皇天上帝，后土神祇，眷顾降命，属吾黎元。惟周宗不祀，暴秦僭越，四海纷扰，天命乃绝。朕本沛民，赖上天眷佑，祖宗灵庇，资我文武之力，克秦灭楚，平定天下……

刘邦每念一句，军伍中便有早选好的健卒，隔着十数排向后传去。如此一递一声，直传至最后一排。五十万军众，皆可闻刘邦此时所诵之辞。静夜中听来，刘邦每出一语，便如石投水中，一层层涟漪荡漾开来，雄壮之至。

待刘邦诵至“群臣欲尊朕为皇帝，为生民之计，乃于楚汉五年二月甲午日，告祭天帝，即皇帝位于汜水之阳，号曰大汉，定都洛阳……”一句，群臣登时狂呼，士卒亦是一派喧腾。

刘邦诵毕，一声“伏惟——尚飨——”未等落地，随何便又将火把一举，三军见了，登时高呼万岁，其势若潮，澎湃震耳。

随后，便是祭天大典中的“燔燎之仪”了。夏侯婴率一队郎卫，牵出牛、羊、豕三牲来，当场宰杀，以为太牢①之礼。连同玉璧、玉圭、缯帛等祭献，由军士鱼贯传至柴堆上。刘邦由随何引导，缓步登上坛顶，接过火把，点燃积柴。

因那薪柴皆是油浸过的，故而火把一触，便有冲天火起，灼烤人面。随何连忙拉住刘邦衣袖，退至坛下。

此时的圜丘，宛如烽火墩一般，光焰万丈，直冲苍穹，照得旷野如同白昼。三军将士见此，无不痴狂，都纷纷摇动火把，欢跃鼓噪。

刘邦回首望去，但见遍野星火万点，倒映于汜水之中，恍如银河，心头便一热，向诸人道：“生年五十六，不白活呀！宇宙洪荒，何人登基可如此壮观？”

夏侯婴便道：“三千年后，或许有。”

刘邦连拍夏侯婴肩头，哈哈大笑。忽觉额前十二冕旒摇晃不止，几欲晕眩，便止住笑，恨道：“这挡眼之物，好不累赘。”

夏侯婴望望，忽问：“陛下此刻，可还记得那美髯客？”

刘邦便目射精光，挺胸道：“如何能忘？当年泗水亭上所言，竟都应在了今日。”

“只惜乎纪信兄，惜乎郦老夫子……”

“唉！吾心于此，也是戚戚。常忆起那奚涓将军，何其年少，便为我而死。苟活如我者，实乃弯木幸存也，也算是天佑一时吧。”

卢绾在旁道：“陛下宽仁，旧部无不心知，汉家必不同于陈胜王。”

刘邦听了大笑：“臣下之心，不说朕也知道，尔等荣华富贵，须朕来保。朕欲归

---

① 太牢，古之祭祀礼。帝王祭祀社稷时，所用牛、羊、豕三牲或仅有牛为“太牢”。因所用牺牲在行祭之前，须先饲养于牢，故其称为“牢”。其中有太牢、少牢之分，少牢只有羊、豕两种。此概念，后亦引申为盛宴之意。

乡养老，却是做梦了！我这皇帝，只是诸君一个好挡箭牌罢了。”

之后，随何又是一声唱喏，刘邦连忙敛容，行洒血酹酒之礼，往复三番。礼毕，乐声又起，百名巴人跃入场中，将刘邦团团围住，跳起了云门之舞。刘邦会意一笑，也下了场，拿眼左瞄右看，装模作样跟着舞了一回。

舞罢不多时，鼎鼐中三牲已然熟了，天也渐渐亮起来。随何便举樽向前，代上天赐福酒于刘邦；刘邦接过饮毕，又逐个向诸臣赐胙①。

北征这一路上，所过之处唯遇荒村，百官已多日未见荤腥了，馋涎难忍，眨眼便将那牛羊鸡豕扫了个干净。

郊天之礼，至此方毕，圜丘之顶唯余袅袅青烟。刘邦率了沛县旧部十数人，缓步登上了坛顶，手捧白圭过顶，向众军大呼道：“上天之载，无声无臭。仪刑文王，万邦作孚——”

三军又是一阵欢呼，方才各自散去，归营朝食。

刘邦一夜未眠，与诸人步下圜丘时，头一晕，竟打了个趔趄。随何在旁急忙扶住，刘邦便自嘲道：“山河才入囊中，我可不要随了那项王去！”

随何笑道：“哪里？陛下正是寿永，那项王却已是枯骨了。”

刘邦听了怔住，望望天际曙色，叹了一声：“他不该强出头才是。”

自是，刘邦登基称帝，开启汉家祖业，有煌煌四百年之久。刘邦身后庙号为“高皇帝”，史书纪年称高帝纪年。因他为汉家之祖，史家习称为“汉高祖”，相沿至今未变。

且说刘邦登基后，汉军大队并未立即启程，又在氾水之北滞留了数日。刘邦将陈平、樊哙、叔孙通唤来行辕大帐，吩咐道：“众议难辞，朕只得做了这皇帝，然朕却不欲做秦始皇，只威风一世，二世便亡。这几日，诸君就不要歇了，在我这里食宿，也沾些皇帝的福气，将那安邦立朝的大事议一议。”

---

① 赐胙（zuò），古时大典，天子在祭祀后，须将祭肉分与群臣。

樊哙连忙摆手道:“我是粗人,如何懂得治天下?”

刘邦笑笑,道:“樊哙兄,假惺惺做甚么?就不必推让了。这天下的事,从此便是你我的家事。明日起,便拜你为左丞相,助萧何那老儿,为我打理家事。”

樊哙顿感惶悚,正要推辞,却被刘邦止住:“家国之事大于天,你休得废话!诸君既都在此,便替朕想一想:汉家初兴,如何能像个样子?这几日议事,诸君要吃些苦了。饿了,便与朕同案而食;困了,便与朕抵足而眠。诸君也不必拘礼,甚么皇帝不皇帝?保住社稷才要紧。”

君臣议了半日,定下了数项事宜,便由陈平起草诏书,布告天下。

此诏,择其要者大略为:其一,秦二世亡后,汉军文牒中纪年,皆以“楚汉”为年号,此后天下通行汉家年号,将“楚汉五年”改为“汉五年”。其二,立社稷于洛阳,追封祖父以上三代先考。其三,封吕氏为皇后。其四,封王太子刘盈为皇太子等。

刘邦看罢草诏,连连点头,吩咐涓人拿去誊写好,而后羽书快马,飞递郡县并各诸侯国。

待涓人走后,刘邦又道:“议定这几则,不过是名分上的事,花花哨哨而已。依朕之意,定天下,有两件事才是根本,不可缓行。一则,凡秦楚苛刻之刑,悉为废除。我汉家,专尊黄老之术,无为而治,令天下之民好生休息。二则,七年来随我征战之老卒,不能随便解甲了事,务求荣归,各得田地爵位,使地方官民皆敬仰。这两件事,都关乎国祚,诸君勿嫌烦劳,即便几夜不睡,也要想好。”

如是,君臣又议了两日,诸事才告笃定。陈平当场逐条记下,留待定都之后渐次颁行。

刘邦这才松了口气,笑道:“如此,可保百年无事了。”

樊哙道:“天下乱了这些年,草野之中,难免还有倡乱之人。”

刘邦便道:“仁政便是良药,你只管安心。草头小民,谋的只是生计,得了好处,如何还会有反心?”遂又唤来随何,吩咐道:“传令下去吧,全军今日即拔营,往洛阳去。”

数日后,大军进抵洛阳城下。刘邦笑指城门,对陈平道:“昔日出洛阳,天下未定,项王猛如虎;今日返洛阳,天下已定,只待朕居四海之中而治了。"

陈平道:"定都此地甚好,有河山拱戴,形胜甲于天下。"

刘邦哈哈大笑:"如此河山,虚位以待,我不来坐谁坐?"便急令夏侯婴驱车进城。

这洛阳,原是河南王申阳都城。申阳早便投汉,楚汉相争中,楚军又未得挨近此城一步,故百姓皆心向汉家。刘邦入城后,父老争相跪拜,喜迎王师。

刘邦在车上连连回揖,面有得意之色,转头问陈平道:"朕欲长都于此,爱卿以为如何?"

"洛邑乃数百年古都,自然是好!河图洛书,即出于此;汤武定九鼎,周公制礼乐,皆在此地。我汉家上承周祀,不可不定都于此。"

刘邦笑道:"哈哈,陈将军这一言,便是九鼎了吧?"

驻跸洛阳后,刘邦将周天子故宫暂辟为南宫,住了进去。随即遣王恬启赴栎阳,迎太公、吕后、太子盈、次兄刘喜、四弟刘交、外妇曹氏子刘肥等眷属入洛,另将萧何等关中臣属也一并接回。

待王恬启走后,刘邦目睹满朝文武之盛,只觉得尚有遗缺。一日忽悟到:原是张良至今未归。

自前月张良出使赵国,为张耳吊丧,竟是逾月未见消息。刘邦心生疑惑,忙命驿使赴邯郸探询。不料赵王张敖回话称:张良来邯郸仅数日,即行离去,据闻已赴修武,入云台山寻仙访逸去了。

刘邦得报大惊,怫然起身道:"早便知张良心仪隐士,此去云台山,莫不是要隐遁山林?汉家立朝才数日,便遁去一大臣,这还了得吗?"当下便遣使飞驰邯郸,知会张敖,就算掘地三尺,也要将那张良寻回。

此后不久,时已至春三月梢,刘邦在洛阳南宫得报:王恬启已从栎阳返回,接来了刘氏眷属及萧何等留守诸臣。

这日,眷属车马进了洛阳城,直赴南宫。刘邦早已是一身衮衣冕旒,率众臣迎候于宫门了。

见刘太公与续弦李氏步下车来，刘邦忙迎上前，伏地叩拜。太公便慌忙向刘邦摆手："吾儿快请起，我一介布衣，如何受得皇帝跪拜？"

刘邦闻言起身，亦甚惶惑，回首见叔孙通在侧，便问："皇帝固不应拜平民，然为人之子，焉能不拜乃翁？"

叔孙通拱手答道："偶尔从权，亦无不可。"

刘邦便笑："儒生到底有心机，说话如此圆通！汉家初兴，诸事多用权宜之计。阿翁，你便先受我拜，礼法不礼法的，容后再说。不然，我一家，连饭都不知应如何吃了。"

与诸眷属逐一见过，刘邦便拉住萧何之手道："萧何兄，汉家有今日，全赖足下留守之力。楚汉相争之际，朕数度离军逃遁，若不是关中为朕补缺，朕早已是项王刀下鬼了。"

萧何慌忙答道："不敢。陛下亲冒锋镝，率军征讨，臣未有尺寸之功，仅在关中陪太子读书，如太子家令[①]而已。"

"哪里话！你我兄弟，何必恭谨如此？说甚么太子家令，莫非是嫌丞相还太小？且不说增兵运粮之功，只看你萧氏一门，子弟从军者不知凡几，功莫大焉，当朝何人能及？朕心中是有数的。"

随后，刘邦又引太公等眷属与诸臣见过，置酒高会不提。

自定都洛阳之后，从春至夏，刘邦忙得不亦乐乎。新朝方兴，国事自是顺遂，然皇帝家事却埋有隐忧。

自项羽在广武山放归刘太公一行，吕后便徙至栎阳居住，与刘邦聚少离多。在栎阳，吕后常造访萧何，问东问西，早将那刘邦与诸后宫的底细探听清楚。

闻知刘邦独宠戚夫人，且钟爱戚氏之子如意，吕后心头便大感不安。当下与妹妹吕媭、妹夫樊哙暗通了消息，务要保住后宫至尊，以防太子刘盈失位。

---

① 家令，秦时所置太子属官，沿袭至汉魏。

吕媭、樊哙自然明白此事轻重，都一口应承。樊哙双目圆睁，对吕媭道：“莫说姐夫尚在，即是姐夫不在了，何人想动太子盈，先吃我一杀猪刀再说！”

此次迁来洛阳，吕后本以为实至名归，终可“母仪天下”了，却不料刘邦无事只是到戚夫人居处，言笑晏晏，并不大理会所谓“正宫”。吕后怒气就更盛，与亲随舍人审食其走得更近，诸般机要，无不与他相商。

这日，吕后恰撞见刘邦又要往戚夫人处去，便怒气冲冲道：“昔日在芒砀山，何人与你送衣物吃食？今日坐了天下，眼中便没了老娘么？”

刘邦尴尬道：“这是哪里话？朕不过钟爱如意而已。”

吕后便冷笑：“怕不是钟爱小儿，我是看到了你骨髓里去！老娘今日，便将话讲明：你有戚姬，我亦有审食其！”

刘邦不由气急，浑身发抖，叱道：“荒唐，太荒唐！你这说的甚么话？殿堂之上，岂是往日在茅庐中？”

吕后反唇相讥道：“哦？你也知身份不同了，如何却不改往日无赖相？”说罢，怒视刘邦一眼，便拂袖而去。

撇下刘邦站在阶前，呆立了半晌，兴味早已索然。于是怏怏返回前殿，召来御史大夫周昌，问道：“皇后舍人审食其，沛县故人也，平素可有劣迹？”

那周昌性本耿直，闻言涨红了脸答道：“这……臣不能奏。”

“怎的？直说无妨。要你做御史，不单是看在你兄周苛殉国，也是看你忠直，休要吞吞吐吐。”

周昌咕咚一声跪地，叩头道：“恕臣之罪，冒死禀上：群臣中有风传，审食其与皇后私通，已有多年。”

刘邦便一拍案：“果然！你可曾拿到实证？”

周昌患有口吃，一急之下，话几乎说不成句：“风、风流事，如何拿得到证据？好在风闻传亦不广，因事涉皇、皇后，故无人敢多言。”

“那竖子貌似敷粉，举步婀娜，哪里像个好人？你听我谕令，拖他去西市斩了！”

“斩决，须有罪名，且此系廷尉之责。”

“那就教廷尉捏罪，打他成招。”

“臣、臣以为，审食其不可杀。”

“何故？莫非你不怕我，却惧怕皇后？”

“陛下若、若杀审食其，则天下将尽知他为何而死，此事反倒张扬出去了，将那猜疑坐实。故臣主张，应封审食其为侯，以塞天下之口，人将不疑有他。况乎审食其与皇后如何，陛下并不在意。陛下有戚、戚氏，便是天赐，无须再与小人计较。”

刘邦仰头想了想，恨道：“理虽如此，然竖子可恨！罢了，就封侯吧，便宜了他。你去查书，看叫个甚么侯妥当。”

周昌沉吟片刻，道：“可号为‘辟阳侯’。”

“辟阳侯？如何讲？”

“辟，即是除掉。”

“嗯？除掉？辟……阳……哈哈，就如此，就如此！朕早便想阉了他。”

次日，果然有诏书下，封吕后舍人审食其为侯。诏下之日，看在吕后面子上，举朝皆贺。吕后亦甚得意，以为刘邦此举为示弱，竟在后宫大开筵席，为审食其作贺。

此后，刘邦懊恼了多日，总是放不下此事。这日，忽闻刘贾、靳歙班师，擒了共尉回来，请旨在殿前献俘，这才一扫愁闷，遽然起身，吩咐侍者更衣，要去看看那共尉是何等模样。

随何在旁，忙提醒道：“可召诸王来。”

刘邦一笑，便命典客速去召诸王。不消多时，诸王便在殿前集齐，一字坐下。刘邦头戴受降典仪之皮弁，满冠琼玉，傲然坐于中央，朝随何挥了挥手。随何便传令下去，命献俘上来。

在阶旁肃立的郎卫，立时一阵呼喝，长戟斜出，齐齐指向宫门。

少顷，刘贾、靳歙两位得胜将军，簪缨如火，甲胄鲜明，大步跨了进来。身后，便是那赤膊被缚的共尉。

刘贾、靳歙禀报征讨事毕，退至两旁。殿前郎卫便一声猛喝，将共尉推了上来。那共尉虽是蓬头跣足，见了刘邦，却昂首而立，并无讨饶之意。

刘邦见他年少，不禁起了恻隐之心，缓缓道："我道共尉是何等人物，原来是个弱冠小子！如何？违天命而就缚，更有何话可说？"

共尉瞥了刘邦一眼，挺了挺脖颈，只是不语。

刘邦微微一笑："竖子倒还有骨气！这五花大绑的，倒也不必了。来人，松了绑，教他说话。"

阶旁郎卫应声而上，将共尉松了绑。刘邦便问道："项王逆天行事，为诸侯所共讨，何以你父子却背大义而行？看你年少聪慧，似不应这般蠢！"

共尉这才直视刘邦道："汉王要听我说吗？"

"但言无妨。"

"素闻汉王仁义，今擒我来，必是视我为邪僻。小子敢问大王：昔楚汉相争，先父可曾发兵助楚？不曾！此乃无仁义乎？我小国寡民，可曾有一兵一卒袭扰贵国？不曾！此又乃无仁义乎？共尉固然不才，然谨守父业，安邦治民有年。却不料，身在江陵，却给人擒到了这里来。区区江陵，何妨你汉家大业？我共尉又有何罪，必致我民死国灭？敢问汉王，你如此行事，仁在何处？义又在何方？"

刘邦勃然大怒，拂袖而起，喝道："竖子狂妄！天下皆服，唯你一人不服，朕便要你死个明白！听着，你那老父共敖，本为怀王柱国，举义甚早，蒙国恩亦重，本应忠君事国才是。却受项王阴遣，弑怀王于江南。逆臣贼子，世上有过于此乎？"

那共尉一怔，满脸涨红，沉默半晌，忽一指座中英布道："义帝之死，千古谜疑，九江王英布也难逃干系！如何他却成了你座上宾？"

英布闻此言，脸色便一白，几乎瘫倒。刘邦却也不恼，只望了一眼英布，便戟指共尉道："天下十八诸侯，先前多为楚之羽翼；然楚汉交锋，是非分明。投汉者，便是改过，天下也无人再究。项王殁后，楚之衮衮诸公，尽已来投，独你这小儿，却为何要至死不悟？"

"小子无知，只知世受楚恩，当尽忠以报，岂能效蛇蝎反噬？"

"妄言！真乃有其逆父，便有其逆子。项王杀降焚城，恃强凌弱，荼毒万民已甚，所为禽兽不如。你父曾助纣为虐，你今又不从大势。天下便是有了你父子这般乱贼,方才不宁。小儿全不知苍生疾苦,作孽至此,尚可活乎?”

“项王殉难,我自然是贼,身败又有何憾?我虽年少,却知伦理,谨守父业而不更易,不似那抛妻弃父、寡恩负义的田舍翁!”

“大胆!”诸王闻言色变,都一齐呼喊起来。英布更是跳起来吼道:“陛下,还不烹了这小贼!”

刘邦却神色如常,环视诸王片刻,缓缓道:“狼狈同穴,这也是无奈何的事。小子非要随那项王去,便成全了他吧。烹就不必了,朕不能效那项王暴虐。”而后,忽然一声大喝,“来人,将这竖子推出斩首,以彼之头,祭我大纛!”

众郎卫闻令,一拥而上,紧紧捉牢了共尉。

却见那共尉猛一发力,甩脱了众卒,笑道:“斩首?风吹冠耳!孤王还能逃了不成?惜乎此生,未能陪项王殉于乌江,却只见小人高居庙堂。我共尉正告诸君:与小人同堂,只怕是命不及草木一秋。我今日此言,有苍天可证!”说罢,便一转身,朝宫门外大步走去了。

诸王看得心惊,都纷纷摇头不止。

刘邦见诸王神色惶惶,心下亦甚不安,便强笑道:“此贼既除,天下便再无滞碍,吾辈亦可安生了。眼下时已入夏,诸君近日便可归国。汉家新政,将有数道诏令颁行,各位听命就是。我刘季无能,全凭诸君襄助,万望珍重,切莫生事。”

诸王听出此话的分量,且惊且喜,都纷纷起身谢恩,各自散去。

且说刘邦斩了共尉之后,心头犹自恨恨,只觉得自己贵为天下之主,当着诸王之面,却为一个竖子所折辱,脸上总是无光。正恹恹躺卧之际,忽闻随何来报,说是张良已从赵国归来,正在殿外候见。

刘邦闻之大悦,一个鱼跃起身,险些将案几碰翻,急吩咐道:“速传进殿,朕等他正急!”

随何领命出来,引了张良进殿,正要迈上阶陛,刘邦便自殿上迎出,高叫道:“子房,子房!”

张良见了,慌忙便要施大礼,刘邦急趋上前道:“子房兄,如何延至今日方归?

朕还以为你在云台山隐遁了。”

张良略整了整衣冠，伏地叩拜如仪，口称：“臣张良拜见皇帝。陛下称帝，乃千古盛事，臣远途未归，不曾亲奉盛举，还望陛下恕罪。”

刘邦笑着将他扶起道：“称帝乃群臣所强推，岂是我本心，子房兄何必恭谨若此？你回来得正好，定都之后，政事纷乱如麻，正要与你商议。”

“惭愧！臣出使赵国，忆起博浪沙刺秦之事，便去当年匿身处看了看，故此延宕。途中忽闻季兄称帝，不胜欣喜，便匆匆返回了。”

“哈哈，我却是吓得不轻！你若再有半月不归，便要张榜通缉了。”

刘邦将张良拉入偏殿内，隔案坐下，取出草诏数卷，交予张良过目，道：“此乃萧何与陈平、叔孙通等人商议而成。汉家新得天下，如此施政，请子房兄看看有何缺漏。”

张良逐一看过，频频颔首道：“所议甚妥，纲目皆备，不愧是一等重臣所拟。其首要者，乃是军士解甲归田事，各部老卒既安，天下便可安。”

“如此，便可再无顾忌了？”

“有。”

“哦？又是何事呢？”

“八王。”

闻张良此言，刘邦便似遭了雷击一般，木然半晌，方叹口气道：“正是！这……将如何是好？”

张良微微一笑，道：“陛下请不必过虑。可还记得老子曰：‘以正治国，以奇用兵，以无事取天下。’陛下如今居天下之正，静观其变就是了。”

刘邦颔首道：“倒也是。我只是疑心韩信，猜他迟早将图谋不轨。”

“臣以为，其余诸王或可谋不轨，韩信则断乎不能！”

“你如何能看到他肚皮里去？”

“臣与韩信，所思相同，只望来日能优游卒岁。”

“哦？韩信竟也有此志？罢罢！待国事稍定，我与你两人一起优游。”

与张良商讨了半日,刘邦心中便有了底,心情也随之振作,当下便唤来叔孙通,命他将施政诏书润色好,交中涓誊抄,不日即下发各处。

且说这年入春后,韩信便已将家眷自临淄接来,于洛阳馆驿住下,原齐王宫及相府诸属吏也相继迁来,均转为楚王僚属。一时间,馆驿下榻处便热闹起来。

自刘邦允诸王归国后,韩信便登门拜别了萧何、张良、英布等一干故旧,略叙旧谊。彼此说了些浮泛话,都片语不提韩信眼下的尴尬。只有张良在揖别时,执手不舍,说了一句:“改日得闲,必邀兄赴下邳重游,与你共醉。”

原齐军中的部将,归了汉军本营之后,韩信独独留了一个高邑,任相府长史,引为心腹。这日谒者进门,递上一道皇帝新发的诏令,韩信便唤高邑也一起来看。

两人阅罢,原是皇帝下的罢兵诏书,诏曰:除留禁军五万及郡国兵十万之外,其余天下军士,尽都解甲归田。另有赵地万余骑士,仍留驻原地,以防匈奴。中枢之军务,由卫尉[①]郦商、新晋中尉[②]丙猜分掌宫内外禁军,太尉卢绾掌郡国兵,分而治之,互不统属。各封国之兵,各有数万至数十万不等,唯从太尉之命,无虎符诸王亦不得调动。

看到此,韩信便笑:“又是萧何那老吏之计!如此,诸王养这区区之兵,又有何用?”

两人再看,诏令又曰:汉军所有军吏,无论有无战功,均赐予爵位。因战功获高爵者,归乡之后,县吏须照爵位分给田宅。如归乡者有所请求,诸吏不得怠慢,否则重责不饶。

韩信看罢,颔首道:“倒也好。如此,数十万农家子,也不枉从军一回了。”

高邑也甚是欣喜:“农家子尚如此,功高如大王者,当享万世荣华矣。”

韩信忽想起在汉中时,于途中遇见的那壮汉,记得壮汉曾言:“若是能寻到仙

① 卫尉,秦汉时九卿之一,为统率卫士守卫宫禁之官。

② 中尉,秦汉时武职,掌京师的治安警卫。

山，自可逍遥一生。”今日忆起此语来，竟像是振聋发聩一般，于是便对高邑道：“明日赴楚地就国，必是整日无事，孤王也要效法张良，只往那山高云深处寻访。想那陈县之东、淮水之北，楚地广有千里，总可以寻到一处仙山长居。”

高邑便道：“大王若有此兴致，微臣愿跟随。征伐五年，眼见尸积如山，直觉生也无趣，若能亲见仙山，何其幸也。只恐这世上，不曾有尺土可谓之仙山。”

此话说得韩信一怔，半晌才道：“若存此心，或许就有。来日，孤王将归乡就国，先风光一回再说。”

不数日，韩信偕家眷与楚相府一干人等，浩荡出城，往下邳就国。出城之日，车驾仪卫森严，卤簿异常华丽，郎卫所乘骑马匹多为一色。洛阳百姓见了，都觉惊诧，以为是皇帝东巡，纷纷于路边跪拜，口呼万岁。

韩信先是不安，眼望父老妇孺恭谨避让，便又觉释然，对骖乘高邑道：“做个诸侯王，总还是强于富家翁。”

高邑一笑：“以大王之功，足可当得起这尊荣。”韩信闻言更是得意，却不料高邑又道，“然终不及范蠡，可泛舟五湖。”

韩信闻听“范蠡”二字，脸色便一暗，不以为然道：“如何不及？至下邳，孤王亦可泛舟泗水。”言毕，傲然一笑，便命御者加鞭，不再与高邑多言。

大队迤逦东行，一路有郡县迎送，威风一时无两。至下邳，先借了馆驿居住，暂作行宫。楚相府亦开府建牙，遣使者四出，将楚王就国的诏令传至境内四方。

待一切安顿好，韩信便率了高邑等随从，车骑相接，直赴淮阴。到得故里，便来至淮水边访问，见那当年漂母，今日仍在水边漂洗棉絮。

韩信连忙跳下马来，走近漂母，深深一躬：“敢问漂母，可还认得我吗？”

那漂母抬头，却见一华衮公子立在眼前，不禁慌乱，摇头道：“老身眼花，不知贵公子是谁。”

韩信便道：“我乃韩信。今日来，要谢你当年一饭之恩。”

漂母这才恍然想起：“韩公子发达了？怪不得鹊鸟叫了半日！公子真是好福气，恕老身方才不敬。”说罢起身，急甩一双湿手，便要叩拜。

韩信连忙扶住:“不敢当。不是你当年赠饭,我或为饿殍矣!请漂母受我一拜。”说罢,不由分说,便跪地一拜。

那漂母慌得不行,急道:“昔日糟糠野菜,亏待了公子;如今你是官家,不怨恨便是好了,如何能颠倒上下?”

韩信便回首唤从人,捧出千金,置于漂母前,笑道:“韩某今日为报恩,特以千金相赠,还望收下,以遂我多年心愿。”

“使不得,使不得!收了此财,老身怎得安生?为歹人瞄上,怕是活不过五日了。”

“哪里!漂母请勿惊,我这便去唤里正,务要告谕四邻勿扰,令你安享清闲。不知你家中还有何人?”

“夫早亡,儿女亦死于乱离,家中唯老身一人寡居,只活一日算一日罢了。”

韩信闻言,叹息良久。此时乡邻闻讯,都纷纷前来看奇景,韩信便唤出里正,叮嘱再三,拜托他照料漂母,不许有人惊扰。

里正闻知是楚王私访,惊喜交并,连话也说不囫囵了,只捣蒜般叩首应承。

众乡邻看得眼直,都奔走相告:“漂母受赠千金,从此酒肉吃不完了!”

漂母见推辞不过,只得收下馈赠,叹道:“漂洗半生,不及一饭所值!世上如你这样的贵公子,何其少也,莫不是读书教你发了财?”

韩信便哈哈大笑道:“老人家,在下读书多年,只落得讨人家一餐饭吃。待我弃书不读时,便有了今日。”

漂母听了,唏嘘不止,只连声道:“这便好,这便好!”

韩信又说了些安慰的话,方才登车而去。众村童跟在车骑后追赶,一迭连声地喊着:“千金!千金!”

别了漂母,韩信来至故里,拜祭了亡母之墓。当年葬母,几倾尽家财,才在邻家墓园购得一片好地。看中此地,是因周边平阔,可置万家。韩信少年时气盛,立志穷死也要葬母于此,料想来日定会发达,便要将此地筑成一邑,徙置万户来守墓。

今日看当年所起坟墓，地势虽高敞，然简陋异常。韩信便知会县衙长吏，将父母之墓合葬，植树封土，务求壮观。又将左近民田一概征收，留待将来建邑。

这一番返乡，乡邻皆奔走喧传："当年浮浪子韩信，今已发迹，贵为楚王了！"众邻家皆跑来相认，携子弟伏地遥拜，指韩信为楷模，全忘了当年曾以韩信为子弟戒。韩信只抚慰了几句，便不再理会，怅望旧居良久，在心里慨叹世态之炎凉。

待到返程时，韩信又唤来高邑，命他速遣兵卒，分头去寻两个人，待寻到了，径直带往下邳。

车驾回到下邳后，才隔了一日，兵卒便先后将那两人带回。韩信闻报，微微一笑，命将那貌似恶痞的一个，先带上堂来。

此人不是别人，正是当年淮阴的恶少年，曾令韩信受过胯下之辱。如今十余年过去，人已渐入中年，仍在淮阴市集上卖肉，拖家带口，谋生不易，早没了当年的霸气。昨夜忽有里正带了七八个兵，闯入家中，不由分说拉人便走，只说是要往下邳。

那肉贩摸不着头脑，一路拿言语试探，方知是楚王要见他，心中便直呼奇哉怪也。此时进得馆驿内，只闻一声呼喝，便被人推至堂前，见一位尊者端坐于上，头戴冕旒，脸上无怒无喜。

肉贩止不住心慌，伏地便拜，口称："无知小民，拜见大王。"

韩信于座上略一欠身，问道："你睁眼看看，我是何人？"

那肉贩抬头端详片刻，忽地看出，这人竟是昔年佩剑浪荡的韩信！当下血冲头顶，口中"啊"了两声，结结巴巴道："莫非是，韩……公子！"

"尚记得我那柄佩剑否？"

那肉贩慌忙叩头："大王，大王饶命！小的少年时鲁莽，多有冒犯。如今我上有八十老母，下有子女绕膝，早已不敢顽劣，只是本分谋生。若饶得我一命，愿变狗变马，伺候大王，即是认大王作阿翁亦无不可。"说罢，便往那砖石地上捣蒜般地叩头。

听得叩头声"咚咚"地响，诸郎卫都忍俊不禁，韩信也不由哈哈大笑，挥袖道："罢了罢了！你那头颅不痛，孤王倒看得头痛了。"

"大王，乡下人鄙陋，头颅值得甚么钱？我磕烂了这头，亦不能赎万死之罪。"

“请起请起！公昔年虽辱我，然孤王岂能怀抱小丈夫之心？挟私愤以图报复，由恩怨而生喜怒，那我成甚么人了？公可安心，不必惊扰，今召公来，非为计较往事，乃是欲录用你为吏，免得你生计太辛苦。”

那肉贩不禁瞠目：“……录用？”

韩信笑道：“正是。兵戈多年，世道不靖，孤王欲安居，下邳城内却多有盗贼，不得安生。你自少时胆量就不小，且在城中做中尉吧，总领巡城捕盗。当年我仗剑尚不敢惹你，今日盗贼，见你必也是望风而逃。”

肉贩闻言，顿觉有些恍惚：“小人……可以在城中任中尉？”

“不错！毋庸惶惑，回家去禀告老母吧。隔日，便可去楚相府领甲胄，从此做个将军。”

肉贩嘴巴张得老大，半晌才回过神来，连连叩头道：“韩公子……大王，小人万代不敢忘恩。”

待肉贩退下，高邑愤然道：“如此顽孽，何不一刀杀了？”

韩信却道：“此乃壮士也！当初辱我之时，我岂是不敢以死相拼？然死之无名，故而隐忍，方有今日。我赐他官做，便是念及于此。”

高邑与众近侍闻言，方领会韩信之意，不禁大为敬服。见众人再无异议，韩信便命左右，带另一个上来。

此人乃是下乡南昌亭长，韩信早年曾追随其左右，寄食于其家。朝夕两饭，皆瞄着日影，步入亭长家门，好歹可混个肚饱。那亭长家中谷粟亦不多，日久，亭长浑家深以为苦，起了厌恶心，某日见韩信又来，便在灶间狠狠地刮锅底。那韩信是何等乖觉之人，听到这刮锅声，便知亭长夫妇已厌他白食，不欲他登门，便长叹一声，掉头走了。

事过多年，此辱埋于心中，久不能释。今日唤来这亭长，便是要好生教训一番。

那亭长早已知韩信做了楚王，一路上只是忐忑，唯恐命不久矣。此时一上堂来，便浑身筛糠道：“小臣见过大王！南昌亭一别，竟是八九年不见。大王今日盛名满天下，小臣也觉面上有光。当日只怪我那浑家不晓事，有所慢待，实是万难宽恕，望大王念在旧交,勿以为意,恕我浑家无知。”

韩信笑了一声:“孤王微贱时,曾寄食于公。若无公,孤王恐将沦为乞丐矣！今赏你百钱,算作报偿。公岂有罪耶？乃是有恩于我。然世间事,常分两端,公亦是个小人也。为德不竟,居然管不住个浑家！今赐给你百钱,聊补当年所欠,莫嫌少吧。”

那亭长闻言,不禁满面羞愧,见韩信无意治罪,忙叩头道:“小臣回去,便将我那浑家捆了痛打!”说罢,手颤颤地接过百钱,连声谢恩退下。

多年恩怨,今朝得偿,韩信只觉心满意足。这日,将高邑唤进密室,屏退左右,吩咐道:“诸事皆了,然你尚不能安歇,今有要事相托,须多费些工夫。”

高邑拱手道:“大王请吩咐。衣锦还乡日,人生能有几何？或起造楚王宫,或寻访往日恩仇,微臣听命就是。”

“那些细小事,就不必提了。我等乱世从戎,舍却身家性命,才博得这半世功名,务要守住,半分都疏忽不得。今命你前往洛阳,主掌楚邸①,专办朝觐事宜。并赐你千金,带上几个伶俐随从去,为孤王打探朝中诸事,万一有不利于我者,须尽速回报。”

“哦？天下初定,便有这等倾轧的事吗？”

“你自去打探便好。恰如你前日所言:这世间,何曾有寸土可称仙山？老子有言:‘为之于未有,治之于未乱。’孤王是不得不防呀！有你在洛阳,我才放心。”

高邑大悟,慨然揖别道:“大王拔臣于卒伍,臣当万死以报。这便率属下游士,潜居洛阳各市廛(chán),张大耳目,即是那只言片语,亦不能漏过。”

韩信向高邑揖别,一面就叹道:“论起兵战,我辈已无对手;然于心战,恐只是弱旅呀!”

---

① 邸,为诸侯国、各郡的“驻京办事处”,分别为国邸、郡邸。国邸主要掌诸侯觐见事宜。

三、豪雄末路叹恓惶

夏五月间，洛阳城艳阳高照，蝉鸣满枝。刘邦征战七年，终可以无须冒暑热而驰驱了，心情便大好。待诸王陆续归国后，回想各王的恭谨之态，觉帝王之尊果然不虚。这日朝会既罢，便招呼文武诸臣留下，在南宫置酒高会。

庭中槐荫下，凉风习习。有那新招来的宫中倡优，奏起板楯蛮之曲，跳起新编的巴渝舞，满庭便是一派怡乐景象。

刘邦举起酒杯，对众臣贺道："来来，天下从此无事，朕亦不学秦始皇那般多事。既如此，白昼恁长，又如何消磨？且与诸君同醉，做个富贵乡中人吧。"

诸臣纷纷举杯称谢，齐呼道："皇帝圣明！"

刘邦将杯中酒饮干，笑道："这'圣明'二字，万勿轻用。我刘季乃泗水亭老吏也，数年之间，登此大位，实是运气好而已。"

樊哙起身道："天命所归，岂是运气好所致？往时陛下藏身芒砀山，吕皇后为陛下送吃食，那茫茫槐林，何人能寻到踪迹？偏就陛下头顶有祥云缭绕，直冲天际，皇后独入林中，一找便找见，此不是圣人之气，又是何物？"

刘邦放声笑道："妇人之言，你也信得？这些好听的话，哄那乡人尚可，你我可不要信以为真。"

众臣亦笑，樊哙喃喃不知所对。陈平在一旁拜道："陛下仁厚美名，天下何人不知？臣当年千里来投，岂是听了乡人之言？就算是升斗小民，亦知陛下有天子气。天下归汉，不是天意所属，又是何为？”

刘邦手指陈平，笑道：“你这张利嘴，有十个项王，也要被你说死了！好了，这些闲话休提。座中各位，均是我汉家旧臣，随我征战多年，今日也无须在我面前隐讳，且放胆说来：我所以得天下，因何也？项王之所以失天下，又因何也？”

此时座中便有两人起身，刘邦定睛看去，原是高起、王陵两员部将。高起道：“陛下素来轻慢人，项王则一向礼敬人；然陛下遣将攻城略地，所得土地人口，尽赐予功臣，毫不吝啬，此乃与天下同利也。”

刘邦打量高起片刻，颔首道：“不错。武将尚有如此见识，难得！来日也可封侯。”

这位高起，后果然被封为“都武侯”，其他生平事迹，均不见于史籍，可谓只凭一语便留名青史的范例。

高起话音刚落，王陵便附和道：“正是如此！那项羽妒贤嫉能，有功者害之，有贤德者疑之，连个老臣范增都容不得。部将战胜，却不赏人功；部将得地，也不与人利；其所为，与独夫何异？他不失天下，岂不是没有天理？”

众人听了，都随声附和，一片扰扰攘攘。

刘邦只是拈须微笑，待众人息声，方道：“公等只知其一，不知其二。说到那运筹帷幄之中，决胜千里之外，我不如子房。说到充盈国库，抚慰百姓，供给粮饷，使粮道不绝，我不如萧何；率百万之众，战必胜，攻必取，我不如韩信。三位皆人杰，我能用之，此乃我所以取天下之故也。项羽有一范增而不能用，他焉能不为我所杀？”

众臣闻之，都齐齐望向张良、萧何，似刚刚认识一般。少顷，才又争相赞道：“陛下圣明！”

刘邦仰头大笑，转向陈平问道：“陈平兄，此汉家三杰，你服也不服？”

陈平慌忙长跽拜道：“臣资质庸劣，徒有一张嘴而已，焉能不服？无三杰，汉家尚不知何日能有天下，臣唯有拜服。”

众臣闻陈平如此说，也都纷纷挺起身，向张良、萧何施礼，争相称颂。张良望望萧何,见萧何不惊不喜,只微微点头,两人便一齐起身,向诸臣答礼。

刘邦见状大喜,便道:“话不讲不明,如今诸君已然明了,汉家这天下是如何得来的!然人臣之资质,乃天赋,上天也不能多给你一分,唯有忠于君事,勤于国事,河山方可固若金汤。若想长享太平,日日可得痛快饮酒,诸君还须好自为之。”

夏侯婴便霍然起身,高声道:“陛下所言,与圣人相去亦不远矣,我辈自当铭记。昔日汉家孱弱,竟有项庄敢在陛下席前舞剑,臣数年间不能忘,深以为耻!今日汉家独大,项庄早做了野鬼,我辈何其快哉,且看微臣为陛下舞剑!”说罢便拔出佩剑,当庭舞了起来。一招一式,势若疾风,众臣见了,皆满堂喝彩。

待夏侯婴舞罢,刘邦也起身拔出剑来,对众臣道:“天下既安,这柄汉王剑,便也无用了,今日就教少府拿去,铸成犁铧。待来年开春,朕将亲掌牛犁,为天下劝农。我虽自幼尚武,然亦读过几卷书,知天下事万法归一,就是百姓吃饱了便好!”

众臣闻言,皆高声欢呼。刘邦兴致更盛,便向旁侧一招手,数名涓人立即捧上酒樽,逐席敬酒,君臣又是一番尽兴。

散席后,刘邦送众臣至宫门,脚步不免有些趔趄。樊哙见了,忙上前扶住,笑道:“今日都醉了。”

刘邦道:“苦了多年,且醉一回吧。”

樊哙便问:“姐夫,今后,果真可以日日大醉了?”

刘邦鼻中嗤了一声:“坐天下,怎同你做屠户一般,哪里会轻易便得太平?我如此说,只为安众人之心罢了。那八王之内,怕就有四王,欲取我而代之。这且不提,单是那齐楚余孽,今已搜尽了吗?那季布在何处?钟离眛在何处?还有那个烹了郦夫子的田横,又跑去了哪里?你可知其详?”

“臣不知。”

“哼!料你也不知。治天下,岂是登城那般容易?连崽崽儿都知道:‘千丈之堤,以蝼蚁之穴溃。’那些虫蚁逮不到,我如何能睡得安稳?”

数日之后,齐地留守将军曹参,果然送来了羽书急报,称道:故齐王田横,先前为灌婴所败,投至彭越帐下。项羽灭后,彭越归汉,田横恐被诛,便带了门客遁入海中，盘踞于海岛。日久声势渐大，竟聚起了五百义士，仍服齐国冠带，拒不归降。

刘邦看罢奏报，不禁忧心，对随何道："五百义士？比我当年入芒砀山，阵仗可是大多了！我若是秦二世，尽可以不理他；然费尽牛力到今日，我怎能做那秦二世？"

随何苦笑道："陛下，汉家岂可二世而亡……"

刘邦打断他道："正是！快去请张良来。"

待张良闻召进宫，刘邦便将田横之事告知，问道："你看这个田横，有何图谋？"

张良沉吟片刻，方答道："田横聚义士，踞海岛，无非是想静观天下之变，意在恢复，其志可谓不小。然强弩之末，又能如何？陛下也不必着急。"

"既如此，便教曹参征发大军，渡海去剿灭好了。"

"遣兵征讨，自然是好，否则养虎遗患。然渤海滔滔，不比平地，大军纵有数万之众，终究不是水鸭，怎能旬日间便谙水性，必难取胜。不如遣能言善辩之士，携陛下策书①前往招降，赦其罪，并允其恢复宗庙，兼以武力相要挟。那田氏自然知道利害，不愁他不降。"

"好，此计甚妥！子房兄生平智谋，便是以稳求胜，不似我心急。只可惜郦老夫子殉国了，目下，唯有命陆贾前往说降。"

隔日，招降田横的策书颁下。那陆贾领了命，稍作筹措，便带领随从上了路。驱车颠簸十余日，来至渤海边，但见碧浪滔天，一望无际，不知何处有个能藏人的海岛。于是下得车来，向海边渔人打听。渔人们闻听探询故齐王，皆面露戒备之色，各个摇头说不知。如此一路问下去，见有一白发老翁，正在路边篱下乘凉。陆贾便命从人停车歇息，来至老翁对面坐下，与之闲谈。

说起田横盘踞海岛事，老翁摇动蒲扇，微微一笑："故齐王田横，壮士也。汉家欲发兵收服，怎奈何海水滔滔？"

陆贾见老者似有心向田横意，便换个话头问道："请问长者，汉家得天下以来，

---

① 策书，汉朝命令中的一种。指皇帝颁发的文书。

衣食如何?”

“自是比乱时好了许多。”

“嗯,治乱之道,长者所见必远胜于我。我乃朝廷命官,今日来此,是为寻访故齐王。汉家不欲再战,也不忍惊扰百姓,故而有意劝降田横,息干戈而彼此两利。只不知那海岛在何处。”

那老翁神色一凛,沉吟半晌,才问道:“客官所言,老夫我全不知。那故齐王在岛上,聚了多少人?”

陆贾道:“闻说有五百义士。”

“五百?能藏五百人之岛,必在即墨东南。那岛,离岸不远,方圆六七里,上有山,状如象鼻。”

“请问长者,那海岛距此地有多远?”

“南下二百里有余。”

陆贾面露喜色,当即谢过老翁,登上车,命从人急驱车向南。来至即墨,持节见了县令,讲明原委。县令不敢怠慢,立刻从民间征得大船一艘,又差遣水手十数人相随。陆贾踌躇满志,择吉日,率从人登上了船。

立于船头,眼前碧海茫茫,浪涌至天尽头处,全无所见,陆贾心中不由打鼓:此去不知田横喜怒,可否生还,唯有天知了!然转念又一想:我陆贾亦为海内名士,绝非碌碌鼠辈,那田横既然重义,必不会杀名士而自毁清誉。陆贾想到此,便横下心来,发了声号令,命水手张帆启航。

在海上昼行夜宿,漂泊三日,果然见天边有一巍然巨岛。驶抵近前,才见岸上早已戒备森严。船泊岸不久,便有一队壮士,以幅巾裹头,手执刀剑,上前厉声喝问道:“来者何人?”

船上众人见了,俱大骇,急忙执盾将陆贾护住。

陆贾微微一笑,对众人喝道:“让开!”便趋前两步,独立船头,将手中旄节一扬:“吾乃大汉使节陆贾,千里踏浪,来寻你家大王,请勿疑!我汉家平定西楚,诸侯皆服,四方来朝,唯你家大王屈居海岛,未沐天恩。汉王素重英雄,岂肯见普天之下有一人向隅不乐？特遣陆贾持节来请，但求可见大王一面。”

岛上诸人听了，并不松懈，有一人转身即奔回，去禀报田横。

候了片刻，田横便由侍卫簇拥，自山上营寨中出来。陆贾看去，但见此人一身布衣，亦是幅巾裹头，与田舍翁一般无二，然眉宇间的王霸之气，分毫不输于刘、项。

陆贾不敢轻慢，忙整衣施礼，神情恭谨道：“汉使陆贾，见过大王！臣闻高洁义士，自古不乏其人，前有伯夷、叔齐耻食周粟，后有介子推拒不事晋。今大王固有高义，然名声可胜过前贤乎？若不能，为何又忍心将这一世英名，抛洒于荒岛之上？今汉王受四方拥戴，登基称帝，诚邀大王共享天下。今日举目海内，山海林田，何处不属汉家？大王当顺乎大势，共襄盛举，何必自困海岛，作一无名无位之流民？”

田横手按佩剑，只不耐烦道：“田横时运不济，流寓海岛，早将人世荣辱视如浮云，汉使就不必巧言劝说了。我田横，从来是顶天立地而生，未尝屈膝。来日或归为尘土，或化作鱼鳖，不劳上使操心。人间事，成败总是难料，今日在莒，明日复国也未可知，岂是你这善辩之士可悟得的？且回去复命吧，勿再多言。”

“不然！大王豪气干云，臣岂有不知？然海上荒岛，与世隔绝，居之日久，英名必与尘沙同销。大王本无意于名，自是求仁而得仁，然五百义士，均有其父母妻子，来日又将做何处置？大王与诸义士，兄弟之谊也，不可草率处之，请大王三思而行。我汉王初登皇位，即亲拟策书来邀，共享天下，亦是不忘兄弟情分矣。”陆贾说罢，便从袖中取出策书呈上。

陆贾这一番话，恰说中了田横心事。他略一思忖，脸色便稍缓，命一壮士登船取过策书，展开来看，见果是汉王笔迹，只有寥寥数语：

> 田横兄来，大者王、小者侯；不来，则发兵加诛。

田横阅罢，不禁大笑：“这个刘季，倒也痛快！那么……请汉使屈尊上岛，暂住几日，待我与诸义士商量好再说。”

陆贾见田横已有应允之意，心中释然，便朝随从一挥手。众人会意，自舱内搬出了数十个竹笼，皆是活鸡活豕，统统搬上了岸。

陆贾上了岛，向田横打了一躬："薄礼不成敬意，望大王笑纳。"

田横看看那些鸡豕，仰头笑道："早闻先生大名，果然擅长纵横之术！伶牙俐齿，见机而作，即是木石也要被你说动。惜乎海隅相见，难免鄙陋，且在岛上委屈几日吧。"

当晚，田横便召集亲近壮士，商议应召入朝之事。众人群情汹汹，皆不赞同，有善谋者力谏道："不可！那汉帝起自闾里，素以反复无信而闻名。大王久不宾服，他必怀恨在心，所谓相邀，圈套而已。大王今若弃岛而去，入他彀中，岂非自投樊笼？"

众人亦随声附和道："此处天海无涯，那汉兵即是带甲百万，又能奈我何？不若高筑壁垒，日夜提防，静观他朝野生变，再图恢复。"

田横摇头道："诸君忠义，孤王甚感激，然汉家今已得势，海内无人敢与他争锋。刘邦帐下，猛将如林，更有韩信治兵，当世无人能及。若汉军渡海而来，区区海岛，或可撑一两日便是侥幸。我死固不足惜，实不忍连累众义士，也死在这荒岛上。今汉王遣使邀我，也不算为辱；我意已决，这便随汉使入朝，只保得五百人性命便好，其余荣辱，皆不足虑也！"

众人虽心有狐疑，见主公执意要入朝，也只得作罢。议毕，田横即召来陆贾，直言道："吾愿随阁下入朝，然终有一虑。"

陆贾拱手道："大王但说无妨。"

"前时田广为齐王，我为相，曾力主烹死郦食其。今蒙皇帝赦罪，自是无疑。然那郦食其之弟郦商，乃是汉家猛将，功高位尊，在朝为官，他焉能不心怀怨望？我若归汉，如何能逃过郦商复仇？"

"此事易耳！待下官面禀皇帝，为君解忧。"

田横便"刷"的一声拔出剑来，誓言道："阁下请先归，若能获汉帝亲笔承诺，不杀不辱，我即折断此剑，决然赴朝。"

陆贾见田横不肯立即就降，知道再费唇舌亦是无益了，便登船返回。

一行人急于复命，回程路上一路狂奔。驰驱半月有余，一入洛阳，陆贾便奔至南宫见刘邦，当面禀明出使始末。

听罢禀报，刘邦微微一笑："他担心仇家不饶，这有何难？来人，立召郦商将军来！"

郦商自刘邦登基时起，即官拜卫尉，贵为九卿，专事宫禁守卫。闻皇帝召，未及换下戎装，便疾步趋入，立于阶下。

刘邦似随意问道："郦商老弟，朕一向待你如何？"

郦商不知这一问来由，忙惶恐答道："陛下待我，远胜于父母，臣万死难报。"

"哦？果真？"

"陛下若是要取臣之头颅，臣亦甘之如饴。"

"哈哈，这是说大话了。朕问你，昔日伐齐，令兄缘何而殁？"

提及郦食其，郦商不由一震，旋即潸然泣下："为汉家基业而殁，乃郦氏祖宗有幸。"

刘邦忙起身走下，执郦商之手道："将军知大义，这便好！若有一事利于汉家，将军愿听我令否？"

郦商慨然道："臣万死不辞！"

"那么，你听着：今有故齐王田横，愿离海岛来朝，你不得挟私怨、报私仇，以家事凌驾于国事之上。若有违，定当夷九族！"刘邦说罢，将面孔一板，扭身便回到榻上。

那郦商万料不到因此事召他，一时气塞。缓了半晌，才道："家兄死国，我亦曾日夜思报仇，只想将那田横碎尸万段……"

刘邦颔首道："这也不怪，人之常情嘛。"

"然若无陛下拔擢，家兄亦不过一门吏耳，岂得享国士之尊？故郦氏恩仇，全凭陛下措置；陛下若赦田横，臣绝不敢违命。"

"此乃国事，将军可不要食言。"

"郦某身为九卿，尊荣何来，岂有不知？既为卫尉，便是皇帝犬马，若不从命，如何守得好这禁中？"

刘邦这才面露笑容:“如此,你且退下吧,朕自有犒赏。”

待郦商退下,刘邦当即援笔,疾书一道手诏,赦免田横烹郦食其之罪,往事一概不究。写罢,便交予陆贾,命他速送至海岛。

陆贾奉命,又是一番舟车劳顿,过了海,亲赴岛上,将策书呈给田横。

田横读罢,释然一笑,便拉了陆贾衣袖走出大帐,来至辕门,下令召集五百壮士。

待壮士集齐,田横便拔出剑来,将剑锷插入石缝中,喀嚓一声折断,对众人宣谕道:“汉帝下诏,赦我往昔烹郦食其之罪。我若再有反心,便如此剑!我罪既赦,诸君生死也就无虞了。我这便随汉使入朝,诸君请暂留岛上,待封赏后,同归故土。”

五百壮士闻之,哪里肯留下,顿时喧声鼎沸,都举剑挺矛,要与田横同行,田横笑笑,摆手道:“这如何使得?诸君皆是赳赳武夫,此等模样,穿郡过县,岂非太过招摇了?万一招来物议,反有不测。不如静候一二月,朝中自有封赏下来。”

这样一说,徒众才打消随行之念,围上前来,与田横依依惜别。

田横遂点了亲随门客二人,与陆贾同登大船。顺风走了两日,便在即墨东登岸,那岸上,早有县令一班人与邮车等候。田横与县令寒暄毕,便与门客登上邮车,随陆贾车驾一路西行。

车行阡陌间,田横见禾谷尚好,炊烟四起,便慨叹道:“汉家一统,总还是强于诸侯相杀时。”路过村寨,却见有百姓仍敝衣遮体,面有菜色,便又叹气,对门客道:“倘天下为我所有,当不至于如此。”

两门客亦是触景伤情,附和道:“大王夙夜不懈,泽被齐民,齐民无不感怀。当初楚汉相争时,我齐地富庶远过于此。汉若无韩信掌兵,齐地当仍为天下乐土。”

田横闻言,心中便有无限苦楚,再望两眼田畴,几欲泪下。

待行至洛阳城外三十里,恰经过一座馆驿,两车便停下来打尖。田横向那驿吏询问,方知此驿名为“尸乡驿”,神色便是一凛。

待饮罢马匹,田横来至前车旁,朝陆贾打了一躬:“今入朝觐见,当诚惶诚恐。然田横自海岛来,风餐露宿,衣冠不整,未免有所不敬,合当在此馆舍梳洗沐浴,方可上朝。齐本为礼仪之邦，若不沐浴，岂有士风？田横实不愿为皇帝所笑。”

陆贾此次说动田横来归，一路上都在暗喜，自然不疑有他，便满口应允：“阁下请在此处安心沐浴，待洗好后，再上路不迟。容下官先行一步，入都中禀告皇帝，也好为阁下备好馆舍食宿。”

留下了田横与两门客，陆贾便与从人一行，登车绝尘而去。

看看陆贾走远，田横便对两门客道：“如今将入汉都门，不便再佩剑，两位请解下佩剑来，弃于此馆吧。”

一门客遵命，当即将剑解下，弃于角落；另一门客解下剑鞘，神情却似有不舍。田横便将那剑接过，抽出来看了一眼，不由惊道：“此乃烛庸子之剑，为我齐之宝物，足可镇国。可惜，可惜！”

那门客亦惋惜道：“亡国之臣，纵是好剑，留之亦无用了。”

田横手抚剑锷，不由便哽咽起来：“看此剑，足有九锵之重，鳞纹细密，如涟漪层层，不知用了多少心血来煅打？国之利器，却要弃于泥淖了……”

见主公面色黯然，泣数行下，那门客便有些慌：“大王，此时怎是伤悲之时？”

田横一怔，遂持剑向东而望，对两门客道：“你二位近前来，我有话要说。”

两门客连忙趋前，叉手听命。

田横凝视二人片刻，方道：“田氏立齐，至今二百年有余，终亡于我手中，实无颜面去见祖先。那汉帝与我，本为东西两诸侯，无有高下之别。他刘季命好，忽一日便翻作皇帝，我却身为亡虏，奉召千里来朝，上天待我何其薄矣！齐自田氏当国，传至我，计有十四代君主，基业何其伟哉！然我生性愚钝，在下不能重振国祚，却要北面称臣，不亦奇耻大辱乎？以往我烹郦食其，今又将与其弟共事，即便郦商碍于上命，不敢计较，我又有何颜面与他同朝而立？那刘季传召我前来，无非是要验明真假，不再疑我逃窜。今既已有赦令，岛上五百壮士，可安然解甲，无性命之忧了；我田横，便再无牵挂。这几日来，离乡愈远，愈觉故国草木皆亲，有万般不舍。实不愿在此下车，向汉家屈膝……”

那两门客听至此，皆泪流满面，不能仰视。

田横执剑在手，仰天叹道："我田横，生来便是堂堂男儿，世食齐禄，又受推为齐君；齐亡而我苟活，断无此理！到此'尸乡驿'，怕就是我之归宿了。与其谄笑求生，不若就此殉国，也好博个后世美名。"

两门客大惊，连连叩头至流血，死命劝阻。

田横并不理会，只朝东拜了三拜，对门客道："家国破灭，尔辈何苦作小儿女状？国虽亡，魂魄犹在，必与山海同寿。罢罢罢！两位义士，洛阳距此不远，我这头颅即便割下，也必不会腐坏，劳烦二位这便持了去见汉帝吧！"说罢，田横将剑往颈上狠命一抹，霎时便血溅三尺，倒地气绝。

两门客惊得魂飞天外，忙跃起施救，哪里还能唤得主公魂归？只得抱住了田横尸身，大哭不止。

且说那陆贾先行一步，向刘邦禀明：田横已来至城外，正在沐浴。刘邦闻之甚喜，嘉勉道："先生功高，居然劝得田横来归！不愧为天下第一利舌。向时那项王在鸿沟，若能听你劝，又何苦身首异处？"

君臣两个正在议论，却有随何仓皇奔上殿，奏道："有田横麾下两门客，在宫门求见，报称田横已在馆驿自尽，嘱二人携首级入朝！"

刘邦听了，大惊失色，瞪了陆贾一眼："书生办事，如何这等不周？洗澡，洗澡，竟洗死了天下一等的英雄！"骂了半晌，忽然又想起，急忙吩咐传见两门客。

只见两门客以白布幅巾裹头，神情哀戚，至殿前跪下。其中一位，手捧白绢所裹田横首级，交予随何。

随何将包裹小心打开，呈递给刘邦、陆贾察看。那陆贾于一个时辰前，还正与田横言笑，此时瞥见田横首级，不由面色发白："陛……陛下，果然是他！"

刘邦见那首级气色如生，怒目犹张，不禁叹息一声："朕虽不识田横，但见这英气不凡，天下又怎有第二人？"

陆贾却犹自惊疑不定："适才在馆驿，还曾见他意态从容，向臣询问汉家诸般规矩，如何顷刻之间，便是天人两隔了？"

刘邦慨叹道："田氏一门，多暴虐之主，唯田横尚可称贤君。他不愿来见我，乃是为守节。如此惜名节而弃荣华，当世能有几人？实是伟丈夫，伟丈夫呀！"

"既如此，他何不在海岛上便了断？却要随臣奔波半月，又所为何来？"

"腐儒，看不透了吧？田横应召至洛阳城郊，方才自尽，乃是为表明心迹，不欲逆汉家天威，此举，是要为那五百门客求个生路。"

陆贾这才有所悟："哦——，微臣迂极，竟然毫无所察。"

刘邦又对那两位门客温言道："你二人忠心事主，实属难得，便在军中做个都尉吧。"说罢，又唤随何道，"你去知会卫尉衙署，遣一千名禁军士卒，往北邙山去，寻得一块福地，将故齐王尸身收殓，以王礼安葬。两位客人，可主持其事，诸人皆听他二人调遣。"

随何领命，起身便要将那首级包好，刘邦却道："且慢，朕再看上一眼。"说罢，起身离座，来至首级前，略看了两眼，便忍不住落下泪来，对陆贾等人道："齐有田横，美名便可传于后世。千年之后，何人还能计较今日孰胜孰败？唯有此等君子之名，妇孺相传，代代有人知。我辈用兵虽是赢家，然在名节上，却是输给了他。"

两门客闻汉帝如此赞誉，更是涕泗横流，连连叩头。谢恩毕，两人便由随何引导退下了。

隔日，两门客将田横尸身装殓好，由千名禁军护送，迤逦渡过洛水，至北邙山下，择地挖穴。

待墓穴完工，由随何前来致祭，将田横下葬，按诸侯之礼，筑起一座高有仞余之大墓，墓旁遍植柏树，颇具气象。封土之后，那两位门客对随何道："故齐王待我等有如子侄，今实不忍骤然离别，请容我二人暂栖此地，守丧一旬后，再行归营。"

随何听了，觉也有道理，于是便不勉强。只吩咐地方有司，须四时祭享，不得怠慢，便率队返城了。

哪知随何走后，两门客并未歇息，连夜在墓壁上凿了两个洞穴。待到天明，两人脱去汉家衣冠，换上白衣，向田横墓拜道："王既殉国，臣又岂敢偷生？愿陪君上永在北邙，遥望故土。"拜罢，大哭了一场，便双双拔剑自刎，扑倒于穴中。

有附近农家发觉，忙奔告里正。那里正来看了，惊骇不已，当即报了县丞。县丞也来看了,亦是目瞪口呆,连忙驰报洛阳宫中。

刘邦在南宫闻报,不由得惊起:“齐地有如此奇士耶?”当下,便传了陆贾来,将门客殉主之事告之,蹙额道,“田横自刎,二客竟以身殉,主仆恩义世所罕见,然朕闻之,却颇觉不安。想那海岛之上,尚有五百义士未归顺,闻风岂不是又要作乱?此事,还须劳烦先生亲往了结,再登海岛,哄得他一众党徒来归,另行安抚。”

陆贾闻命,不禁面露难色:“田横自刭,明日洛阳城内将无人不晓。不出月余,海内也将传遍。臣可哄得五百人离岛,然上岸之后,闻听旧主已死,又如何肯罢休?”

“先生勿虑,朕遣郦商率劲卒一队,护送你前往。”

“万万不可!郦将军心怀家仇,遣他去,如何使得?”

刘邦一笑,摇头道:“读书人,怎就这般胆小?”略加思忖,又道,“你赴海岛,便不必登岸了,随从也无须多带,在船上向彼辈宣谕就是,只说那田横已自刎,朕已下旨以王礼厚葬。岛上诸人,统统授予高爵,听凭各回本乡。朕将明诏下发,各县乡小吏,绝无敢刁难者也。”

“宣谕过后呢?”

“你只管返航就是。船不泊岸,还怕那五百人飞过来,将你分食了不成?”

“如此……仅凭这寥寥数语,那五百徒众,果能偃旗息鼓乎?”

“此一节,你就无须挂虑了。五百人之动静,悉听其便。群氓无首,欲反又能如何?朕自会传令沿海戒备。彼主公已死,又有招抚令下,徒众踌躇数日,自会来归。”

陆贾心中犹存疑虑,勉强领命,即日便上了路。待到得海边,将随从留在岸上,随身只带了一名书童上船,便命水手启航。

这日,船行至海岛近处,只闻一声鸣金,岛上山岩间,忽地拥出许多人来。原来,那五百义士早就望见船来,以为是田横归来,都欢喜异常。但张目细看,却不见田横踪影,唯见陆贾偕一位书童立于船头。

众人正疑惑间,忽闻陆贾高声宣谕,所言要领,正是刘邦于日前所嘱。

岛上五百人听了，一时皆怔住。少顷，才都回过神来，明白主公已死了，登时呼天抢地。陆贾心中发慌，正要下令返航，不想有一壮士猛地跃起，一把扯去幅巾，仗剑披发，引吭高歌起来。

其余义士也都起身，面向西方，齐声歌吟。其歌甚凄凉，辞曰：

薤上露，
何易晞，
露稀明朝更复落。
人死一去何时归？

这便是流传于后世的《薤露歌》①，古时崂山一带民间，凡有丧事，必以此曲为挽歌。

五百壮士反复吟唱，歌声与浪涛交混，其声愈悲。陆贾与船上水手听了，都不禁为之泣下。

如此唱了多时，那领唱者忽然目眦俱裂，大呼一声："君上，且慢行，我辈也来了！"喊罢，便拔剑自刎。霎时，那五百壮士皆拔剑在手，纷纷自刎。陆贾欲大呼制止，然惶急中，竟然喊不出声来，只在船上看得呆了。

不到片刻工夫，壮士尽皆尸横于地，再无声息，岛上唯闻鸥鸟啼鸣。陆贾惊骇至极，率水手上岛察看，见无一生者，不由唏嘘，良久才登船离去。

待返回洛阳，入朝具奏，刘邦亦甚惊愕，竟瘫倒于座："天下尚义之士，何其多也！"又喘息了半晌，才起身，在殿上蹀躞良久，仰头慨叹道，"当年若无纪信替死，我刘季，便是今日田横矣！"

陆贾见刘邦怏怏不乐，忙伏地请罪道："臣驽钝，三赴海岛，竟未劝归一人，罪不

① 薤（xiè），百合科多年生草本植物，今称"藠（jiào）头"，其鳞茎与嫩叶可食。薤露，喻人生如薤叶上的露珠一般，短暂无常。

容恕。"

刘邦掉头望望陆贾,忍不住一笑:"先生平身吧,你哪里有罪?你允那田横洗了个澡,便洗去了我心头一大患,褒奖尚且不及,如何能怪罪你?朕这便吩咐萧何,移文即墨县,着县令征调民夫上岛,将那五百人的尸骨收捡起,好生埋葬了,免得齐人心生怨望。"

半月之后,即墨县收到丞相府来文,当即征调数百民夫上岛,将五百义士尸骸尽数收殓,于岛西南之最高处,合成一冢安葬了。

此处义士冢,规模甚巨,高约丈余,长宽各五丈,至今犹存。经两千年栉风沐雨,已与山峦融为一体,浑然不分。后人仰慕田横高义,遂将此岛命名为"田横岛",义士冢亦得名"田横顶"。田横之名,果如刘邦所料,相传千年而未灭,此亦为后话。

将田横之事处置毕,刘邦心头仍有不安,遂召来张良、陈平,密议道:"枭雄在野,迟早是个祸患。今田横既除,去了我心腹一疾,然仍有两人漏网,令我枕席难安。"

陈平会意,便道:"陛下是说楚逃将季布、钟离眛?臣亦极感忧虑,然不曾察觉二人踪迹。"

刘邦颔首称是,又拿眼瞥了瞥张良。

张良略一迟疑,答道:"臣亦不知。"

刘邦便恨恨道:"昔睢水之败,朕与陈平兄逃亡,丢盔弃甲,数历险境,受此二人窘辱已甚。若不是近侍拼死护卫,我刘季之头,早已置于项王案上了!至今思之,犹切齿难忘。"

陈平叹口气道:"如今汉家天下,连山越海,幅员之阔不知凡几,藏起两个人来,万难寻觅,唯有张榜缉拿了。"

"好啊!你这就拟出榜文,交廷尉府,找那画师画了像,传布各郡县。有能访获两逃犯者,赐予千金;若藏匿不报者,罪及三族。非如此,休想网得住这两条大鱼!"

张良却还是面露犹疑,半晌才道:"榜文一出,郡县自是不敢搪塞。且各地户口渐已造册，所有闲游人等，均难藏匿，这倒是无须担心了。臣之所虑，乃是郡县张网虽密，各诸侯国中，却是难以遵行。”

刘邦便道：“朕之心虑，也正在此。为防各王敷衍，可明令各封国相府，大力察访；御史大夫周昌那里，也须向诸侯身边派去眼线。此网一张，不要说两犯，即是虾蟹，也要打捞出来！”

君臣议罢，陈平便飞快草拟了榜文，送去廷尉府。廷尉府又誊抄数千份，并附二人画像下发，飞骑传至各地。天下各关隘要道，一时皆挂出季布、钟离昧画像。各郡县衙署，皆出动大批差役，明察暗访，一时缉拿甚急。

且说此时的季布，正藏匿于濮阳（今属河南省），地处洛阳以东六百里。这濮阳城中，有一豪族周涉臧，乃季布之世交。当初，在垓下被困之时，季布见大势已去，与项伯、钟离昧等洒泪告别，易装遁逃，即潜入了周涉臧宅中。

季布本是楚人，为人豪气任侠，极重然诺，在楚地甚有美名，民间皆赞“得黄金百斤，不如得季布一诺”。那濮阳一带，百姓又多拥戴项羽，故季布逃至此地，应为万无一失。

哪知朝廷缉捕令下，濮阳城内亦不得安宁了。这日，周涉臧出门访友，见闾巷中有差役成队，正挨户察访。上前一问，方知是朝廷悬赏千金，要捉拿季布、钟离昧。周涉臧闻之，不由大惊，慌忙奔回家中。

见到季布，周涉臧便跪倒一拜，惶急道：“汉家出千金，搜求将军甚急，眼看便要搜至臣家。一旦破门而入，将军便无处可逃，臣亦将被诛三族，都是白白送死。将军若能听臣一言，臣便为将军献一计；将军若不愿听，臣不如就此自刭！”

听周涉臧如此说，季布便知事已甚急，当即扶起周涉臧，应道：“季某已是穷途之人，托庇于此，一切听任足下安排。”

周涉臧得了这允诺，心头一轻，急急说了声“得罪”，便取来剃刀，将季布头发尽行剃落。又为他换上褐衣①,用铁圈套住脖颈,装扮成髡钳刑犯②模样,与宅中数十名家奴一道,装入一辆丧车,一起运至鲁城,去卖给老友朱家。

那朱家,乃是鲁城一个有名的游侠,与周涉臧素有厚交。此时见周涉臧突至门上,声言是来卖奴,心中便知必有蹊跷。于是哈哈一笑:"周兄,何必这般惶急?总要验了货再说。"便步出门来,将那数十人端详了一遍。但见其中一人,虽髡钳敝衣,神态举止却殊为不凡,便猜想此人或是季布。于是也不点破,命家老按数取出钱来,将这几十人一并收下了。

朱家之名,在鲁地威震四方,官府对他亦颇有忌惮。将季布转托于此,当可无事,周涉臧心中一块大石落了地,遂再三拜谢而去。

再说那朱家虽貌似粗豪,做起事来,却是异常细心。他将数十个家奴分派了,独独留下季布问话。季布不识朱家,故不敢冒失,只编了一套身世来应付,意态颇从容。

言谈之间,朱家益发认定:此人必是季布无疑!遂起了怜悯之心,有意保全。当下对季布道:"朱某不才,唯有胆识而已,十数年来,收留天下豪士及亡命之徒,不可胜数。你只管在此栖身,我并不问你出处。何时住得烦了,你走了便是;若住得安逸,则万事莫问。"

朱家叮嘱罢,又唤来儿子吩咐道:"我新购得一奴,颇擅事务,今日起便教他去农田劳作,一切稼穑事务,全听此奴安排,你只须与他同进饭食,勿怠慢就是。"

其子不明就里,只得遵父命,恭恭敬敬将季布带去田庄,好生安顿了。季布既知眼下暂无性命之虞,也大大松了口气,遵朱家所嘱,只每日栉风沐雨劳作,并无多话。

那朱家素来乐为人解难,当此际,自是不能安睡了。入夜后,他屏退家人,启开一坛春醪,自斟自饮,想了足足一夜,终于想好了解脱季布之计。

---

① 褐(hè)衣,粗布衣,古时为贫贱庶人所服。

② 髡钳为奴,系秦旧制,汉代沿袭之。

待天明之后,即吩咐家老,备好一辆上等的辂车;又叮嘱儿子守好田庄,便带上仆从,登车向洛阳驰去。

辂车一入都门,便直奔汝阴侯夏侯婴府第而去,行至府门,朱家纵身跳下车来,向门前司阍拱了拱手,大声道:"鲁人朱家,前来叩访汝阴侯。"

那司阍资历颇深,遍识天下显贵,今见朱家面生,不免就有些轻慢,瞥了那辂车一眼,懒懒问道:"可有名谒递上?"

朱家不禁火起,叱道:"甚么谒不谒的?有活人在此,还要那篾片做甚?"

司阍见朱家虬髯满腮,豪气逼人,心知此人乃厉害角色,遂不敢唐突,连忙进去通报了。

等候有顷,只见夏侯婴衣冠整齐,满面恭谨,迎出了门来。朱家见了一惊,口称:"平民朱家,冒昧求见。"便欲伏地行大礼。夏侯婴连忙上前一步,将他扶住:"切莫多礼!"两人便相对揖了一揖。

施礼毕,夏侯婴拉住朱家衣袖,略作端详,喜道:"侠士,侠士!久闻你大名,却未得谋面,今日何其幸哉!"

侯府那些司阍、侍卫等人,也都是见过世面的,知自家主公乃朝中重臣,功高位尊,无论何等公卿来访,只在中庭迎候;今日见这位布衣来访,主公竟然整衣迎出门,都不禁暗自咋舌。

朱家登堂落座,只说是慕名拜见,与夏侯婴谈古论今,指画天下,片言不及季布事。夏侯婴虽贵为公卿,却不失为性情中人,一见之下,便与朱家相得甚欢。

那朱家本是直爽之人,臧否人物,指陈得失,全无一丝顾忌。夏侯婴听得入迷,对朱家越发敬重起来。两人共话楚汉往事,谈了一整日,夏侯婴还嫌未能尽兴,索性留朱家在府中,连日对酌谈心。

数日后,两人在庭中槐荫下闲谈,夏侯婴忽道:"秦失其鹿,汉家终得之。试问,天下平定半年以来,百姓议论如何?"

朱家稍作思忖,便道:"息兵宽刑,自是大得人心;然近来不知为何事,却有差役四出,入户搜查,恍又回到秦时矣!"

夏侯婴便笑："大侠勿疑，此乃今上有旨，要捉拿季布、钟离眛二人。"

"季布？此人名声甚佳，乃壮士也。今犯何罪，官家搜求如此之急？"

"哈哈，季布为项羽亲信，昔日征战，追击汉军，曾数度窘辱今上；就连我这御者，也险些吃他砍杀。故今上甚有怨，必捕之而解恨。"

朱家闻言，便一拱手，直视夏侯婴道："以君之见，季布此人何如？"

夏侯婴心中一动，眼睛眨了两下，答道："贤者也。"

"既如此，请容仆直言：为人臣者，各为其主所用；季布为项羽所用，乃职分所在，尽忠而已。今项羽虽灭，然项氏之臣，岂可尽诛耶？仆以为：汉帝始得天下，怎能以一己之私怨，破门凿壁，搜求一人？君上欲施仁政，为何要示天下以心胸不广也！且以季布之贤，搜求如此之急，他必远遁外邦，不北奔胡地，即南奔越国。人君当国，最忌驱离壮士以资敌国。伍子胥之所以怒鞭楚平王尸骨，恰是缘此之故也。"

一番话，说得夏侯婴大为动容，向朱家深深一拜，道："公所指教，实获我心；然通缉令牒已下，奈何？"

朱家道："人才得失，兴衰系之。君既为朝廷心腹，何不尽力向今上进言？"

夏侯婴沉吟片刻，叹口气道："为人臣者，终有所顾忌。"

朱家遂移膝向前，咄咄道："我虽莽夫，也知敬慕大儒。吾乡孔子曾言：'见义不为，非勇也。'此为大丈夫立身之道，公不欲听圣人言乎？"

夏侯婴顿感大惭，知季布必匿于朱宅中，便奋袂而起，慨然道："诺！"

朱家大喜，当即向夏侯婴拜别："君之气度，令朱某敬服，幸喜所托不谬。在下不揣冒昧，两手空空而来，却是满载而归，足矣！"

离了侯府，朱家便驱车返回鲁城，往田庄去探看。见季布仍是布衣斗笠，埋头劳作，遂不置一词，返回了家中，静候音信。

再说那夏侯婴，果然未曾食言，一心在寻觅进言时机。这日，刘邦忙毕公务，甚觉无聊，便召夏侯婴进宫对酌。

两人酒酣耳热之际，夏侯婴忽然低声道："季兄，我近日探得季布消息。"

刘邦一惊，双目立即炯炯："哦？匿于哪个王身边？"

“诸王新封，何人胆敢收留钦犯？季布乃由鲁城一侠士收留。那侠士仗义，不欲我汉家追缉季布，近日寻访至我门上，谓汉家新兴，不应效楚平王逐伍子胥……”

刘邦又是一惊，盯住夏侯婴半晌，方道：“夏侯兄，你今来，是为季布做说客？”

“臣不敢。鲁之大侠朱家，千里求见微臣，臣实是无词可推脱。”

刘邦只是拈须不语，夏侯婴看得心急，又谏道：“季布在楚地人望甚高，杀之，恐有违人心。”

刘邦抬手示意无须再说，叹道：“唉！一代枭将，竟沦落至此，倒也可怜。夏侯兄，昔年在睢水，你救了我，又救了我一双儿女。这个面子，须得卖与你。好吧，朕赦季布之罪，可命他速来洛阳觐见。前事皆不问，有甚么话，教他当面来与我说。”

夏侯婴心中暗喜，忙拱手谢恩。

刘邦又道：“早年你为韩信缓颊，使朕得一绝世之才，此事我未忘。今又为季布缓颊，可为汉家添一忠臣乎？莫非，你夏侯婴识人之才，远胜于我？”

“季兄玩笑了。若非你仁厚，何人敢为钦犯疏通？”

“嗯……然亦有不妥：既赦了季布，那钟离眛又将何如？”

夏侯婴狠狠心道：“既赦季布，下不为例。”

刘邦望住夏侯婴，忽而笑道：“也罢。算他季布命好！夏侯兄，自沛县起兵，我辈活到今日不易，今后休得再怀妇人之仁了。项王之鉴不远，万不可忘。”

闻此言，夏侯婴知疏通已成，便信口应付了几句，谢恩退下了。

时过两旬，果然就有朝令颁下，称：今上亲赦季布，不再论罪。令季布无论匿于何处，亦须来洛阳朝见。

此令传至民间，闾巷小民皆以为奇，哄传一时。朱家也听到了风声，忙奔至城门处察看，但见那通缉榜文上，季布姓名及画像果然已涂掉，不由欣喜。又前往郡衙中打探，知朝令确已颁下，便疾奔至家中田庄，一把掀去季布头上斗笠，唤了一声：“好你个季布！”

季布全无防备，脸色登时变得惨白，抛下掘土的铁锸(chā)，叹息一声：“在下正是，请公速缚我至官衙。”

朱家便哈哈大笑："公可无虑！今上已赦公罪，请随我速往洛阳朝见。"

季布闻之，又惊又喜。朱家便挽了他衣袖告之：日前请托夏侯婴代为疏通，方有今日。季布恍似在梦中，伏身于地，连连叩首，谢朱家救命之恩。

朱家忙将季布扶起，笑道："将军有盛名，楚人无不敬服，汉家君臣亦有怜惜之意。公请随我返回寒舍，拆去颈上那铁圈，沐浴一新，也好同我赴洛阳。"

季布不由热泪满眶，慨叹道："侠士再生之恩，教季某今世如何报偿？"

朱家便正色道："将军勿出此言！吾乡孔子曰：'君子成人之美'，我朱家救人急难，非为图报。若再言报答，便是辱我了！"

隔日，季布换了装束，便与朱家同车赴洛阳，先去拜见夏侯婴。

在汝阴侯府中，季布见了夏侯婴，唤了一声"滕公"，便要跪拜。夏侯婴连忙止住，殷切道："季布兄，今日相见，乃你我前定之缘，都无须客气了，速同我去朝见君上。"

朱家在旁见状，亦甚欢喜，拱手道："滕公，朱某多事，劳烦了阁下多日，当就此别过。"

夏侯婴连连摆手，要留朱家再住上几日。朱家坚辞不肯，向季布揖了一揖，道了保重，便出门登车而去。夏侯婴阻拦不住，连忙随其后送出门外，怅望良久。

这日恰逢朝会，夏侯婴便引了季布入朝。待季布步上殿来，朝中沛县诸旧臣中，多有识得季布的，顿时满堂哗然。

季布趋近御座前，向刘邦叩首请罪道："罪臣季布，有逆天威，藏匿至今方出首，甘受陛下惩处，而绝无怨言。"

刘邦忙道："还说这些做甚？平身，平身！自垓下一战，不见你踪迹，你倒是如何活过来的？"

季布便将幅巾扯下，露出个光头来，将数月来的颠沛情状，逐一述说。刘邦与众臣听了，都不胜唏嘘。

樊哙按捺不住，忍不住道："垓下那时，何不便降了，却要吃恁多苦头？"

季布叹道："垓下逃离，即已无颜对项王，岂能旦夕间便降汉？且季某斩杀汉兵甚多，恐罪不容诛耳。”

刘邦道：“岂止是折损我家儿郎？我刘季这条老命，也险些丧于你手！”

此话一出，殿上便是一片肃静，众臣面面相觑，不知刘邦将有何旨意。季布则伏于地，心中生死之念全无，只听凭刘邦发落。

刘邦却开颜一笑，离座将季布扶起：“好了！你既知罪，前来出首，朕又岂能计较前嫌？你在楚地，人望甚高，我偏不教你做伍子胥，免得我留下千秋骂名。你既来投，权且先做郎中吧，为我近身护卫。职分眼下虽低，然来日方长，前程未可限量。”

季布闻旨，不由涕泗横流，急忙推辞道：“亡国之臣，不堪任事，蒙陛下免赐死，便是大恩，岂望得官乎？”

“季布，我汉家冠戴，如何便入不了你的眼？辞官不受，可是仍心怀楚德？”

“不敢！唉……”

“朕倒要问你，当日在睢水，何以追赶我甚急？”

“无他，彼时臣效力于项王，唯恐追敌不力。”

刘邦便大笑：“正是呀！朕唯怜你忠心，故而授职，你若再扭捏不肯，便是作假了。昔在楚，你职分所在，追杀我到半死，然与汉营诸人并无私怨，故可无虑有人报复，用心履职便是。”

季布复又流泪，沉吟半晌不语。

樊哙大急，上前拽一把季布衣襟：“活命了还哭甚！”

季布仰面一叹，只得依了，谢恩而退。待季布下殿后，樊哙便问夏侯婴：“这季布奔窜民间，如何便撞到了你府上？”

夏侯婴这才将朱家请托的原委，向诸臣一一道明。众人听了，又是一番慨叹，都交口赞季布能伸能屈，终获解脱；又钦敬朱家能急人救难，实为当世无双之豪侠。

那朱家之名，自此便传遍天下，然他返回鲁城后，却立即改名换姓，移居他乡，终身再未见季布一面，其慷慨侠气，实非寻常。此乃后话了。

季布蒙赦，天下皆称汉帝宽仁，此事颇令一人心动。这人不是别人，便是那季布的异父同母兄弟丁公。

原来，季布父早死，母再醮，与后夫生了丁公。故而，这丁公与季布之姓氏、籍贯皆不同，乃是薛城人，本名丁固，世人号为丁公。

丁公投项羽军后，颇有战功，后加为将军。当年在睢水之战中，私自放了落荒而逃的刘邦，算是对刘邦有恩。垓下溃败后，丁公亦易服遁逃，藏身于民间。

这日他听到街谈巷议，知季布已投汉，得授郎中职，心中便大喜，只道是刘邦不再计较前嫌了。想那自家阿兄，于睢水畔追得刘邦鸡飞狗走，今日尚能授官，若我前去谒见，当是显贵无疑，或授个中尉也未可知。如此一想，便一改往日谨慎模样，喜笑颜开，收拾好行装赶往洛阳。

到得宫阙之前，丁公便大声自报家门，要见君上。那殿前郎卫之中，有三五人原是旧卒，皆知丁公当初私放刘邦事，遂不敢怠慢，将丁公迎进殿门安顿好，即飞步入报。

此时，刘邦正在便殿，与夏侯婴、樊哙二人议事，闻谒者通报，一时竟想不起是何人。夏侯婴在侧，忙提醒道："陛下可还记得睢水西归途中，曾有大队楚兵阻路，后又纵我而去，其为将者，便是这丁公。"

刘邦这才记起，淡淡道："原来是他！那么……这就传见吧。"便起身来至前殿，升殿宣召。

谒者闻命，即于殿前高声宣进。陛路上所列之郎卫，一递一声地传呼出去，备极威严。刘邦笑笑，掉头对夏侯婴道："朕所料何如？你曾言，下不为例，这不是又来了一个？"夏侯婴闻言，心中就一沉，为丁公捏了一把汗。

那丁公被带上殿，急趋两步，伏地拜道："臣丁公拜见陛下。多年不见，臣未曾有一日忘记汉王。"

刘邦只冷冷道："听你此言，莫非是怪我忘记了？"

丁公慌忙道："臣怎敢？今日来朝，便是乞恕罪。"

刘邦闻此言，忽地起身，勃然变色道："来人，将这罪徒捆起来！"

郎中令王恬启在侧，立喝了一声："动手！"殿前郎卫便一拥而上，死死捉住了丁公。

丁公大惊,挣扎了两下,高声道:“陛下,莫非忘了睢水边旧事?”

“哼!朕正与你相同,何曾有一日忘记?昔年之败绩,当是我死日,我之不死,自是要谢你。然你既为楚臣,却为何私自纵敌?可叹楚营,有你这等贰臣,背主而留退路,那项王焉能不亡?”

丁公这才明白,刘邦此刻,已毫无念旧之情,只想杀人立威。当下脸色便一白,急切道:“既如此,那项伯又何如?”

“早料到你会如此说!项伯之于项王,岂是主仆可比?且项伯纵我,并不在堂堂两军阵上。鸿门宴埋伏杀机,本为不义,项伯不愿范增以诡计杀我,为天下所耻笑,故而纵我,又岂是你临阵纵敌可比?”

丁公便仰天叹道:“既是纵敌,又何来异同?我丁某之冤,堪比睢水滔滔!”

樊哙看不过,不禁叱道:“蠢人,当此时,还要嘴硬!”

不待丁公再开口,郎卫们便拿来绳索,将他牢牢捆住。刘邦笑道:“朕登基伊始,便有人殿上喊冤,真乃奇哉怪也!在此,便与你说个分明吧:我不赦你,欲以你为汉家臣子戒。杀的是贰心之臣,以免效尤。”

丁公闻言,怒吼一声,以头触郎卫,挺身起立道:“我丁某一念之仁,致有今日。若当初不饶陛下,这殿前被捆的,还不知是谁。陛下既然颠倒恩怨,我亦无话可说,死便死矣,只当为天下投汉者戒!”

刘邦冷笑道:“今日知悔,不亦迟乎?主既亡,仆亦迟早随之,焉能有侥幸?所谓留后路者,实为自作聪明。来人!将此人推去营中,传谕三军:丁公为臣不忠,故今日受死。使项王失天下者,此人也。务令诸兵卫都来观看,示众毕,即斩首!”

丁公将脖颈一挺,轻蔑笑道:“杀丁某,如杀鸡耳,何必逞天威?只不知自我以后,何人还敢真心向汉?”

众郎卫七手八脚,以绳索将丁公嘴巴勒住,便向殿外推去。丁公虽詈骂不得,然一路挣扎,犹自嘶吼不止。

夏侯婴、樊哙见了,都面露不忍之色,欲开口求情。

刘邦知二人心思，将袖一挥，决然道："为臣者，岂可怀二心？今戮一人，可使千万人惧。此即为大义，非暴虐也。朕今为天子，已非昔日一方之汉王矣，故私恩不可以蔽公仇。如此，方可使天下知是非。"

夏侯婴、樊哙只得忍住不言，唯在心头唏嘘不已。

刘邦看看二人，又叮嘱道："那钟离昧逃遁，至今仍不见踪影。此人勇冠三军，智谋不在范增之下，若潜伏山林，亦效法篝火狐鸣，岂非汉家之大患？你等位列公卿，一门尊荣，全赖于汉家安否，故此，还须多多留意才是。"

夏侯婴闻言，嘴巴动了两动，然终未开口。

樊哙却笑道："钟离昧？他哪里学得了狐鸣？"

刘邦望住夏侯婴，疑惑道："卿欲何言？"

夏侯婴道："钟离昧究竟何往，臣曾问过季布。季布道：垓下溃败之夜，钟离昧曾言，欲往韩信帐下藏匿。"

"韩信？"刘邦眼睛豁然睁大，恨恨道，"如何却不见韩信举发？"

"或是惧怕陛下降罪。"

"怪不得，缉拿两犯榜文一下，立即逼出了季布，然钟离昧却仍无音信，或正是在韩信那里。也罢！朕即遣郦商，率禁军一队前往索拿。"

夏侯婴一惊，忙谏道："恐不妥！今无证据，便发兵索拿钟离昧，恐使韩信生异心，或将动摇天下。"

刘邦略略一想，颔首道："也是。朕便教陈平拟书一封，问问那韩信，若钟离昧在彼处，则令解送来洛阳便是。"

樊哙摇头道："若韩信不肯解来呢？"

刘邦微微一笑："解不解来，只在迟早间。若钟离昧在楚，我既问过，韩信必不敢纵容他，也就不至弄出祸患来。"

樊哙恍然大悟，敬服道："季兄，我算明白了，这天下，唯有你一人捏弄得了。"

且说钟离昧此时，果然就在韩信处。季布所言，分毫不差。当初垓下溃散，钟离昧扮作商贾，连兵卒都未敢带一个，即踉跄奔出。欲回家乡又恐被人认出，只得往淮阴一带奔窜，以打探韩信消息。韩信改封楚王后，淮阴百姓奔走相告，钟离昧闻之，便知时机已到。

早先在楚营，钟离昧虽与韩信身份悬殊，然同为淮南人，见识又颇相近，故而相交甚厚。韩信彼时欲投汉，钟离昧惺惺相惜，私授通关文牒，助其顺利逃离。

有此渊源，钟离昧便认定，韩信必不会忘旧，末路时可以往投。待韩信至下邳就国，钟离昧便来到下邳，登门求见。

此时下邳楚王新宫刚刚在建，韩信又圈占了大片民田，以迁葬父母，诸事皆烦琐。韩信欲抛下这些俗务，自去寻仙访逸，又因高邑不在身边，无人说话，便也无兴致。正自无聊间，忽有谒者来报，说有淮南故人求见。

韩信抛下手中书卷，心中便是一闪："淮南故人？莫非是钟离昧来投？"遂起身到中庭来迎，只见一商贾装束男子，健步而入，不是钟离昧又是谁？

两人四目一对，了然会心，都未作声，只互相施了礼。韩信一把抓住钟离昧的手，低声道："如何今日才来？且往内室坐，好生叙叙。"

两人步入密室，韩信便屏退左右，笑道："兄再有两月不来，我便疑你已经死了。"

钟离昧叹口气道："唉！不说也罢。"

韩信便劝道："依弟之见，钟离兄不必沮丧。人之荣辱，皆由天定。我今日显贵如此，昔日浪迹淮上时，也是万不敢想的。兄既来之，则万事勿虑，只将敝舍视作自家一般。"

"若汉王怀恨，明令通缉，将如之奈何？"

"此地是楚地，朝中所下文牒，全当是篾片好了！兄栖身敝舍，我可保风雨不进。韩某未必短寿，我在这世上活一天，钟离兄便可自在一天。"

一席话，说得钟离昧落泪，当下便要伏地叩谢。

韩信连忙阻住："兄千万不必！受人以恩，焉能不报？你若不来此，倒显得我欠了你许多似的。"

两人叙毕，韩信便唤来内史，安顿好钟离眛的宿处，又给他换了光鲜衣衫。自此之后，闲时饮宴，两人便常在一处。

韩信本是驰驱惯了的，一时闲居，颇为不耐。于是私募了五千壮士，披甲执戟，充做侍卫，偕同钟离眛，只往风景幽绝处去，恣意巡游。

那车驾卤簿所过之处，人马杂沓，矛戟如林，犹如盗寇入侵。地方上多被惊扰，各邑衙署苦于迎送，都怨恨不已。

钟离眛心有不安，便劝道："韩兄盛名远播，世间多有嫉恨者，似不应如此张扬。"

韩信笑道："管他！无我韩信，天下尚不知姓谁。鼠辈小吏，苟且谋生而已，安敢侮慢功臣？"

待通缉两犯榜文下来，韩信看到，只轻蔑一笑，任由楚相府分送各地，循例张挂而已。

稍后季布出首，又有陈平代刘邦拟信至，韩信拆开信读罢，脸色便不大好。钟离眛在旁看见，颇有不安："可是问起我来？"

韩信将信朝案下一丢，嗤之以鼻道："不用理会！他能收留季布，我便能收留钟离兄。你我头顶上，唯有楚地之日月。我自饮酒巡游，饲马玩鹰，帝力于我何有哉？"

如此过了数月，旁人不知钟离眛匿于韩信处，周昌所遣暗探却有所耳闻，遂以密信传至朝中。刘邦得知，更加疑心，又亲笔去信询问。然韩信回函，只说正在全力缉捕，尚无踪迹。

刘邦不能断定真伪，问计于左右，诸臣亦劝可暂不追究。如是，刘邦叹口气，也只得将事情搁置下来。

夏六月之后，洛阳城正是炎阳如火，市井百业亦日渐繁盛。自汉家一统之后，君臣忙乱至此，方有了些头绪。城内各公卿趁着闲暇，相互宴请，纳凉消夏，都在安享太平时日。

这日，刘邦带了卢绾、陈平、夏侯婴、王恬启等重臣，登东门而望，见城内烟霭祥和，四民安堵，不由心满意足，喜道："周室定都于此，享国八百余年，子孙传位三十代，何其壮哉！今汉家承周祚，也必有千年之运。"

陈平躬身附和道："岂止千年，万年亦是可期的。"

刘邦便笑："文臣之顺耳话，真是张口便来！万年朕不敢想，然以此城之固，雄踞中国，足以威临四夷。便是那诸侯来朝，路程亦相等，无分亲疏远近，实是上天所赐之福地也。"

陈平又道："即以兵家而论，洛阳亦是百战不堕之地。拥此城，西接秦岭，东临嵩岳，北依王屋，又据大河之险，何人敢犯？"

夏侯婴却道："国祚长短，恐仅系于德政。不然，何来春秋之乱、战国之争？"

刘邦不由回头怒视，叱道："就只你一人会说话！"

稍后，君臣下得城来，见城门仍有张榜，正通缉钟离眛。刘邦便指着榜文道："溃堤者，蝼蚁也。夏侯兄为我忧天下，不若早为我擒得此人。洛阳虽非咸阳，然安危同理，焉知这世上再无人如陈胜吴广，欲假作狐鸣？"

闻此言，王恬启、卢绾两人不禁肃然。王恬启应道："陛下所虑，事关至大，臣这便命各门加紧盘查。"

卢绾也奏道："各郡县奉命缉捕，从不敢稍懈。且各诸侯国处，皆有御史台所遣游士暗访，钟离眛必无所遁形。"

刘邦略略颔首，又嘱道："罗网既张，便勿松弛，尤须留意楚王韩信才是。"

隔了数日，洛阳东门外忽来一人。只见他褐衣草履，风尘仆仆，肩上斜挎一行囊。至城门下，将那通缉榜文看了一遍，大笑道："逃犯钟离眛，何足道哉！吾今有一好计，欲面谒皇帝，惜乎无人引荐。"

城卒闻之，颇感诧异，旋即报与城门校尉。校尉得报，出来盘问了一番，方知来由。原来，此人名叫娄敬，籍属齐人，被征为陇西戍卒，今路过洛阳，欲向皇帝建言。校尉验看了他腰牌，知身份无伪，便道："无人引荐，怎可见天子？"

娄敬便道："吾乡有一人姓虞，传闻已做了汉将军。"

"虞步昌将军？是你家乡人？容我遣人去通报。"因虞姓本就生僻，又恰与虞美人同宗，故汉兵皆知本军中有一位虞将军。

那虞步昌闻之，即骑马来至东门，见娄敬果是乡亲，便愿为引荐。当下，将娄敬引至宫阙前，通报求见。

不多时，有谒者出宫门来，问明原委，又验看了两人腰牌，掉头便去禀报。

此刻刘邦正闲卧便殿，闭目养神，忽闻有虞步昌荐一戍卒求见，不禁好奇，当下便允娄敬进谒。

谒者出了宫门，谢过虞步昌，正要将娄敬引进，郎中令王恬启闻讯赶来，见娄敬衣衫敝旧，便皱了皱眉。王恬启之职，主掌的就是宫禁门户，所有宫禁出入事宜，皆由他总揽其事。

王恬启当下便对娄敬道："且慢！你这装束，如何见君？无乃太过失礼乎？"

娄敬便反驳道："宫阙之人，竟也以衣冠取人！臣所服者，乃戍卒之常服也，通行万里，法不禁止。到了这里，如何便见不得人？"

那虞步昌忙劝娄敬："宫禁之前，万勿争执。下官衣袍尚新鲜，可易与你。"

那娄敬坚执不肯，只道："昔有秦二世'指鹿为马'，为万世所笑；今汉家号为仁政，竟活现'买椟还珠'蠢举乎？今日臣衣帛，衣帛见；衣褐，衣褐见；只是决不易衣！"

王恬启在中涓待惯了，未见有敢如此倔强的，一时气极，手指着娄敬说不出话来。

正在此时，随何从门内闻声出来，问道："何事吵嚷？"

王恬启见是随何来了，面色方稍缓，向随何道明了原委。随何拿眼瞄了瞄娄敬，见娄敬虽貌甚卑微，却隐隐有奇骨，便附耳对王恬启道："陛下等得急，宜速宣进殿，小节可不论。"

王恬启便挥了挥袖："既如此，人交予你了！"说罢转身便走。随何也顾不得与虞步昌多言，匆匆拽了娄敬，趋入正殿。

娄敬上得殿来，行过了君臣之礼，便静待皇帝问话。他虽是脱略之人，但初见朝中威仪，仍是不由得拘谨。

刘邦平素见士卒，向来是一见如故。此刻见娄敬衣衫褴褛，便不由得发笑，问了他姓名、籍贯，又温言道："戍卒辛苦，朕早便知，然衣衫何至于旧敝如此？想必在旅途上吃了大苦头。"

娄敬闻此言，顿感亲切，便不再惶然，答道："小臣自秦末至今，备尝困苦，能活到今日已是万幸。些许路途劳顿，算不得甚么。"

刘邦见娄敬衣衫虽敝，面相却甚清奇，知其绝非常人，便道："好个小卒，如此会说话。自齐地来此，好饭也没吃过一餐吧。朕这便赐食，你吃饱了再说。"

"谢陛下。小臣风餐露宿，脚底板还带着黄土，莫要脏了天子处所。"

"哈哈，朕起自草野，不在乎这个。"

此时，便有近侍上前，将娄敬引入偏殿，传菜上来，令娄敬饱餐了一顿。饭毕，又将娄敬引至刘邦榻前。

刘邦正倚在榻上，只略一欠身，笑道："娄敬，见你如见军中儿郎，朕便不拘礼了，你且坐下。"

娄敬谢过，便恭恭敬敬长跽而坐。

"那么，今来见朕，有何可言之事？"

"小臣冒昧叩问，陛下定都洛阳，是要效那周室隆盛吗？"

"当然。"

"然小臣以为，陛下得天下，与周室得天下，两者大不同也。"

听到此，刘邦不由一震，坐直了起来，仔细端详娄敬道："哦？你但说无妨。"

娄敬便又道："周始于后稷受封，仁德累积数百年，至武王伐纣，方得天下。至成王即位，周公辅佑，始经营洛邑。盖因洛邑居天下之中，往来四方皆便，是谓占尽地利。"

"不错。周室既在此兴，汉家为何不可效之？"

"此处虽好，却无险可守，因而有德易于兴，无德易于亡。想那周德隆盛时，诸侯四夷，无不宾服；而后世衰微，诸侯不来朝，周室却不能制。此不可谓德薄，乃是山川形势太弱也。今陛下起自丰沛,据蜀汉而定三秦,与项羽战于洛阳间,大战七十,小战四十,致使全国之民肝脑涂地,父子暴骨原野,不计其数,啜泣之声未绝,受伤者未愈,汉家之德,岂能追慕周室?小臣以为,陛下以洛阳为都,欲承周室之隆盛,必误!”

刘邦听到此,不禁汗出淋漓,忙招手道:“你且坐近前来,尽管放言。”

娄敬膝行前移了些许,又道:“陛下自西而兴兵,必未忘那秦地。详察那关中形势,负山带河,四面关塞,险固堪比金城,若猝然生变,百万之众立时可集。臣闻匹夫与人格斗,尚知扼其喉、拊其背、制其险要;而陛下定都,为天下根本,何不择险地而居?”

刘邦拈须颔首道:“公之深意,朕已知大略。正如公之所言,汉家不类周室,有百年之厚德,这天下之变,或眨眼可至,还远不到蒙头大睡时。”

“正是。故小臣为陛下计,似不宜定都洛阳。此地无险,来日朝廷若势弱,又何以制天下?不若迁都关中,万一山东有变,凭山河之险,亦可进退自如。”

“这个嘛,朕倒要讨教了:为何秦据关中,却二世而亡?”

“臣只知,昏聩如秦二世者,则神仙也救不得了!”

刘邦顿感大悟,喜道:“诚然,诚然!只不过那咸阳,曾为亡国之都,甚不吉利。”

娄敬便一笑:“天下已不号为秦,咸阳亦可不称咸阳。”

刘邦不禁大笑,以掌击娄敬肩头:“公,智者也。如何这许多年,只充作戍卒?朕要为你赐爵!请公暂退,至馆舍小憩,待朕与诸臣好好商议。”

待娄敬退下,刘邦思之,心中仍不免犹豫,于是命随何宣召众臣来议。

不多时,群臣络绎而至,齐集前殿,刘邦便以娄敬所言告之,令各陈己见。

众臣皆为山东人氏,安居洛阳,几同于衣锦还乡,无不志得意满。忽闻君上有意迁都,私心里均不愿意,当下就一片哗然。

刘邦见此,颇感纳闷:“迁都有何不宜?”诸臣所答,皆不外“洛阳东有成皋,西有崤函,其山河之固已足恃”之类,也有人力陈“秦都关中,二世即亡,彼处有何可依恃”云云,言语颇激切。

争论半日，大臣中竟无一个赞同迁都者。刘邦见萧何未发一语，想到他必属意关中，便以目视之。萧何略作沉吟，应道："两地利弊兼有，臣不能断高下，唯从众议耳。"

刘邦大感沮丧，翻了翻眼睛，便命众臣散朝。回首悄声嘱随何，速往成信侯府，召张良来密议。

张良自汉家定都后，即料到外敌诛灭，内争必起。为明哲保身计，只借口抱病，闭门谢客，在家中辟谷养生。其间，曾数次上疏请辞，欲往蜀中从赤松子游。刘邦只是不允，嘱他可居家休养，有事仍须入朝。

随何领旨，立即驱车至张府，叩门再三，却迟迟无人应。在门前候立多时，才有张申屠出来开门，随何急告之："君上宣召，请成信侯入朝议事。"

张申屠一笑："尊驾来得不巧，成信侯辟谷方三日，不许打搅。如此，教小臣怎敢入禀？"

随何顿足道："君上之命，急如星火。你家主公即是随了赤松子去，也须唤回，况乎在家辟谷？"

张申屠无奈，只得将随何引至中庭等候，返身入室禀报。过了多时，张良才姗姗而来，对随何道："足下久候！只不知陛下有何事相召？"

随何答道："陛下欲迁都咸阳，众议不决，故请先生入禁中密商。"

张良闻之，脸色便一变："哦？既如此，我便不备车了，请与足下同车，速入宫。"

随何便驾车急返宫阙，张良来至便殿，见刘邦正负手徘徊不止，忙上前揖礼。

刘邦回首见张良至，便面露欣喜，将娄敬建言及群臣反对之议，具述一遍，请张良权衡。

张良沉思片刻，方道："当日定都洛阳，臣正在赵国，隐隐有所不安，然不及细想。今日看来，洛阳虽有高墙，近畿却无险可守，四面受敌，非用武之地，远不如关中，左有崤山，右有函谷，背倚陇蜀沃野，三面皆据险，一面可制诸侯。若天下安定，可由河渭二水漕运粮谷入都；若诸侯有变，则可顺流而下，重演灭楚旧事。此正所谓'金城千里，天府之国'也！娄敬之言甚是，请陛下勿疑。"

刘邦精神便一振，喜道："子房兄以为可，那便是可。"

"事不宜迟。诸臣在洛，枝蔓已渐密，若有延搁，必越发难以迁徙。"

"正是！迁都令日暮前即发下。旬日之内，宫中及百官皆西迁咸阳，克期启程，不得有半日延误。如此，断了群臣贪恋繁华之念，方有我不拔之基。"

"然那咸阳废都，如何建造得起来？且咸阳旧称，为秦之都号，天下人皆厌恶……"

"哈哈，子房兄想得周全。娄敬亦有言，天下既已属汉，咸阳亦可不称咸阳。"

张良一怔，即拊掌赞道："此议甚好，甚好！那娄敬，应有所赏。"

"那当然。劝朕建都关中者，娄敬也，难得忠心至此。娄，刘也，有何区别？今日朕就赐他姓刘吧，认个本家算了！朕这便唤萧何来，商议新都营造之事。"

待萧何赶到，议起迁都事，亦极表赞成。刘邦便道："那咸阳，经项王焚毁，破败如鬼城，如何建得起来？"

萧何应道："臣于咸阳山川形势，烂熟于心。修复咸阳，以当今之国力，神仙也做不成，唯有在咸阳近旁起造新都。"

"另起新都？岂非更费物力？"

"不然。渭水之南，故秦有一离宫，为始皇帝之兴乐宫。因一水之隔，昔年未曾遭项王焚毁，稍加修缮，即可暂为汉宫。新都可以在兴乐宫附近，觅地而建。"

"丞相果然是留意了。此等善地，渭水之南可有吗？"

"陛下，昔日驻军霸上时，臣确有留意。以臣观之，今咸阳旧宫以南，原阿房宫以北，有一乡，毗邻兴乐宫，名曰长安聚①。此地高敞，乃龙首山之北麓，端的是一块善地。新都建于此，便可号为'长安'，岂不是汉家之福气？"

刘邦大喜道："丞相，原以为你在栎阳久待，循规蹈矩，不复有往日锐气了，原来仍机敏如昔！如此，甚合吾意。洛阳无险可守，诸臣又贪恋繁华，不如早早迁都。"

"兴乐宫规制宏敞，虽未经兵燹，然亦有堕坏，今可改名长乐宫，加以修缮。迁

---

① 聚，秦汉之邑落名，小于乡。又谓一万二千五百户为"乡聚"。

都之后，宫室、百官可暂栖栎阳，待长乐宫告竣后再迁。此后，再于秦章台旧地，兴建一座新宫，以为汉家万世之基。”

“你这老儿，名堂倒多，便如此吧。督建之事，责你去办。迁都事大，不可再延宕。那百官也无须抱怨了，有栎阳可暂居便好。”

待君臣议过，于当日申时，朝中便将迁都令颁下：即日起迁都关中，百官先赴栎阳，不得违期，否则夺职问罪。新都承秦制，续周法，于咸阳之南重建，责萧何先赴关中修造长乐宫，以三月为限，克期必成。

至次日寅时，朝中又有诏下，以建言迁都之功，拜娄敬为郎中，号为奉春君，赐姓刘。此举开史之先例，娄敬，遂成为史上首位获皇帝赐姓者。

百官闻迁都之事，皆奔走相告，倍觉讶异，私下里多有怨言。然仅隔一日，却又有贺表纷纷上呈，称迁都可以“巩立皇图，成万世一系之统”，或称新都乃“奠基天府，坐享金城”云云，不吝赞美之辞。

随何见贺表众口一词，便拣了几件辞藻甚工的，送往便殿，呈与刘邦。刘邦草草看过，便知百官不敢有抵牾，遂将贺表一推，仰头笑道：“看这贺表，朕即是杀只老母鸡，也可称功德无量了。既如此，明日便可启程，迁往新都。”

四、燕王肇祸起北疆

高帝五年(前 202 年)七月,暑热正酣。关中栎阳城里,九卿各衙署分派好屋舍,正在忙乱间。百官往来于途,汗流如注,只恐事有遗漏。

刘邦在栎阳宫中,见群臣忙碌,反倒平静下来,想着天下从此可无事了,心中便暗喜。却不料,从赵王张敖处,忽有使者飞骑而来,呈上一份急报。刘邦正在用饭,心想张敖竖子能有什么急事,便懒得拆开。又吃了两口,心中忽然一动:“莫不是赵地有边警,匈奴来犯?”想着,便急急拆开来看。

只见张敖书信,只寥寥数字,却是字字惊人:“燕王臧荼反。”

刘邦惊得一仰,险些将食案上的盘盏打翻。再去看那附件,原是燕相国温疥写来的密函,称:海内风传齐王田横自戕之事,传至燕地,燕王左右甚恐,皆欲反,群起怂恿燕王起事。初,燕王未允,后见秋熟将至,军粮将无虞,便允众人于八月起兵。自此,蓟城(今北京市)每日熙来攘往,不逞之徒纷纷蚁附,公然倡反。

看到此,刘邦脱口而出:“小儿也想吞天乎?”于是饭也不吃了,离座而起,急呼,“速传陈平来!”

待陈平进宫,刘邦便将密报递与他看。陈平看过,亦是迷惑:“陛下并未疑燕王,他为何要反?”

刘邦眯眼想想,自语道:“莫非也想争个皇帝做做?”

陈平遂于屋中踱步良久，才道："弑主之人，必反复无常，不可以常理衡之。昔年武臣为赵王，封部将韩广为燕王，臧荼不过是韩广属下一将军耳，只因曾随项王救赵，又入关中，得项王器重，日渐坐大。此人命好，却是容不得旧主，将主公韩广逐走，称霸燕地，终得封了燕王。可怜韩广只封得个辽东王，旋又为臧荼所杀。今日之变，正合臧荼本性，不过旧戏重演而已。"

刘邦仍不解："臧荼一少年将军，侥幸得诸侯王做，仍不知足；可见天下之大，蠢人何其多也！倒是那温疥，同是少年将军，年前南来广武山一回，便知汉家之恩，今日有此密报。"

"陛下，温疥去年率燕兵南下助我，臣观他相貌举止，十分忠厚。用他为燕相，实为陛下识人。"

"那是！驭下之道，不过几句温言软语而已。去年秋八月，温疥带兵南来，朕见他忠厚本分，便有意笼络，于广武山老营，曾传见过数次。"

提及广武山，陈平便猛一拍额头："陛下，臣知臧荼为何要反了！"

"嗯？"刘邦止住踱步，回头以目视之。

"陛下去年在广武山涧，与项王隔涧相对，历数项王十大罪，将他骂成了哑巴。军中将士，无不拍掌称快，将这十罪状倒背如流。"

"那又如何？"

"其中第七罪，陛下是如何说的？"

"哦？……朕倒是记不得了。"

"微臣帐下卫卒都能记诵，是谓'项王帐下诸将，封王皆在善地，而徙逐旧主，令臣子争相叛逆，罪之七也'。想那项王在戏水分封后，新王放逐旧主的，多矣；然将旧主逐离而弑之的，唯臧荼一人。此言传至燕地，那臧荼应做何想？"

刘邦便也一拍额头："原来如此！"

"那臧荼虽已归汉，然也知陛下厌恶弑主之臣，心下必不安。今见田横暴死，焉有不生疑心之理？燕地雄踞于北，背倚辽东，远胜陛下当日之芒砀山，故而此竖子敢反。"

刘邦便大笑:“陈平兄高见。臧荼,狐兔耳,自寻死路罢了。倒是你陈平若有反意,或有几分胜算,只可惜你韬略满腹,却仅存敢盗嫂之心而已。”

陈平脸一红,慌忙道:“没有没有!陛下不可玩笑。诸侯谋逆,此例不可开。一王作乱,天下又将分崩,请速遣曹参、灌婴诸将,前往讨平。”

“唉,谈何容易!曹参在齐,不可轻动。其余诸将,何人可统兵讨敌?举目海内,唯楚王韩信而已,然韩信擅留钟离昧一事,尚未查明,如何还敢用他掌兵?”

“如此……臣亦是无计了。”

“爱卿急的甚?朕不是在此吗?”

陈平惊道:“陛下莫非要亲征?”

刘邦整一整衣冠,徐徐道:“正是。昔日韩信谓我:将兵不过十万而已。明日,朕即点近畿内外五万兵,赴那蓟城走一趟。你且去拟讨逆诏书吧。只可惜,朕那柄神剑,早化作了犁铧。看来,掌天下之柄还须握上剑柄呀!我还是信了那些腐儒的话,太仁慈了些。”

陈平却还是犹疑:“话虽如此,然陛下为万乘之尊,恐还是不宜轻动。”

“陈平兄,项王已成枯骨,如何你还是这般丧胆模样?朕也不用你随驾,你只在这关中,等我擒回臧荼吧。”

越日,讨逆诏令一下,刘邦即命卢绾、王恬启挑选内外锐卒五万。如此半月之后,人马披甲,万事齐备,刘邦便留了太子监国,命陈平与樊哙辅之,自率夏侯婴、灌婴、郦商等一干武将出征。

自灭楚半年来,刘邦未尝挽弓矢,今重登戎车,顿觉豪情复起,每日只督大军疾行,不觉劳苦。经洛阳至邯郸,又收了陈豨、张苍从代地带来的人马,声势大壮,直扑燕地。

却说那臧荼虽有反意,却只顾放言泄愤,并未有南下击汉的布置。如此一月过去,其长子、燕太子臧衍见不是事,慌忙劝谏:“欲反,须得筹措粮草兵器。如此日日鼓噪,事机已泄,还反得成吗?”

臧荼只是不听:“小儿懂甚么?乃翁早年从陈胜王,你尚年幼,焉知事在人为?

今日鼓噪，便是惑乱他汉家人心。汉王近来欺人太甚，不出三月，那英布、彭越，连同韩信等人，必随大势反之。”

臧衍见阿翁固执，知事不可为，叹息数声，只得自去准备后路了。

这日，忽闻刘邦亲征，自洛阳发大军犯境，天下却并未骚动，臧荼便有些心慌，权衡利害，竟想舍却这燕王不做，亲往刘邦驾前剖白，以求宽恕。左右大急，苦谏道：“汉王前已灭魏王豹，后又逼死田横；今举大军前来，大王欲侥幸脱罪乎？”

臧荼虽是鲁莽武夫，然亦察知刘邦今番前来，必是存灭燕之心，便想到与其作笼中困兽，还不如以倾国之力一战，或能引动天下响应。遂下诏至各部，招兵买马，索性亮出了反帜。他在燕地经营多年，各城邑均养有死士，闻命即向蓟城聚拢。

然此前的鼓噪，徒费时日，早已失了先机，仓促间筹措军械粮草不继，那汉军便已跨赵境而来，攻城破邑，势如破竹。

臧荼见没了退路，只得集起蓟城丁壮迎战。他检点手下人马，堪堪有五六万之众，似可一搏。于是换了戎装，来至演兵场，见遍野蓝旗之下，人头涌动，矛戈如林，亦颇有声势。于是登车大呼道：“汉王刘季，反复小人也，负我燕人助汉之恩，妄称天子，兴兵犯境。当此际，燕地军民进亦是死，退亦是死，不若舍了命，与他搏个你输我赢。”

众军便应道：“愿从大王之命。”

臧荼见士气可用，不禁泪涌，又道：“我本燕人，偶逢秦末大乱，方得此位。某虽不才，然主燕九年以来，厚待父老，自秦亡至楚汉互争，燕地皆无兵燹之苦。今天下已定，却有汉兵前来荼毒燕民，是可忍也，孰不可忍也！”

众军皆呼道：“不可忍！”

臧荼便将佩剑掣出，对众军道：“自古燕人多奇士，胜有乐毅，败有荆轲，岂为外人所欺？臧某跟从陈胜王举义，起自卒长，得燕民爱戴，称王道孤至今，岂能忍见燕地沦丧？今欲与诸君同死，不使蓟城遭兵火之灾。吾燕人，绝非贪生怕死辈，即是怒对始皇帝亦不惧，况乎那沛县亭长？目下秋高马肥，正好用兵，刘季愿将头颅交予燕人，吾何由拒之？且以这刀剑说话好了！”

这番话，说得众燕兵血脉偾张，举戟狂呼，皆誓言杀贼。臧荼见军威已壮，反意更盛，再无半分犹疑。誓师毕，便率部众浩荡出城，一路南下。

行至故燕国的下都易城（今河北省雄县），忽遇斥候奔回急报，称汉军前锋已距此不远。臧荼便下令止军，踞关而守，只待汉军前来。

原来，在易城之西，有一险隘，乃"太行八陉"之蒲阴陉，穿紫荆山而过，后世称紫荆关的便是。此城所倚之地势，山峦起伏，险峻无比。汉军若想北上取蓟城，必从此处过。扼守易城，便是燕军此时的要务。

这日，臧荼率左右，登上易城黄金台[①]旧迹。见故台虽经八十载风雨，仍巍峨如故，虎视天南，便谓左右道："有此台在，孤王即有立足处。昔刘季芒砀为寇时，我便是堂堂燕将；今刘季翻作天子，反倒要逼我为寇了！"

燕太子臧衍在侧，苦笑道："今昔异时，岂可同论？阿翁欲效刘季斩蛇乎？"

此时，有那善谀之臣便道："大王，彼之芒砀山，土丘而已，岂如我紫荆雄关，可当万夫？"

臧荼遂大笑："然也。他刘季小觑燕人。想那荆轲击筑[②]悲歌之地，便在此隘之南，古之遗风，迄今不绝。昔荆轲一人，尚敢刺秦，况乎燕人万众同心？"

众人闻此豪言，都攘臂喊好，恨不能立即就下城去砍杀一番。

时入秋九月，城上值守燕军便望见远远有尘头大起。大队汉军源源而至，距城十余里，便止军不前，安下了营寨。

臧荼闻报，急忙登城察看。见汉军并不多，且不来围城，安营之处，乃是易下一块少见的平坦之地，便笑道："那刘季与项王战，屡战不胜，有何统军之才？今日来

① 黄金台，也称招贤台，战国燕昭王所筑，故址位于河北省定兴县高里乡北章村。燕昭王即位后有志于新政，拜智者郭隗为师，筑台礼遇，以招揽天下贤士。魏名将乐毅、齐阴阳家邹衍、赵说客剧辛等先后来投。

② 筑，此处读音 zhú，中国最早的击弦乐器，形似筝，有十三弦。起源自战国，宋代以后失传。演奏时，以左手按弦之一端，右手执竹尺击弦，古时仅见于典籍记载。至 1993 年，于长沙河西的西汉王后渔阳墓中，方有实物出土。

犯，也只敢远远下寨。彼兵远来，路上必劳顿不堪，明日我军即倾城而出，一举灭之。”

那燕相温疥在侧，却有另一番打算，此时便请命道：“臣温疥与大王生死与共，明日愿率一部，留守关上，为大王后援。若我军胜，则臣率部追击；若我军万一不利，则开关接应，可保万无一失。”

臧荼不疑有他，大喜道：“相国谋事老成，有你在关上，孤王后顾无忧矣。杀败他一阵，挫他威风，便可守住蒲阴陉三月不破，届时天下必乱。”

温疥心中暗笑，只装作慷慨应命，自去提点兵马了。

次日晨，只闻一阵惊天鼓响，城门大开，有燕兵蜂拥而出，皆攘臂喧呼，震耳欲聋。一路呐喊奔涌，疾行至易下平坦处，列好了阵。这数万燕军，看似气壮，然皆是匆促集齐，故军械多不全，其中还杂有民间丁壮，只拿着木棍粪叉之类，乱哄哄的勉强成阵。

此时，臧荼乘戎辂车驰至阵前，一面蓝色大纛高悬于顶，迎风猎猎。众燕军望见，一片欢呼，将那长戟击盾，如山呼海啸，只待汉军出来，好尽情砍杀。

再看那边厢，汉军大营栅门紧闭，全无声息，似无人看守一般。

臧荼耐不住，手撑车轼，大喝了一声：“刘季何在，还不前来送死？”

话音刚落，只闻汉营内一阵鼓声骤响，转眼间栅门大开，无数汉兵如潮水般涌出，分为战车、弩手、步骑三队，各个旗甲鲜明，气壮如虎，一路声声低吼，疾行如风，开始布阵。此来之汉军，皆为洛阳近畿精兵，训练有素，顷刻间便各自站好了位，与燕军在十数丈之外对圆了阵。

两军此时，便如两巨兽，咫尺相对，喘息之气可拂面。晨风清寒之中，隐隐似能嗅到血腥气！

那燕地军民，在秦亡时并未经大战。唯有年长者，尚能记忆王翦在易水大破燕军的情景。见眼前汉军亦是黑旗黑甲，活脱如秦军再生一般，燕阵中便起了一阵骚动。年幼者初次上阵，已被这气势吓住；年长者则忆起当年，也甚是惶悚。燕军阵中，便如风中之草，一派摇曳不定。

臧荼到底是经过战阵的，并不畏惧，对众军大呼道："汉军人少，何惧之有？"

燕军众卒闻之，精神才稍振，复又稳住了阵脚。

此时，汉营中又是一通震耳鼓响，似风云遽变，骤雨将至。鼓声中，众郎卫簇拥着一辆黄盖戎辂车，疾驰而出。看那黄盖下，正是当今皇帝刘邦。只见刘邦挺立于车上，身披精甲，头戴皮弁，额顶一簇团花耀目，身旁簇拥一片黄钺，宛若天神下凡。汉军见之，更是胆壮，全军连呼三声"万岁"，如惊涛乍起，直拍云霄。那燕军诸将士，则从未见过天子威仪，今日见到，无不惊异；有那看得眼花的，竟然惊叹起来。

待那黄盖车在阵前停住，刘邦便厉声喝道："臧荼小儿，这便是你的谒见礼吗？"

见刘邦摆足了天子架势，臧荼心内更是不忿，应道："正是臧荼迎候！我道是何人？原是刘季亲临战阵。天子不在洛阳，却戎装而来，臧某无乃在梦中乎？"

"小儿，封你为燕王，却如何要反？"

"甚么话？我这燕王，系当年从项王入关而得，与你何干？我倒要问你，今兴兵来犯，究竟为何？"

"不为他事，朕只为教训小儿而来。汉家灭楚，为天下民心所向，功成各有分封。我这皇帝，也不是凭武功抢得，乃是诸王推举，你臧荼也是联名劝进的一个，曾几何时，便想赖账吗？封疆守土，应是诸侯本分，何独独你臧荼不服？"

臧荼便也不再理论，掣剑在手道："我臧荼服，然此物不服！即是此物服，吾燕人亦不服！"

刘邦便冷笑："诳话！燕人多福，秦末仅稍有兵燹。如何天下已定，倒要陪着你来打仗了？"

臧荼回驳道："刘季，这话要拿来问你。你做了皇帝，头一件事，便是来伐我燕人，无乃秦始皇再世乎？吾燕国，乃武王苗裔，立国九百年，破齐抗秦，从无屈膝俯首之举，今番与你汉家再较量一回，又算得了甚么？来来，不说甚么皇帝诸侯了，你便是沛公，我便是燕将，今日以剑戟分个高下，可乎？"

刘邦朝前望了一眼，见千山叶黄，峰峦竟如铜铸，顿生出许多感慨来，缓缓道："燕王，贵乡如此河山，何其壮伟，你心尚有不足哉？念及你曾助我灭楚，容你再思忖片时。今日天下，疮痍未愈，民皆厌闻战声，何人还肯为你这狂徒卖命？若你有悔意，不妨阵前便降了，朕可保你荣华依旧。”

臧荼轻蔑一笑，讥嘲道：“事已至此，巧言有何益？那魏王豹可再生乎？田横可再生乎？诸侯不死尽，你刘季岂肯罢休？臧某虽愚，早也已看透：世事更替，不过是死了个始皇帝，又来个刘皇帝。”

刘邦叱道：“民思静时，你偏要动；不智若此，安敢论天下事？你今不出城便罢，出得城来，便是回不去了。”说罢，便朝夏侯婴挥了挥手。

夏侯婴在侧为骖乘，早已等候多时，此刻便掣出一面红旗来，朝四边山上晃了几晃。

说时迟那时快，四面山中猛然杀声四起，郦商、陈豨、张苍等将，各率万余伏兵，从山上奔涌而下。黄叶遍布的山路上，霎时就如长河决堤，百股黑流，奔窜而出，其势铺天盖地，任他前面有几多鹿砦、矛戟，都将席卷而去。

臧荼还道刘邦仅有万余人，此时见满山遍野皆是黑甲兵，不由得怔住。燕军中，有人欲掉头应付伏兵，亦有人想朝前冲去，阵形立陷混乱。众燕军从未见过这等阵势，前军竟有人掉头便逃。

臧荼正待喝止，忽见身后城门大开，拥出了一彪人马来。定睛细看，原是温疥率相府亲随，从城中冲出来，直扑向戎辂车，一面疾呼道：“相国温疥已降汉，燕人何苦送死！”

刘邦见了，哈哈大笑，遂大呼道：“燕军儿郎，擒得燕王来降，可封千户侯！”

众燕军皆愕然不知所措。对面汉军阵中，为首的陈豨勇猛无伦，率马军突入燕阵中，挥起长剑，奋力砍杀。燕军阵中，顿时惨呼四起，血溅如注。但见陈豨纵马过处，一路血流；残臂断肢，八面横飞；马蹄之下，人头滚滚。数万汉马军也挥剑跟进，劈刺砍杀，如虎驱羊。阵上一股冲天的血腥气，扑鼻而来，几令人窒息。可怜那燕军士卒，稍一迟缓，颈上头颅，便如瓜剖果裂。汉马军冲到何处，何处便是一条横尸之路。数万燕军，原也是阵列齐整，眨眼便如谷垛豆架般，纷纷扑地。有那机灵的，转身要逃，却被汉马军一路踏过，唯闻哀哭震天。

陈豨双目灼灼，瞄住臧荼车驾，跃马近前，一剑砍倒了燕王大纛。围住臧荼的相府叛兵，不由发一声欢呼，一拥而上，用刀剑逼住了车上的臧荼。

臧荼益发愤怒，拔剑护住前胸，回首怒问温疥道："相国为何叛我？"

温疥以剑直指臧荼道："天下已定，不愿枉死耳！"

后阵燕军见大纛被汉军砍倒，叛卒又将燕王团团围住，知大事不好，都纷纷向后退去。陈豨部下汉军见了，发一声喊，都挺戟杀来。燕军更是惶恐，都知死期将至，为保命，勉强壮胆厮杀了片时，终因群龙无首，大势崩解，众军发一声惊呼，便四面溃散，似羊群漫野逃开。有那逃得慢的，立时就身首异处。

汉军杀得兴起，呼喝声震天动地，见人便砍，不留活口，直杀得原野上血流如溪，一直往远处山谷追去。

燕太子臧衍见势不妙，取出早就备好的百姓衣服，胡乱换上，潜入乱军中逃命去了。

臧荼见势不可挽，弃了剑，仰天叹道："未败于贼，先败于己，天意乎？"

陈豨见此，发一声喊，登车擒住臧荼，命随从将他五花大绑。温疥遂也登上车，向溃散燕军大呼道："降者生，不降者死！"

燕兵闻声，都纷纷伏地请降。不过片时，五万燕军便半数降了，余者皆四下里逃散。

陈豨将臧荼押至刘邦车驾前。刘邦便戟指臧荼道："竖子，我这皇帝，本事如何？"

臧荼怒目而视道："若无温疥叛贼，你难越易城一步。"

"逆贼，死到临头，还不知错？"

"死便死耳！阵上堂堂而死，岂不强于田横自尽？"

"那好！朕偏就不教你死，关你一辈子，休想再见天日了。"

"不见便不见。古有易水之侠士，今即有不降之燕人。"

"好个臧荼，要做荆轲么？朕便成全你，赐你一筑，伴你朝夕向隅。来人，将此虏解赴洛阳，永世关押。"

几个随侍郎卫诺了一声，上前捉牢臧荼，将他押往后营去了。刘邦又唤陈豨近前，端详一番，赞道："好个少年将军！今破臧荼有功，改日，封你为侯。"

擒了臧荼之后，汉军气未稍懈，用战袍拭净剑刃血痕，又追敌至易城之下，见城门洞开，城头旗帜尽落，全无一个兵卒看守。

原来，那守城的兵卒，早为温疥所贿买，闻阵前燕军已败，便将那城头蓝旗尽行拔下，一齐都散了。

刘邦见此，知事已定，便拿过夏侯婴手中长戟，执戟立于车上，号令众军进城。

过城门时，刘邦仰头望望南门楼橹，忽而命御者停车，对夏侯婴笑道："昔年我阿娘外家王翦将军灭燕，便是从此城北上，直取蓟城。老将之赫赫威名，曾令六国丧胆。朕承蒙臧荼抬举，亦从此城入燕，不知后世之名，能否胜过王翦？"

夏侯婴也望了一眼城楼，淡淡说了一句："臣以为，陛下之名，后世当与秦始皇相齐。"

"嗯？"刘邦一怔，回首怒视夏侯婴一眼，即高声催促御者："进城进城！"

进了易城后，刘邦登黄金台远眺，更是感慨："壮哉河山，岂能落于他人之手？须得有个心腹与我把守才好。"

当晚，刘邦便秉烛草诏，询问其余七王及朝中重臣："燕王已废，燕地暂无主，以诸君之意，何人功高可封燕王？"草罢，即交付驿吏飞送各处。

夏侯婴有所不解，发问道："那臧荼，养他到死做甚么？不如一刀斩了！"

刘邦道："这你便不知了。擒之，是为震慑诸王；不杀，是免得逼反他人。此等莽夫，杀他又有何益？"

夏侯婴这才领悟，连连拱手道："季兄，你是越发成神成仙了。"

经易下一战，燕地失了首领，各邑闻败报，无不震恐。千里疆域，凡有城邑处，都纷纷开门迎降。不过旬日，汉军便轻取蓟城，平定了燕境。说来难以置信，此战，竟是刘邦平生上阵之首胜。

待臧荼解至洛阳后，刘邦果践前言，未将其枭首，仅是拘禁于别院，直至老死。那燕太子臧衍脱逃后，单骑北窜，连家也不顾了，自去投了匈奴。

然臧氏后裔，并未就此湮灭，又在汉家衍生出了许多故事来。臧荼之孙女，名唤“臧儿”，燕亡后，流落民间，先后嫁与王、田两家，共生有三男两女，与刘邦后裔纠缠不清，这几次臧家后辈多为大贵之人。此为后话了。

刘邦在蓟城住了才三五日，忽觉心神不宁，知此地僻远，不宜久留，便留下郦商、灌婴扫尾，自率大军匆匆返洛阳休整。途中，接斥候报称：代地有山贼数千，趁防务虚空，揭竿作乱，与臧荼相呼应。

刘邦闻报，对夏侯婴道：“蝼蛄之患，就无须你我操劳了。那樊哙自做了左丞相，寸功未立，此事便交与他去办吧。”言毕即拟诏，命樊哙率兵一万，自关中前去平定代地。

待刘邦回军洛阳，各王复函也接踵而至，皆建言燕王人选事。以楚王韩信为首，各王连同大臣计有十位皆言：“太尉卢绾功劳最多，请立为燕王。”

刘邦一时不能定夺，便召陈平进见，与之商议道：“臧荼既败，诸王皆曰卢绾功高，可为燕王。然卢绾有何功，朕怎未曾看见？”

陈平道：“诸王之议，全在揣摩上意。卢绾与陛下为总角之交，总要靠得住些。”

“这倒也是。此行征蓟城，见秦长城尚未堕，随山势起伏，盘若蛟龙。登烽火墩远眺，几可望见漠北。一夫当此，胡人万骑不可过。若不遣卢绾镇守，用旁人朕也着实放心不下，便准了诸王之请吧。”

当下，刘邦便召见卢绾，温言相嘱，命少府将缴回的燕王印绶，改授予卢绾。

那卢绾闻命，心中亦喜亦忧。喜的是一步跻身于诸侯之列，荣耀满天下；忧的是从此远离中枢，戍守边荒，朝中的威势再也享不到了。

刘邦看出卢绾心思，殷殷劝道：“兄长，你我乃丰邑陋巷小儿，若不逢时，必以卖饼鬻粥了却一生。今兄以军功而晋身诸侯，光耀子孙，当喜上眉梢才是。”

卢绾脸一红，忙掩饰道：“陛下过誉了。臣有何功，可蒙此殊荣？诸王荐臣，不过是讨陛下欢心罢了。臣知边地险要，昔年始皇帝何其雄霸，也须遣嫡长子驻守。卢某自幼便远逊于季兄，才略疏陋，恐不能胜任。”

“卢兄，历练了这许多年，死人都见过了几万吧？这般谦逊，便是假了！你守燕地，朕方能放心。要地，必亲故守之，朕敢将那韩信放在燕地吗？”

卢绾闻此言，立时掂出了分量，不禁热泪满面，忙揖礼领命。

刘邦北征归来，才得松一口气，正要回军，不料又有事变迭出。原来，返回洛阳后，刘邦想那诸王暂不敢反，便欲召天下通侯①皆至洛阳，当面训诫，以示天威。不料，诏令下发方一旬，便有急报入洛，称楚降将封侯者利几，在颍川郡的郡城阳翟不听诏命，举兵反了。

这利几是何人？前文曾表过，他原是项王所属陈县的县公。昔日项王自广武山退兵，在阳夏一带与追踪而至的汉军对峙，利几曾发陈县壮丁数万，增援楚军。后楚军不敌，大部撤走，仅留钟离眛与利几固守陈县，以为断后。

陈县旋即被汉大军攻破，钟离眛脱逃，利几却降了汉。刘邦为动摇楚营军心，特加优待，封利几为颍川侯，赐千户食邑。时才数月，那利几忽闻皇帝擒臧荼还都后，立召天下通侯，便疑心刘邦欲捕杀异己，于是索性反了。

颍川郡在洛阳之东，郡城在阳翟，洛阳与阳翟相距不过百余里。利几据阳翟谋反，无异于腹心之患。刘邦阅毕奏报，笑了一声：“又一个反的！皆是王侯不做，愿去蹲监的。”

陈平此时建言道：“可命韩王信征发壮丁，编练成军，就地弭平利几之乱。”

刘邦摇手道：“万不可！诸侯掌兵，终是大患，还是朕亲为好了。”于是下令，发近畿精兵两万，再次披挂亲征。

那利几在楚营，不过为一县公，降汉后方得封侯，声望不高，徒众亦寡，加之颍川一带，向为故韩之地，百姓历来心向汉家，故叛众势弱。待刘邦亲率大军杀至，叛众立作鸟兽散，利几亦趁乱易装潜逃，不知所终。

刘邦得胜，西还洛阳后，不禁有所疑惑，对陈平道：“迁都关中，无乃失策乎？朕

---

① 通侯，亦称“列侯”，为最高一等的爵位名。秦及汉初原名“彻侯”，后因避汉武帝刘彻名讳，改作“通侯”。

在关中，席不暇暖，关东各处便连连生事。吾孤家寡人，囿于关中，岂非成了秦二世？”

陈平本不愿迁都，闻刘邦犹疑，便道：“迁都之得失，回军栎阳后，可容再议。”

刘邦平叛归来，时已入十月，连过年都是在途次之中，不胜劳苦。回军之时，一入关中，便觉满目荒凉。入栎阳城后，便急发诏令，命天下各处解甲老兵，凡无地无业者，尽可迁往关中，先在新都服役造宫殿，待竣工后，官府皆授予田亩，助其安家。诏令又曰：昔日从沛公军入关之士卒，愿留关中务农者，免租税十二年；愿归乡者，亦可免租税六年。

如此措置，皆因昔日楚汉相争，关中输送丁壮甚多，大半战死，眼下人丁稀薄，田园荒芜。今新定都关中，便是万世基业，务求人口繁盛，方有个模样。

此时各郡县与诸侯国内，解甲老兵多有爵位低者，无田无产，游荡无着。闻此令，不啻旱天闻雷，皆欣喜若狂，结队赴官府报名入关。

刘邦两次亲征，于行军途中，曾见县邑残破，多不成样；如遇寇起，则无从防御。于是当月又下诏，令天下县邑各起城墙，务要坚固。

待诸事忙毕，刘邦方有空闲，得与戚夫人亲近。眼看那小儿如意一天天长大，越发聪明伶俐，刘邦喜在心头，只庆幸上天赐福。偶有朝政得闲，便往西宫戚夫人居所，拉了如意近身。一老一少额头相抵，刘邦教如意说绕口令：“我便是我，我便是鹅……”言笑晏晏，乐而忘倦。

刘邦如此偏私，只冷落了皇后吕雉。那吕后自从楚营归来，已有年余，对朝中诸事皆已了然于心，将此景看在眼里，只恐亲生子刘盈有闪失，便对诸老臣多有笼络。平素无事，便对刘盈百般督促，唯恐其读书不勤，鲁钝无才，将来接不了天下。

吕后身边，有舍人审食其与之谋，又笼络了妹夫樊哙，其势渐强，索性与刘邦分庭抗礼，见了刘邦，全没个好脸色。

刘邦心中有气，然念及芒砀落草之时，吕后曾冒死相助，在旧部中威望甚高，不好翻脸，只得充大度，装作看不见。

这日，博士叔孙通在栎阳东宫，督促太子读书，恰好有一段书，刘盈三读而不能记诵。吕后在一旁见了，又气又急，欲取竹篾来笞打，忽又想道：此处是朝堂之上，不似在丰邑故里可以随意，一时气涌上来，竟流了满脸的泪。

审食其在旁见了，心中不忍，便道："孺子可教，需待时日。皇后亦不必烦恼，不若微服出宫去，且宽一宽心。"

吕后抹干眼泪，哽咽道："太子实是无知，死到临头，还不知用功！"

"十岁竖子，不宜迫之太甚。"

"唉！也罢，你便陪我出去，走走也好。"

两人便离了太子居处，换了常服，也不带随从，自角门潜出了宫去，在城内闲逛。

这栎阳城，乃秦之旧都，规模宏巨，方方正正，纵横街衢各有十余条。汉家取关中后，即定都于此，于今已逾五载。经萧何治理，兵燹残迹已全然不见，但见市中车马辐辏，熙来攘往。

此城之奇特处，乃是城中有多处冶铁场，场中昼夜出铁水，有众多匠人打造兵器、农具，一派繁忙。走近前去，可见一场内有数炉，皆高丈余，火光熊熊，热气灼人。炉前那班工匠，皆是丁壮，冬日里竟也是赤膊劳作，堪为奇观。

吕后生性喜看热闹，便凑近前去，痴望了半晌，方才回首道："汉家得关中，乃是天助。本宫在沛县，何曾见过这等景象？"

审食其却道："区区关中，河山一隅耳。偌大天下，皇后将来恐是应接不暇。"

"此话怎讲？"

"君上万年之后，必是如此。"

吕后会心，便一笑："甚么万年？那酒鬼若再活十年，我气也要气死了。"

审食其一惊，连忙谏道："《太公兵法》云：'大智不智，大谋不谋。'皇后还须隐忍。"

"说得是，我忍就是了。那妖姬，迷得住陛下，却是迷不住沛县旧臣，迟早要教他做猪狗。我倒不心急，只恨太子不争气。"

"假以时日，太子当自明。"

“噫！审郎，天生你，就为哄我来的吧？”

“皇后玩笑了。”

“你噤声！出得门来，莫叫甚么皇后不皇后，便叫我外妇就好了！”

审食其脸色便一白：“臣哪里敢？”

吕后回望南宫，叹道：“老娘忝列正宫，倒不及那死了的外妇！那庶子刘肥，老鬼倒时常去看看，太子这里，他却是来也不来的。”

“太子这里，有皇后在，无须陛下费心。”

“唔？”吕后仰头想了想，容色这才稍缓，“倒也是。免得刘盈学样儿，如老鬼那般粗鲁。”

两人在冶铁炉边观望一回，掉头又往街市上去。才离了火炉，便觉北风凛冽，衣不胜寒。

审食其忙替吕后掩衣，道：“皇后该披白狐裘出来。”

吕后摇头道：“田舍村妇，披那个做甚么？”

说话间，不觉便来至西市，忽见前面有一酒肆，门庭宽敞，酒客往来颇多，两人便急忙入内避寒。

这间酒肆，生意极佳，垆上所置酒坛，重叠如小山。甫一入门，便有容貌姣好之妇，迎上前来道了“平安”，将吕后、审食其延入雅座，一面赔笑道：“今日天寒，酒客甚多，须得与旁人共座。”

吕后看看，座中窗明几净，有氍毹①之毡铺地，甚是雅致，便颔首道：“也不妨的。”

两人落座，见同座乃一端然老者，寿虽高，须发却皆黑。审食其便拱手道歉：“长者，在下多有打扰。”

那老者瞄了二人一眼，意态从容道：“不碍。老夫独坐，也是寂寞得很。”

审食其便嘱酒保，上些精致酒馔来，欲邀老者共饮。老者摆摆手婉谢，亦不多

---

① 氍毹（qú shū），织有花纹图案的毛毯，产于西域，可用作地毯、壁毯、床毯、帘幕等。

言,独自饮了一会儿,忽而道:“天寒地冻,你夫妇倒有兴致。”

那审食其一怔,便是满脸通红,吕后却是只掩了嘴吃吃地笑。那老者见了,忽然领悟,连忙恭谨一拜:“恕老夫眼拙,多有冒犯。如此相谐,夫妇反倒是不能!”言毕,便朗声大笑。

待酒菜上来,三人便且饮且谈,闲聊了一回。那老者于市井百态,皆洞察于心,聊起关中近九年之变迁,不由得便叹:“秦人作恶,亦复多灾。幸得汉王治关中,倒是比山东之民少受了些苦。”

吕后与审食其深居栎阳宫,不谙本地民情,便东问西问,问得老者好生奇怪:“你二人,莫非自南山而来,又似久居宫中之人,如何百事不知?”

吕后便一笑,掩饰道:“中等之家,琐事多不问。看长者如此悠闲,必是本地豪门?”

老者道:“兵燹连年,活命尚属不易,何来豪门?尔等也知,自天子以下,所乘驷马之车,欲配毛色齐一之马,亦是不能;而将相公卿,或有乘牛车者,寒酸已极。至于百姓之家,更无足观,四民皆无藏粮,朝不保夕,还算稀奇吗?”

一番话,说得吕、审二人相视叹息。少顷,审食其忍不住问:“似长者这般,必不致如此疲敝?”

“哪里话?在下身无长技,仅粗通文墨,为他人代写家书,混些润笔之资罢了,亦是勉强。近日多有解甲之卒,来关中落户,家书往来颇多,老夫方得有一口酒饮。”

话说到此,吕后心中忽而一动,脱口问道:“长者适才言及,多亏汉王治秦,那泗……泗水老吏,在秦地似颇有声望?”

老者便挺直身,正色道:“汉王乃天降之才,治秦五年,井井有条。正因他出身老吏,知民间疾苦,故而懂得恤民。天下之民有此明君,恰如涸鱼得江海之水,不是幸事又是甚么?”

吕后略显尴尬,勉强一笑,又道:“汉王自是贤明,然其寿已渐高。他万年之后,又将如何?”

老者便仰头大笑："这位女士，当我是算命先生了！皇帝万年之后，诸事由天定，何人可知？然万法不离其宗，便是治民须有仁心，民方归服。孟子曰：'乐民之乐者，民亦乐其乐；忧民之忧者，民亦忧其忧。'即是此意。"

"王者治天下，便如此之易吗？"

"当然，孟子之言，还有后半句：'乐以天下，忧以天下，然而不王者，未之有者。'今之君上得天下，不是借此，又是所赖为何？刘皇帝这人，文不如周公，武不如始皇，为何能五年即灭楚，将那霸王逼到乌江边去死？不是民与之共忧乐，踊跃相助，灭楚岂非大梦乎？"

"刘皇帝……"吕后便掩嘴窃笑，对审食其道，"这位老者，堪比丞相之才了。"

正在此时，有两三伙酒客从座前走过，见了老者，都作揖致礼，随口招呼道："国舅！"

吕后闻声，不禁大惊，双目直直盯住老者。

那老者便大笑："甚么国舅？我那小女，多年前曾被选入秦宫，做了宫人，不过炊妇侍婢者流。邻里玩笑，戏称老夫'国舅'而已。"

"哦？秦亡以后，贵千金可曾放归？"

"霸王入关，一把火烧了阿房宫，宫人非死即逃，哪里还有音讯？"

吕后望了望老者，唏嘘了一回，便又道："闻长者言，心窍皆开。然妾身乃闾里小民，只习黄老之术，素不以儒家为然。"

那老者眼神倏然一闪，盯了吕后半晌，才说道："观女士之相，非寻常人也，恕老夫妄言。儒家贵民，法家贵君，黄老之术则贵己，其说各异，然万法归宗，天道唯一。那老子之言'贵以身为天下，若可寄天下；爱以身为天下，若可托天下'，不亦是同理吗？"

审食其若有所悟，插言道："以长者之论，王者必以天下为家。今君上封疆于刘氏子弟，岂不是正循此道？"

"非也。人心不古，今世已非古之殷周；以天下为家，便要视民如子，而非一门王侯瓜分天下。分封子弟，虽是近日无忧，然至圣君万年之后，乱将不旋踵矣！"

吕后闻言,几乎要惊起,忙问道:"何以言之?"

"那故秦速亡,非为郡县,乃是残民太甚;那霸王覆灭,非为怯战,乃是分封有私。唯封疆罢废,事决于上,天下郡县皆为民,方为万世之道。"

其时离秦政之祸不久,举世皆厌一统,都觉分封甚便。吕后与审食其乍闻此论,只是摇头,不能信服。

那老者见此,便将面前杯盏一推,笑道:"今日得贵客陪坐,饮得尽兴。如我等草民,朝食既毕,便愁夕食,却有闲心指画天下,甚是可笑!也罢,老夫这便告辞了。"

吕后忙起身挽留:"长者何急?尚未请教尊姓大名,贵府何处。"

"敝姓曹,草野之民,便无须留名了。平生最敬刘皇帝,唯愿百代后子孙出息,能为刘氏之辅佐。"

吕后见挽留不住,只得道个万福,笑着恭送道:"长者慢行。子孙若出息,今世亦可遂愿。"

那老者浑身一激,瞥了眼吕后,略略一拜道:"女士之相,贵不可言,或为千古未有之女杰,古之妇好①亦不能及。"说罢将袖一拂,掷下酒钱,便翩然而去。

撇下吕、审两人,面面相觑。审食其慨叹道:"老者所言,或有几分道理。"

吕后便哂笑道:"不要管他。市井老叟,大言欺世而已。皇帝可姓刘,便也可姓吕!"

审食其闻言大惊,旋又摇头叹曰:"事或如此,也只得舍命陪你了。"

且说臧荼被擒之后,天下各地皆晏然。汉家君臣,无不额手称庆。然平静尚不足一月,至十二月初,又有大事突生。朝中在楚地所暗伏游士,忽然呈上变告信②,称楚王韩信每月十五日,必巡游一次,所到之处,惊扰县邑。其扈从甲士竟有三五

① 妇好,商王武丁之妻,中国历史上首位女性军事统帅,亦为杰出的女政治家。曾率军征讨,为武丁开疆拓土。

② 变告,谓告发谋反等非常之事。

千之众，车马喧阗，公然陈兵耀武，反意已露。

刘邦得此密信，大惊，心内本不信有其事，但又愿意信其有，于是问计于左右诸臣，该如何是好。

周勃等诸将闻之，先是惊愕，随即义愤形于色，皆攘臂呼道："某愿前往征讨，必擒楚王以还！"

刘邦遂以目视萧何。那萧何当年曾举荐韩信，此时只恐担了干系，便也道："臣以为当征讨为是。"

刘邦瞄了一眼诸人，摇摇头，一语未发，将密奏笼于袖中，命众臣散了，自己进了内室。随后，即遣谒者出宫，速去请陈平来。

陈平应召而至，甫一落座，刘邦便拿出密信与他看。陈平看罢，将眉头皱起，一时默然。

刘邦急问道："如何？楚王不日将兴兵叩关，计将安出？"

陈平哪里肯信韩信会反，欲加辩驳，又恐刘邦气恼，半晌才道："此非小事，似……可缓图。"

刘邦叱道："韩信若反，顷刻间便可席卷关东，还缓图个甚？难道你也为他所买通？"

陈平惶悚伏拜道："臣实不敢！但问，韩信可知有人密奏？"

"不知。"

"韩信反状，可坐实乎？"

"有密奏在此，朕宁信其有。"

"既如此，敢问陛下之兵，可能及楚王之兵？"

"不及。"

"陛下之将，可有能胜韩信者？"

"无有。"

陈平便起身复坐，道："兵又不及，将又不及，起兵讨楚王，胜算能有几何？"

刘邦离座而起，怒道："莫非，唯有坐以待毙乎？"

“可召韩信入关,当面询之。”

“腐儒!此时召韩信来,只恐他不反亦要反了。”

陈平便俯首道:“臣非神人,且容臣细思片刻。”言毕,闭目半晌,方睁开眼道,“古时天子巡狩,出入耸动天下,必大会诸侯。陛下可诈言身体违和,欲出游云梦,遍召诸王,会集于陈县,相偕共游之。诸王闻召,敢不从命?那云梦大泽,为故楚之地,浩瀚不知边际,正在今楚境之西。韩信闻召,必来谒见,彼时只须一二武士,即可拿下,焉用兴兵动武?”

“朕至云梦?岂不是到了楚王巢穴,只怕我没拿住韩信,倒要教韩信擒了我去!”

“陛下,古天子巡狩,必统兵随行,以壮声势;陛下亦可效之,率大队禁军随行。那韩信若有异动,可就近击之。”

刘邦听得明白,立时转怒为喜,大笑道:“竖子陈平,亏你想得出!这伪游云梦之计,何其毒也!识你以来,你之谋,无不为阴谋。将来你只需小心,不要有把柄落于我手上。”

当下,刘邦便命陈平起草诏令,称天下无事,唯圣躬略有小恙,欲南游云梦,稍作休憩,兼以观民风。为此之故,召天下诸侯会集于陈县,同赴云梦,以共襄盛举。草毕,即遣使四出,分送予诸王。

各诸侯接旨,皆不敢怠慢,匆匆筹备上路不提。单说韩信见了朝中来使,瞥一眼那使者所戴之高山冠,心中忽起不祥之感,脱口便问:“使者所为何来?”

那使者道:“君上命我飞传诏令,并未言明是何事,待启封宣读便知。然下臣日前在栎阳,曾风闻君上将游云梦。”

“甚么?”韩信心中一惊,慌忙离座,伏地接旨。

待使者展开诏令宣读,果然是南游云梦事。韩信谢恩毕,接过诏令,心下便犯了踌躇。此前,刘邦曾两夺兵权,屡次使诈,今又称南游云梦,召我前往,莫不是又布下了罗网?那刘邦素恨秦始皇巡游天下,靡费民力;如何自家方才坐稳,便要兴师动众出巡,实令人生疑!想那云梦大泽,距他国皆路途迢迢,唯与楚境相接,今御驾来此，莫非又是意在图我？

韩信想到此，便欲发兵反叛，索性趁刘邦游云梦，出奇兵袭之。即便无果，亦可致天下大乱，或有乱中取胜之望。然转念又一想，自己无罪，何必铤而走险？只是，若老老实实前往谒见，又恐被擒。颠来倒去，一时倒没了主意。

正踌躇间，恰逢高邑自栎阳返回，韩信便急问皇帝南游事。高邑禀道："臣虽有耳闻，然亦不知其详。"见韩信忧惧，便又劝道，"臣前在洛阳，今在栎阳，全未闻朝中有不利于大王事。今大王并无过失，君上岂能无端猜忌？唯大王收留钟离眛，实为违命，不若将那钟离眛斩首，持其首级谒见，君上必喜。如此，大王又何患之有？"

韩信倒抽一口冷气，惊道："这等不义之事，如何做得？"

高邑便急道："臣随大王征战，从未见大王临事迟疑，今日又是为何？"

"唉！钟离将军乃我数十年故旧，何忍杀之？"

"臣以为不然。兵家曰'计利以听，乃为之势'，正是说中要害。谋事谋人，唯取利而已。那钟离眛，楚之逃臣也；杀之，亦不伤大义，然可解大王之危。此中的轻重缓急，大王可明断。"

韩信沉吟良久，叹了一声："吾终不能杀钟离！或可变通，劝他自裁以免祸。"

"那也好，末将这便去请。"

那钟离眛居于楚王宫别院，正在庭中侍弄花草，忽闻韩信有请，急忙放下水瓢，换上锦袍，装束整齐，疾步趋入韩信居所。

甫近屋门外，便见郎卫皆执戟肃立，戒备森严。钟离眛不知是何故，心中便一沉，疑惑而入。进得屋内，只见韩信神色恍惚，正以手支额，伏于案几，似有万般愁思。

钟离眛心中忐忑，施礼毕，便坐下问道："阁下召臣来，必有要事？"

韩信未接话头，只懒懒问道："将军投我，屈居敝舍，不觉已半年有余矣，不知可还安好？"

钟离眛拱手道："多谢阁下。天下攘攘，臣却能安居若此，唯赖楚王存上古之风。"

韩信便叹一口气，怏怏道："将军昔日之大恩，弟已舍命报之。自夏入秋，朝中便频有传闻，言将军匿于弟舍，汉帝亦有函询，然弟一力回护，概不理会。"

"阁下救命之恩，钟离眛愿万死以报。"

"兄有此意便好！我亦不欲瞒兄：今朝中有使者来，称汉帝将游云梦，率禁军至楚境。君上此来，必是风声已然走漏，要索将军之首，并加罪于弟。"

那钟离眛闻言，不觉双目炯炯，直视韩信道："阁下欲如何处之？"

韩信苦笑道："事已至此，弟无计可施矣。"

"楚王此时不反，更待何时？"

"我所统之卒，仅三五千卫士耳，如何敌得过朝廷之兵？"

钟离眛这才知韩信心思，不禁大失所望，起身愤然道："公欲执我献媚于汉王乎？实为至愚！汉王之所以不敢击楚，是因臣在，唯恐臣与公联结，天下将无人可敌。若臣今日死，则公亦随手而亡矣。"

韩信低下头，以衣袖将案头拂了拂，只是不语。

见此状，钟离眛悲愤填膺，戟指韩信道："我以为公乃尚义之人，然看今日，公欲卖友求生，全不念昔年之谊，实非贤德长者也！罢罢罢，悔不该当初误投此处，奔波徒劳，全没个了局……"言未毕，便拔出剑来。

韩信抬眼，略略瞟了一眼，便扭头望向窗上垂帘，还是不语。

钟离眛长叹一声："人之愚，不可活也，无非先后而已！"叹罢，便愤而持剑，刎颈自尽。

俄顷之间，地上便是血溅三尺，如残花飘落。钟离眛那七尺之躯，轰然倒下，撞倒了室内瓶瓶罐罐。门外众郎卫闻声抢进，一时都呆住，无所措手足。

韩信纵是唯愿钟离眛死，此刻也不免心颤，脸色白了一白，挥手命左右将尸首抬下，小心取了首级，置于函匣中。

左右将首级函呈上，交韩信验看，但见钟离眛双目仍含怒，不肯合上。韩信忽觉浑身发冷，连忙以手抚那双目，将其合上，心乃稍安。越日，便只带了少许亲随，携钟离眛首级前往陈县，迎候刘邦。

不数日，刘邦车驾抵达陈县，其仪卫迤逦，难望其尾，唯见旗帜之盛，遮天蔽日。此时其余诸侯尚在途中，唯韩信先至，亲率随从出郊外三十里，于道旁恭迎。

其时，大队卤簿缓缓而过，黄钺、御杖耀人眼目。但见那云龙伞盖下，刘邦身着龙凤衮服，头戴七寸高之“刘氏冠”，端坐于戎辂车中，威严异常。

辂车来至韩信面前，稳稳停住。韩信连忙整好衣冠，行君臣之礼。

待礼毕，韩信回首使个眼色。高邑会意，便躬身上前，呈上了钟离眛首级。

刘邦一眼瞥过，心中有数，却明知故问：“此乃何人？”

韩信道：“楚逃将钟离眛，日前潜入楚，终为臣所拿获。”

刘邦拈须笑笑，命人接过那函匣收好，忽就厉声喝道：“楚王韩信欲反，与我拿下！”

身边众郎卫闻声，一拥而上，七手八脚，便要捆绑韩信。韩信猝不及防，一面挣扎，一面大呼冤枉。高邑等亲随亦甚惊惶，然未及拔剑，便被郎卫执戟逼住，动弹不得。

一番挣扎过后，韩信衣袍撕裂，蓬头跣足，终被众郎卫死死捆住。

刘邦凭轼望望，冷笑道：“你何冤之有？那钟离眛别处不逃，如何便逃至你处？你受一国之封，如何要收容叛臣？几番询问，你只是装聋作哑，我不来游云梦，你怕是还不交出他来，岂非欺吾太甚乎？”

顷刻间，堂堂楚王，便翻为囚徒，韩信心中悲凉，知祸不可免。以往凡刘邦来相见，可曾有过好事？今日之厄，亦是定数。于是仰天叹道：“果如人言，‘狡兔尽，走狗烹；高鸟尽，良弓藏；敌国破，谋臣亡’。天下已定，我固当烹矣！”

刘邦斜睨一眼，喝道：“还不知罪？有人告你欲反。”

“反迹何在？”

“你陈兵出入，惊扰县邑，又藏匿楚逃将，不是想反，又是甚么？”

“此皆臣之罪，然并未反。”

刘邦哈哈一笑：“若你反得成，朕还能安坐于此吗？”

韩信怒道：“不想果然有今日！”便仰首望天，任由刘邦处置。

刘邦遂下令，收缴楚王印，将韩信械系，戴了三十斤的大枷，载于后车听候发落。高邑等楚王亲随，亦遭拘押。

待处置毕，恰有衡山王吴芮至，刘邦见吴芮年纪一把，风尘仆仆，心有不忍，便道："今后朝贺，路远就不必来了吧。"

吴芮恭敬答道："君臣之礼，不可废也。陛下作云梦之游，臣怎能不到？"

刘邦便叹息："诸侯若皆如你，天下何至于乱？"

"不敢，臣唯有一请，还望陛下恩准。"

"但说无妨。"

"衡山旧都鄱阳，城邑破旧，不利子孙居住。臣拟建长沙城，以为新都。"

"这有何不可？为子孙谋福，正是我辈之志，修好了都城，也好防贼。只不知……你目下还有兵多少？"

"二十万余。"

"哦？江南竟有如此多兵？"

吴芮登时头上冒汗，伏地连连道："这便裁汰，这便裁汰！"

刘邦便笑："平身平身！你吓甚么？衡山之兵，不就是我的兵？只是你那衡山王，到底还是项羽所封，待你新都建好，朕将改封，也为堂堂汉家之王。"

吴芮心喜，连忙称谢。

此后，刘邦即遣人知会途中诸侯，托词韩信谋反，不拟再游云梦了，命诸侯折返本国，又留下刘贾代管楚地，便折返西行，直入洛阳。

御驾来至洛阳南宫，刘邦便觉心怡。想那关中遥远，一旦遇事，须驰骋于长途，实在劳苦，不如仍定都于洛阳，倒还省力。

这日，刘邦想起近来谋反事多，便不自安。想那九年来，随军士卒无论贵贱，皆有功劳，应好生安抚才是。于是，次日便有诏下，布告四方，曰：

天下既安，豪杰有功者已封侯，然汉家新立，有功未能尽赏，且容徐图。思士卒身居军中九年，未习法令，解甲之后或有犯法者，大至死刑，吾甚怜之，今大赦天下，既往不咎。

此诏一下，朝野皆颂汉帝大恩。随行文武诸臣，亦纷纷进贺。

此时，有大夫田肯，素为饱学之士，亦前来面贺，建言道："圣诏所言甚善。臣贺陛下，既得韩信，又治关中。臣以为，秦乃形胜之地，带河阻山，悬隔千里而治天下，如拥百万执戟之兵。秦得此河山，可以二当百，趁其地利之便，向下出兵伐诸侯，如高屋建瓴也。另有齐地，亦不可轻忽。齐地广阔，东有琅琊、即墨之丰饶，南有泰山之险固，西有黄河之堑，北有渤海之利，地方两千里，亦如拥执戟之兵百万。齐得地利，可以二敌十。如此，无异于东西两秦矣。依臣之见，若非陛下刘姓子弟，不可封为齐王。"

刘邦闻罢，未即作答，半晌才莞尔一笑："儒生之言，多义矣，好不艰深！然卿言甚善，朕已知大概。"

诸臣在侧，皆不明田肯之意，只知今后齐地，恐将不得封异姓为王了。

田肯贺罢，正要退下，刘邦忙道："且慢且慢！卿之言，皆为良言也，朕须细细品咂。不似那陈平诡计，朕一听就懂。故此，朕赏你金五百斤，好好受用。儒生固穷，然亦须有体面，不要穷得太过了。"

刘邦退朝后，将那田肯之言，反复琢磨，方悟出其意有三：一是言迁都关中，乃不二之选，切勿再变更；二是今后封王，应优先亲弟子；三是此番说辞，显是委婉替韩信说情。

前两事，当无疑义。迁都大计，不能再变了；齐地封王，亦不可拱手让与他人。然田肯所言"东西两秦"，控天下之要冲，乃是暗喻，两地皆为韩信所攻取。

此时，刘邦心亦有所悔：汉家之兴，韩信功居其首，今反状未明，若即加罪，不免失信于天下。

想到此，刘邦喟然叹曰："得此智者说情，竖子也是有福了！"于是立唤随何来听旨。

待随何进门拜毕，刘邦便问："方才田肯之言，你听清了？"

随何俯首道："臣已听清。"

"所谓者何？"

"所谓者三：贺陛下擒韩信，言关中地势之要，谓齐地不可有异姓王。"

"朕问你：韩信被擒，有何可贺？"

"这个……毕竟除一大患。"

刘邦便望住随何，冷冷道："昔年定三秦、伐田齐，皆赖韩信之力。韩信于汉家，可谓有不世之功。今韩信获罪，你也以为可贺？"

随何这才有所悟，慌忙改口道："臣鲁钝，未曾做此想。田肯'两秦'之论，原是为韩信说情，臣之意……也是如此。"说罢，便伏地叩头不止。

刘邦挥挥手道："好了好了，你平身吧。好端端的，如何就变蠢了？这便去传我谕旨吧：'赦韩信，降为淮阴侯，留于朝中。'教他来谢恩就是。"

此时韩信身陷囹圄，肩扛木枷，唯旦夕等死而已。忽而得了赦免令，竟是欲哭无泪，只得随谒者出来，卸去械具，换了衣袍，入宫去谢恩。

韩信见了刘邦，大礼而拜。刘邦也不作势，似无事一般，微微一笑："谋反之事或为谗言，不提也罢；然收留楚逃将，终是违旨，不可脱罪。今降你为侯，切莫心生怨望，便留在朝中吧，出入皆报予我知，免得再生事。"

韩信心中长叹一声，脸上却无怒无喜，谢恩道："臣韩信，自恃功高，也是舞刀弄枪惯了，不守法度，行事唐突。谢陛下开恩，留下了头颅，今后当临渊履冰，不逾矩半步。"

刘邦便笑："言重了！为臣者，知错便好。天下无事，莫再想着打打杀杀了，你一肚子用兵的诡计，去写一部兵书，传之万世，岂不更好？"

韩信俯首应诺，待谢恩毕，便出宫寻了高邑，自去洛阳城中安顿了。

风波过后，韩信知刘邦此番处置，乃是猜忌贤能，自己此后在汉家，再难有大作为了，便不敢再骄矜，只是寡言慎行。

上了几次朝，韩信更加郁闷，羞与周勃、灌婴之流同列，索性称病不朝，自闭于宅邸中，每日怨恨，心常怏怏。刘邦看在眼里，也不去理会他。

待韩信事毕，刘邦稍得了空闲，这才想起：封功臣之事，不能再拖延了。

昔时项王覆灭，刘邦便嘱陈平征询丞相之意，为群臣论功，以备封侯。然群臣争功，萧何、曹参各有一党，纷争不休，陈平哪里定夺得下？与刘邦密议了几次，终是怕伤了自家人和气，以至年余未决，延搁至今。

当此际，天下无事，群臣虽不言，刘邦也知众人多有怨望，于是急召陈平入宫，细与商议。两人斟酌再三，拟出了名单来，皆为爵位最高的列侯。

这名单，仅有二十余人，论功皆无异议；其余诸臣因争功，仍难以权衡高下。陈平敲了敲脑门，大呼头痛。

刘邦亦是不耐，略想了想，便拍案道："便是这二十几人了！其余不封，又能如何？"

陈平想了想，便附和道："如此也好。"

"那周苛、郦食其先前殉国，朕不能忘。周苛之弟周昌、郦食其之弟郦商，虽已位列九卿，也应封侯。"

"这是自然。臣以为，陛下若虑及人言，可先封十人，听一听朝议，再封余者。"

"可矣！"刘邦长吁一口气，直起身道："终算了却一事。陈平兄，你与曹参同为我心腹，皆有大功，朕便封你二人为户牖侯。户牖，家也，食邑就在故里，世世不绝。如何？"

"谢陛下大恩。食邑户牖，乃何其荣耀！然此非臣之功也。"

"这话如何说？我用先生计谋，克敌制胜，不是有功又是甚么？"

"若非魏无知举荐，臣安得进身？"

刘邦这才明白，大笑道："先生可谓不忘本矣！好好，朕这便重赏魏无知，不教你欠了这人情。"

议罢，陈平便退下。刘邦又请来张良，延入内室，与之密语道："子房兄，不日即将封列侯。兄名列功臣之首。"

张良忙推辞道："不敢，臣未曾有征战之功。"

刘邦道："哪里话！运筹帷幄之中，决胜千里之外，子房兄之功也，不封侯可乎？别人封在何处，皆由我定；唯兄之食邑，则由兄自择。天下之邑，丰沃不过齐地，兄可在齐地选三万户。"

张良急摆手道："万万不可！汉家得天下，文武各有功劳，臣抱病在身，向未担任半分职事，焉能贪功？"

"这是哪里话？鸿门宴上，若无子房兄，吾命休矣！仅此一端，兄之功劳，便可居首位。"

"既如此……初时反秦，臣率少年数百人，欲往下邳投军，与陛下相识于留县（今属江苏省沛县），此乃天意所致。故而，请准臣在留县选万户，方觉心安。"

"子房兄，何必如此小心？我还能将你看作韩信吗？"

"臣谋事，唯不敢任性耳。"

刘邦望望张良，笑道："也罢。就封你为留侯，食邑万户。"

张良一拜道："谢陛下！男儿生封万户侯，当世能有几人？微臣知足矣。"

刘邦大笑："甚么微臣？友人，故旧！这天下，就是你我诸友的。"

此后不多日，即冬十二月甲申，终于有诏命下：封曹参、陈平、夏侯婴、靳歙、王吸、傅宽、陈婴等十人为列侯。

诏令下，满朝且喜且疑。喜的是，好事多磨，总算盼来了论功封侯；疑的是，首批封侯，如何有应封的功臣却未封？

吕后闻听封侯事，也找上门来，劈头便问："刘氏天下，吕氏不该有一半吗？且不说那芒砀落草时，妾身送饭有功，就只说你在彭城兵败，若非吾兄吕泽接应，只怕是你骨头早不知抛到了何处。"

刘邦眨了眨眼，急拍额头道："满朝争功，闹个不休，舅兄论功之事，险些忘了！"

"忘了？你是眼中从无吕氏吧？若有吕氏，请将我两兄补上，与十人同列。"

"这哪里使得！如此后补，必令天下人笑落牙齿。待明日，另行加封便是。吕泽、吕释之，皆封列侯，与功臣同等。"

果然，至高帝六年（前201年）正月初一，又有诏下：特予外戚恩泽，封皇后长兄吕泽、次兄吕释之为列侯。

刘邦命涓人四处打探，闻听封了十人之后，朝议更加汹汹，知是不能再拖延了，该封的都要封。至正月丙午日起，又陆续封张良、项伯（易名刘缠）、萧何、周勃、樊哙、郦商、孔聚、陈贺、陈豨等人为列侯。除二吕之外，前后计有二十六人，皆封给食邑，世代罔替，罪可免死，是为汉家的“铁券功臣”。

这其中，最为显赫者四人，文武各有“双雄”，即曹参封一万零六百户，张良一万户，周勃八千一百户，萧何八千户。此四人，皆为汉家栋梁，显赫无比，天下为之瞩目。只可怜韩信功高招祸，罢废了王位，此次只随这四人之后，委委屈屈封了个淮阴侯。

此时，距项羽覆灭恰是一年，众臣翘首盼论功行赏，已如嗷嗷待哺。得封列侯者，九年之锋镝血火，即化作钟鸣鼎食之尊，自是荣耀无比；然未得封侯者，顿感沮丧，只不知君上还有何等筹划。诸人想道：自投汉以来，头颅暂寄于颈上，战无休日，也是在血泊中蹚过来的，论封侯，却是片羽未得，不由心生恼恨。欲发怨言，又恐遭臧荼、利几之祸，只得缄口观望。一时间人心浮动，各有腹诽。

刘邦却全然不知，想那二十六人封过，有大功者便全无遗漏，对得起天地良心了。余者渺渺，封或不封，彼辈都须端汉家饭碗；怨或不怨，又有何妨？

诏命封列侯之日，刘邦与二十六人剖符为证，信誓旦旦。一番忙碌下来，着实累得不轻，稍事歇息，便又想起了田肯之议。遂取来舆图，反复揣摩，心中便由衷暗赞田肯。

刘邦看罢地图，欲再召陈平、张良来议，忽又觉不妥，只袖手于室中踱步。来回走了几遍，便猛然止步，自语道：“田肯之语，乃是天启呀！天下者，西有秦，东有齐，正如首尾。首尾相顾，天下即属刘也。”

于是，想好了诸子弟应如何分派，写下密折，立刻召随何来，口述诏旨曰：

齐，古即建国也。今为郡县，应复为诸侯。将军刘贾屡有大功，与其余宗室有贤德者，可王齐、荆。

随何援笔记下，正要退下，刘邦又道："明发此诏，意在令诸王举荐，然刘氏子弟如何封王，尚有诸般细事，诸王并不明了。还须你赴颍川，面嘱韩王信，令他领衔上奏。"

随何疑惑道："何必多事？不如明发上谕，封诸子弟为王就是。"

刘邦便笑："那教天下人看了，自家恩赏自家人，岂非大失脸面？"说罢拿出密折来，交予随何，"将此折速交韩王信，无须多言，他自去领会。"

三日之后，那韩王信收到密折，阅毕，岂能不心知肚明，便按照密折所列事项，牵头草拟了奏本，遣使者飞马知会各王。

果然，至春正月丙午，便有韩王信等诸王联名上奏，请将韩信原封楚地，以淮水为界，东为荆，西为楚，分作两国，以东阳、鄣郡、吴县等淮东五十二县，封刘贾为荆王；以砀县、薛城、彭城等地三十六县，封刘邦幼弟刘交为楚王。

隔了两日，诸王又有奏疏举荐，请以云中、雁门、代郡等地五十三县，封刘邦次兄刘喜①为代王；以胶东、胶西、临淄、博阳、城阳等地七十三县，封刘邦庶长子刘肥为齐王。如此一来，子弟中亲缘较近的，共封了四王。

其中庶长子刘肥，乃是刘邦早前在丰邑，与外妇曹氏所生。虽为长子，却是庶出，其母又早故，故身份不及吕后所生嫡长子刘盈。刘邦怜惜刘肥，有意将他封在富庶之齐地，比别家又多得了许多县邑。

刘邦将诸王奏疏展开来看，逐一核对郡县，见与密折所列者并无不同，便抚案赞道："好！坐天下，亲子弟，诸王颇晓事也。其所奏，今日索性都准了吧。那刘肥治齐，恐一人难胜任，可令曹参为齐相国，从旁辅之。"

随何闻言，忙将奏疏接过，便要草拟诏书。待提起笔来，忽而想起问道："子弟封王，亦须论功。刘贾将军功最大，自是无疑，其余宗室也都有些军功，然陛下次兄刘喜，在家经商，归汉以来，未曾披甲胄，阵前寸功未得，当如何论之？"

---

① 刘喜，《汉书》亦作"刘仲"，应为异名。"仲"意为"行二"，后世有人认为是刘喜之字。

刘邦瞥了一眼随何，哂道：“腐儒！姓刘，便是有功。你就写‘兵初起，侍太公，守于丰邑’，岂非大功乎？”

“哦……然也，然也。”随何忙自责道，“微臣愚钝，所思实不及。”

少顷，随何便将封王诏书草毕，呈与刘邦。刘邦草草看过，喜道：“不错，这便发下吧。”

随何却惶惑起来，迟疑道：“诸子弟所封，皆汉家郡县之地，计有十郡百县，有如剜股上之肉。如此剜下去，怎么得了？”

刘邦望望随何，摇头道：“你还是不及田肯啊！异姓王遍地，四面虎视，我如坐冶炉群中，日日似火烤。倘不封子弟为王，一旦乱起，我必成秦二世，坐困孤城而自毙。”

“陛下多虑了。臣以为，异姓诸王，或可渐次削夺。”

“诸王皆有功，共得天下，无罪岂能夺之？”

“这个不难。枭雄得国，必不安分，日久亦必有罪。”

“哦！”刘邦一拍膝盖，心中顿悟，立时目光灼灼，急以手势止之，“公无复多言，朕知矣。”

随何退下后，刘邦再看韩王信领衔的奏疏，又起了心事，于偏殿坐思半日，觉韩王信之封地在颍川一带，终是不妥。

想那楚汉相争以来，关中便是汉之根本。往日汉军攻楚，多陈兵于韩地，故而关中与中原始终贯通；如今定都关中，朝廷与齐楚诸国，中间就隔了一个韩地，颇有阻梗。三河一带向来是兵强马壮之地，那韩王信，又是故韩宗室，在当地声望颇著，根系错杂，一旦有了异心，则半壁河山立陷危殆。

如此一想，刘邦便惊出一身冷汗来，忙唤近侍拿了舆图来看。看了片刻，心中便有了主意，立即遣使驰赴阳翟，召韩王信来，只说有事面询。

韩王信在阳翟闻召，急忙驱车赶来洛阳，入南宫谒见。刘邦一见，即含笑与之执手，将他延入内室。

两人分主宾坐下后，刘邦和颜悦色道：“八王之中，唯公随我最久。你我之谊，胜过兄弟。今欲与公剖符为信,永为手足。汉家万年,公亦世代享封国,如何?”

韩王信受宠若惊,忙躬身谢恩:“不敢。臣功浅德薄,何敢当之?”

“公不必如此客气。既为兄弟,今日便有要事相托。”

“陛下请吩咐。臣久为汉臣,只恨出力甚少。”

刘邦随手拽过舆图来,指点那太原郡一带:“你看,今日天下混一,唯有北方匈奴为中原之患。昔年始皇帝尚不敢大意,遣长子扶苏、猛将蒙恬镇守北边。朕昨日思之,汉家方兴,必得有力之人守边不可。公随我征战,忠心可鉴,实为不二之选。朕之意,你可徙至晋阳(今山西省太原市),朕将那太原郡三十一城封予你,以晋阳为都城,永为汉家北边之藩篱。”

韩王信脸色便一变:“那韩之旧地……”

“这个嘛,请勿虑。可复为颍川郡,仍归朝廷,你意下如何?”

韩王信无端被徙至北地,心中老大不愿意,只是此话说不出口,便勉强道:“为王前驱,当勉力为之。”拜谢罢,满脸不豫之色,一时难掩。

刘邦只装作没看见,急唤随何入内,吩咐道:“朕与韩王,欲剖符为信,永结伯仲之谊。你去将玉符拿来。”

随何取来玉符呈上,刘邦便与韩王信各执一半,相对跪下。刘邦手捧玉符,面色庄重,对天誓道:

使河如带,泰山若厉,国以永宁,爰及苗裔。

此誓词之意,乃是云:假使大河枯竭如衣带,泰山崩削如砺石,封国也无变更,可子孙万代享有。那韩王信复诵一遍,心中却暗暗叫苦,万般无奈,只得随刘邦摆布。

誓毕,刘邦满面笑意,吩咐随何道:“韩王明日将徙都晋阳,你速去备好筵席,朕要为韩王饯行。”

筵席上,刘邦说东道西,言笑晏晏,全不涉正事。宴罢,韩王信回到馆驿,才缓过神来，知刘邦心存戒备，不由懊丧。返回阳翟后，只是终日叹息，又延宕了半月，才启程北行。

行至半途，心中忽觉不忿，想道："卖命多年，奔走如狗马，呼之即来，挥之即去。如何一朝见疑，便翻为戍卒？"于是暗暗存了背汉之意。甫至晋阳，即写信给刘邦，巧言道："晋阳距北边，路途尚远，若匈奴袭扰，救之不及。为此，臣请徙都马邑（今山西省朔州市），就近防之。"

刘邦接信，颇觉不解："马邑？如何愿赴那苦地为王？"想了一想，以为韩王信乃是真心守边，便随他去了。次日，便有诏下，允韩王信改徙马邑。

诏书下时，无声无息，就汉家北疆而言，却似巨石投入深潭，激起涟漪层层。从此边地多事，叛乱迭出，直至惹来匈奴内犯，致百年不得安生。然于此时此际，谁又能料想得到呢？

五、新丰鸡犬喜归乡

时入春三月，一番封王封侯事毕，刘邦这才安歇下来，但心头还是惴惴，怕有人再生事。果然，没过几日，便有郦商、灌婴、靳歙、傅宽等一干武将，一齐赴阙求见。

这日后晌，刘邦正与戚夫人闲谈，忽听到宫门外喧哗，吃了一惊，便想去取剑，寻遍室内却不见，于是撇下戚夫人母子，跣足奔至前殿。恰遇随何匆匆来报，方知原委，才大大松了口气，命近侍速取衮服来换上，将门外诸将宣进。

众人进了大殿，一齐跪下，连呼“不公”，个个都似有天大的冤屈。刘邦见来者全是新晋的列侯，冠服簇新，便沉下脸来喝问：“吵嚷甚么？封了列侯，还不知足，竟是要吞天吗？”

那郦商本就气盛，此时更是一脸怒气，挺身道：“臣等赴阙鸣不平，是为萧丞相欺人太甚！”

刘邦讶异道：“萧何？那老儿，又如何惹到了诸位？”

“萧丞相封侯，竟有八千户食邑，险些便是万户侯，此何以服众？”

“原来如此！你等有何不服？说来朕听听。”

“臣等披坚执锐，多者百余战，少者数十战，攻城略地，大小各有功。今萧何未有汗马之劳，仅掌文墨，坐而论道，从不曾亲临一战，却蒙垂顾，功居臣等之上，何也？”

“嘿嘿……”刘邦一笑，环视诸将，缓缓问道，“尔等皆有此怨吗？”

诸将齐声应道：“正是。”

刘邦便招了招手道：“来来！各位平身，坐拢来。朕于今日，恰好神闲气静，便为诸君辩上一番。”

诸将便不再嚷，都膝行前移。唯灌婴愤愤不平道：“好言好语，可抵得食邑吗？”

刘邦也不理会，拈须片刻，忽然目光一闪，发问道：“诸君可知狩猎乎？”

诸将便笑，参差答道：“知之。武人焉能不知猎？”

刘邦环视诸人，正色道：“那好！朕无文，只擅讲粗话，今日便说说这狩猎。诸君必也知：追杀野兽者，狗也；而寻野兽之踪、指点兽在何处者，人也。今诸君因善跑而得兽，不过功狗耳。至于萧何，寻兽踪、指兽处，乃是功人也。且诸君多是独个跟从我，至多偕两三子弟；萧何则有宗族数十人皆随于我。故而丞相之功，朕不可忘！”

这一席话，甚是洪亮，声震屋瓦。谒者鄂千秋在殿侧当值，吓了一跳，手中笏板险些掉落。连那殿前郎卫亦觉惊异，各个大气不敢出。诸将自然能掂出此话分量，便也不敢再言。

刘邦这才面色稍缓，又道：“看看尔等新贵，大冠冲天，言语汹汹，可还记得广武山相持之时，何其愁苦？若非萧丞相在关中，为我输粮增兵，你我诸人，恐早已暴尸荒野。汉家之胜，非唯剑戟下所得；乃是萧何守住关中，得秦民之心，我辈才有所恃，好歹未成丧家野狗。若忘了此一节，我辈于今后，又何以守住这天下？”

诸将相互望望，似仍不能释疑，只是参差应道：“微臣明白。”

刘邦便道：“若再有不明者，便不配受列侯之赏了。”

诸将虽心内并未全服，也只能口称诺诺。

见众人再无异议，刘邦便释颜一笑，道：“列侯虽已封，然尚未排位次。诸君既来，以为谁人可排首位？在此不妨说说。”

诸将闻言，稍一商议，便纷纷道：“自是平阳侯曹参，当属第一。”

刘邦便问：“是何道理呢？”

灌婴朗声答道:“臣与曹参同征伐,东出齐赵,朝夕相与,知曹参全身被创七十余处,瘢痕累累,教人不忍直视。他在军中为骁将,攻城略地,身先士卒,功最多,当居第一。”

“这个嘛……”刘邦闻言便沉吟起来,未予作答。心想方才论功,已严词驳斥众将,此时论及排位,便不忍再驳诸将了;然在心内,还是欲推萧何为第一。

大殿之上,一时便哑然。诸将只是望住刘邦,不知他如此阴阳莫测,究竟有何名堂。

此时在侧的谒者鄂千秋,已知刘邦心思,便跨前一步,禀道:“臣有进言。”

这鄂千秋,在汉家也非等闲人物,因军功早就封为关内侯①,随刘邦日久,谙熟君上心思。今日当值,见刘邦犹豫,知刘邦既不愿推曹参为第一,又不忍为难众臣,便开口进言,要为君上解围。

刘邦见鄂千秋出列,颇感诧异,忙允道:“公可畅言。”

鄂千秋亦是个辩才,开口便滔滔不绝:“臣以为,群臣所议皆误!曹参虽有野战、略地之功,然均为一日之功,不可夸大。想那旧时,君上与楚相持五年,失军亡众、只身脱逃之败,曾有数次;然有萧何在关中,常遣兵员赴山东,予以补足。君上并无诏令相召,即有新兵数万之众,补足军前之所缺,如是数次,功难道不大吗?汉家与楚,在荥阳相持数年,军中无粮,萧何自关中漕运转输,补给不乏。此功,不是大功又是甚么?陛下虽数次亡失山东之地,然萧何却保全关中以待陛下,这不是万世之功吗?我汉家,即便无曹参之辈数百人,又有何所缺?汉家获全功,岂是这数百人所致?臣实为不解:岂能以一日之功,凌驾于万世大功之上!臣以为:若论功,萧何当属第一,曹参次之。”

刘邦不意鄂千秋如此善辩,拊掌笑道:“好好!”便起身离座,踱至鄂千秋面前,上下打量了一番,感慨道,“可叹呀!宝藏在手,便不是宝。你终日随侍在侧,我却

---

① 关内侯,爵位名。秦汉时置,位于列侯之次。有其号,无国邑,但封有食邑若干户,多赐给有军功者。

视你为无物;今日方识得,身边便有国器在。”

鄂千秋连忙揖道:“臣不敢当。适才放言,于诸功臣多有得罪。”

刘邦便一拂袖:“哪里话!公若不言,诸人还在懵懂。”说罢,又返身坐下,对诸将道。“鄂公若不言,朕亦是不悟:萧何之功,竟有如此之高。好了!朕这便下诏令:列侯之功,萧何乃第一,赐予‘剑履上殿,入朝不趋’①,以示恩遇。萧氏父母兄弟,拢共有十余人,皆封予食邑。萧丞相今有食邑八千户,再加封两千户,成全他一个万户侯!”

诸将闻此命,心中五味杂陈,却都作声不得。

殿上众臣神色如何,刘邦全当不见,只掉头问鄂千秋道:“你这关内侯,食邑多少?”

鄂千秋答道:“回陛下,臣食邑两千户。”

“哦——,吾闻‘荐贤者应受上赏’。有你今日这番话,朕便加你为安平侯,也做他个列侯,教你光宗耀祖。”

鄂千秋忙躬身谢恩:“臣食汉禄,已是莫大恩典;因片言受赏,实于心不安。”

“这些客气话,就无须再说了。朝中多些敢言者,朕方得不昏。”

众臣仍是默然,唯夏侯婴不冷不热道:“萧何功高,臣等也无话可说。然八千户食邑,已是上赏,为何又加两千户?”

刘邦望望夏侯婴,笑道:“这个嘛……你也是沛县故人,可还记得,昔年我率役夫赴咸阳,服秦宫徭役,诸友各赠我三百钱,独萧何赠我五百钱,足足多出两百钱来。今日多封他两千户,便是我偿他那两百钱吧。”

众人闻言皆笑,夏侯婴也忍俊不禁,道:“如此说,季兄欠我之账,又何止两百钱!”

见刘邦宠信萧何,不可摇撼,众人也无意再争,便一起告退。

---

① 古人席地而坐,入室须脱鞋;公卿大臣皆佩剑,上殿则不得佩剑。剑履上殿,即是允许穿鞋佩剑上殿。另,古时臣子见君主须“趋”,即快步走。入朝不趋,是指上朝可无须快步走。这两项,乃是君主对臣子的极大优遇。

送走这群列侯新贵，刘邦正待歇息，忽又有谒者来报："留侯张良，前来谢恩。"

一听张良之名，刘邦便觉心清气爽，连忙宣入。张良上得殿来，便要拜谢，刘邦连连摆手："子房兄，封个列侯，谢甚么恩？"

张良道："臣近日多病，封列侯诏下，未及上朝谢恩。今日稍觉复苏，特来与陛下剖符为盟。"

刘邦便执了张良之手，道："你我二人，已是剖心之交，还剖甚么符？你既来，便同我去偏殿闲谈，连日来，封侯事闹得人好气闷。"两人便并排往偏殿走去。

这洛阳南宫，南临洛水，本是古之周公所建；终周一朝，皆为王宫。秦定天下之后，在洛阳一带置三川郡，封十万户给丞相吕不韦。吕不韦便在南宫大兴土木，增建楼台，以作饮宴宾客之用。

至秦末变乱，南宫所幸未遭兵燹，安然无恙。刘邦见之甚爱，年初定都洛阳之时，在南宫没有住够，此次借伪游云梦之机，又在南宫勾留了数月，乐而忘返。

南宫台基甚高，宛如城墙，丹陛竟有百级之多，仰望之，似可登云摩天。台上之琼楼殿阁，几近仙境。正殿与偏殿之间，有双层架空的复道相接，踏上复道眺望，远野平川，历历在目。

两人行至复道上，凭栏而望，见夕阳衔山，万树苍茫，草色如氤氲，不由就赞叹起来。

刘邦拍栏道："如此河山，不知是多少条命换得，我辈岂容在自家手中溃灭？"

张良便道："陛下登基以来，既未衣锦还乡，亦未沉湎于酒色，便是对得起这河山了。"

"哦？如此说来，我在这南宫也流连不得了？"

"这个……臣不敢忘田肯之言。"

"哈哈，好吧！为人主，志不可丧，还是要回关中去，且宽限我几日。"

此时远眺宫门前，可见洛水沙地之上，有将士三三两两席地而坐，聚议纷纷。刘邦便对张良道："我居南宫，见诸将往往在此相对私语，不知是何故？"

张良手搭遮阳，望了片刻，回首道："陛下起自布衣，与部属共取天下，今陛下贵为天子，所封者皆为故旧爱将，所诛者皆为平生怨仇；那军吏数百上千，却寸土尚未封。彼辈焉能不计算：若照此封食邑，则倾尽天下之土亦不足，故而万难再封侯，显见是富贵无望。再者，彼辈见臧荼、利几之祸，也怕因细故而被诛，故相聚谋反耳。”

刘邦大惊，望住张良道：“可当真？子房兄，此是危言吧！”少顷，又叹口气道，“……诸将之心，我知矣！然如何安抚得住？”

张良道：“有陛下素所厌恶之部属，可择群臣共知最甚者一人，先行封赏，以示恩典。如此，群议汹汹，自然便了。”

刘邦略一思忖，不由击掌叹道：“你是说雍齿？好计好计！此人倒险些给忘了。”

且说那旧部雍齿，与刘邦渊源甚深，原为沛县大族，累代豪雄。秦二世二年（公元前208年），刘邦于沛县起兵，被父老推为沛公，雍齿亦率徒众跟从。然其性本桀骜，不服调遣，曾数度窘辱刘邦。

沛公军当年在沛县举旗，有泗水郡守效忠秦廷，发兵来攻。刘邦率部迎击，留雍齿守故里丰邑。不料，时有魏人周市①为陈胜部将，拥立宗室魏咎为魏王，占了魏地三十余城，前来劝降雍齿。周市许之以封侯，且言不降则必屠城。那雍齿本就不甘做刘邦臣属，当即便降了魏。

雍齿叛后，丰邑众子弟亦随之叛，守城拒刘邦，致使刘邦有家难归，颜面扫地。刘邦回攻丰邑不下，大病一场，只得北上留县求援兵，于途中偶遇张良，这才与张良结下平生厚谊。

后在下邳，刘邦从项梁处借得援兵五百，回军攻丰邑。雍齿力不能敌，逃奔魏国去了。

然世事翻覆，秦将章邯率兵平乱，将魏咎攻灭。雍齿无所归依，犹豫再三，到底还是归了汉，在军中主管粮财。雍齿归汉之后，好歹有些战功，故刘邦也未计较前

---

① 市（fú），此处为人名，与市县的“市”字不同，中间为一竖，贯通上下。市，古之祭服，也作“韨”。

嫌。

经张良一说,刘邦心中便有了主意,隔日即在南宫置酒,大宴群臣。那随驾入洛之诸将,功爵无论大小,一概请到。

数百人陆续入座,见筵宴之盛,甚于往日,便互相探听,却无人知道是何故,只疑是为废黜楚王韩信而庆功,于是都拿眼角去瞄韩信。韩信默然于座中,亦甚感不安,想那刘邦诡计多端,莫非此筵便是个“鸿门宴”?

刘邦看看人已到齐,便环视众臣,开言道:“今日置酒,不为别事,只为一人……雍齿可来否?”

那雍齿正在座中,闻听刘邦点名,以为是要算旧账,脸色便一白,战战兢兢起身道:“臣在。臣戴罪已久。”

刘邦便大笑:“雍齿兄,何罪之有?乃是你有功,而朕未曾赏!”

“臣之小功,实不抵大过。”

“哪里?诸君有所不知:昔日在沛,雍齿兄乃一方豪雄。想我刘季,在沛县亦可称跋扈,自萧何以下县吏,无不被我折辱;唯在雍齿面前,却抖不起半分威风来。秦末,我在沛县举义,雍齿兄投军最早。中间跑掉一回,算不得大错。后又归汉,悉心料理粮财,助萧丞相之力甚多。日前封列侯,因陈平匆忙,拟诏时竟将他遗漏。今日置酒,便是要遍告群臣,朕将封雍齿为列侯,以感旧恩。至于封在何处,食邑多少,请萧何、陈平火急议定,来日便降诏,晓谕天下。”

此言一出,满座皆惊,群臣纷纷交头接耳。那雍齿立于座前,脸色由白转红,恍如梦寐,半晌才惊醒过来,伏地叩首不止。

刘邦忙离座上前,将雍齿扶起:“好了好了!故人何必如此?与人共事,难免有恩怨,岂可经年累月挂怀?天下者,乃诸君共取之,非我一人而得之,亦非我一人可独享。汉家初兴,诸事太多太烦,封侯之事,急切间尚不完备,诸君亦不可心急。即便仅有寸功,亦可等到封赏。尔等在沛,还不是与我一般,布衣匹夫,然九年间便可翻作列侯,上下百代,唯在汉家可得。要谢,就谢那秦二世好了。”

群臣闻此言,皆哄堂大笑。

雍齿泪流不止，谢恩道："臣雍齿，沛县一莽夫耳！早年痴狂，竟胆敢犯颜不从。谢陛下不计前嫌，又赐列侯，几疑是在梦中。若有再世，臣当变牛做马，服侍陛下。"

"哈哈，切莫作此言。若有再世，我或为你执鞭，也未可知。"

此时，周勃忍不住流泪道："看汉家今日，公卿满堂，哪个不是人头滚滚才换得？常念起纪信兄诸人，心中总是不忍。"

刘邦闻之，亦面露悲戚之色，叹道："纪信之忠，千年所无，朕亦不敢忘。惜乎纪信无后，特封其长侄纪通为襄平侯、次侄纪亨为襄城侯，皆为我亲随。日前我与丞相商议，拟将纪信故里从阆中分出，另立一县，赐号'安汉'（今四川省西充县），以享万世美名。纪信衣冠，今已厚葬于城固县（今属陕西省汉中市），亦是哀荣备至。"

樊哙却嚷道："人已死，墓冢再好，又有何用？"

刘邦便回首叱道："天下只你一个聪明！纪信若不死，你我可活乎？"遂又对群臣道，"昨日得萧丞相书信，已在故秦上林苑，立起纪信祠一座，其坐像服天子衣冠。今后每年春二月，皆以天子之礼祭之。"

群臣闻言，无不惊愕，相对慨叹不已。

刘邦又道："周苛于荥阳死国，忠直可泣鬼神，其子弟不可不封。弟周昌，继其兄为御史大夫[①]，封汾阴侯；子周成，封高景侯。至于奚涓将军，昔为我丰邑舍人，由郎中而将军，年少有为。惜乎睢水之败，为我护驾而死。他年少无后，亦不得封侯，幸而其母疵氏尚在，不日便封为鲁侯。"

群臣又是一片惊呼。陈平便道："此为'母代侯'，古未有之。"

刘邦便一笑："古未有之，今可以有。男或女，贵或贱，皆天命也，无分高下。昔之屠贩、漂母，今为王侯，即自我汉家始，难道不好吗？"

群臣闻之大悦，纷纷起立欢呼。

樊哙便叫道："项伯何在？舞剑！舞剑！"

---

① 御史大夫，官名。掌监察百官、代皇帝受百官奏事、管理图册典籍、起草诏命文书等。西汉时，御史大夫与丞相、太尉合称"三公"，相当于副丞相。

项伯闻声而起,拔出佩剑道:“幸而今日不是上朝,剑在身上,臣这便舞起。”说罢便离了座,在殿上舞了起来。

刘邦大笑道:“好剑!好舞!昔日若没有项伯,哪有今朝这酒喝?”

众臣感奋,亦纷纷拔剑击案,以歌和之,一时声如鼎沸。

当晚,君臣杯觥交错,尽欢方散。众人宴罢,出了南宫之门,都击掌而喜道:“连雍齿都能封侯,我辈再无祸矣!”

韩信恰与陈平走在一路,便问道:“陈护军,雍齿不斩,便算是恩典了,今日竟能封侯,今上大智也!此计,莫非自你出?”

陈平也正迷惑,忙辩白道:“弟之微末小计,非诡即诈,岂能有此等高妙?想来,应是留侯所谋。”

韩信便摇头叹道:“拥沛公者,不如反沛公者也!”

陈平一怔,心内大惊,嘴上却戏谑道:“淮阴侯悔不当初?”

韩信叹道:“唉,悔亦无用。我乃直木,雍齿乃弯木;陛下之斧,岂能砍那弯木?”

陈平望望韩信,不知从何说起,只能暗暗叹息。

时至春三月中,果然有诏下,封雍齿为什邡侯,食邑二千五百户。自此,雍齿子孙在汉家累代侯门,袭爵八十九年方止。

刘邦纳张良之计,悟到了安抚臣属之道。自那之后,朝中便封侯不止,未出三月间,便又封侯九人。此后,便无月不封侯,终其一生,共封侯一百四十四位。

且说当日宴罢,刘邦回想群臣种种神态,忽地想起,韩信于座中,似颇有失意之色,恐须好言安抚才是。于是,次日一早,便命随何去请韩信来。

韩信闲居寓邸中,忽闻召见,不知是祸是福,匆忙赶来,神色不免惶惶。刘邦就笑:“召你并无他事,多日不见,闲谈而已,且入内室坐下。”

在内室甫一落座,便嗅到有一股异香。韩信左右看看,原是屋角置放了釉陶香炉,便道:“陛下好兴致。”

刘邦欣欣然道:“香气如何?此物甚稀奇,乃是蜀地献来,系西方象雄国[①]所产。偶或点燃嗅嗅,便觉神气清爽。近闻你抱病居家,莫不也是神气滞碍?”

“非也,臣乃是心慌。”

“心慌甚么?无兵可用,只须潜心研习兵法,自然就不慌了。”

“臣于破楚之时,每每十余日不得饱食,倒也无事。而今闲居,体反而愈弱,若逢多事之时,或可无药而病除。”

“哈哈,果然是心病!多事之时,家国不幸,还是今日承平为好。邀你来,不为别事,乃因封侯一事,群议纷起,想听你细说诸将之优劣高下。”

刘邦遂将那诸将争功事,向韩信略述一遍。韩信听罢,开口便道:“鄂千秋所言极是。甚么曹参之辈数百人?此等匹夫,天下车载斗量。”

“诸将固然平平,然……樊哙或堪大用。”

“不过将兵三万。”

“那灌婴如何?”

“将兵五万而已。”

“曹参又如何?”

“或可十万。”

“你看我今日,可将兵几何?”

“将兵异于治天下,臣仍不改前之所言:陛下将兵,不过十万而已。”

“如你,可将兵几许?”

“如臣,多多益善耳。”

刘邦不禁大笑:“多多益善?如何又为我所擒?”

韩信脸一红,不由辩道:“陛下不能将兵,然善将将;臣为陛下所擒,便是此故。且陛下之胜出,乃是天授,非人力也。”

刘邦拈须笑道:“此言甚好,‘不能将兵,然善将将’!正是如此。然则……诸将

---

① 象雄国,古代横跨中亚地区及青藏高原的一个大国。

为我出力甚多,终还是不能亏待。”少顷,望住韩信又道,“楚汉争战,我数年不与公见面。待天下既定,只觉公之锐气有所减,甚么‘天授’‘非人力’,这些奉承话,你学来做甚么?”

“非为恭维,臣唯敬陛下耳。”

刘邦便叹了一声:“唉!无怪众臣妒你。眼高于顶,终难立足于群僚。除张良、萧何以外,诸将那里,还是要走动走动才好。”

韩信听得动容,连忙应道:“陛下说得是,容臣改过。”

君臣两人,又恍似回到汉中时,谈起旧事,都唏嘘不已。直至朝食时分,刘邦留韩信用过膳,两人方依依惜别。

韩信于此后,对刘邦所嘱也有所留意;然高蹈之气,一时难改,仍是不愿与众臣交往。

这日,他乘车在市中闲逛,偶过樊哙寓邸前,心中一动,便教御者停车。下得车来,在门前望望,便对门上阍人道:“你去通报,就说韩信登门拜访。”

樊哙闻听韩信来访,大喜过望,急忙趋出门外,施大礼相迎,口称:“大王居然肯光临敝舍,臣何其幸也!”

韩信还礼毕,笑道:“甚么大王?笼中之鸟耳。无事闲到骨头痛,今日来贵府坐坐。”

樊哙受宠若惊,忙将韩信迎入上座,叙起旧来。韩信本也无心,只由着樊哙扯三扯四,讲了些汉中拜将时的逸事。

其间有仆役进来,端上两碗汤汁,其味温润,色如琥珀。樊哙拱手笑道:“大王,你来尝尝。”

韩信饮之,但觉有股清淡异香,便问:“此是何物?”

“此乃巴蜀之物,以树叶焙成,名曰‘茶’。臣昔年所率板楯蛮,每日必饮,臣曾试饮之,一饮便成了瘾。此物有奇效,可以提神。饮之,闲谈至半夜也不倦。”

“我在汉中,亦有所耳闻,原来是这等滋味。”

“敝舍中尚有许多茶叶,愿赠大王。”

韩信一摆手，语甚不屑："不必了。吾虽降爵，但甚安泰，还不至沦为板楯蛮之流！"

樊哙尴尬一笑："也是也是！大王入都之后，能吃能睡，面色似也不黄了。"

坐了多时，韩信看樊哙并无长进，依旧粗鲁，便觉不耐。想这堂堂汉家，竟用此等人物为丞相，不亦悲夫？如此想来，谈兴顿消，起身便告辞。

樊哙挽留不住，连连惋惜道："大王莅临，臣生平之荣耀也，何不共尝春醪，对饮一番再走？然敝舍亦无好酒，只怕是难合大王之意。"

韩信便道："樊左相，好意我已心领。谢你讲了许多旧事，实是至情。人都是旧时的好，只是，河焉能倒流？鸟焉能倒飞？倘使有一日，我这头颅落下，神仙亦不能令我复生了！"

那樊哙听不明白，只得干笑："大王，你书读得多，赛过微臣平生所食之盐。樊某乃莽夫一个，须有人指点，唯愿大王常来。"说罢，便跟在韩信身后趋出，恭立于门外相送。

韩信望了望寓邸大门，笑道："偶一为之，尚可。常来，岂非欲谋反乎？"

樊哙一怔，忍不住冒出一句来："我那姐夫，不识好歹人，大王请勿多心。"

韩信顿然无语，挥了挥袖，便头也不回，登车而去。车行至半路，见贩夫走卒络绎于途，相貌皆猥琐，不由便冷笑一声："未料此生，竟然与樊哙之流为伍！"

又过了数日，韩信正在寓邸闲看兵书，忽有阍人来报："郡守陈豨求见。"

闻听故人登门，韩信神情便是一振，整了整衣冠，急迎出中庭来。见陈豨英气依旧，不由大喜，忙上前执手问道："定陶一别，几近半年，常辗转思之，别来可无恙乎？早闻你做了巨鹿郡守，近日又封了阳夏侯，知你可堪大用。今日看你满脸喜气，恐又将高升？"

陈豨道："得大王赏识，陈某方有今日……"

韩信便将手一摆："就称将军吧。"

"哦，自与将军别，臣亦是无日不系念。日前闻听云梦之变，我日夜忧心，幸喜陛下尚不至绝情，将军得以免祸。今陛下召我回，加我为代相，监督边备，不日即将赴任,特来告辞。”

“是到刘喜封国去?”

“正是。”

“哼!那田舍翁,百无一用,执戟怕也要拿颠倒了!看来,北地边备,唯赖你一人了。”

“臣唯尽职而已。”

韩信仰头想想,欲言又止,只拽住陈豨之手,在庭院中踱步。如此绕了数匝,忽而就止步,仰天叹道:“天下至苦者,乃无人可与之言也,你是可与之言者乎?我胸中有许多话,要说与你听。”

陈豨便敛容道:“唯将军之命是从!”

韩信望住陈豨,双目如鹰隼,急切道:“公此去代地守边,非同寻常,正如当年我领兵赴赵。公之所居,为天下精兵麇集之处,公又为陛下所宠信。身居权要,看似风光,然有何可喜?若有人进谗言,诬公举兵欲叛,陛下必不信;若再进言,陛下必疑之;三进言,陛下必怒而御驾征讨。公所恃之宠信,便似暮气归也。旦夕之间,或有大祸临头,内外相逼之下,只怕是无所归处!”

一席话,说得陈豨额上冒汗:“依将军所言,臧荼之祸,我也将逃不掉了?”

“正是。那臧荼,无智无谋一武夫也,陛下也要灭之而后快,况乎公乃天下名将,拥兵北地,岂不正是当今之蒙恬吗?”

陈豨大惊失色道:“如此说,今上就是秦二世,陈某必死无疑了!”

韩信松开陈豨之手,又独自踱了几步,猛然回转身道:“我为公之内应,天下可图也。”

陈豨浑身一颤,当即跪下,拜道:“将军所言,陈某谨受教。”言毕,起身便告辞。

韩信诧异道:“如何这便走了?且共饮一回,再走不迟。”

陈豨道:“臣虽鲁钝,然亦知事之缓急。天下可徐图,边事却须急图;否则,头颅必不保!到那时,欲受将军一饭,可得乎?”说罢一揖,撩衣便走。

韩信急忙追上两步,送陈豨至寓邸门外,又嘱道:“兵法曰:‘合于利而动,不合于利而止。’今日事,莫与人知。”

陈豨翻身上马,抖了抖缰绳,抛下一句话来:“将军,你且看吧。”便绝尘而去。

且说刘邦率诸臣在洛阳,应对天下事,不觉便忙过了一冬。春来桃李竞放时,方离开洛阳,返回关中。

至栎阳宫住下,刘邦想那天下已定,朝野都不可再有戾气,应各有太平良俗。于是,率先尊礼法,五日拜见一回太公,风雨不误。

刘太公素知此子顽劣,今日竟彬彬有礼,以九五之尊而行孝道,只觉是在做梦。于是只得敷衍:你要如何拜,我便如何回,权当儿戏。

如此拜见了三数回,这日,又望见刘邦车驾远远而来。此时,有随身家令①乌承禄,忽在身后低声道:“臣闻天无二日,士无二王。君上虽为子,然却是人主;太公虽为父,却是人臣,焉有人主拜人臣之理?如此,汉家还有甚么威重之名?”

太公闻言,甚觉不安,略一想,便从门后拿起一把扫帚来,洒扫庭院。见刘邦步入,便忙不迭地持帚退后,毕恭毕敬。

刘邦见太公竟又伏地,欲行稽首大礼,不由大惊,急忙上前扶住:“阿翁,这是要甚么把戏?老归老,尚不至昏头了吧?”

太公便道:“皇帝,人主也。不跪拜可乎?岂能以我而乱天下礼法?”

刘邦便拽着太公衣袖,匆匆入内,边走边道:“阿翁,你今日若与我说卖饼,我定当受教;说甚么天下礼法,你又从何处知晓?你这便如实告之,此乃何人建言?”

太公立时惶恐,结结巴巴道:“乃家……家令乌承禄所言。”

刘邦仰头大笑:“果不其然!来来,我看看是哪个?”

乌承禄在侧闻听,魂飞魄散,慌忙伏地请罪道:“小人便是。适才妄言,万望陛下宽恕。”

“起来起来!你哪里有罪?公所言甚是,早在定陶,我与叔孙博士便有此议。

---

① 汉代皇家属官,主管家事,诸侯国亦设此职。后世则仅有太子家令。

礼法之事,容我请教博士再说。今日,你进了个好言,朕赐你黄金五百斤,今后做不做这家令,都随你了。”

乌承禄喜出望外,连忙叩首谢恩。

当日刘邦问安返回,便立召叔孙通入宫,提起拜见太公事,询之有何良策。

叔孙通熟知《周礼》《仪礼》,于此早就想好,脱口便道:“汉家既已定天下,便要循个礼法,否则何以统百官?何以谐万民?尤不可诸事从权,无所敬畏,致使官不知禁,民不知礼,渐渐便没了天下的样子。”

“言之有理。博士请指点,朕可有何不合礼法之处?”

“有!陛下在丰邑,本名为‘季’;分封之后,易名为‘邦’,‘季’便应作字。旧部因避你名讳,可称你作刘季,陛下则万不可自称刘季了。”

“哦?这一节,朕倒是疏忽了,受教受教。我刘……邦,也有个堂堂正正的字了。做皇帝,实在不易,小户人家做得,朕反而做不得了。请博士教我:朕欲拜谒阿翁,如何能拜得名正言顺?”

“别无他途,‘必也正名乎’。想那秦始皇登基之后,曾追尊其父庄襄王,号为太上皇。臣以为此号甚好,堂而皇之,陛下不如效仿之,也尊太公为太上皇。如此,君臣父子有序,陛下再向太公问安,于礼便不相悖了。”

刘邦仰头想想,不由大笑:“养个儒生,倒也有用,就如此吧。只是……便宜了我那乡下阿翁。那庄襄王,是在黄泉下受的追尊;我这阿翁,却是活着得了个太上皇做!”

后至本年夏五月,果然就有诏下,称:

人之至亲,莫亲于父子,故父有天下传归于子,子有天下尊归于父,此人道之极也。此前天下大乱,兵戈并起,万民苦殃,朕亲披坚执锐,自率士卒,犯危难,平暴乱,立诸侯,偃兵息民,天下大安,此皆太公之教训也。诸王、列侯、将军、群卿、大夫已尊朕为皇帝,而太公未有号,今应尊太公曰太上皇。

下诏之日，刘邦亲捧诏书，登太公之门，叩拜之后，双手呈上。刘太公问清缘由，只道："我不看，你读与我听就好。"

刘邦便朗声诵读一遍。

刘太公闭目听罢，又道："你再读一遍。"

刘邦再诵读一遍，刘太公方睁开眼，接过诏书瞄了瞄，道："我儿当了皇帝，文采也好了许多！阿翁听明白了：皆因小儿做了皇帝，便不能有个白衣老父，故而赐了个名号，才配做你阿翁。只可怜你那已故的嫡母，没福气做那太上皇后！然则你说你的，我还是我。阿翁向以沽贩养家，从未教训你甚么'披坚执锐'，倒是教训过你不事生产，于家事无补。你得了这天下，我半分功劳也无，故不敢与你共享，唯愿长得安闲，不再有下油镬之厄。"

刘邦连连颔首："阿翁毕竟明事理。"

"想我昔日在丰邑，斗鸡走狗，何等自在！自你做了沛公，便尊了我一个'太公'，今又要加封太上皇。日后，只怕说也说不得，笑也笑不得，让我活活坐囚笼。"

"儿又何尝不是？哪里还敢呼朋唤友去赊酒？阿翁，做了这太上皇，便是天下一等的尊荣，任性不得了。"

太公将诏书置于一旁，拈须道："如今我为太上皇，有事要问皇帝，可否？"

刘邦恭谨答道："无不可。"

"你长兄刘伯早亡，尚有长嫂、侄儿在。你日前封刘氏子弟四人为王，连族亲刘贾都封到了，如何独独忘了你亲侄刘信？"

"阿翁，儿非敢忘之也，只因其母太不厚道。"

"哦？你那长嫂如何得罪了你？"

"儿未发迹时，因小事被官府追缉，躲避之中，时与诸友赴长嫂家就食。那长嫂，厌恶我白食，某日见我与诸友至，便假作羹饭已尽，刮锅铿铿作响！诸友听到，以为无饭，便都掉头散去。我之颜面，扫地以尽！待诸友走后，我再返身去看，原来锅中尚有羹饭。这长嫂，竟视小叔为乞丐，岂不可恨？"

刘太公听得哈哈大笑："有这等事，如何我未曾闻？"

"当年不舍一饭,今日却欲封侯乎？人心世态,怎的就贪婪若此？早年刘季,今已据有天下,何处不是我食邑？不再差老嫂一锅羹饭了。"

刘太公便拱手道:"我儿,旧日之事,何必再提起？你肯赏亲老子的脸,送我这个太上皇做,何不也赏你侄儿一个脸面？"

刘邦负手望天,想了一想,方回身道:"也罢！便封刘信一个县侯吧。至于名号,待我问过陈平再议。"

越日,朝中便有诏下,封刘信为羹颉侯,封地在舒县与龙舒县两地[①]。此号中的"颉"字,后世有大儒训其读为"戛(jiá)"。戛,敲击也,故而这"羹颉侯"就是"刮锅侯"之意。

此诏书颁下,刘太公见是羹颉侯,不解其意,问了乌承禄方知奥妙,便哭笑不得:"竖子,家丑不可外扬乎?"只得唤了刘信来,温言劝道,"你这叔父,颠三倒四!勿与他计较,且偕母去就国,好生做你的'戛戛侯'。"

此后,刘邦仍是五日一拜太公,未尝稍懈。因怕太公拘束,便也不事张扬,只如平常人家行父子礼一般。如是数次,见太公还是怏怏不乐,不由奇怪,便问道:"阿翁尚有心事乎?"

刘太公只叹息道:"徒然为天下第一父,反不如往日乡居了。"

"何出此言?"

"如此深宫,门禁森严,何如在丰邑逍遥？宫中不过是个名堂好,整日坐卧起居,不出三十步,不是囚笼又是甚么？你有沛县旧友,随时可晤,虽不能在泗水亭饮酒,却能在这宫里饮酒。乃翁也欲寻旧友饮酒,可得乎?"

"原来如此！然此事不可。阿翁贵为太上皇,欲归乡里,恐只能在梦中耳。"

"莫非,乃翁要囚死在此?"

"也未必！阿翁既如此思乡,容儿另谋计策,或可变通。"

---

① 舒县、龙舒县，原为西周之舒国，秦时属九江郡。汉王四年（前 203）起置两县，即今安徽省舒城县。

拜罢太公归来，刘邦便唤了几个涓人来，命去民间寻一能工巧匠来。不数日，便觅得一巧匠，名唤吴宽。

刘邦将吴宽宣进宫，面授机宜，如此这般。那吴宽心思机巧，当即会意，领了出差文牍，便单骑急赴丰邑。

到得丰邑，找到三老、啬夫，出示了中涓发给的文牍。乡官们见了，不敢怠慢，带领吴宽走门串巷，将那丰邑百户人家描绘成图。其田园屋舍，鸡埘狗窦，皆纤毫毕现，无一遗漏。

忙碌了一月余，吴宽携图归来。刘邦看过，见无一不是旧时景象，不由心花怒放，便命吴宽在故秦的骊邑地方，平地造起一座“丰邑”来。

栎阳县衙接到诏旨，忙调集民夫，日夜赶工。不数月，便在始皇陵北二十里处，造起了惟妙惟肖的一座新“丰邑”。

完工之后，刘邦遣人赴丰邑，将那乡邻千余人，连同鸡犬、箱笼、被盖等尽皆迁往新邑。

各家父老、妇孺长途跋涉，到得新邑一看，不由大惊：那竹篱茅舍，田园树木，竟与自家的一模一样。鸡犬认户，人识其家，各自都欢欢喜喜进了门。当晚，家家便炊烟四起，过起了日子来。顽童们当街嬉闹，竟没有一个迷路的。

却说栎阳宫内，这日一大早，刘邦身着常服，带了夏侯婴，来请太公外出一游。太公只是懒懒道：“又是邀我去那上林苑！荒山野水，有何可看？”

刘邦窃笑道：“今日游行，必令阿翁眼界一新。”

太公拗不过，只得唤了乌承禄一道，登车随行。出了宫门，望见田园寥廓，草木葳蕤，不觉就是一阵怆楚，险些落下泪来。

刘邦也不言语，只催着夏侯婴驱车疾行，赶了一天路，至日暮时分，来到新邑。刘太公凭轼一望，顿觉恍惚：“季儿，如何一日便到了丰邑？”

下得车来，只见街巷与丰邑一般无二，寻路而进，竟然找到了中阳里老宅！太公见门扉洞开，便急急抢入，环视那灶间柴房，无不熟悉；案几箱柜，尽为旧物。当下便呆住了，几欲晕厥，乌承禄在旁连忙扶住。

此时，门外忽有嘈杂声起，太公回头望去，只见四邻父老蜂拥而入，争相执手问候。

太公不禁老泪纵横，都一一寒暄过，方问刘邦道："今朝是在梦中乎？"

刘邦这才微微一笑，道："闻阿翁在宫中时有愁闷，儿心中不忍，便于骊山之下择地，起造故邑一座，又将那丰邑乡邻迁来。人生在世，最惬意者，莫如景物如昨，阿翁可在此久住了。"

太公闻言，抓住众乡邻之手不放，禁不住号啕大哭。众人亦是悲喜交集，连忙劝慰，又邀太公一行到邻家饮酒。

刘邦陪老父至隔壁院中坐下，向邻家翁妪拱手道："太公居此，便是无忧，要多多拜托父老了。"

诸乡邻争相道："放心放心！皇帝阿翁做我邻居，我等焉能不敬？"

刘邦又道："方才路过鸿门旧地，想起当初情形，身上尚有冷汗。蒙上苍垂顾，致项王覆亡，我刘季得了天下，否则乡邻也必受拖累。今无以回报，唯愿各位多福。待太子长成，我将天下托付于他，也来此处栖息，做个太上皇。"

刘太公瞥一眼刘邦，故意板起脸道："休想！你欲偿此愿，也须待我入土之后。"

众乡邻闻太公戏言，皆大笑不止。

当夜痛饮尽欢，刘邦与夏侯婴便告辞，去了馆驿，留乌承禄陪太公在"家"中宿夜。次日，宫中又有车驾至，将李氏及一应物件送至，太公夫妇便在新邑长居，呼朋尝酒，朝夕言笑，过起了好日子。

后刘太公驾崩，刘邦便将骊邑改名为"新丰"①，以为纪念，亦为后世留下了一个"鸡犬识新丰"的成语。

入夏之后，关中盛暑，平野可见白气蒸腾；人在屋中，动辄汗流浃背。刘邦觉内外无事，虑及百官辛苦，便也放松了朝政。朝会并无定时，仪礼也尽量从简，只每隔

---

① 新丰，即今西安市临潼区新丰街道。今辖区内有项王营、鸿门宴遗址等景点。

三五日便在宫内一宴,安抚众臣。

然众功臣骤成新贵,只道是卖命八年,竟换来这万世勋禄,何其幸也,便都骄纵不可一世。入宫赴宴,全无规矩。饮宴时论及往事,皆大言自夸,彼此争功,闹得满堂喧声鼎沸。更在那酒酣耳热时,拔剑起舞,击柱狂呼,直如乡间莽夫。

刘邦看着厌恶,欲加斥责,又碍于汉家已罢秦法,不便管束过苛,也只能蹙额而已。

博士叔孙通在旁看得清楚,知进言时机已到,便于次日入宫求见。刘邦闻报,心中一动,急召老夫子入内。

见叔孙通进来,刘邦便笑:"稷嗣君,封了你这名号,已有年余。此号为张良所拟,朕倒一直不明,其奥妙何在?"

叔孙通答道:"回陛下,稷乃齐都临淄城之西门。早年田氏代齐后,齐威王曾于稷门外设置学宫,号为稷下学宫,曾聚贤士千人,坐而论道。"

"哦?来头不小,不知有几位是天下闻名的?"

"大有人在。稷下诸贤中,有孟子、淳于髡、邹子、慎子、申子、接子、涓子、尹文子、鲁连子、驺子、荀子……"

"好了好了,先生不要点名了,这子那子,朕哪里记得住?我只问你:这上千贤人,齐威王如何待之?"

"诸子只一心向学,既无官职,亦无言责,尤其有上贤七十六人,特授给上大夫之禄,然亦是无须治事。"

刘邦不禁睁大眼睛:"那就是白养着了?"

叔孙通颔首道:"正是,故而稷下学宫,可称史上第一。当其时,临淄城汇集百家,极一时之盛,助齐威王成就了平生霸业。"

刘邦这才大悟:"原来如此!这个张良,瞒了我这许多时日。原来'稷嗣君'之意,乃是寄予叔孙公厚望,只望你承稷下学风。然汉家钱粮甚少,白养恁多贤士,怕是吃力,暂且先白养你一人吧。今日你来求见,又有何事?"

"吾辈儒生,手不能缚鸡,难与陛下攻伐进取,然可与陛下守成。现天下已定,便须重整朝仪,若朝仪不肃,朝中尊卑混杂,呼喝连天,那陛下还算甚么天子?臣愿前往鲁地,征集儒生来都中,与臣之弟子一道,为群臣开启朝仪。"

"欲起朝仪?先生,稽首叩拜,殿上弄来弄去的,烦不烦呀?"

"臣闻五帝不同乐,三王不同礼,汉家方兴,合于时世人情即可。那上古夏商周三代之礼亦是各不同,臣可以采上古之礼,与秦礼杂用,总教这汉家之礼,简便好用就是。"

刘邦大喜道:"好一个叔孙公!朕看得明白,臣下善谀,自是常例,然无一个如你,处处能挠到朕的痒处。朕这便为你写一道手谕,择日赴鲁,去网罗高人。只是这炎天暑日的,先生须多保重。"

叔孙通领命,次日便启程赴鲁地,到了临淄住下,四下里探访,果然寻到了三十余位儒生。

这日,叔孙通将三十余人延至馆驿,围坐于槐树下,讲明了来意。那班儒生半世苦读,多无上进之途,只与沽贩脚夫等为伍,潦倒不堪。忽闻天子招贤,可入朝效力,无异于一步登天,都喜不自胜,庆幸多年的"锥刺股"未白费,今朝终获报偿。

为首一老者须发皆白,颤颤立起,向叔孙通揖道:"公之大名,遍于齐鲁。今富贵不忘布衣,不啻令我辈再生。臣老朽,幸未死于战乱,得为新天子效力,荣莫大焉。"

众儒生也纷纷拱手拜道:"叔孙先生,实乃汉家儒宗。"

叔孙通含笑受之,正欲答谢,忽见座中有两人拂袖而起。其中一位年少者高声道:"公之好意,我二人实不能领。适才有人称,公为汉家儒宗,大谬矣!察公之既往,先事始皇,始皇崩,又事二世;二世危殆,又降项梁;项梁薨,又事项羽,至彭城一战,方转投汉家。若是儒宗,岂能百变若此?"

另一年长者亦道:"公所事者,屈指算,恐已有十家主公了;所投门下,哪一处不是以面谀而得宠贵?方今之日,天下初定,死者未葬,伤者未愈,你便要起礼乐。那古之礼乐,缘何而起?乃是积百年之德,而后可兴。观今日天下,民瘼遍地,君子岂可佯作不见?公所热衷之礼乐事,我不忍为也。"

两人话音高亢,惊起树上鸦雀乱飞。座中诸儒听了,皆遽然变色。那叔孙通脸色,亦是由白转红,拱手道:“二位之言,在下谨受教。叔孙不幸,生逢秦末,身世有如转蓬,频换主上,恐非吾一人之过也。况且见贤思齐,乃儒家之德,叔孙谨守之,辗转投汉,不知有何过错?”

那年少者便冷笑:“公贪恋富贵,不能效伯夷、叔齐,所起之礼乐,怕也是反复小人之礼乐。”

年长者更厉声道:“公之所为,不合古制,我不能随行。公请自去,勿来污我!”言毕,拉了那年少者,便昂然出门而去。

叔孙通倒也不恼,望二人背影,摇摇头笑道:“尔辈真鄙儒也,不知时变。”

座中诸儒见叔孙通尴尬,都纷纷道:“公莫气恼!知时变,通古今,当世之儒无有如公者。”

叔孙通连忙摆手道:“诸君休要谬赞了。适才两人曾言,我本无长技,唯擅面谀耳。诸君若再夸赞,岂非抬举佞幸之徒了?”

座中遂有一人高声道:“遇明主,即便面谀,亦无不可。”

叔孙通闻言,朗声大笑:“此理……只可意会,不可言说,不可言说呀!诸君且去收拾行装吧。”

待叔孙通与所征三十余人,跋涉千里至栎阳后,与其弟子百余人会合,一时名声大震。诸生将那周礼秦仪反复掂量,择其要者,开列明白,制成一套朝仪。叔孙通看了,又用心揣摩刘邦好恶,略加删削,这才敲定。

待初秋稍凉,一行百余人便赴栎阳城外南郊,选了一方场地,遍插竹竿,系以棉线,以为进退标记。又去农家索来许多茅草,扎成草人,各个高矮不等,权作臣吏尊卑之位。这一番操演,史书上有载,名为“绵蕞习仪”。

众儒生操演于艳阳下,进退行止,忙个不停,引得四周农夫都来看稀奇。那叔孙通早先在秦庭,是见过世面的,此时便扮作中涓,发号施令,引导众人赞拜。操演了旬日,渐渐有了模样。十日后,叔孙通命众儒生演习,自上朝至罢朝,如是三回,分毫不差,当下就大喜,返身去向刘邦复命了。

刘邦闻禀，大感欣悦，道："想那秦始皇坑儒时，也不过有儒生四百六十名。始皇自作孽，不知爱惜读书人，活该国灭。我汉家定鼎，尚未及两年，招揽儒生便已过百。待天下复苏，养儒生千名充门面，亦无不可。"

叔孙通便道："天下安宁，儒生方有可为，远不止充门面而已。"

"先生辛苦了！然儒生可恶处，朕也知一二，你须好生管教。有了饭吃，有了好面皮，便应知足，彼此间不得鸡啄狗斗。那么，今朝仪既定，还须我做些甚么？"

"回禀陛下，请选文吏数十人，交予臣下，同赴郊外演练，务求熟记于心，以便传授群臣。待文吏练习熟了，再请百官前来观看。"

"此事易耳，就命随何去办吧。"

隔日，九卿各衙署果然调来文吏数十人，连同卫尉麾下郎卫一队，随着叔孙通来至郊外，与诸生一道操演。不料，所调文武吏员，皆起自草莽，插禾割稻尚可，演习这斯文之礼，颇觉吃力。叔孙通喊得喉咙嘶哑，操演了足有月余，方稍稍合于仪注。

叔孙通看了，虽心有不满，然好歹有了个模样，聊胜于无。便上朝复命，请刘邦亲往检视。

这日天气好，刘邦便偕了陈平、随何两人，亲赴南郊察看。来至旷野，涓人张开伞盖，刘邦独坐于茵席之上，陈平、随何侍立于后。抬眼看去，见那文吏数十人，早已在场中列队等候。

叔孙通便上前，启奏道："陛下恕罪，容小臣暂且扮作皇帝，众文吏扮作群臣，演习一回，陛下可试观之。"

刘邦望望陈平、随何，忍不住大笑，便对叔孙通道："好好！汉家仪礼，将要传于万世，起首便不能敷衍。今日，先生你就做个皇帝；我在这里，看谁敢不听命？"

叔孙通得了谕令，便振起喉咙，发号施令。那一众文吏，随口令进退伏拜。依次而行，端然有大雅之风。刘邦直盯盯地看了半晌，忽然拊掌叫道："此易耳，吾也能为之。"

说罢便起身，对叔孙通道了一声："可矣！先生有功。"便率众人告辞。回到宫中,即唤来九卿、诸将、各衙要员,面谕了一番。命众臣尽去南郊观看,熟习仪礼,待十月岁首起,上朝时,务必依礼而行,不得犯禁。

樊哙不耐这番啰唆,气鼓鼓道:"半生打杀,今朝却要学做倡优!"

刘邦闻之,勃然变色:"天下已无事,还念念于打杀;你要打杀的,莫非就是我了?"

樊哙闻刘邦出此言,不禁愕然,脸便忽地涨红。

随何见不是事,连忙高声道:"各位重臣,请移步南郊。叔孙先生为起仪礼,日夜操劳,殊为不易。演练才不过一月,竟晒得如罗刹①人了。"

众臣哈哈一笑,也不等刘邦发话,便散了朝,都往南郊去观礼了。刘邦见此,唯有一笑了之。

① 先秦两汉时,相传海上有"罗刹国",系食人的"罗刹鬼"聚居之处。

六、平城雪掩汉家郎

高帝六年秋九月，嘉禾丰盈，遍野金黄。这一年关中又是大熟，汉家上下，皆充盈着一股喜气。在栎阳宫，刘邦常与戚夫人相守，凭栏远眺，共赏金秋。

这日在回廊上，刘邦看得心怡，叹道："往昔为亭长，催督役夫，押解刑徒，见百姓哭爷喊娘，老弱无助，只觉自己是做了恶鬼，不如立时就去死！怎能想到今日，万民安康，各得休息。"

戚夫人道："小民之事，陛下倒不必多虑了。莫说当今已宽刑减赋，即便不宽减，只要无征战、无苛政，小民便喜称万岁了。"

刘邦笑问："那么我问你，向日你在戚家寨中，所忧为何，所虑为何？"

"所忧为酷吏进寨，催征赋役，闹得鸡飞狗跳。所虑嘛……乃是万一嫁不到好夫君，定然要受气。"

"哈哈，好夫君……你看朕今日如何？"

"只须善待我儿如意，便是好。"

刘邦闻此言，脸色便猛然一暗，拉起戚夫人之手，缓缓道："此事，亦是朕心头之大事。天不来索命，我还有几年可活，容当从长计议。"

正闲谈至此，忽见随何仓皇奔入，手持军报一卷，禀称："匈奴国单于冒顿（mò dú），发胡骑二十万，将我马邑团团围住。"

"啊?"刘邦急甩开戚夫人之手,接过军报来看,原是韩王信亲笔告急。看罢便问:"马邑今日如何?"

随何禀道:"急递军使报称,自他一马出城,胡骑便漫山遍野而来,围住马邑。骊山烽燧有传警,狼烟滚滚,终日未熄,显是马邑已音信不通了。"

"这如何是好?匈奴之患,我忧心多年,今日终于撞上!前朝秦时,蒙恬曾逐匈奴至漠北;然秦末变乱,匈奴又趁机收复,且直逼燕、代。今汉家草创,何人可当蒙恬乎?"

"小臣以为韩信可当。"

刘邦叹口气,将文书弃于廊上,道:"敢用蒙恬为将者,唯有始皇。我若以韩信为蒙恬,只怕连个秦二世也做不成!"

随何慌忙谏道:"事急矣,虽不能用淮阴侯,然可问计。"

刘邦眨眨眼,一拍栏杆道:"也罢!你去唤他来。"

日暮时分,韩信应召入栎阳宫。刘邦在偏殿迎入,屏退左右,与韩信隔案对坐。

灯下,韩信脸色略显苍白,刘邦寒暄道:"多日不见,将军病恙似不见好?"

韩信拱手道:"谢陛下垂问!昔在战阵,百病皆无,承平之日反倒是不行了,臣恐是没有清闲之福。"

"你将养多日,眼见得面色已不黄了,总还是好。今召你来,是为冒顿单于南犯事。胡人南犯,自古便有;然此次匈奴来,其势汹汹,为周秦八百年间所未见,如何应对,我在此就教于将军。"

韩信默然半晌,方道:"冒顿其人,确为八百年所未见之凶悍胡虏。吾闻之:因其父头曼单于欲传位于其弟,冒顿便率死士,以鸣镝为号,万箭射死老父,自封为单于,还将那老单于的后宫全收了,以父之嫔妃为妻。"

刘邦一惊:"啊?此子狠毒!"

"昔日匈奴,常在漠南。今冒顿自阴山南下,西逐月氏,南破楼烦、白羊;东灭宿敌东胡,今后所图,必为中国。其兵锋,已达燕、代。千年以来,边患未有甚于此者。"

“可恶！我汉家方兴，海内归服，这胡虏偏要来袭扰。以将军之意，理他还是不理他？”

“匈奴，大患也。以始皇之威，尚须筑长城而守，故决不可轻视之。”

“若将军统兵，须多少能胜匈奴？”

“故赵名将李牧，曾统军十六万戍边，大破匈奴十万精骑，使之数十年不敢南望。臣若有十六万兵马，亦能胜之。”

刘邦便一拍膝：“甚好！那李牧破匈奴，有何良策？”

韩信便伸出三根手指：“一、抚士卒；二、勿轻战；三、有良马。李牧破胡骑，非为朝夕之功，乃涵养多时，一战而下。此战，所赖仅一万三千马军、十万弓弩手而已。”

刘邦大喜道：“得将军指点，不啻寻获兵书一部。将军还请好生将息，破虏之策，朕自有布置。”

韩信见刘邦并无意起用自己，不禁失望，起身怏怏道别。临行，又忍不住道：“冒顿凶悍，陛下万勿轻敌。李牧当年破匈奴，亦多赖‘用间’，广遣耳目，方知胡骑动静。”

刘邦执韩信之手，慨叹道：“大哉李牧！我也曾听人谈起，惜乎此人，竟死于谗言。吾观你之才，远胜于李牧，也必招人妒恨。然无须惧怕，只须朕活一日，便不教将军被谗。”

韩信怔了一怔，瞥一眼刘邦，道：“臣已是无毛之凤，人又何妒？”说罢，也无多言，只揖谢而去。

次日晨，刘邦便急召夏侯婴、周勃、樊哙、灌婴、郦商等将，入朝议事。待诸将集齐，刘邦劈面便问：“马邑可守乎？”

周勃当即对奏道：“韩王信自徙都以来，大兴土木，北边各邑均是高墙深堑。坚守数月，似不难。”

刘邦便放下心来，又问：“若急调燕、代、赵诸地兵马，往援韩王信，可乎？”

灌婴奏道：“赵地马军尚堪用，可命其速赴晋阳应援，与韩王信内外呼应，马邑必不会失。”

"这便好！赵相陈豨，目下正监赵、代边兵，责无旁贷，可急令他带兵往援。朝中亦点起三秦郡县兵，由灌婴统军，克期往援。"

灌婴领命，即调齐关中兵五万人马，披挂出征。送行时，刘邦又嘱灌婴道："天将寒，不宜用兵，此次赴晋阳，以袭扰匈奴为要。待三月春暖，匈奴粮尽，自会退兵。"

送走灌婴，堪堪已近高帝七年岁首，众诸侯王陆续入关，正等候朝见，刘邦便唤来叔孙通，问道："元旦将至，新朝仪可否施行？"

叔孙通答道："群臣已演练多次，进退有序，当可施行。"

刘邦大喜，随即下令：元旦朝会按新仪注施行，群臣各有规矩，不得马虎。

元旦这日，天色微明，文武百官便齐集于魏阙之下。文官头戴建华冠，武将头戴大冠，皆宽袍大服，虽布料颜色不一，然已比往常齐整多了。

在宫外候了半个时辰，便有谒者出来，引导诸臣鱼贯而入宫门。文官各个手执笏板，耳簪白笔，为上朝时记事所用。武将识字不多，则一概免去记事之劳。

入庭中，只见车骑、步卒环列，执戟警戒，两旁旗帜高张。诸臣觉今日气象非同往常，都敛容屏息，立于阶陛下等候。

少顷，殿内郎卫依次传出一声："趋！"诸臣便排列成伍，躬身疾步而入。

殿外阶陛两侧，有数百名郎中肃立，执戟夹道，威严异常。各功臣、列侯、将军、军吏上得殿来，立于西侧，面朝东；文官丞相以下，则立于东侧，面朝西。为使进退有序，掌礼宾的大行[①]官员，专设了九名傧相，于殿上传呼。

待众臣各入列班，刘邦这才乘坐辇车，自后殿房内而出，至殿上，南面就座。众近侍执旗传警，引导诸侯王以下至六百石之官吏，依次朝贺。

此等排场，诸侯王与百官均闻所未闻，莫不肃然。待诸臣行礼毕，中涓又端出酒盏，依爵位高下分发。诸臣手捧酒盏，依序为君上祝酒。酒过九巡，谒者一声"罢酒"，朝拜才告毕。

---

① 大行，此处是指礼宾官。

祝酒之时，殿上众近侍皆俯首于地，不敢仰视。叔孙通当庭宣布：诸臣若有不合礼仪者，即有御史上前，当场呵斥纠察，带下殿去处置。众人闻听，哪还敢轻狂？

这一场朝会，上千文武依次祝酒，竟无一个敢喧哗失礼者。待刘邦起身退下，随何高呼一声“散朝”，众臣这才松了口气。

散朝后，百官列队等候出宫，个个都喘息抹汗，咂舌称奇。此时，忽有一涓人奔至，疾呼：“博士叔孙通慢行，陛下传见！”

叔孙通在队列中闻听，知是皇帝大悦，要论功行赏了，便返身直趋后殿。

刘邦见了叔孙通，大笑道：“吾今日乃知皇帝之贵也！”

叔孙通道：“九五至尊，理当如此。无尊卑，则无以治天下。今时不比在芒砀，可以论兄弟，把酒吃肉。”

“不错！看那英布、彭越，从来桀骜，今日亦战战兢兢；至于吴芮、张敖者流，更是气不敢出。诸侯王是甚么骨头，朕早也看透！你若以兄弟论之，他便要与你来争了。”

“陛下英明。新仪注，就是要令天子扬威，臣子敬畏。”

“叔孙夫子，委屈了你多年，只得伴太子读书。向日在鲁城，吾闻城上鲁人奏雅乐，便知儒家这一套，还是有用的。今为表彰，特加你为九卿，任太常[①]之职，赐黄金五百斤，好生去弄这一套吧。”

“谢陛下！老臣自彭城投汉营，为的就是今日。在此，另有斗胆一请：诸弟子随臣久矣，与臣共为，颇为不易，愿陛下也为彼辈加官。”

刘邦仰头大笑：“老儒到底是不同啊！先前我还纳罕：叔孙通有弟子百人，为何不见他来请官？原是只等着今日。好好！你那弟子，想必也不差，便统统加为郎中吧，免得你挨弟子骂。”

叔孙通拜谢出宫，回到府邸，诸弟子早已闻风而至，将老师团团围住。待问明恩赏，各个都喜不自胜。叔孙通便道：“数年隐忍，只苦了孩儿们！今日终有报偿，

---

① 太常，汉九卿之一。秦曾置“奉常”，掌宗庙礼仪；汉取“尊大”之意，改名为太常。

不但得官，陛下所赐黄金，也尽归于你等，我分文不要。"

诸弟子大喜，拿秤来分了黄金，皆拱手赞道："叔孙师真乃圣人也，知当世之要务。"

叔孙通拈须笑道："哪里？天下未定，擅实战者强；天下既定，则擅虚文者强。岂是吾等高明，乃时势不同也。"

诸弟子闻言，面面相觑，继而又会心大笑。

不料，汉家君臣才安心过了元旦，便又有边报告急。羽书称：灌婴、陈豨两路大军，赴援晋阳，行至半途，忽闻马邑有变，只得勒兵不前。

马邑之变，事出有因。那韩王信被困了几日，每日登城瞭望，见匈奴势大，穹庐漫山遍野，自忖力薄，恐不待援军至，早成了胡人之囚虏。思来想去，别无他途，只得遣使入匈奴大营，暗中求和，请冒顿退兵。

冒顿得了韩王信书信，心中有数，便回信力劝韩王信归降。韩王信犹豫不决，只是拖延，两边每日互通信使，讨价还价。如此，城上城下便松弛了下来，全无战意。马邑城中，已无人不知韩王在与匈奴议和。

灌婴得了斥候密报，不由大惊，想那韩王信若是叛降，匈奴便全无掣肘，其势更不可当，自家所部五万人马，赴马邑无异于为虎驱羊。于是遣人飞报朝廷，请示进退，又知会陈豨勒兵勿进。

刘邦得报，不禁拍案大怒："韩王信也叛了？岂有天理！"起身数次，复又坐下，半日里焦躁不安。当晚，遂修书一封，遣使飞递马邑，责问韩王信道："马邑城坚，援军即至，公何以擅自求和？我与公曾剖符，誓言生死与共，公竟弃大义而通敌，不惧雷劈乎？"

韩王信接信阅罢，知事已不可挽，不由叹了一声，唤来丞相箕肆，商议了一回，亦无良策。

当晚，又想了半夜，觉刘邦来信之意，定是要追究。若是如此，昨之臧荼便是今之自己，绝无侥幸。想自家早年投沛公军，几经生死，助汉王得了天下，才享了几日清福，便无端见疑，被发配至北疆。原想若待天下生变，可在北疆裂土自守，不料却有匈奴重兵压境，成了战不能、降亦不能。

韩王信独自在中庭徘徊，候至天明，终拔出剑来，斩断了一株庭树，将心一横，即写下降书，遣一名心腹缒下城去，送入冒顿大营。

冒顿看过降书，喜出望外，立遣一使者入城，与韩王信议定了迎降时辰。至约定之日，便点起十万精骑，鼓角齐鸣，浩浩荡荡直赴马邑城下。

当日，韩王信率属下百官，免冠素服，出城门迎降。城内百姓，几代未曾见过匈奴兵模样，都拥上街来看热闹。

只见那尘头起处，有大队匈奴人马，前后迤逦而来。风过处，杂色旌旗猎猎作响，间杂着胡笳低鸣。那旗帜最密处，是两千名亲随护卫，将单于前后簇拥。

马队到得近处，忽闻一声呼哨，一枝鸣镝冲天而起，射向半空。护卫骤然朝两翼分开，冒顿跨了一匹浑白胡马，跃然而出。

两旁百姓看了，便是一片赞叹。但见那冒顿，头戴尖顶“栖鹰冠”，身着猩红长袍，披发左衽，英气勃勃。身后，乃是望不见尾的十万匈奴骑士，皆身着短褐，冠上斜插白隼翎，各个手执弯刀，勇悍异常。

冒顿见韩王信伏于道边，忙跳下马来，双手扶起，道：“我是单于，你亦是汉家王，不必恭敬如此。”

韩王信道：“汉帝多疑，猜忌功臣，多有无端被诛者。臣不忍受辱，故开门向单于输诚，愿永为臣属，以避族诛之祸。”

两边说话，有译官代转，并无滞碍。冒顿听罢，便大笑：“韩王与那刘邦离心，吾早有耳闻，否则怎敢来中夏巡游？只是……韩王虽有此意，你属下可是真心？”

韩丞相箕肆与韩王部将王喜、丘曼臣、王黄等数十人，原本亦伏于道旁，股栗汗流，闻冒顿此言，都激愤而起，争道：“汉家无道，赏罚不明！我等若不降单于，迟早也是个死，故愿随韩王投北，绝无异心。”

冒顿便挥挥手，示意众人起身，对韩王信道：“既投匈奴，便是一家。吾大军自北面来，耐不得热，冬日巡游尚可，然岂能久住？破汉家，尚需你等出大力。我且引兵驻上谷郡(今河北省怀来县),防燕赵之兵侧击;你等南攻晋阳,略定太原。太原一郡内,并无强兵,只看诸位身手如何了。”

韩王信不禁迟疑道:“本军原为弱旅,恐难敌汉军。”

冒顿便笑:“我千里而来,便是要会刘邦,若我军横扫太原,他还敢来吗?你且放胆杀去,我在上谷为你应援。若刘邦敢出头,我自有妙计。待晋阳城破,我便南下,料那关中也指日可下,刘氏天下也好换一换了。”

韩王信闻听,不禁感泣,连忙伏地谢恩。诸降将亦手舞足蹈,齐呼万岁。数日后,韩王信便整军出城,翻越雁门山①,南下来攻晋阳。

那晋阳城,本属韩王食邑,如今主公忽然降了,且领叛兵内犯,城内军民便大起恐慌。一日数骑奔出城去,飞报朝廷。

刘邦得报之时,正在西宫逍遥,抱戚夫人于膝上,闲谈小儿事。涓人送来军报,刘邦一只手接过,抖开来扫了一眼,不由大惊,险些摔下了戚夫人。

戚夫人脸色发白,忙问:“又有何事?”

“夫人,顾不得与你说话了。”说罢,便放下戚夫人,趿起鞋履,往前殿疾奔,一面高声吩咐,“速请陈平、樊哙来!”

当夜,刘邦与陈平、樊哙在灯下共话对策。刘邦道:“今冒顿倾国而来,韩王信又叛,若坐视,则贼势愈盛,关中亦必不保,故而朕决意亲征,发各郡之兵,与之一决。”

陈平不无担忧,迟疑道:“那匈奴近来甚嚣张,兵至河南②,灭东胡,逐月氏,锋锐正盛,陛下不可小觑。”

刘邦轻蔑一笑:“正是不可小觑,才须起天下之兵。那胡骑虽众,然有何可惧?当年拒胡者,秦将王离也;灭王离者,项王也;灭项王者,则又是何人耶?”

“那垓下之胜,非一日之功,况乎……”

---

① 雁门山,古称勾注山,横跨今陕西、山西两地,属恒山山脉。雁门关即由此山而得名。

② 此处的河南,即今之“河套”,指贺兰山以东、吕梁山以西、阴山以南、长城以北之区域。

"察陈平兄之意,垓下决胜,似唯赖韩信一人?"

"岂敢,微臣绝非此意。"

"哈哈,不错!无韩信,便无垓下之胜,你忌讳个甚么?然韩信今有疾患,不能出征,日前,他已将此次破胡之计,尽授予我。"

樊哙便急问:"是何妙计?"

刘邦一笑,徐徐道:"多遣斥候。"

樊哙便觉失望:"韩信做楚王不成,倒也罢了,怎的连好计也献不出了?"

刘邦睨视樊哙一眼,道:"这就是好计!冒顿劳师远征,必有虚空,我须日夜窥伺,方能寻机破敌。"

陈平便道:"然匈奴之虚实若何,恰恰不明。"

刘邦大笑道:"着啊!冒顿此时,亦不明我之虚实。他率大兵犯境,以为我汉家惧敌,不敢应战,我偏要举兵北上,出奇兵。他南犯塞内,意在劫掠,必不敢恋战。"

陈平蹙额,仍有疑虑,道:"冬十月,天将大寒,恐不利于战。"

刘邦道:"天时若此,岂能纵敌不顾?况我军苦寒,匈奴亦不能免。昨日晋阳来人报称:匈奴已止军于马邑,唯韩王信所部来攻晋阳。他一军来攻,便无可惧。那太原郡久属汉家,人心皆向汉。我大军一到,他徒众必无斗志,可一击而溃。匈奴见此,也必气沮,自会退去。"

樊哙建言道:"与匈奴战,须赖马军,我汉家尚有骑士万人,留驻赵国,皆未解甲,此次可充作先锋。"

"正是!有强弓良马,还怕取不到冒顿头颅吗?昔赵之名将李牧,曾以十六万人大破匈奴,朕比不得李牧,人马须翻倍,方能壮胆。"

陈平不敢诤谏,只委婉道:"当年蒙恬,曾拥三十万众,方守得住长城。"

刘邦便笑:"陈平兄,吾不如蒙恬乎?罢了罢了!吾意已决,无须再多言。你这就草诏,天明即发,晓谕各郡国:今匈奴来犯,朕欲建蒙恬之功,令各地急征兵马,每郡五千,半月内赴河内郡集结,候命北上。"

各地得了诏令,知大敌将至,都不敢怠慢。一时间各城乡道上,丁壮云集,人马喧阗。半月内,征齐了二十二万人马,聚于河内郡。自大河北岸起,连营至修武城下,旌旗林立,鼓号齐鸣。云台山下之旷野,顷刻间便呈鼎沸之势。

刘邦命太子刘盈监国,萧何辅之,便自率众臣及禁军,沿崤函古道东出,驰至修武。

修武县四面阔野,此时正一派人欢马叫。刘邦登上戎辂车,将大营巡视一遍,不由踌躇满志,对众臣道:"燕王卢绾、代相陈豨共有北地兵十万,与本军会合,便是三十二万人马,足可与冒顿相抗。千年来胡人为患,侵扰中夏,周秦都奈何不得他。今汉家方兴,正应挟灭楚之威,逐匈奴回漠北。"

樊哙附和道:"陛下说得是。天下百姓,在秦末已死过一回,今逢汉家初兴,有如重生,对朝廷甚是感恩。闻有边警,争相来投军,大军集结,从未有今日之易也!"

陈平仍是犹豫,劝谏道:"冒顿之猾,世无其匹,陛下似不宜轻进。"

刘邦笑道:"书生论兵,总是胆怯。今赴晋阳,我为主,匈奴为客。堂堂汉家,反倒要怕那掳掠之寇吗?"

樊哙睨视陈平一眼,请命道:"晋阳城之安危,至今不明;臣愿率马军为先锋,昼夜突进。"

刘邦大喜道:"好!兵法曰:'可胜者,攻也。'那韩王信所部,皆为我汉家儿郎,其心必不向匈奴。大军一至,立可瓦解。朕令你与周勃做先锋,率马军急赴晋阳,如遇敌,只管痛击。我亲率步卒各营,迭次北进,为你后援。"

樊哙、周勃得令,即点起马军,连夜疾驰而去。

这一队人马,向北突驰了四日,便见前面有难民络绎而来,拦下探问,方知晋阳早已失守,韩王信叛军正趁势南下,一路攻城破邑,无有阻挡。

樊哙、周勃两将听了,不由火起,立即催兵大进,冒寒又疾行了两日,翻越太岳,来至太行山下一处平阔之地。问明百姓,方知此处名曰铜鞮(今属山西省沁县),正要前行,恰与叛军迎头相遇。

且说那叛军仓促起事,尚不及更换旗甲,只在头上斜插白翎,便算是叛了汉家。韩王信部将王喜,一路为先锋,气焰大张。正督军前行之际,忽闻有汉家马军拦路,不禁吃了一惊，连忙下令布阵。

这边厢，樊哙、周勃看得明白，韩王所部约有十万之众，自太行山各隘口络绎拥出，旗帜相接，声势颇壮。那韩王信则远远留在阵后，于山崖之下观战。

此时，一阵寒风扫过，满山黄叶乱卷。骑将靳歙不由打了个寒战，谏议道："樊左相，敌军势大，不若候陛下大军至，再行决战。"

樊哙眯起眼睛，眺望片刻，便哂道："尔辈乃是杀过项王的，如何要惧这乌合之众？那韩王军虽众，然列伍杂乱，兵器不齐，显是仓促凑成。今可一鼓而下，省得烦心。"说罢，便望住周勃。

周勃颔首道："左相看得明白，韩王徒众，唯人多而已。"

樊哙大笑："如此，还有何惧？儿郎们，张弓！拔剑！"

当下，两军相隔十数丈，将阵对圆。樊哙便跳下戎车，拉了一匹马来，翻身跨上，吩咐靳歙道："你且代我擂鼓，看我如何冲阵。"说罢，便一马跃出，大叫道，"来将通名，是何方奸佞？"

那王喜见了，命御者驱车出阵中，高声应道："韩王信帐下将军王喜，前来迎候樊丞相。丞相出行，何须用兵？是视我太原郡无人吗？"

樊哙大怒："无耻小儿！华夏千百年，夷狄为患，本为常事，然举国而降胡人者，唯你家主公一人。背主之徒，脸面何在？今陛下亲征，统大军三十二万前来，就是要扫灭你辈狐兔，活擒冒顿！"

王喜冷笑道："我主虽弱，终究是六国诸侯之后，名正言顺。不似尔辈屠沽，专使鸡鸣狗盗之技，侥幸得位，旋即反目，欲置我主公于死地。今匈奴单于执大义，为我伸张，我尚未往栎阳问罪，汉兵反倒犯我境；世间事，有颠倒如此的吗？"

樊哙便戟指王喜骂道："冒顿弑父，以群母为妻，其行之丑，教人说不出口来。尔等却觍颜以父礼事之，愚顽更在猪狗之下！我问你：引胡虏犯境，辱没祖宗，便是你那主公的大义吗？人若癫狂，说理也无用，今若不砍下你头颅来，你便不知'人'字怎样写！"说罢，拔剑在手，回首大呼道："儿郎们，汉家有此叛逆，实为奇耻。今日讨贼，不杀则罢，杀便杀他个干净！"

那汉家马军疾驰多日,都憋足了劲,要与叛贼厮杀。闻樊哙发令,立时分三路杀出,鼓声动地,万箭齐发。

再看韩王军中,虽以老卒为主力,然亦裹挟了不少民间丁壮。丁壮们初上战阵,不知所措,见中箭者纷纷翻倒,早慌了手脚,只顾蹲下身,头顶盾牌躲避。待一阵箭雨过后,汉马军已杀到,刀剑交并,直将那王喜前军冲得七零八落。

王喜见势不妙,喝令中军:"区区汉马军,并无重甲,何足惧哉?待他马军抵近,以长戟迎之!"

众韩军这才稳住阵脚,挺起矛戟,密集如林,死死抵住汉马军冲击。

两军厮缠多时,互有死伤。那王喜亦是一员老将,只教士卒结阵拒敌,决不分兵去与汉军厮杀。汉马军十数次冲阵,却不能得手,渐渐便力疲了。樊哙大急,解去甲衣,赤膊冲在前面,大呼道:"拔去白翎,便是汉家郎,一概免死!"

汉马军见此,声势复振,都跟在樊哙身后,齐声大呼:"拔去白翎免死!"

众韩军闻呼声遍地,顿觉惶恐。少顷,便有人拔去白翎;更有老卒不愿战,索性弃了戟,伏地乞降。如此,受裹挟而来的丁壮更是惶恐,拔腿便逃。前面动摇,后面渐也顶不住了,全军立呈溃散之势。

王喜怒骂连声,然亦喝止不住,便急命御者掉头回撤,岂料马头刚刚转过,忽有一箭飞来,正射中他背心,其势凌厉,力透七层犀甲。王喜大叫一声,跌下了车,当场身亡。众韩军见折了主将,一片惊呼,都四散逃去了。

韩王信在阵后见了,也是心慌,知南下已是无望。此时,部将丘曼臣、王黄自阵前败回,急催韩王信北逃。丞相箕肆亦拉来了两匹马,劝道:"事急矣,大王可投冒顿!"

韩王信望了望遍地乱兵,满心绝望,仰面泣道:"堂堂汉家诸侯,竟投匈奴,先人祖宗将不容矣!"

丞相箕肆劝道:"先人祖宗于地下,无所见;然汉军刀剑箭矢,却认不得你韩王。若再迟疑,我君臣将陷于阵中。"

韩王信呆望了大纛片刻,长叹一声,才脱掉袍服,弃了车驾,跨马朝那深山窜去了。

汉马军大胜之后，刘邦亦率步军赶到，就地扎营歇息，众臣皆来中军大帐致贺。刘邦精神大振，手指太行山，对众臣道：“韩王信胆小，此一逃，必是遁入匈奴营中去了，彼之巢穴马邑，已在我股掌中。今大军宜疾进晋阳，剿灭叛众，据城御敌，略定北边。”

众臣齐声称善，刘邦便命步骑合兵一处，直扑晋阳。途中，忽又想起韩信之言，便派出数路斥候，打探匈奴虚实。

再说那韩王信，果如刘邦所料，过马邑亦不敢停留，只带了几个亲信，投冒顿大营去了。

他的部将丘曼臣、王黄两人，跑得没有这般快，逃至马邑之南的广武邑（今属山西省代县），便不知韩王何往，只得收拾了残兵败将，暂且扎营。

两将思前想后，心有不甘，欲伺机反攻。然苦于找不到主公，自家名号又不响，便觅了个故赵宗室后裔，名唤赵利，奉其为“赵王”，扯起旗来反汉。一面又派出亲信，往上谷向冒顿求援。

冒顿得报大喜，本想借兵与韩王信，令他返身杀回，又恐韩王信万一败亡，便失了一个好筹码；于是留韩王信在帐中，只遣了左右贤王两人，率胡骑万名西援叛众。

待两下合兵一处，王黄等残部声势复振。知晋阳尚未失，便与匈奴军商议，欲南下晋阳以拒汉。岂料此时，汉大军已连破六城，先一步开抵晋阳城下。

一月以来，晋阳百姓惧于叛众势大，皆不敢言。今见王师来攻，阖城顿时皆欢，都偷偷备下酒，只等城破之日庆贺。城外，那三十二万汉军步骑相接，源源而至，于城下扎好营垒，只等择日攻城。

不数日，那叛军与匈奴军自广武邑南下，也来至晋阳城外。众叛军多系受裹挟而来，见汉军连营竟有十数里，鼓角喧阗，旌旗蔽日，不由都觉胆寒。

左右贤王眺望半晌，见汉军壁垒高矗，不易攻打，亦是大感踌躇，便命丘曼臣、王黄上前喊话劝降。两叛将无奈，只得壮起胆子，骑马奔至汉营前。

左右以藤盾将二人护住，那丘曼臣便喊道：“汉王刘邦何在？你孤家寡人做了天子，便容不得旧部存活，其心何毒也！今冒顿单于举大义，助我兴兵问罪，如何不见你露头出来？”

刘邦在壁垒上看了多时，见只是两个裨将出头，便冷笑一声，挺起身来叱道：“鼠窃狗偷辈，也想举大事乎？我刘邦即便千错万错，然亦不忘祖宗。尔辈鼠兔，生于中夏，头上插了一枝白翎，便可改换祖宗吗？也罢也罢！你不认我这天子，我便教你识得我手段。”说罢，将袖一挥，壁垒上立时冒出几千个弓弩手来，张弓搭箭，万矢齐发。

那丘曼臣、王黄慌忙蹲下，左右急举盾牌遮挡，眨眼间盾上便成一个刺猬。两人趁放箭间隙，狼狈奔回。第二轮箭雨转眼又至，匈奴骑士与叛军多有人中箭，纷纷倒地。

众叛军正慌乱间，忽见东面尘头大起，有灌婴、靳歙、傅宽、郦商等一干骁将，引汉家马军杀至，势如狂潮。叛军望去，见汉军中军大纛下，正是绛侯周勃！

那汉家骑士各个善射，弓弩之力远胜于匈奴兵，未等驰近，便是一阵如蝗箭雨射来。匈奴兵甲胄不齐，辗转于箭雨之中，死伤累累。左右贤王见不是事，急令所部不得畏死，冒矢迎击。

片刻后，两军骑士迎头相遇，杀作一团，满耳只闻杀声震天，刀剑铿锵。从城上望去，遍野是马匹交错，旗帜杂乱，连守城叛军也看得呆了。

战了多时，汉军挟得胜之威，愈战愈勇；城内百姓只盼汉家得胜，不顾叛军禁止，都走上街衢，敲击锅镬以助汉威，响声震天动地。

匈奴马军闻声心慌，渐感力不能支。正在此时，刘邦一声令下，壁垒内忽又擂起一通鼓来，只见营门大开，数万步军自营内拥出，旗甲耀目，长戟如林。匈奴军大惊，皆无心再战，欲回上谷，却见东归之路已被截断，只得向西逃去了。

匈奴兵既败，城内百姓便一拥而上，夺了守城兵的刀剑，将四门打开，迎汉军而入。

周勃与诸将穷追了一程，见匈奴已逃远，便下令回军。返回途中，正遇见刘邦率陈平、樊哙、卢绾等人，自晋阳城内乘车而出。周勃忙上前禀报：“敌已西遁，陛下可回城。”

刘邦道：“千里而来，只为吓跑这班蟊贼吗？传令三军，随朕之后，无分昼夜追敌，务求斩尽杀绝。不如此，无以震慑叛众。”说罢，便招呼左右侍卫，扬起大纛，只管向西疾进。

众将见刘邦率先追敌，都不敢怠慢，拨转马头，也随着向西追去。一时间，三十二万步骑，尽皆拔营西行。

才追了半日，便逢天大寒，鹅毛大雪纷纷扬扬。陈平此时为刘邦骖乘，手冻得握不住戟杆。刘邦回首瞥见，便持剑割袍，“嚓”的一声，撕下了一缕缎面来，扔给陈平：“拿去做个‘笼手’！”

陈平将手背裹住，忧心忡忡道：“雪猛天寒，为行军之大忌。那匈奴兵，人人皆有羊皮，不惧风寒。而我军冬衣，仅为麻絮，教士卒如何消受？”

刘邦头也不回道：“看你貌美如妇，怎的连心肠也如妇人？此时追敌，敌也甚苦，不出旬日，便可除去大患，中尉何必纠结？”

时至冬十一月末梢，天气愈加寒冷，士卒盔甲皆结满白霜。周勃飞马从前军奔回，急急禀道：“士卒多有冻堕手指者，情形惨苦，可否稍停取暖？”

刘邦摆手道：“不成！此时若纵敌远遁，后患无穷。可令士卒撕衣襟裹手，人马勿得停留。”

周勃忍了忍，未再言语，只将这道军令传下。众军甚是无奈，唯有冒寒疾进。接连两日，追至离石（今属山西省吕梁市），果然见前面有敌军奔逃。

那匈奴兵与叛军，连日西窜，饥寒交加，见汉大军追至，无不惊慌，只顾向前逃命，迷蒙雪雾中，处处可闻人喊马嘶。汉马军疾驰突进，循声追去，杀入了大队逃敌中。

左右贤王率部抵挡，然抵不住汉军凌厉，死伤枕藉。那丘曼臣、王黄、伪王赵利在侧翼，见势不妙，慌忙率部奔逃，不知去向。左右贤王见大势已去，只得弃了军卒，拼死杀出，向北逃去了。匈奴残部没了首领，立时溃不成军。

汉军大胜，又马不停蹄向北急追，刘邦唤了陈平、樊哙、周勃，四人跨上坐骑，甩开步军,只随马军疾进。如此长驱五百里,直至长城之外,追入楼烦[1]境内,一路搜杀,匈奴兵的断刀残旗,抛了一地。更有那随军的老弱妇孺,被弃于荒野,求生无门。

汉军沿袭秦制,以斩首计功,故全军正在搜杀匈奴老弱,斩下首级,那匈奴眷属队中,便爆出一片哀叫声。

刘邦闻听,叹了一声,对樊哙、周勃道:"秦制虽好,然太过狠毒!"随即下令,此役不以斩首计功,放过那些老少,交后军收容,解至太原郡安置。

越日,忽有斥候来报:左右贤王已逃至楼烦西北,聚拢残兵,似欲反扑。刘邦闻报,急令周勃率军往击,追踪至硰石(今属山西省宁武县),大破之。又北追五百里,至武泉(今属内蒙古自治区托克托县)之北,复又大破之。

汉军连胜,气势大振。这日,刘邦驰上郊外大野,勒住马,眺望茫茫雪原,不禁大笑:"这是何地?云中郡也!大丈夫,生当如蒙恬,逐匈奴至天尽处。"

陈平在旁苦笑道:"今日我知蒙恬滋味了。"

"如何?气壮否?"

"固是壮哉,然昨夜臣巡营,见士卒冻堕手指者,已十之二三矣……"

刘邦闻听,脸颊微微一颤,知军力疲极,那左右贤王又不见踪迹,这才下令回军,返晋阳暂歇。

在晋阳歇了数日,刘邦便命樊哙、周勃,向民间征集御寒衣物。城内百姓感恩,都纷纷捐输,将那羊皮、麻絮、毛毡等物送至军营。兵卒们添了许多御寒物,士气渐高,不似先前那般怨望了。

日前遣往胡地的斥候,此时亦陆续来报,称冒顿发誓要雪耻,已率众离上谷郡,进至雁门山北之代谷(今桑干河谷),按兵未动。那韩王信投在匈奴营中,日日与冒

---

① 楼烦,系北狄部落之一支,春秋时期成国;另一说,则指楼烦为周天子所封诸侯。其地在今山西省西北之宁武、保德、岢岚一带。

顿谋划,欲进袭汉地。

连日里,又有斥候纷纷报称:此番胡骑南来,足有三十万众,游弋于长城内外,数度惊扰边地,军民不堪其苦。

刘邦闻报大怒,决意北进,与冒顿一决高下,便甩去裘衣,对众臣道:“吾韬略不及蒙恬,然雄心未必不及,今挥师北上,誓教匈奴不敢南下牧马。”遂接连派出十名使者,以索还韩王信为由,前往匈奴营中交涉。刘邦密嘱使者:见了单于,无须力争,只探明匈奴虚实便可。

那冒顿见汉使络绎于途,异乎寻常,知是刘邦诡计,便下令:军中壮士与肥牛悍马,均匿于山谷中,营中只留老弱人马,佯作困顿。

汉家先后有十名使者来访,对索还韩王之事仅是敷衍,两眼却只往四下里瞟,看匈奴营中景象。待汉使离去,匈奴阖营都在窃笑,只待刘邦上钩。

使者回报刘邦,皆言匈奴可击,无须顾忌。先后十名使者,竟无一异议,刘邦且喜且疑。喜的是,匈奴果然疲惫,正是千载难逢之机;疑的是,此情若果是真,那匈奴何来往日赫赫威名?

数日里斟酌不下,刘邦便又遣刘敬出使匈奴,嘱其务必留意。这刘敬,便是曾力谏定都关中的齐人娄敬,现已赐姓刘,官居郎中,常在刘邦近旁。

那冒顿也知刘敬来历,闻此人来,不敢疏忽,严令精壮之卒不得暴露。刘敬入了匈奴营,也不掩饰,于营中往复探看,心中便有了数。返回途中,正遇汉大军源源而来。原来刘邦终是按捺不住,唯恐错失良机,已下令北上。

刘敬急入见,禀道:“陛下万不可击匈奴!愚以为,两国相斗,必张扬己之所长,唯恐不强,以期震慑敌胆。然今臣往匈奴营去,唯见疲瘦老弱,不成体统,必是故意曝短处,暗中却藏奇兵。请陛下详察,不宜轻动。”

此时,汉军已有二十余万出了晋阳,正翻过雁门山,进逼马邑。大军粮草辎重绵延于途,甚是壮观。

刘邦立誓灭胡,号令既出,势已箭在弦上,此刻闻刘敬之言,不禁大怒:“齐虏!你以口舌得官,本属侥幸;今大军出动,乃敢妄言摧我军心乎?”于是下令,将刘敬戴枷下狱，囚系于广武邑，等候发落。大军不得有片刻停留，务要夺取马邑。

那马邑城中，尚有韩王信残余，此时闻风，都一哄而散，逃往代郡去了。邻近的霍人县，闻汉大军至，也开门请降。

刘邦率群臣入马邑，登长城北望，但见那万里苍茫，直抵天际，不由大喜道："昔日蒙恬，筑长城便在此处。今登城头，犹忆壮夫！此去边外五百里，便是大漠，冒顿实已途穷矣！"

陈平谏言道："胡人之祚，已有千年，灭此顽敌恐非朝夕之事。不如待来春日暖，再择机进剿。"

"你懂甚么？今番雪地灭胡，绝非大梦。那匈奴虽猾，然性亦多疑，今大军应疾进至平城（今山西省大同市），出其不意，截断他后路。他全不能料我军迅疾，惊惧之下，必不战自溃。"

见众臣面有难色，刘邦便又道："雪地远袭，步卒确是不易，可由周勃、卢绾统步卒，在马军之后逐次而行。朝中文武随我，与马军先发。十日内，务必奔入平城，以断匈奴退路。"

卢绾望望众人，叹一口气，应道："陛下既忘生死，臣等岂敢畏敌？然平城之途，地近塞外，须派出斥候，好生打探。待查无埋伏，再发兵不迟。"

刘邦便嗤笑："匈奴新败于楼烦，元气已大伤，何须如此小心？兵贵神速，瞻前顾后还谈何用兵？"

众臣无语，只得各自回营整装。周勃知前途莫测，便严令诸骑士，每人须带两个箭壶，装满五十支箭，不得短少。

次日，汉军冒雪北行，马军当先，步军在后，长驱七百里，昼夜兼程。

这一路，唯见雪满太行，绝少人迹。众臣都觉此行凶险，皆一路沉默，只顾催马疾行。

刘邦见众臣畏敌，便对陈平道："妇人之怯，如何上得战阵？我军新胜，兵精粮足，旬日间驰至平城，必惊破冒顿之胆。"

陈平不答，只依凭车轼，手搭遮阳不住左顾右盼。

刘邦回首瞥见，嗤笑道："天寒若此，连飞鸟也藏匿不见，你看个甚?"

陈平不理会，仍凝神观望。此时夏侯婴为御者，便插了一句："陈平兄未忘昔年。一日睢水，终生噩梦也。"

刘邦顿感不悦，叱道："陈年烂谷子嘛，还说那些做甚？几日奔袭，可见匈奴一兵一卒?"

陈平这才道："陛下，《太公兵法》有诱敌之计，乃是'先见弱于敌'，臣只恐冒顿深谙此道。"

刘邦便仰头大笑："冒顿若也懂《太公兵法》，河当西流，日头也将西出矣!"

陈平脸一红，便不再作声。

行至第十日黄昏，众军渐感力疲时，前锋忽然一阵欢呼，原是平城已在望，众臣这才松了口气。

大队入城，好好歇了两日，众臣心方稍安。刘邦登城，远望阴山一带，渺渺茫茫，心中大起感慨，急欲出战。见步军仅到了两万，大部尚未抵达，便又觉焦躁，决意亲率马军一万、步军两万东出，先击匈奴。

这日晨，大雾弥天，数里内不辨人马。三万汉军披挂整齐，便络绎出东门，刘邦亲率众文武居于中军。

出城六七里，迎面红日东升，雾渐渐散去。刘邦大喜，在马背哼着谣曲，催军疾进。不料，出东门五六里，才行至白登山①下，前军忽起骚动。众臣也觉出异常，侧耳细听，隐隐可闻吹角之声四起。

刘邦蓦然一惊，但见中郎将徐厉驰至，急禀道："匈奴大兵至，人马甚众，不知多少!"

刘邦大惊失色，忙甩下白狐裘，跃起张望。夏侯婴也连忙停车，足登车辕之上远望。

刘邦急问道："敌势如何?"

---

① 白登山，即今山西省大同市东北之马铺山，亦名采凉山。

夏侯婴大惊道："罹矣！远望十里不见尽头，唯见胡骑遍野，足有数十万众！"

"数十万？莫不是自地下冒出？"

"陛下，贼来神速，必是已觊觎我军多日。今之匈奴，与往日楚军不同；若是楚军，早便接战了，我辈此刻恐已授首矣！匈奴此来，似不欲速战，只远远将我围住。"

刘邦急下令道："全队速返平城。"

夏侯婴回望一眼，脸色便一白："归路已断矣！"

刘邦左右望望，果然烟尘四起，不禁顿足道："吾中了贼计！我军在平野，焉能抵住数十万胡骑？"踌躇片刻，忽然一眼看到白登山，便又大呼道，"全军爬上白登山，安营筑垒，以待后军。"

那汉军骑士，皆为"郎中骑"出身，久历战阵，忠勇自不必提。突临大敌，各个都不慌，只弯弓搭箭，护着刘邦与群臣，爬上了白登山。

登上山来，望得远了，君臣这才大吃一惊：那匈奴兵，堪堪有四十万众！茫茫雪野上，唯见一片褐衣杂旗。六七里之外，平城遥遥在望，然插翅亦难飞回了！

至午，匈奴兵已列阵完毕，只见原本杂乱之旗，竟然依照青、白、黄、黑四色，分东、西、南、北排列，声势既壮，行列亦井然。

"冒顿果然神勇，今番完了！"刘邦倒吸一口冷气，跌坐于雪地上。随何、周緤、徐厉诸人连忙上前，将刘邦扶起。

随何劝慰道："陛下勿虑！马军骑士有万人，人人皆是神射手，所带箭矢亦充足。一时半刻，匈奴近不得身，只须静候周勃步军来援。"

刘邦稍作喘息，摆摆手道："我无事，你等速去督促士卒，张弓控弦以待，不得有片刻疏忽。"

此时，陈平、樊哙、夏侯婴、郦商等文武重臣皆聚拢来。刘邦看看诸臣，泪水就涌了出来："吾轻敌，连累了诸君！"

陈平道："匈奴不来攻，必是惧我。陛下请稍宽心，等援军前来就是。"

刘邦长叹一声："唉！熟读《太公兵法》，却被那匈奴竖子给骗了！若我被杀，则汉家一世而亡，今后万年，恐也再无此例。"

樊哙大急，劝道："姐夫不可作此想！汉家重臣，尽数在此，又有善射骑士万名，智勇皆为天下之首，顶个十天半月，又有何难？"

刘邦只是沮丧，道："这白登山，山不甚高，山势又平缓，守一日尚可，如何能守得十天半月？"

灌婴便建言道："白登山虽不高，然平地突起，中有沟壑，四围宛若城墙，正为我射手的好屏障。胡骑不谙阵法，上阵仅一人一骑，蜂拥而上。此时不来攻，显是惧我汉家射手。陛下可传令各部：胡骑敢有近前者，一律射杀，以震慑敌胆。"

刘邦摆摆手道："军中之事，交樊哙、灌婴处置，你二人自去斟酌。朕头痛欲裂，只想歇息，诸君都散开吧。"

周緤、徐厉忙将一捆饲马谷草解开，拣了一处松柏丛中，将草铺好，扶刘邦箕踞其上。刘邦坐下，仍觉寒风凛冽，浑身瑟缩，忙又盖上白狐裘御寒。

待刘邦坐好，二人便拔剑在手，跪于地上护卫。刘邦望望二人，苦笑道："你二人随我上阵，却屡见我败阵。吾枉为天下之主，如此不堪，真是白活了！"

周緤道："陛下不可出此言。昔在汉中，臣为陛下骖乘，彼时汉家何其弱小？后随陛下东渡河，渐取天下，岂能言屡战屡败？今日虽小挫，然万名郎中骑，皆汉家死士，足可守此待援，陛下请勿烦恼。"

刘邦点点头，不再作声，只睁大眼睛，呆望着天上白日。

再说那山下，冒顿令众骑围住汉军，并不来攻打，确是心存戒惧。当日见汉军退上白登山，冒顿狂喜，将那栖鹰冠抛向空中，便要下令进击。他身边左右贤王自楼烦逃回，深知汉马军弓弩之强，皆力言不可。

冒顿不以为然道："我军势众，冒矢而上，无非是死个千把人，有何不可？"

那左贤王道："看那汉军，计有两三万人，其中轻骑人数便近万，皆身负满壶箭矢。接战之际，箭矢如雨，弓弩之强远胜于我。前日在楼烦，我骑士冲阵时，多为箭矢所伤。今汉军在山上，据地势之利。我若强攻，死伤必多，不如久困为上。"

"哈哈，他箭矢再多，也总有用尽时。"

"大王，汉马军恐有万人，若每人身负五十支箭，便是五十万支，不可小觑呀！"

冒顿便一怔:“五十万支箭?……韩王,你意下如何?“

韩王信在侧,忙谏言道:“左贤王之言有理。那汉马军,即是大破楚军之‘郎中骑’,长于强弓,精于骑术,不宜与之相抗,可围之。以汉军常例,军卒所携粮秣,不出五日便告罄,而后必溃散。”

“嗯……那丘曼臣、王黄所部,今在何处?”

“日前已有使者来,称该部自楼烦逃回,人马未受大损,约期三日内即来平城,会攻汉军。”

“如此也罢。先困住汉军,且候丘曼臣、王黄前来。该部自有强弓硬弩,可与汉军相抗。”

匈奴各部得了军令,只在白登山四周鼓噪,大队胡骑往来驰骋,却不来搦战。汉马军疑心匈奴有诈,皆拉满弦,目不交睫,不敢有丝毫懈怠。

至黄昏时,只见匈奴队中,有一少年“百长”①,飞马驰近,徒手于马背上腾挪翻飞,叫嚣寻衅。

灌婴望见,便唤来一名楼烦骑士,密嘱了两句。那楼烦兵得令,拉开强弓,瞄准良久,只是迟迟不放箭。待那百长炫耀够了,正欲得意扬扬归队,只听弓弦“砰”的一声响,一支雕羽箭呼啸飞出,正中那百长之冠,将他掀下马去。

那坐骑受了惊,扬蹄长嘶一声,狂奔而去。百长自地上爬起,羞愧难当,顾不得拾起尖顶冠,慌忙一瘸一拐奔回大队。

众匈奴兵不由大惊,纷纷退后,望见那百长的狼狈相,复又哄堂大笑。自此,胡骑只在数里之外徘徊,无人再敢靠近。

至夜,匈奴兵堆起狼粪、枯柴,点燃篝火取暖。远远望去,但见千堆万盏,恍如星河。众胡骑自单于以下,各个围坐在篝火旁,炙烤猎来的羊狐鼠兔。

那山上汉兵,嗅到香味飘来,都在心内叫苦。山上无水,所携米粮亦不多,汉兵只得渴饮雪水,饥餐干粮,勉强果腹。

---

① 百长,匈奴军职,即百骑长。

刘邦与诸臣也是一样，饿了整日，竟浑然不觉。至夜，山下并无动静，夏侯婴才忽觉饥渴，急命近侍拾来些枯柴，以刁斗煮了雪水，端给刘邦。刘邦接过来，凄然一笑："落魄皇帝，与贫家有何两样？"

众臣连忙劝慰，刘邦才勉强进了些冷食。草草食毕，又立于山巅，望见阔野里篝火闪闪，不由叹道："狼烟四起，何以求生？我刘邦身后所留，恐只是一个羞名罢了！"

此时徐厉在侧，便劝道："陛下不必烦恼，绛侯、燕王所率步军，一两日内必至。"

刘邦只是苦笑："大雪满地，行路迟缓，我怕是等不及来援，冻也要冻死在此了。"

徐厉想了想，又道："此围之严密，臣自投军起便未见过，恐只有陈平将军可解。"

刘邦转头望望徐厉，忽一拍掌："着啊！速去请他来。"

片刻之后，陈平应召而至，刘邦便道："汉家之危，唯你可解。往昔如此，今日更是如此。你且好好思量，不必理会军中之事。"

陈平应道："昔年李牧、蒙恬守边时，匈奴之兵，才得二十万众，今日竟有四十万众！足见冒顿此酋，乃千年未遇之悍虏也。即便李牧、蒙恬在世，应付起来，恐也是吃力，请容臣细加思量。"

刘邦便叱道："若有李牧、蒙恬，何须用你？堂堂正正之阵，我刘邦是打不得了，只有赖你出个诡计。朕之意，你须听好：只教那冒顿放我一条生路，世间何等奇耻，我都能忍得下，你自去想吧。"

"臣即使有妙计，也非一两日内便收功效。儿郎们昼夜警戒，只怕是吃不消。"

"你只管谋划，我自会吩咐诸将，令军士轮流值守。"

其后接连两日，匈奴兵仍是只围不攻，在四面鼓噪。山上汉军不敢懈怠，昼夜轮换，张弓以待。若仅止于此，倒还罢了，只苦了那些士卒，还须忍饥耐寒。渐渐有人撑持不住，倒地便不起了。

众军盼援兵盼得心焦，援兵却连影子也不见一个。诸将唯恐军心动摇，只得昼夜巡查,以好言慰之。

刘邦整日在谷草上躺卧,万事不理,至第三日黄昏,才脱口自语道:“陈平若今夜仍计无所出,吾命休矣!”

此时徐厉砍来大把松枝,扔在篝火堆中,安慰刘邦道:“陛下往昔仅数骑,便可自鸿门宴脱逃,今日天下属汉,岂能轻言战败?那陈平将军,定有好计。”

刘邦笑道:“徐厉,今番若被你言中,朕便加你为封国相,无须再为我执戟了。”

果然,当夜陈平便来求见,称计谋已成。刘邦大喜,一跃而起,拽了陈平衣袖,在篝火边坐下,急问道:“公有何计?”

陈平却不语,只环顾左右近侍。刘邦会意,即命周緤、徐厉等一众近侍回避。

待众人退下,陈平才道:“此计,只涉妇人。”

刘邦未解其意,不禁瞠目:“妇人?军中何来妇人?”

“匈奴营中却有妇人。那单于正室夫人,号为阏氏(yān zhī),略同于汉之皇后。此妇,非同小可!想那冒顿正得意,即是许给他汉天下,他也必不肯退兵。然有一人可使他退兵,这便是阏氏。文章便可在这阏氏身上做。”

“那冒顿蛮横,如何肯听妇人之言?”

“陛下不肯听皇后之言乎?”

“这个……咳咳,且言正事!须如何打点阏氏才好?公貌美,欲潜入敌营进幸乎?”

陈平便苦笑:“陛下还有心思玩笑?臣自有妙计。”说罢,便附耳向刘邦低语了几句。

刘邦听罢,拊掌叫好:“陈平兄,我看,此计可成。此番若能脱险,吾必为你晋爵。”

第四日白昼,刘邦下令诸将:将所掠韩王信之珠宝珍玩,尽数缴上,不得私藏。另又觅得一擅绘之小吏,描摹了数幅美女图,精工细笔,眉黛如生。待诸事准备妥停,便唤来随何,密嘱他率数名楼烦士卒,变装易服,潜入匈奴营中,依陈平之计,去劝说阏氏。

随何闻命，大起惧色，连连摆手道："如此使命，臣如何当得？若被单于查获，吾命不足惜，陛下大事必坏矣！"

刘邦便正色道："汉家运祚，系于公一人，公能忍见天下分崩乎？若冒顿明日来攻，必是尸横遍野，公又岂能独活？"

随何想想，也是无奈，只得领命而退。当夜，便唤来数名楼烦兵，换了匈奴服饰，悄悄潜近匈奴大营。

一行人匍匐于雪地，借篝火之光，觅得一楼烦人千长[①]。见那千长一人在烤火，众人便起身走过去。

那千长仓促间看不真切，惊问道："是何人？"

此时，一名楼烦兵跨步上前，指了指身后，叩头便拜："此乃大汉使者，有要事面谒阏氏，事关两家安危。看在同族面上，烦请千长通报。"

那楼烦千长闻听乡音，又惊又喜："哪一个是汉使？"

随何一揖道："在下随何，今为汉使，在此见过千长。"

千长打量随何，见果然是显贵模样，便道："今日恰是下官当值，使臣遇到我，也是天意。且随我来吧。"

诸人随他走近一座金顶穹庐，见有数名都尉，执刀于门前护卫。那千长回首，对随何低语道："我家阏氏娘娘，向来独居一庐，掌军中粮财事，容我先去通报。"

少顷，千长出来，对随何道："娘娘愿见汉使，请汉使独入。"

随行楼烦兵便卸下财宝，足有两大布袋，匈奴众都尉上前来接过，一起搬了进去。随何整了整衣冠，也缓步而入。

进得穹庐，放眼看去，只见那阏氏年纪并不老，身披云肩[②]，面有黥纹，别是一番风姿。

随何大气不敢出，行过大礼，便自报姓名。

---

① 千长，匈奴军职，即千骑长。

② 云肩，古代女性衣饰，是指披于肩头的织锦饰物，发源于北方游牧民族。因其有云纹图案，故有此称。

阏氏一笑:“原来是随何!久有耳闻,只知你巧舌如簧,无人能拒之。今日来此,所图又为何?”

“我朝皇帝,巡游平城,不意惊动了单于大驾。今日我汉帝惭悔,特地遣臣来,携珠宝若干以献,望阏氏娘娘开恩,劝说单于大王退兵。”

阏氏见布袋内金光灿烂,眼睛不禁就一亮,然转瞬便面露不屑:“随何,你身为汉家重臣,天下怕是已走遍,然何以这般蠢?老身日理万金之财,这区区财宝,便可买通我不成?我只问你:若我军攻下白登山,这财宝又将归于何人?”

随何一时气塞,顿了顿才道:“汉军出行仓促,稀世之宝不及携带,此仅为谒见之薄礼。汉家地广物丰,尚有绝品,堪称惊世,暂且先绘图以献之。待两家罢兵,将源源不断送入王庭。”

“又是巧言!汉家之宝,无非巧技雕琢之物,于匈奴又有何用?”

随何也不答话,只从袖中掣出几幅绢帛来,双手呈上。

那阏氏接过,抖开一看,见是蛾眉女子画像,面色便大变:“此乃何意?”

随何恭谨道:“汉家美女,妖冶曼妙者无计其数,可岁贡数十百人,为王庭增色。”

阏氏便大怒:“你是说老身姿色不足吗?”

“臣不敢。汉家匈奴本为兄弟,汉帝之赠,亦是美意。”

阏氏又仔细去看那些图,凝视良久,忍不住赞了一声:“汉家女子,确是绝美。这些画像,老身收了,无事也好照着描画颜面。”

“如此女子,想那单于大王也是喜爱的。”

“放肆!”阏氏呵斥一声,稍后又叹道,“汉家能臣,何其多也!这是哪个为汉王出的计策?单于若得了这般女子,老身怕是要被贬去牧羊了!”

随何连忙道:“汉家君臣,无不景仰阏氏娘娘,两家修好,唯赖娘娘代为一言。”

那阏氏低头想了片刻,便抬头道:“你是聪明人,汉王遣你来谒见,果不辱使命。汉家君臣之意,我已知悉,你且回去复命吧。所有乞请,我自然知道该怎样说。”

随何知事已成,按住心内狂喜,脸上还是一派愁苦:“受困四日,我君臣饮食不济，已苦极。”

“唉！那也急不得吧，须在这几日方能弄妥。如围兵有缺，尔等尽管走脱。”

随何遂不再言，谢过阏氏，步出穹庐来。见那千长仍在外面等候，便从怀中摸出一把金钏银簪来，偷偷塞过去，一面连声道谢。

千长笑道：“北地风俗，女主外交，上使算是找对了人。”说罢，便将一行送出大营，彼此相揖道别。

随何回到山上，将面谒阏氏经过，向刘邦略述一遍。刘邦便问：“那阏氏见到财宝，是何神色？”

“面有喜色，而语甚不屑。”

“见到美人图呢？”

“立时色变。”

“好！”刘邦大喜，从谷草上一跃而起，“你大功告成，下去歇着吧。”随即唤来樊哙、灌婴，嘱道：“每过一时辰，均向四面派出斥候，仔细察看。如围有缺，全军尽出。你二人，三日内不得阖眼！”

樊哙迟疑道：“不割出半壁河山来，那冒顿如何能放我军归去？”

“多话！你遵命便是。”

二人走后，陈平急急来见，刘邦一把抓住他衣袖，问道：“随何已返回，称胡地风俗，女主外交，可是有此事？”

“不错。北地女子强悍，在外为夫奔走，不足为奇。”

刘邦大喜道：“陈平兄，你计谋已成。阏氏收下了财宝，应允劝说冒顿撤围。你快去收拾装束，好好歇息，等匈奴退了，也好快马奔出。”

陈平也大喜，仰天叹道：“天佑汉家！若再有三日不撤围，白登即成我坟冢矣。”

当夜，刘邦酣睡一夜。早起，见大雪茫茫，呆望了一会儿山下，便蜷于草堆上看《太公兵法》，边看，边摇头叹息。

连日大雪，又过了三日，堪堪已被围七日。日暮时分，灌婴来报：“军士难耐酷寒，冻毙饿毙者甚多。今援军渺茫无期，再有两日，全军即告粮尽，不如今夜便拼死杀出。”

刘邦浑身一震，低头想想，便唤来随何，嘱道：“天明时，再往阏氏帐中，哀辞恳求。日后岁贡，也是可以商量的。”

至半夜，大雪止住，天气更寒。汉军斥候轮番而出，均为匈奴兵阻住。熬到天将明，大雾四起，随何连忙奔往匈奴大营。西行数里，却未见匈奴一兵一卒，惊异之下，急忙回马来报。

刘邦得报，将手上兵书一抛，立即吩咐道：“遣斥候四出，务必好生窥探。”

不过片刻，众斥候便驰回禀报：东北南三方仍有重兵，仅西面一角解围。

刘邦立时精神陡涨，抢过一匹马跨上，下令道：“匈奴解围了西面，全军即发，速撤回平城。所有卤簿、车辆等无用之物，尽皆弃之，疾驰溃围而出。”

此令一出，白登山上一片欢悦。众军纷纷弃了多余负累，轻装上马。

灌婴却道：“陛下，万万不可！我军疾驰，若为匈奴所察，必趁势掩杀。那胡骑皆为短刀，弓弩甚少，我军可张强弓、搭双箭，面向外警戒，徐徐而出。”

夏侯婴也道：“诸军不可喧哗，若有人奔逃，必斩之！”

刘邦颔首道：“二位所言甚是，便照此办理吧。”片刻之后，三万步骑便悄无声息，各个持满弓，分数列缓缓而下。

下得山来。刘邦回头一望，见山上松柏间，仍有军卒持弓，浑身覆雪，一动不动，不禁诧异道：“何故还有儿郎未撤？”

夏侯婴也望了一眼，回道：“皆冻僵矣。”

刘邦大惊，瞠目半晌未作声。少顷，有两行热泪涌出，叹息道：“无此忠勇之士，我必为被俘皇帝。”说罢，便挥鞭打马而去。

且说那冒顿，为何要解围一角？自然是阏氏如约进了言。

随何深夜谒见后，翌日晨，阏氏便对冒顿道：“我大军南下数月，败多胜少，折损近万人。今日即便缚住刘邦，得了汉地，亦不能久住；与之争，又有何益？古来交兵，两主不相为难。白登困住了他，大王脸面已足，不如退去。且我闻汉降卒说，汉王屡败不死，似有神，请大王察之。”

阏氏之言颇恳切，冒顿听了，却是觉得好笑："有神？他有甚么神？"继之，又沉吟不语。想起先前与丘曼臣、王黄约好，合兵攻平城，而今竟全无消息，不由便疑惑起来。

原来，那丘曼臣、王黄所部迟迟不至，是因天寒雪大，迷了路，辗转不知何往。冒顿数次命韩王信探听消息，亦无头绪。

这一枝节细故，引得冒顿大起疑心，当下便认定，那丘曼臣、王黄两人，多半是暗通了汉军，要断匈奴后路，于是越发不安。如此挨了三日，到围困第七日，忽有斥候来报：汉步军三十万，已由周勃、卢绾领军，往平城浩荡而来。

冒顿当下大惊，召来左右贤王、谷蠡王、诸大将及大都尉等臣属，气急道："那汉家步军，甲厚戟长，擅于战阵，我匈奴骑士少弓弩，哪里是他对手？汉军若与丘曼臣、王黄前后夹击，则我无归路矣！"

那左右贤王心知是冒顿多疑，欲谏言，却因此前多有败绩，屡遭申斥，故而也不敢多言。

夜来，冒顿挥退左右，坐在篝火旁，细思前日阏氏所言"汉王有神"，觉甚有道理，于是唤来西面统兵之万长，教他率军稍稍退去，解围一角，放汉军撤走。

白登山上汉军，就在冒顿略一犹豫之际，趁大雾突围而出。那平城军民见皇帝安然归来，阖城欢呼，敲锣打鼓不止。

次日晨起，周勃所率三十万步军也源源而至，旗帜蔽天，金鼓大作。大队未及歇息，便列队鸣鼓，准备往击匈奴大营。

匈奴斥候探知，忙奔回大营禀报。冒顿听了，连忙奔出穹庐，果然望见西边有烟尘腾起。仰头一望，忽见天上云色诡异，势若龙蟠，不由脱口道："这是甚么？"

左贤王抬头看看，脸色忽地就一白："大王，天上之云，不是一个'天'字吗？"

冒顿闻听，眯眼去看，也顿感大惊。默然半晌，知时机已失，叹道："汉王果然有神！"遂下令全军大部撤回漠南，唯留一万骑士，交韩王信统领，专事袭扰汉地边境。

当日近午，刘邦率众文武登上城头，远望雪尘漫天，知匈奴兵已解围退走，便都长吁一口气。刘邦凝望良久，百感交集，忽见天上云色有异，细一辨认，忽大惊失色："此云，岂非一个'人'字？"

众人跟着望去，也看出了端倪，不由惊叹连连。

陈平道："上天之意，不可亵慢。"

刘邦思忖半晌，叹气道："此为上天儆我：人所不欲，便不能勉强。耻哉！耻哉！活该我兵败。今日知道了，恤民为上，霸业为次，不能再弄颠倒了。"

此时，周勃上前请命，要率队追击。刘邦下令道："绛侯周勃，骑都尉靳歙，率本部大张旗帜，鼓噪前行，追击二十里即止。遇敌则击，不遇敌则归，均不得穷追。"

樊哙愤急道："七日之耻未雪，如何不穷追？"

刘邦瞥了他一眼，忽问道："你头颅今在何处？"

樊哙愕然，摸摸脖颈道："在吾项上。"

刘邦便冷笑道："若无陈平，你也只配做无头将军！"

说罢，不再理会樊哙，对众人道，"趁冒顿胆怯，我军尽速撤回晋阳，不得迟疑，违令者斩！"

卢绾便问："陛下拟据守晋阳？"

"晋阳亦不能久留，月内即罢兵回朝。汉家今日，尚不能与匈奴相抗，即是百年之后，亦不能。灭胡之计，且留待后人吧。"

诸臣闻言，神色多沮丧，便各自散去。刘邦独独唤住了陈平："公请留步。"

陈平止住步，向刘邦一揖："陛下，适才布置，并无不妥。"

刘邦挨近陈平，低声道："公所献之计，功盖天地；然其计之鄙，实有伤国体，仅你、我、随何三人知而已，万万不可泄露！"

陈平神色一凛，忙应道："臣已知。臣宁死不泄露。"

至日暮，周勃、靳歙率军大破韩王信所部匈奴兵，得胜而归，掳得许多马匹、军械。冒顿受了惊吓，率全军远遁而去。汉家边塞危局，立告舒解。

刘邦大喜，见了周勃，抢步上前去，执手道："绛侯功高，威名远扬北疆，当加为太尉，总揽天下军事。靳歙亦有大功，加为车骑将军，统领天下车骑之兵。"

二人未料于灭楚之后，尚能以军功加官，都喜不自禁，谢恩再三。

时已至冬十二月末，刘邦在平城坐卧不安，一日也不想多住，便告罢兵。诏下之日，汉军大队拔营而起，各归来处。马军九千人仍由靳歙带回，长驻赵地东垣（今河北省正定县）。

此时韩王信尚有残部，在云中、雁门一带游弋。刘邦恐其势大，便命樊哙率军一部，留在代地平乱。刘邦次兄刘喜，年前便封了代王，然至今未就国，此次便命他赴代县就国，与樊哙一同用兵。

刘邦率大军出平城后，行不远，便望见白登山，其山形似覆盆，又酷似陵墓。刘邦禁不住伤情，唤了随何来，命他传令平城县衙，征调民夫，掩埋好冻毙将士尸身。待又走出数里远，刘邦仍回望再三，叹息道："白登之耻，万年也洗不掉了！"

陈平在侧道："陛下全身而退，当欣喜才是。"

刘邦沉默有顷，凄然道："厚贿妇人而得保命，王者之耻，有过于此乎？"

过广武邑时，刘邦想起刘敬之事，急命收捕往日曾往匈奴探营的十名使者，尽皆斩首。又将刘敬放出，召至驾前。

见刘敬蓬头跣足而至，刘邦连忙起身一揖，面有惭色，温言慰谕道："吾不用公之言，以至受困平城，羞对天下。今已将此前言匈奴可击之使者，统统斩首，以谢公。"

刘敬大惊，嘴张了两张，才道："陛下不杀我，幸莫大焉！然十名使者，罪亦不当死。微臣一人，如何担得起这多条命？"

"嘿嘿，彼辈不死，便是要我死！今日我还能与你说话，才是幸莫大焉。公之忠直，朝中难有其二，今日便封你为建信侯，食邑二千户。是为关内侯，仅逊于功臣列侯，此爵当可与公之功劳相当。"

刘敬慌忙顿首谢道："臣为昔之齐虏，寸功未建，今日竟得封侯，岂非梦寐？臣披肝沥胆，亦无以报答。"

刘邦便笑："齐虏？哈哈，公不肯忘记前嫌乎？来来，请入座，朕还有事要讨教。"

君臣于是隔案而坐，刘邦问计道："冒顿兵强，控弦三十万，数苦我北边。吾虽亲征，力终不敌，公于此有何妙计？”

刘敬于此早有熟虑，当下便道：“天下初定，士卒多年征伐，皆疲于战，故未可以武力服胡人也。那冒顿为暴虐之主，杀父代立，又娶群母，专以强力立威，故又不能以仁义说服之……”

刘邦便发急道：“文亦不能，武亦不能，莫非只能坐视，任他在我头上着粪？”

“有计。然计为长远，乃在他子孙身上做文章，令他子孙为我汉家之臣。”

“你有话爽快些说，何计能用得这般长远？”

“恐陛下不能为矣。”

“若可行，又何为不能？你尽管说。”

刘敬这才正襟敛容，叩首道：“陛下可将长公主[①]送入匈奴，为冒顿妻，并厚赠嫁妆。那虏酋见此厚礼，心慕汉家繁华，必以长公主为正宫阏氏，生子又必为太子，日后可继任单于。如此，冒顿在，为汉家子婿；冒顿死，则陛下外孙为单于，胡汉血脉相混，便成一家。遍观史书，岂有外孙敢与外祖分庭抗礼的？有此祖孙名分，则匈奴可不战而成汉家之臣也。”

刘邦闻之，抚膝大笑：“这岂不是和亲之计，果能有此功效乎？”略一思忖，便又道，“计是好计，然须舍出鲁元公主……也罢！女儿不入匈奴，阿翁便入匈奴，就令长公主去吧。赵王张敖那里，我去打理。”

“陛下今日便可致书冒顿。”

刘邦却面有难色，道：“天下事，我做得主；嫁女之事，我却做不得主。须回栎阳后，与皇后商议。或者以宫女代之，诈称公主，亦无不可。胡人见汉女相貌，都是一样的，他晓得甚么真伪？”

刘敬便又一拜，谏言道：“妇人爱女儿，乃是常情；然国事大于天，不嫁长公主，则胡地豺狼不去。两相权之，孰轻孰重？”

---

① 西汉时，皇帝的女儿或姐妹通称“长公主”，由皇帝册封，地位高于所有的嫔妃。此处的“长公主”，即指鲁元公主。

刘邦白了刘敬一眼，反问道："你无女儿乎？你无浑家乎？将长公主嫁与赵王，我已是一百个不放心了；如今又要教长公主休了夫，改嫁入狼穴，岂能这般轻巧？"

"若陛下不舍长公主，而令宫女代之，诈称公主，匈奴日久必知，反生怨恨，此举便毫无用处。"

刘邦忽觉心烦，便道："公之言甚是，你且退下，容我细思。"

此后数日，大军一路南行，为防匈奴蹑踪而来，不敢有所停留。直至翻过云中郡之山口，晋阳城遥遥在望，刘邦这才长出一口气，开颜而笑。三军见已撤回塞内，再无性命之忧，皆摇旗挥戟，欣然开口大笑。此地后世名为"忻口"①，这"忻"字与"欣"通假，故当地有传说，此即为纪念汉卒归来大笑而得名。

高帝七年（前200年）正月，大军过晋阳小住，刘邦心仍郁闷。这日，靳歙前来辞别，欲领马军返回赵地。

刘邦感念马军此次拼死用命，十分不舍，又想起刘敬所献之计，便道："罢罢！我索性也与你同行，往赵国一游，去见见那不争气的女婿。"

当年二月，刘邦命周勃率禁军大部还都，自己仅率万余人，与马军同行。至东垣，马军留驻，刘邦才与靳歙依依作别，自往邯郸去了。

这日，大队行至曲逆县，入城稍歇。刘邦登城而望，见城内屋宇高敞，栉比相连，端的是天下罕见之气象，不由赞道："壮哉此县！我行遍天下，未见有如此宏敞之城，唯洛阳方可与之媲美。如此好县，却为何叫了个'曲逆'？"

夏侯婴一向掌车驾之事，于地理、路途无所不通，此时便道："此地原系中山国，有一道濡水过境，因水道回环，故又称曲逆水，县城便以此水得名。"

"哈哈，也好！"刘邦观之良久，忽命御史近前，问道，"曲逆今有户口几何？"

御史对曰："故秦时，有三万余户，近年兵乱屡起，今尚有五千余户。"

刘邦便唤过陈平来，温言道："陈平兄，白登之围可解，唯赖你奇计，功高已不可

---

① 忻口，在今山西省忻州市以北五十里之忻口村，为晋北向南通往太原市之要冲。

再封。今日见此县甚好，我便以此县五千户为你食邑，改封曲逆侯，以酬兄之大功。原户牖侯之食邑，本就不足道，便免除了吧。"

陈平一怔，眼眨了两眨，忙拜谢道："谢陛下深恩！得了这'曲逆'封号，臣更是如履薄冰，终身不敢狂悖。"

刘邦闻言，不由一怔："哦？这个……"继之便放声大笑。

隔日，卤簿车驾抵达邯郸。赵王张敖闻报，早早率了文武百官，郊迎于道旁。

那张敖，乃豪雄张耳之子，秦末随父举义甚早，受陈胜王封为"成都君"，曾率万人从项王，共赴巨鹿救赵，堪称是少年将军。然此人脾性，却是十分温厚，对刘邦极表恭谨。当日将刘邦迎入王宫，即设宴接风。

当日席上之陈设，极尽奢靡，有西域氍毹铺地，酒器各显琳琅，赵相国以下诸臣皆作陪。张敖视刘邦如父，执礼甚恭，每一佳肴至，必袒臂亲自奉上。

刘邦数月以来日夜争战，皆在苦寒之地，尝够了残羹冷饭。此次入了赵王宫，甚觉惬意，想想翁婿间也不必多礼，便箕踞于上座，开怀大饮。

见张敖躬身低眉，数次上菜，刘邦便一把抓住他肩膀："小子，如何这般殷勤？此事教下人去做。你来，坐于我身旁，有要事与你商议。"

张敖不知有何事，战战兢兢坐下。刘邦便凑近他耳语，将那刘敬所献和亲之计，和盘托出。张敖闻听，脸色便一变。原来那张敖与鲁元公主，感情甚笃，忽闻外父欲拆散小夫妻、嫁女于匈奴，直如五雷轰顶。

刘邦瞥了瞥张敖，略一踌躇，又道："白登之围，老夫险些丧命。然何以制胡？恐是百代也无良策，幸有谋臣出此计，小婿意下如何？"

张敖埋首半晌，终还是忍了下来，施礼道："国事为大。阿翁之意，便是小婿之意，不敢有所违逆。"

岂知刘邦于和亲之计，也在依违之间，不能定夺，心内实不愿鲁元公主远嫁。因此，暗盼张敖能大怒抗命，也好对刘敬有个交代，便不纳此计。不料，张敖却只唯唯从命，那鲁元岂不真要嫁入胡地了？

刘邦大感失望，不禁火起，骂道："吾兄张耳，何其豪雄！跋扈于燕赵，无人敢敌。怎的小子你与乃父浑不相似,竟是无一丝骨气?逆来顺受,如同姬妾,何敢称张耳之子、刘邦之婿?"

张敖不知刘邦火气从何而来,唯有叩首谢罪道:"小婿无能,难副其实;然执干戈、披甲胄,为阿翁守边,尚堪一用。仅此而已。"

刘邦只顾恼怒不休:"废才!只是个废才!多说何益?"

诸陪客中,官位最高者乃是相国贯高、内史①赵午两人,原皆为张耳门客。两人性素耿直,年纪已逾花甲,闻刘邦詈骂,不禁面露怒色,对视了一眼,便双双起身向刘邦敬酒。

刘邦见两老臣神色,也觉自家失态,这才收起腿,正襟而坐,道:"日前征胡不利,朕数月不能安寝,故有失言。赵家君臣大度,还要多包涵些。"

座中诸臣见此,亦纷纷举起酒杯,强作违心之笑,将尴尬掩饰了过去。

宴罢,群臣出宫,贯高与赵午走在一处。赵午目睹适才张敖受窘,怒气难平,对贯高道:"吾王孱王也。"

贯高心亦恨恨,切齿道:"国之不幸,莫甚于此!公请随我至敝舍议事。"

赵午心领神会,便打发随从先回去,自己上了贯高的车。

这边厢刘邦醉意正浓,只能留宿宫中,张敖便将后宫一姬妾献出,为刘邦侍寝。这位姬妾,史称赵美人,天生丽质,花容月貌;那一颦一笑,只合天上才有。刘邦如何能把持得住,当下笑逐颜开,全忘了方才的气恼,拥着美人,踉跄进了寝宫。

再说赵午随贯高来至相府,两人进了密室,闭门稍作商议,便出来,在相府门客中选了十名武士,贯高平素待门客甚厚,此十人皆为贴身死士。此时,他只吩咐了一句:"去换了便装,携短兵,随我进宫。"

十武士齐声应诺,便都去换了黑衣劲装,各揣了匕首,骑马随在贯高、赵午车后,往赵王宫而行。

到得宫门,贯高手持龙首符节,高声呼道:"相国贯高来此,有王命传召!"

---

① 汉初诸侯国所置内史,相当于朝中御史大夫,负责监察百官,掌图册典籍、诏命文书等。

贯高为百官之首，威震朝野，赵人妇孺皆知。那宫城侍卫岂有不识的？见是他来，急忙将宫门打开，执礼放行，一面便去飞报张敖。

此时张敖已然入睡，闻近侍急报，吃了一惊，忙起身来至偏殿。刚换好衮服，见贯高、赵午率武士拥入，张敖便脸色大变，仓皇站起道："诸君何为？"

贯高率诸人一起跪下，朗声道："天下豪杰并起，能者先立。今大王事汉帝甚恭，而汉帝无礼，臣请为大王杀之！"

张敖听清了此言，睡意顿时全消，以手指着贯高，不知该如何训斥，竟一时气结。众近侍慌忙上前，为他拊膺舒缓。

过了片刻，张敖才缓过气来，心生急怒，咬破了手指，对天誓道："上天可鉴，我怎敢有此心？君何以出此言？我先人亡国，赖汉帝之助，得以复国，惠及子孙如我，秋毫皆出于汉帝之力也。此等狂言妄语，诸君不得再出口！"

贯高还要辩解，张敖便急得几欲泪下："相国要逼死小子吗？"

贯高、赵午见张敖执意不肯，只得深揖谢罪，退出宫去了。回到相府，两人又与诸武士商议了许久。

贯高叹息道："此事我是做得莽撞了！吾王为有德君子，不肯做那背德之事。而我辈唯好义，不甘受辱。今汉帝辱吾王，故我辈欲杀之，然岂能以此举污了吾王？杀汉帝之谋，切勿与吾王知，成则功归吾王，败则我辈独当就是。"

诸人都攘臂应道："大丈夫行世，义无再辱，愿从相国之命！"

贯高便道："今晚已惊扰吾王，不宜再入宫。我等且伏于宫外，天明之后，伺汉帝出宫，拼得性命，一剑将他毙命！"

众人闻之，皆曰善。贯高便命从人逮了鸡狗来，杀了取血，十余人设香案，歃血为盟。如此忙了一番，天已将明。贯高说声"好了"，便挑起一盏相府灯笼，率众人拥出门来，往赵王宫疾奔。

行至街上，偶遇巡夜兵卒，见是贯高带人夜行，都急忙让路，不敢多问。

如此一路无阻，不料，行至城南武灵丛台下，忽见前面有一壮男，拄一铁杖，当街而立。

众武士疑是事泄，纷纷从怀中拔出匕首来，要上前拼命。贯高却摆手道："且慢！"遂举灯高照，见那壮男蓬发虬髯，身负藤箧，腰间还挎有一酒囊，显是游士无疑。

赵午遂高声呵斥："犯禁夜行，是何歹人？"

贯高却拽住赵午道："不得亵慢高士。"说着，便向那人一揖，"敢问高士，来自何方？"

那人向前走了几步，众人才看出，原是一个跛足人。正在诧异间，只见那人将铁杖夹于腋下，还了一礼，答道："在下为巴国津琨人氏，早年云游，曾投军从项王，于巨鹿之战伤了一足，现下为游医，草草谋生。"

赵国臣民恨秦人入骨，多感念项羽当年巨鹿救赵，闻跛足人曾为楚卒，便顿生敬意，不再戒备，都收起了兵刃。

赵午却是不信，仍厉声问道："游医亦应知律法，夤夜私行，所为者何？"

跛足人以铁杖指了指众人，道："与诸君一般无二，为济苍生耳。"

贯高闻言一震，旋即问道："游士，可知我辈为何人？"

那跛足人便指一指丛台道："此乃何地？丛台也。昔赵武灵王在此，率赵家儿郎，胡服骑射，遗风今尚在。尔等短衣夜行，身怀利刃，迅疾如狸鼪，岂不是当今侠士吗？"

贯高闻此语暗含讥诮，便知此人绝非常人，便朗然道："说我是侠，我便是侠。道之所在，虽千万人吾往矣，先生请勿阻我问道。"

跛足人仰面一笑："鸡鸣狗盗之技，焉用问道？昔赵家之豪雄，累代不穷。如廉颇、蔺相如、李牧、赵奢等，皆伟丈夫，惜乎流风不再！且看今日诸君，蹑足潜行者何为？欲溅血三尺于帷幄而已。想这朗朗世间，近年幸得干戈止息，百姓不必再如我断手残足，可叹诸君只知怀利刃、行诡计，豪气俱无，何敢奢言道乎？"

贯高为壮士气势所慑，竟一时哑然。赵午不由大怒，喝令众人："犯夜禁者，非盗即奸，快与我拿下！"

那跛足人却淡然一笑："秦法严苛，尚不禁医。且小人夜诊，并未步出闾里，何以犯禁？倒是诸君所谋，怕是天明即做不得了，请自去奔忙，恕在下不陪。”说罢，便略施一揖，转身步入了一条小巷。

贯高急呼道：“不知先生高姓大名？”

那跛足人止住步，回首一指灯笼道：“人之一生，譬如此灯，风来倏忽即灭，其亮或不亮，后世何人能知？足下必欲留名于后世，或可如愿，然非我之志也。”言毕，即隐身于街巷暗处，再不见踪影。

赵午望住贯高，急道：“此人必是朝中耳目，何不拿下？”

贯高摇头道：“朝中焉能有此等人物？且放他去吧。看来，今番谋大事，未逢吉时，出门便有异人阻道。今日便作罢，我等暂回，诸君若有心，请勿躁，可留待来日。”

赵午见贯高改了主意，顿足叹了一声，遂不再多言。众人便都藏好利刃，随贯高回府了。

翌日晨，刘邦醒来，意仍迟迟，睁眼见身边有玉体横陈，几疑是在梦中，丝毫未觉夜来曾险遭杀身之祸。

赵美人见皇帝垂爱，越发娇懒，便生出了百种妩媚来。刘邦凝视美人酥胸良久，赞了句：“好个白登山！”

赵美人不解其意，忙问缘由，刘邦也不答，自顾道：“上苍解人意，到底未使我成囚俘。虽被困七日，然亦得赵姬，不负此行也。”

赵美人仍是听不懂，只顾搂住刘邦缱绻。少顷，有近侍叩门，在帷帐外告之：张敖已备下朝食，等候良久。刘邦便起身，令赵美人伺候穿衣，去进朝食。

张敖一如昨日，挽袖亲自上食。朝食既毕，刘邦对张敖道：“离关中日久，诸事都无头绪，吾将归去了。”

知刘邦将行，张敖松了一口气，连忙虚言挽留。刘邦只摆了摆手，笑道：“贤婿尚知礼，送我赵美人解忧；国中诸事，似也颇有条理。看来赵地安危，我也不必多虑了，走了走了！”即携赵美人匆匆出宫，赴行辕召集众臣，点起兵马启程，要往洛阳去。这边厢张敖也连忙集齐百官，赴南门相送。

刘邦拥赵美人倚坐车上，见张敖伏于道旁，汗出如雨，不由起了怜悯心，温言道："孺子诚可教也！你为我守赵地，左有陈豨、右有卢绾，皆一时之雄，可以壮胆。且好好与父执辈同守北疆，勿有所疏漏。"

张敖叩首应道："阿翁所嘱，小子不敢大意。"

刘邦挥挥手，夏侯婴便一甩长鞭，启动车驾，大队卤簿随之簇拥而去。张敖望尘而拜，许久不敢抬头。那贯高、赵午在后，草草拜罢，犹自愤恨，怒视车驾良久。

于此一切，刘邦皆毫无所察。行至洛阳，又住进南宫，与美人逍遥，如新婚宴尔。这位赵美人，后为刘邦诞下第七子刘长，另有了一番故事，亦为后话了。

在洛阳住了没几日，忽有谒者来报："代王刘喜，自代郡奔回！"

刘邦心中纳罕，忙宣进询问，方知匈奴兵与伪王赵利等又掠代地，侵扰上谷、代郡、云中、雁门诸郡，声势浩大。不数日，又闻赵利已僭称"代王"，设丞相、将军等职，俨然自成一国。

时值樊哙已回关中，代相陈豨虽勇，然四面有警，疲于应付，一时回援代郡不及。那刘喜不曾上过战阵，突遇叛众漫山遍野，三魂都惊出窍来，也无心守代郡了，弃国而逃，只身奔回了洛阳。

刘邦见了刘喜，不由大怒："仲兄啊，你好歹是个王，临敌而逃，成何体统？你那沽酒卖饼的命，有何金贵，逃得如此之快？竟连封国都不要了！"当下便欲治罪，然一想到太公，便又叹了口气，命刘喜暂去馆驿歇息。

隔日，刘邦便有诏令下：废刘喜王号，降为合阳侯，留置洛阳县，另封少子如意为代王。因如意年尚幼，暂不就国，诸事仍由陈豨代管。同日，又命周勃、郦商发大军前往代地征讨。当年冬十一月，汉军便相继攻下代郡、雁门，大破贼众，俘伪丞相程纵以下十余贼首，伪王赵利遁逃，代地方告平定。

至春二月中，刘邦方依依不舍，离了洛阳。甫一入关，便直奔新都长安，见那长乐宫已有了模样，不由大喜，当晚便住了进去。

然在巍巍宫阙中睡了一夜，白登山之围仍似噩梦，萦回于心。次日晨，刘邦惊起，踌躇再三，只得回到栎阳，硬起头皮，与吕后商议，欲遣鲁元公主赴匈奴和亲。

吕后闻之大惊:“鲁元?不是已嫁给张敖了吗?”

“法不禁民女再嫁,宗室再婚更无禁忌。当今之计,国事为大,鲁元可再嫁,我已向张敖有所交代。”

“甚么?你三十万兵出塞,反为匈奴所困,羞也不羞?吃了败仗,却要我女儿去和亲,休想!妾身仅有太子一男、鲁元一女,为何要将鲁元遗弃于匈奴?”

“昏话!和亲乃为社稷,怎的就成了遗弃?”

吕后也不再理论,当下大哭:“吾女若嫁给冒顿,老身也一同嫁去。”

刘邦大怒:“乱说!成何体统?”见吕后久久啼泣,全无头绪,一怒便拂袖而去。

此后数日,吕后茶饭不进,只在后宫日夜哭泣。刘邦见不是事,便召刘敬告之:“遣长公主和亲之事,朕不能为。可在城内寻一民女,封为长公主,嫁与冒顿了事。”

刘敬便一惊:“臣不明,长公主如何便不能嫁匈奴?”

“皇后不允。”

“皇后?陛下也惧浑家乎?”

刘邦望望刘敬,忽而一笑,反问道:“你有多大年纪?”

刘敬不解,答道:“臣已年近不惑。”

“哼,我看你离不惑尚远。”

“臣驽钝,愿陛下详示。”

“公有所不知:皇帝家事,实与平民无二。表虽不同,里却相似。”

刘敬这才醒悟,叹了口气道:“如是,北疆百年之内,势必不宁。皇后不舍女儿,宁舍河山乎?”

刘邦亦是心有戚戚,道:“汉家不强,奈何?所谓‘长公主’,便在宫女中选一个吧。此事,还须公前往匈奴,巧为掩饰,定下和约便好。”

待时至春暖,刘敬便奉了诏命,头戴高山冠,手持旌节,护送假冒“长公主”往匈奴和亲。

那匈奴耳目甚多,岂有不知“长公主”为假的?多亏刘敬善辩,再三陈说利害。冒顿见汉帝已屈尊,真假便也不计较了,两家仇雠,就此勾销,结下了和好之约。

冒顿接了和亲策书,向南方拜了两拜,算是拜了外父刘邦。又教人奏起胡乐,将“长公主”安顿于穹庐。刘敬趁机向冒顿进言,力言胡汉不可反目。冒顿笑道:“那是自然。今后我若捉了外父,只怕是不好处置了!”

那漠南地僻,早春仍是一片雪意。刘敬于返国途中,一路看来,见匈奴部落中,小儿亦能骑羊,引弓射鸟鼠,稍长则骑马射狐兔,各个都极彪悍。所有男丁,人人备有弓矢短刀,精擅骑术,随时可上马征战,便知晓匈奴已成近身大患。

回朝见了刘邦,刘敬便急奏道:“臣观河南白羊、楼烦之地,匈奴俨然为王,四处有胡骑纵横,其势猖狂,离长安近者仅七百里,一日一夜可至关中。关中在秦末遭战乱,至今空虚,地广而民少;依臣之见,可徙人口入关,以充实之。”

刘邦沉吟半晌,才道:“公之言,高见也;然从何处可得民?”

“臣以为,秦末大乱,诸侯初起时,势虽汹汹,然无非齐之田氏,楚之昭、屈、景等大姓,可以成事。今陛下虽以关中为都,却是人少财薄,北近胡寇,东则有六国遗族,余威尚在,一旦有变,陛下如何能高枕无忧?臣以为,可徙齐、楚、燕、赵、韩、魏之后裔,以及各国名家豪族,居于关中。若无事,可以防备胡寇;若诸侯有变,陛下则可率此辈东征,好处甚多。”

“哦?此计甚妙,所虑甚周。先生莫非曾习《鬼谷子》乎?”

“此为‘强本弱末’之术,臣之愚见而已。往昔,臣不过一戍卒耳,焉能习诸子之说?”

刘邦大喜,赞道:“公有大才!吾得一刘敬,如秦孝公得商鞅也。此事就交予你办,择日赴齐楚,遍查户口,将那齐之田氏,楚之昭、屈、景等诸姓,迁来十万口,充实关中。如此,豪雄皆伏于阙下,天下再无敢蠢动之人了。”

刘敬道:“诚然!关中既实,不独胡人畏惧,陛下也可不再跑洛阳了。”

刘邦一怔,望望刘敬,忍不住哈哈大笑。

七、贯高慷慨报君王

高帝七年春二月末,萧何向刘邦奏称:经数月修葺,将原秦宫稍事增添,今已建成长乐宫。刘邦大喜,即命栎阳宫室及丞相以下百官,尽徙至长安。

萧何交了差,但并未得闲,又在长乐宫西面之龙首原,凭借故秦章台,再建一座未央宫,务求与秦故宫规模相当。

自此,从春至夏,刘邦在长乐宫住了数月,虽觉绮丽不及洛阳南宫,然气象远过之,便觉称意,对那未央宫建得如何,也不大在意了。每日得闲,便在长乐宫中游览,将长信殿、长秋殿、永寿殿、永宁殿四大殿,及椒房殿、临华殿、长亭殿、温室殿、钟室、月室、鸿台等处,看了又看,摸了又摸。

夏日炎天,刘邦特意召萧何入宫,登上鸿台纳凉。刘邦殷切道:"丞相辛苦了!长乐宫如此壮丽,昔日沛县起兵时,何曾想到?年初在平城,朕唯恐命将不保,想到太子孱弱,我若撒手,偌大一个天下,丢给谁去打理?彼时,唯想到丞相,心方稍安。"

萧何连忙谢道:"臣之所能,小技耳。陛下得天下,唯在战,而臣无半分战功,实有负重托。"

"唉,话也不是那样说嘛。天下者,人心也。自入关之日起,丞相便甚得人心。七八年来,我在外征伐,关中人心,唯赖你笼络,今已成不拔之势。前日白登山之围，我自感无望，然想到关中，便生出百般胆气来，你说怪也不怪？丞相日常所务，多为琐事，我不曾过问，不知近来可有何繁难？”

萧何便将近日政务一一道来：“民间所用钱，多为‘秦半两’钱，秦亡后，不再铸造，民间之钱遂不敷使用，私铸之风大盛。有那奸猾之徒，竟然将圆钱剪边，七八枚钱所剪下之边，即可私铸一枚新钱。如今市上，剪边钱与私铸钱流通，法不能禁。”

“哦？”刘邦便笑道，“宵小能有此等心机，倒是不可小瞧！还有甚么？”

“数年间，六国之民纷纷徙来关中，尤以豪族人口众多，然却无田可耕。那前朝宫室及官宦，却有大片苑囿荒芜，无人耕种；不如将废苑分给流民，好生耕种，令弃籍流民回归本业。”

刘邦拈须想了想，方缓缓道：“丞相所言，皆田亩、钱粮之事，吾不能立断。所谓无钱可用、无田可耕，汉家吏民多智，自有疏解之道，也无须惶恐。曾记否：昔年关中大饥，朕不忍，允饥民就食巴蜀。然饥民至巴蜀，谷价再贱，亦无钱买米，我是如何说的？”

“陛下降诏，允饥民卖子，所得钱，用以解困。”

“着啊！官府若照旧例，以掠卖人口禁之，饥民岂非将全数饿毙？”

“臣受教了：凡事不宜先言禁。宽以待之，事或济矣。各郡国近来亦有铸钱，本拟禁之，看来亦可不禁。”

“哈哈！以此推之，当可不禁。十余年来，朕四方征战，所虑皆为干戈事。余生之年，只想要剪除豪强，为子孙廓清天下。钱粮细务，还请丞相自度。”

见刘邦不耐烦议论细务，萧何便起身告辞。刘邦送萧何至覆盎门，回望宫内巍峨十四殿，笑道：“丞相建了宫阙，叔孙通定了朝仪，这才像个天下的样子嘛。”

萧何回到府中，细思方才刘邦召见，语中多有不明之意，似暗含猜忌，心下便觉郁闷。至掌灯之后，仍独坐于书房，嗒然失神。

此时，长史萧逢时呈上一盘瓜，萧何便信手取过一片。食之，味甚甘甜，不由便问：“此为何瓜？”

萧逢时一笑，答道：“此乃东陵瓜，长安城内无人不晓。”

萧何笑道:“这么说,倒是我一人不知了。此瓜鲜美,是何人所种?”

“便是咱相府中的东陵侯呀!”

“东陵侯? 原来是召平老先生。只知他闲来无事,在城东种瓜,原来就是这好瓜! 你这便去,速请他来一晤。”

原来,这位召平,曾是故秦之东陵侯;秦亡,遂成布衣。因家贫,躬耕于长安城东,声名甚著。当年沛公军入关,萧何在咸阳闻其名,便招为宾客。平素只知他寡言,不露头角,焉知他种瓜种出了如此大的名气。

萧逢时遵命,返身去寻,众人却道召平久已不在府内。萧逢时便又出城去寻,见东陵侯果然在瓜田守夜。待萧逢时说明来意,却只得了召平一句答复:“此瓜正逢时,正如人亦逢时,无暇他顾。”

萧逢时不知所对,只尴尬道了声:“先生真乃知时长者!”便拜礼而别,回府中复命。萧何闻罢,哈哈大笑:“此等逸民,勉强不得,明日我自去见他。”

次日夕食毕,萧何便换上布衣,带了萧逢时,徒步往城东而去。出城不远,即见东陵侯瓜田,果然是商贩云集,争相买瓜。

那召平年事已高,白发满头,着一身葛衣,正在田间忙碌,见萧何微服到访,大惊,忙抛下杂务,来到田头,向萧何一揖:“何事惊动了丞相? 这等地方,实有辱尊驾。”

萧何拣了个干净地方,与召平相对而坐,笑道:“食东陵瓜,方知身边有奇人。虽知瓜美,却不曾见过召公之瓜田,故欲一睹为快!”

“丞相说笑了。臣家贫,不得已耳。”

“哈哈,此言就不诚了! 公为我宾客,未闻用度拮据,莫非尚嫌不足,恨食无鱼、出无车吗?”

“丞相善察,我岂是求财之辈? 小臣不才,然在前朝曾经显赫,必招人怨,而今无所依恃,或有人存心报复,若不抱朴守身,必遭大祸。”

萧何浑身一震,沉吟有所思,稍缓才道:“难道,公种瓜,仅为示人以弱而已?”

召平便一指遍地金灿灿的甜瓜,道:“丞相看此瓜,大者先摘,小者留存。人世间荣辱之道，也是一样的。”

萧何有所悟，立起身来，感慨道：“我居百僚之首，不免有窃喜之心。闻先生言，方知藏拙善抱之智也。”

召平望望萧何，疑惑道：“丞相忽来我这里，可有事吗？”

萧何遂躬身一揖：“在下前来看瓜，本为消遣；不意数语间，竟得先生指教，不胜感激。”言毕，便索要了几枚瓜，教萧逢时捧着，告辞回府了。

走出数里之远，萧何不禁又回望，见召平皓首立于夕阳中，霞满白衣，宛若仙人，不由对萧逢时叹道：“我虽显贵，暮年归乡时，若能淡泊如此，便是幸事。”

萧逢时想了想，回道：“汉家非秦，丞相晚年……尚不至于此。”

萧何摇摇头，不再言语，只低头默默踱回府邸。自此后，于朝中诸事，更是百倍小心。

且说刘邦自平城归来，受惊吓不小，以为撞着了霉运，后必祸事连连。然世间之事，偏就否极泰来，本年里，中外竟再也无事，一派安泰。自春起，宫室即迁至长安，入住长乐宫。唯刘太公恋旧，仍留栎阳宫不走，间或在骊邑小住。

此时后宫赵美人已有孕，若是生子，则皇嗣将有七子。刘邦想想，甚感满足，迄今膝下已有六子，即曹氏所生刘肥，吕后所生刘盈，戚夫人所生刘如意，薄夫人所生刘恒，其下还有刘恢、刘友①两幼子，每问安，可谓济济一堂。汉家河山，交于众多子嗣把守，焉能有失？

内外渐安，刘邦便益发随意。那戚夫人徙来长乐宫后，住在长信殿内，刘邦便时往长信殿走动，与小儿如意嬉戏，觉其乐无穷。由此一层，与那吕后便更显疏远，竟至数月也不见一面。

这日午时，有御史大夫周昌，为监察贪渎之事，入宫急奏。闻宦者告之：“陛下在长信殿，已歇息。”

---

① 刘恢、刘友之母，应为刘邦后宫的其他姬妾，具体为谁，史籍不载。

周昌知刘邦又去了戚夫人处,因事急,便径往东边长信殿谒见。至殿外,闻内有男女嬉戏之声,不免怔了一怔,以为是戚夫人与如意游戏,也未在意,撩起帷幕便入。不料,正撞见刘邦揽戚夫人于膝上,卿卿我我,做交颈状。周昌大惊,掉头便跑。

"周昌,御史!你跑个甚?"刘邦唤不住,便放开戚夫人,跣足去追。

待追上周昌,刘邦一把揪住周昌后领,按倒在地,骑在周昌脖颈上,问道:"来见我,为何忽然便跑,如见了鬼一般?跑个甚?见到酒池肉林了吗?"

周昌挺项道:"不忍见如……如此君主!"

"哦?依你之见,朕似何等君主?"

"陛下就是桀纣之主!"

刘邦闻言哈哈大笑,放开周昌,道:"说得好!且受我揖礼。"揖罢又嘱道,"你既未见到酒池肉林,便勿与外人乱说了,我自当收敛。"

周昌资历深厚,耿直敢言,即是对萧何、曹参等重臣亦甚鄙之。刘邦平素不畏物议,唯惧周昌直谏;经这次闯宫,对周昌就更有所忌惮。

过了炎夏,刘邦忽而静极思动,携了戚夫人与爱子如意,径往洛阳南宫,一住就是半年,只求与吕后愈远愈好。

如此换了新岁,即为高帝八年(公元前199年)冬十月,忽有边报驰送入洛,称韩王信所部余寇,袭扰代、赵,声势甚大,聚徒众数万,前锋竟到了东垣城下。代、赵各郡县,城池残破,人民逃亡,地方不能自保,北疆几呈动摇之势。车骑将军靳歙镇守东垣,自忖兵力单薄,担心有失,昼夜有羽书飞驰告急。

刘邦得报,不由得恼恨:"天下安,食得饱,却偏有狂徒倡乱!如此天下,怎敢交予刘盈?看来,我活一日,便要厮杀一日。"

陈平见刘邦欲再亲征,便劝道:"代赵固有边警,然有樊哙、陈豨坐镇,不可谓将不强;陛下只须添兵北上,贼势即平,何必披甲亲往?"

刘邦却道:"你是给白登山吓破了胆!那韩王信虽不足虑,然冒顿可虑!非韩信、英布、彭越,不能制之。然此三人,有兵便是祸患,又教我如何敢用?"

陈平见刘邦不听，心下愈急，强谏道：“白登山侥幸脱险，事不可再，望陛下三思。”

刘邦便望住陈平，哂笑道：“白登山又如何？你莫吓我！我舍了脸皮，与冒顿和亲，莫不成是空费力？我与他才成翁婿，他怎好意思领兵南犯？今代、赵之乱，不过王黄、赵利之流南窜。倘仅由樊哙平定，那天下枭雄，何人还惧我刘邦？此番亲征，无非大军游行一番，利多害少，却可扬名，你便无须多言了。”

如此，刘邦便点起五万人马，大张旗帜，冒雪北行。至东垣，与靳歙马军会合，号称十万雄兵，声震北疆。

那王黄、赵利等部，不过是趁乱取利的余寇，哪里还敢堂堂正正一战。见汉大军至，果然从各郡县望风而逃。太尉周勃率部一番追杀，斩获颇多，贼众向时所掠牲畜，遍地弃之。不出一月，北地便告廓清。

刘邦每日看捷报，甚是得意，笑对陈平道：“如何？我不亲征，人不惧我，汉家又何以立威？”

陈平嗫嚅道：“臣唯知冒顿不来，万事皆安。今汉家有个假冒长公主，便可抵得三十万军了。”

刘邦哭笑不得，指着陈平骂道：“愚夫，敢笑我嫁女使诈！天下之大，只你一人知用诡计吗？”

当月，刘邦率军班师，路过赵地，因得胜而归，便也不急，只优哉游哉而行。于途中，刘邦对陈平道：“我临战，虽败多胜少，然终究有胜，此战便是。今后王黄、赵利者流，当闻我名而丧胆。”

陈平乖觉，再不出言相忤，只道：“汉家河山，已如磐石之固，猛兽亦奈何不得，况蝼蚁乎？”

刘邦闻言，不知是褒是贬，便笑道：“你又是大言！此次荡寇，如无周勃，中尉恐又将与我逃命矣！”两人对视一眼，都仰头大笑。

再说那贯高在邯郸，闻说汉军班师，知时机已到，旋与赵午商议，召那府中十名武士来，慨然道："汉帝踞慢，吾王孱弱，此乃赵之耻也，非血溅三尺不能雪洗。今闻汉军得胜南归，戒备必疏，可以行刺，诸君建功之日已至。想吾辈一生，除此更有何求？今诸君为国除害，必为世人所仰。"

众武士齐声应道："愿从丞相之命，为国赴死！"

贯高即命道："诸君请易装北上，蹑踪汉军，寻机谋刺。"

十武士领命，遂换了便装，昼夜兼程，疾驰二百余里至柏人县（今河北省邢台市柏乡），终探明了汉帝行踪，知其当晚必宿柏人县内，便潜入馆驿，伏于茅厕夹壁中。伺半夜汉帝起来小溲，即乱剑杀之。

此计甚密，可谓万无一失。众武士也顾不得气味难闻，隐身于厕中，只待天黑夜半，出来一个便杀一个，要教刘邦死在这臭茅坑里。

且说汉军大队行至柏人，看看天黑，果然便要宿营。众军于城外扎营，刘邦则率诸臣投宿城内馆驿。入城之际，刘邦举目四顾，见县令率父老迎于门外，便随口问左右："此县为何名？"

夏侯婴在侧答道："柏人。"

"柏人？"刘邦早疑赵家君臣或有不轨，闻此县名，不由心中一跳——觉"柏"字音近"迫"，甚不祥，遂下令道，"柏人者，迫于人也！今夜不得宿此，加紧赶路，至信都（今河北省邢台市西南）安歇。"

见夏侯婴还在迟疑，刘邦便向他背后一击："还张望甚么？宁走枉路，不做枉事。"

夏侯婴一凛，猛然醒悟，当下挥鞭驱马，便向城外驶去。

众军卒见此，只得又张起旗帜，随刘邦车驾向南疾行，至信都方歇。就此，刘邦竟在无意之中，又躲过一场杀身之祸。

那十武士在茅厕中藏了一夜，并不见有贵客入住。待天明时，悄悄出来打听，方知汉军已绕城而去，都跌足不已，只得怏怏返归邯郸。

闻知行刺未果，赵午恨恨不已，拊膺惋惜道："若成，正如兵法所言，是以十攻其一也，汉帝岂能逃脱？悔不该前次半途收手，饶过了他！"

贯高也是无可奈何，只道："汉帝有天命，尚不及亡。然诸君豪壮，可追古风，皆为当世之荆轲、聂政[①]。且缄口，只当从未有过此事，伺机再动。"

众武士慨然允诺，皆愿日后再效命。

刘邦侥幸躲过一险，却浑然不觉，只道北地已固若金汤，便命靳歙亦不必留驻东垣了，率全队马军随驾回朝。

大军一路上行止不定，一月后，方返抵长安。正要好好歇息一番，忽有萧何上朝奏道："未央宫兴作，已有一年，今初具规模，请陛下移驾察看。若有不足，可及时添造。"

刘邦不觉惊喜："新宫一年便建好了？丞相办事，果然神速。"说罢，便同萧何出西阙，往未央宫来看。

往日，刘邦只知有民夫无数，在长乐宫西侧负土垒石，却无暇多顾。后移驾洛阳，更是不知新宫成了何等模样。这日进得未央宫，来至前殿，不觉就一怔——只见那前殿巍峨，屋脊高耸，望之几令人晕眩。

宫内有东阙、北阙、武库、太仓等处楼宇，皆宏丽之至。前殿之外，各起居殿阁，则有宣室、麒麟、清凉、金华、承明、高门、白虎、玉堂、椒房等数十处，皆是斗拱如龙，飞檐似翼，地面遍涂丹砂，精致远胜过长乐宫。

在前殿阶陛上，刘邦蹀躞往复，张望了几回，但见殿宇勾连，复道相接，似有楼厦无数，便问："新宫占地几何？有屋宇多少？"

萧何答道："周回二十八里，有殿阁四十，门户近百；尚不及长乐宫占地之大。"

刘邦便哼了一声："不小了！若再大些儿，我岂不成了秦始皇？"

"即是做秦始皇，又有何不可？臣以为：始皇乃一统之君，陛下亦一统之君，兴国之宫室，总该求个规模阔大。"

---

① 聂政（？—公元前397年），战国时侠客，韩国轵（今河南省济源市东南）人，为春秋战国四大刺客之一。原为市井屠户，为报大夫严仲子知遇之恩，刺杀韩相侠累。

刘邦未再作声，又走了数步，忽见前面有一阁道，凌空而起，如长虹悬于半空，直通长乐宫，当下就吃了一惊："丞相，何必如此夸张？你是要抬举我做天上神仙了！"

萧何一揖道："比之阿房宫三百里，未央宫仅附骥尾，不可谓奢华。"

刘邦便止住步，勃然大怒："天下汹汹，苦战数岁，成败尚未可知。你我君臣行事，应示民以俭，令万民知天子悯其疾苦。历来为上者怎样，在下者就怎样，若天下都奢靡起来，有几多资财可堪挥霍？命你修治宫室，唯遮风挡雨而已，何以这般铺张？欲穷尽天下之力，为我一人独享乎？"

见刘邦发怒，萧何也不惊惶，只缓缓道："正是天下尚未定，故汉家须大治宫室，示民以威。天子以四海为家，宫室若不壮丽，又何以立威、何以统驭四方？且今日规模稍大，后世便无需再添造了，亦不失为节俭之道。"

刘邦仰头想想，才转怒为喜，嘴上却道："丞相到底是老吏出身，能言善辩，无论怎样，都是你对。罢罢，宫室既兴作，总不能拆了，来日权作西宫吧。然我却不能住——只恐住了要做秦二世！可徙太上皇居于此。太公因我颠沛多年，险些受烹，送他住进这人间瑶池，也算我尽了孝道。"

"正是。陛下如日月，万民仰止，天下便都乐于行孝。"

"唉！人变作日月，不分昼夜有人窥望，也未见得就好！想那始皇、项王，哪个不曾似日月？又能如何，还不是落得万民咒之？这其中道理，我也想了数年，觉韩非子有一言，深得我心，即'事在四方，要在中央；圣人执要，四方来效'。那法家驭民，如驱猪狗，吾向来不喜，然韩非子此言，却为治世之窍门。始皇得之，而项王失之，这才有我刘邦登位之日。"

"陛下，秦法万不可效！"

"那是自然。秦法苛细，驱民如猪狗，民即变作遍地盗贼，朝廷纵有千军万马，又岂能制住举国滔滔？故我辈在上者，待百姓还是宽厚些好。然秦制却与秦法不同，实为万世维系之道。你看，中枢执要，四方来效，河山岂不皆似在渔网中？以一绳即可牵系之。可叹那项王，懒于用心，不承秦制，偏要将天下瓜分，倒是如何了？

五年即灭！故而我汉家，须废秦法而承秦制，要好好坐稳这龙首。”

闻此一番话，萧何才知：刘邦虽连年征伐，于治天下却也颇有用心，所谋甚大，与往昔霸上驻军时，已不可同日而语了。于是连连揖礼，满心折服道：“陛下所思，臣尚不及思；然一砖一石，垒砌天下，乃臣之本分。”

至此，刘邦才渐露笑意：“好了，这便劳烦丞相，于这未央宫四周，再添筑城垣，为天下之京邑，号为‘长安’，昭告天下，再不迁都了。”

这日以后，刘邦果然未住进未央宫，仍在长乐宫理政及起居，久之，臣下也习称未央宫为“西宫”了。

此后数月无事，星移斗转，不觉又换了新岁。至高帝九年（公元前198年），刘邦出行洛阳之际，赵相贯高谋刺皇帝一事，忽然遭人举发。

原来当初谋刺未果，与谋者十数人后来每每相聚，提起此事，都扼腕叹息。那贯高在赵地，纠劾不法之事，一向甚严，不免就有怨家。朝中同僚中，有一怨家，对贯高怀恨在心，偶尔探得谋刺内情，便欲置贯高于死地，疾奔长安，至长乐宫阙楼，擂响了“敢谏鼓”，上奏变告。

刘邦接此人密奏，大惊，忽想起去年在柏人县，竟是侥幸脱险，当初所疑丝毫不差，不觉冷汗就冒了一身。当下冷笑一声：“竖子，忍了你许久！”便唤了卫尉郦商来，命他持策书、符节，率禁军一队驰往邯郸，将那张敖、贯高一并逮住，押往长安刑讯。

受此一吓，刘邦也无心再在洛阳流连，翌日便启程还都了。

且说郦商领命，率五百禁军赴邯郸，闯入赵王宫，见了张敖，以策书、符节示之。

张敖见郦商入宫的架势，便知有大祸将至，待策书宣读毕，当即汗流如注，辩白道：“陛下疑我乎？何其冤哉！那贯高行事，素来独断，我亦不知情。”

郦商早前与张耳也算熟稔，见张敖惶恐，叹了口气道：“大王清白与否，可向汉帝面禀，臣仅奉诏而已。请大王召丞相来问话！”

不多时，贯高闻召而来，众禁军便一拥而上，将他掀翻在地，锁拿住。郦商展开策书，又宣读一遍，贯高这才知事泄，却面不改色，昂然道："此事确有，系贯某一人所为，无关吾王！"

郦商道："上命捕你二人，下官不敢违。相国如有话说，可往朝中去说，恕在下失礼了。"便令众卒褫去二人冠服，各押上一辆槛车，递解长安。另有一队军卒，亦逮了张敖之母、诸兄弟及后宫美人，解至河内郡羁押。

大队人马行至南门，赵国诸臣闻之，都纷纷赶来，赵午及相府门客也在内。郦商见众人聚于途，群情汹汹，便恐生出枝节来，连忙向众人出示策书，宣谕道："赵王张敖、赵相贯高，谋刺天子，事泄，今朝廷捕之，余者皆不问。"

赵家诸臣闻诏，讶异万分，慌了片刻，便都伏地恸哭。

赵午知大势已去，遂起身，悲鸣一声："王将死，臣独活何为？"便欲拔剑自刎。众门客见了，也纷纷拔出剑来要自尽。

张敖在槛车中望见，只是落泪。那贯高虽披发戴枷，威仪仍不减平日，厉声喝道："谁令公等如此？此谋只与我一人相干，吾王不曾与谋。今朝廷捕我去，万事只我一人当了，吾王无端受累，乃是千古奇冤。公等若皆死，何人还能辩白吾王不反？"

众门客都怔住，只得收起剑来，聚到槛车旁，欲随赵王、贯高前往长安。

郦商见不是事，忙将手中策书一举，喝止道："有诏命：赵家群臣宾客，均不得随赵王行。若随行，诛三族无赦！"

赵国诸臣见朝命严厉，只能叹息落泪。赵午在槛车旁，伸手进去，执贯高之手泣道："与公一别，重逢无日。公慨然就义，我等又岂能偷生？唯静候公之音讯，虽千里相隔，也要同日而死！"

贯高道："大丈夫，何必作小儿女之泣？老臣即是死，亦是死国，留名于世，若太行巍然，万年不灭，又何其伟哉！人活一世，如此夫复何求？诸君倒要多保重了，但求吾王无虞，便是幸事。"

郦商看不下去，一声断喝："罢了！"众禁军便上前，舞动长戟，驱离众人。

贯高紧握赵午之手，急嘱道："老臣罪当诛，累吾王受辱，国中一时无宰执。公身居要枢,应当起大事,勿负王命。若有事不能决,可报鲁元公主。”

郦商大怒:“再多言,便是通谋!”

赵家诸臣只得向后退去,两槛车载着张敖、贯高离了南门。禁军各持短兵在手,前后相随,一阵尘头远去。诸臣眺望车队良久,当下哀声一片。

是夜,贯高门客孟舒、孟广、田叔、朱建等十余人,聚在相府商议。孟舒道:“相国待我等恩重如山,值此方生方死之际,吾不能弃相国而不顾,便是死,也要随吾王赴长安。”

众门客道:“我等也愿往!”

孟舒道:“不如皆扮作家奴,随王而行。”

众人皆称善,于是纷纷剃去头发,戴了束颈铁圈,假作家奴模样,星夜骑马追去。

翌日,众门客追上押解槛车。郦商见了,颇怪之,问是何人。众门客答道:“吾为赵王家奴,昨日不及随行,专此赶来。”

郦商见是一群髡钳之徒,也未起疑,便命众门客跟在车驾之后,歇宿之时可以伺候赵王。

如此,一行人跋涉于途,缓缓向长安而行。众门客强忍悲痛,每日为张敖、贯高备好饭食,尽力伺候。张敖虽叫不出门客名字,然尽都面熟,也知是相府死士相随,只是不敢声张。那槛车遮挡严密,贯高每日闭目而坐,不发一语。只在进食时,与众门客以目示意,全无一丝惧色。

待二人押解至长安,刘邦也不见,只吩咐交予新任廷尉[①]宣义,对簿问罪。

那宣义新任九卿高位,急于立功,然见了张敖,却颇感踌躇——想那赵王之号尚未褫夺,又是皇帝女婿,金玉之身,如何能下狱拷掠?于是将张敖别置一室,每日奉上美馔,只是不得与外人交通。一面便提了贯高来,对簿开审。

宣义早揣摩好刘邦意旨,只要逼问出张敖为主谋来,便可交差,于是劈面便问:

---

① 廷尉,掌刑狱。秦始置,为九卿之一。

"足下为封国相,乃一方尊长,荣耀万分,朝廷有何负于你,竟要谋逆?"

贯高扬声道:"朝廷固不欺我,然欺吾王耳!"

宣义喝道:"问你的便是这个!赵王欲图不轨,是如何指使你谋刺的?足下可早些招来,免得受辱。"

那贯高在赵国,也时常亲问刑狱,哪里在乎这场面,翻来覆去只一句对答:"柏人谋刺,确有其事,皆为吾及属臣所为,吾王实不知。"

宣义便冷笑:"谋刺天子,岂是你一个相国敢为?如无赵王阴使,敢问足下有几颗头颅?"

贯高仰头笑道:"贯某虽官居区区二千石①,然从先王张耳,举义之资历,亦不输于汉王。今汉王得诸侯之力灭楚,以一隅而得天下,便来折辱吾王,天理又何在?吾王虽弱,亦是堂堂诸侯,汉王令吾王折节,我便要汉王折颈!君子报仇,何须受人指使?"

宣义大怒,一拍惊堂木,吩咐狱令道:"来人,榜笞伺候!不吐真情,只管每日拷掠。"

狱令遵命,将贯高押至刑堂,扑倒在地,以竹条猛击其臀背。贯高咬牙,一语不发。如此,每日一刑讯,榜笞不足,又以铁锥刺股,致腿上血流如注。

贯高只是坚不吐口,那狱令嗤笑道:"任是何等高官,来至此处,也是猪狗!廷尉只要足下牵连赵王,足下照做便是。即便是诬言,不也可以解脱了?"

贯高不由大忿,詈骂道:"人与猪狗,所异只在信义。守信之士,即临鼎镬之烹,又何所惧哉?如你这等人,恐只配做猪狗!"

狱令暴怒,呼狱卒上手,复又加刑,贯高忍痛,数度晕死。狱令便以冷水泼醒,拷掠再三。贯高呼痛之声,满堂狱卒皆不忍闻。过了不几日,便身无完肤,竟是无可再用刑之处了。

---

① 二千石,汉官秩名。汉郡守、国相之官俸,皆为二千石(粟),故彼时习称地方行政长官为"二千石"。石,今读 dàn(担),旧读 shí(石),古代容量单位,十斗为一石;亦为重量单位,百二十斤为一石。

狱令无计可施，只得报予宣义。宣义来看了，也是无法，便下令停刑，待贯高创伤稍愈，再来拷问。

这日，贯高卧于竹榻，正在忍痛，忽闻窗外隐隐有呼声：“相国！相国！”忙勉强撑起，蹒跚至窗口察看，见一莽汉正倚于窗下。定睛望去，竟是那夜丛台下路遇之铁拐壮士。

只听那人低声道：“在下已买通狱卒，佯作收潲水，只为见相国一面。”

贯高大惊：“你怎知我在此处？”

“相国高义，长安士民无不口传，皆为相国抱不平，在下亦多有耳闻，方知相国羁押于此。只不知相国何日能脱罪？”

“此来别无所求，唯一死耳，谈何脱罪？”

“相国抱定死节之心，但求青史留名，在下甚敬服。然张敖不过一诸侯耳，死生天定，相国奈何以命报之？”

贯高大忿，疾言道：“君子死义，不问贵贱。壮士休得多言，请速离去！”

那壮士长叹一声，从怀中摸出几粒紫黑野果来，迅疾递上：“请相国收好。在下知相国义无再生，只悔当初未曾力阻。诏狱酷刑，非人所能受也，不忍见相国蹈此水火。此野果，乃滇国之箭毒木①所结，我于日前觅得，赠予相国，若何时打熬不住，服下数粒，便可升仙。千年之下，忠义之士念及相国，亦当有人流涕。在下泯然一匹夫，实无力相救，就如目睹山崩而束手无策，痛在肺腑矣……”说到此，竟哽咽难言。

贯高接过野果，迟疑片刻，当即揣好，道：“壮士之心，老夫虽魂魄化作鬼神，亦不敢忘，请速离去！”

那壮士见贯高收下箭毒木果实，方才凄然一揖，一步三回首，蹒跚离去。

且说张敖、贯高为朝廷捕走后，鲁元公主闻赵午进宫报讯，也顾不得那许多了，

---

① 箭毒木，桑科热带树木，本名“见血封喉”。其果实有毒素，树液含剧毒，生长于云南省西双版纳和海南省一带的雨林。

唤了数名从人，改服易装，飞马潜入长安，直奔长乐宫椒房殿，向吕后哭诉。

吕后闻变，不由大惊："甚么？有这等事？那失心翁，为妖姬所惑，又要来害我婿！"言毕，即起身去找刘邦。

吕后见了刘邦，当即涕泪横流，斥道："你当年避祸芒砀，惶惶如丧家之犬，饮我所煮热浆，食我所蒸热饼，若非老娘冒死济之，恐早已成饿殍。这才做了几日皇帝，便要加害我女，又是何道理？那鲁元，非你所出乎？竟是那审食其所出乎？何须你如此残害？"

刘邦见吕后言语非常，便也发火道："这是哪里话？我待鲁元，如何不似亲父？"

吕后拭泪道："那张敖，乃鲁元夫君，两人琴瑟友之，干你何事？为何要诬张敖谋反，捕来长安？"

刘邦这才想起，便冷冷道："张敖阴使贯高等人，在柏人县驿谋刺，有人举发，不得不审。现张敖、贯高羁押于诏狱，自有口供出来。"

吕后便顿足道："那诏狱，何人进去能不招供？即是将我掳进去，拷掠之下，也只得承认谋反。"

"哼，皇后谋反？天下无此笑话！"

"那张敖为天子之婿，又何以要反？"

刘邦不由震怒，叱道："柏人谋刺，刺客藏于厕中，贯高已供认不讳。那张敖若得逞，据有天下，还少了你这一女乎？"

吕后怔了一怔，又泣道："那张敖，杀狗尚且无力，拿甚么谋反？我看你得了天下，便失了心！老娘不与你理论，自去探望我婿。"

刘邦怒气未消，也不言语，任由吕后离去。

吕后带了从人来至诏狱，即高声呼喝，要见张敖。宣义闻之，连忙赶来劝阻："皇后陛下，无符节，宫室与百官皆不得人。"

"我只看我婿，要甚么符节？"

"赵王今虽入狱，然绝无刑讯，饮食起居照常，皇后请无虑。"

"那贯高是如何说的？"

“赵相虽经榜笞，默然无所招供，一身担下了罪名，称与赵王无涉。”

“那还关着赵王作甚?”

宣义一时不能答，只得支吾道:“贯高之言或不实，对簿尚未毕。”

吕后便大怒:“宣义，你个甚么廷尉！老娘今日既来，自有来的道理。那张敖若谋反，我便也要反了！你官至九卿，莫非是赖榜笞所得？苦苦相逼，究竟有何利可图？莫非逼出口供，你便可加封诸侯王吗？我今日方知:天下冤狱，皆是你这等酷吏所为！今日老娘有言在先:若将那贯高笞毙，死无对证，我必令你日后死无完尸，除非我死在那失心翁之前。”言毕，冷笑一声，便拂袖而去。

宣义面如土色，怔在原地，竟不能动弹，心中将那吕后所言权衡了半晌，觉自家万万担待不起，只得入宫向刘邦禀报。

见了刘邦，宣义便将刑讯贯高始末，逐一陈明。刘邦起先尚面带冷笑，闻听贯高身无完肤，仍坚不改口，便有所动容，赞道:“壮士！如此，赵王是否主谋，倒是难断了。”

宣义想到吕后适才威胁之语，心有所惧，忙奏道:“贯高，绝非常人。其伤甚重，不可再加刑了。”

“也罢，权且将他羁押于狱中，从长计议。不知那群臣之中，可有人与贯高相熟否？若有，可以私下询之。”

宣义得了上命，便教狱令为贯高敷了药，任由他将养。又遍访群臣，终探知中大夫①泄公曾与贯高有旧谊。

刘邦闻报，立即召泄公来问。泄公禀道:“贯高，与臣同邑也，略有旧谊。此人耿直，在赵地无人不知，乃守名节、重然诺之士。”

刘邦道:“既是如此，甚好！公可持节，去狱中探视。私下里问明:赵王究竟是否主谋?”

泄公领命，便持符节急往诏狱，叩门大呼。待狱令迎出，泄公以符节示之:“上

① 中大夫，秦制官职，汉代沿用，掌论议。

命臣劝慰贯高。”

“贯高?”那狱令将符节接过,看了又看,仍不敢放人,急去请了宣义来。

待宣义赶到,验过符节,问了泄公数语,才开门将泄公放进。

泄公来至贯高监室外,待狱令打开门,见那贯高伤势甚重,斜倚榻上,已奄奄一息。泄公心中大不忍,急忙来至竹榻前,轻唤数声。那贯高睁开眼,仰头望了片刻,忽而眼睛就一亮,挣扎欲起:“来人……莫非是泄公?”

泄公连忙扶贯高卧好,道:“正是在下。闻贯公在此,特来探视。”

“那宣义,怎能允你进来?”

“这个,我自有疏通。”

贯高见了故人,不禁热泪长流。泄公便在竹榻边坐下,嘘寒问暖,说了许多安慰的话。两人谈兴渐浓,一如平生之欢。如此,话题由远及近,便谈及入狱之事。泄公不住叹息,忽又似漫不经心问了一句:“那赵王,到底是否主谋?”

闻此一问,贯高当即警觉,料定泄公乃是刘邦遣来试探的,于是答道:“我今谋逆,论罪三族皆死。若供出赵王为主谋,则我诸亲皆可活。以人情世故论,谁不爱己之父母妻子?赵王若反,我怎能为他瞒得住?我虽为臣,又怎能弃亲属性命不顾,去换他一个赵王活?然赵王确乎不反,我何以忍心诬之?此谋仅我等属官为之,与赵王实不相干。”

泄公叹道:“公乃赵之名人,素有高节,却如何做了这等事?”

贯高便将诸臣为赵王抱不平,私下与谋,而赵王实不知等先后情状,详述了一遍。

泄公听了,心中有数,忙嘱道:“公勿心急,好生将养便是。赵王之冤情,终可辩白。”遂唤来狱令,留了些钱,嘱其万不可亏待贯高,便告辞而去。

待泄公出狱门,见了宣义,便邀其一同入见君上。进得宫中,泄公将所探得谋刺始末,禀告刘邦,刘邦方才释然:“原来如此!果然冤枉了小儿。”

宣义在侧又禀道:“臣之属下探知,贯高门客十余人,为辩白赵王,皆扮作钳奴,一路跟来,誓不弃旧主。”

“哦？倒是离奇得很！这便回去，将张敖赦了吧，送至皇后处。”

宣义领命，立即退下，回狱中去放人了。

刘邦又对泄公道：“贯高重然诺，不肯诬主，乃古之侠士遗风，实属难得。今之世，人相戕害，父子尚相疑，况乎主仆？应厚赏此人，以正风习。公请再往狱中告之，赵王既赦，请贯高多将养几日，其谋逆之罪，也一并赦了。”

泄公大喜，出宫即驱车至诏狱，入贯高室内，坐于榻边，高声唤道：“吾贺公！今赵王已然蒙赦。”

贯高本倚在榻上，昏沉似无知觉。闻此言，忽地便惊起，问：“吾王果出狱乎？”

泄公道：“公请勿疑。君上盛赞公为贤者，不日也将赦出！”

贯高便缓缓撑起身，蹒跚踱至窗口，张望许久，喃喃道：“吾所以忍刑不死，并无其余牵挂，唯欲辩白赵王不反。今吾王出狱，吾责已尽，死亦无憾矣！且人臣负此篡逆之名，有何脸面再事今上？纵然今上不杀我，我岂能无愧于心乎……”

泄公听出贯高心事，便低头细思，该如何与他宽解。过了半晌，不闻贯高再开口，抬头一看，见贯高面色青紫，身体已僵。泄公大惊，急起用手试探他口鼻，却是呼吸全无，端的是服毒而死。最可骇怪者，乃是那僵躯竟倚墙而立，昂然不倒！

泄公连声急呼，众狱卒抢进屋来，见此也是慌了，忙与泄公一道，将贯高置于榻上，千呼万唤——但哪里还能唤醒？再看贯高手中，尚有黑果数粒，当是毒物无疑。

泄公不意有此骤变，登时抚尸大哭。宣义闻讯赶来，亦是惊出满头大汗，连忙赴阙禀报。

刘邦闻报，愕然半晌，唏嘘道：“奇士，奇士呀！赵家竟有这等辅臣？吾儿刘盈，福气不如张敖了。且厚葬了他吧，速召张敖来。”

且说张敖获释后，正在椒房殿吕后处，与鲁元公主相对垂泪。吕后在旁愤然道：“你二人，也无须再回邯郸了，就在这椒房殿住下。不信老娘裙带之下，还有人敢来加害！”

闻刘邦宣召，张敖知事情将有分晓，便急忙入宫中面谒。

刘邦见了张敖，叹了一声：“你知否？贯高已死，万事便也了结。令堂与诸兄弟押于河内，今一并开释。然你僚属犯上，你为王，总不能无过；这个王，看来是做不得了，且封为宣平侯吧。”

张敖闻贯高死，心头一震，险些当场落泪。然好歹保住了性命，哪还敢计较，于是忙伏地谢恩。

刘邦又道：“贯高门客十余人，扮钳奴从你入关，倒是侠义！这等豪杰，不结交倒是可惜了，且去唤来我见见。”

张敖便去长安市中，寻着了十余名门客。众门客早知贯高已自尽而死，正悲不自胜，各个白布缠头，商议如何扶柩还乡。此时闻皇帝宣召，皆感惊异，张敖便道：“诸君请勿疑。相国为我而死，今上称其贤，欲召见诸君，以为嘉勉。”

孟舒等十余门客，这才松一口气，都随赵王进了宫。上得殿来，十余人皆是一身素白，顶发皆无，只以白幅巾抹额，颇显怪异。殿前郎卫们见了，不由都一凛，连忙横持长戟戒备。

刘邦见这一众门客，各个器宇轩昂，知其绝非俗流，当即慰谕道：“贯高侠义，朕久不闻世有此风。今不幸亡故，朕亦感哀伤，已令治粟内史拨公帑，迁柩还邯郸，厚葬于乡。闻诸君随赵王入关，不避斧钺，为王辩白，亦堪称当今贤者。惜乎日前曾有谋逆，故不可不加罪，以示惩戒。”

那孟舒便禀道：“陛下恩典，臣等自是感激。然孔子曰：‘志士仁人，无求生以害仁，有杀身以成仁。’陛下无礼于吾王，吾辈为王争名分，甘冒杀身之祸，是为成仁，故原本便无罪。”

宣义在旁，闻之不悦，斥道：“你这是如何说话？韩非子亦有言：‘公心不偏党也。’尔等唯贯高是从，就是结党；谋刺今上，就是偏私；如何能说无罪？”

只见那门客列中，朱建抢出一步答道：“廷尉言及公私，臣便斗胆问廷尉：何谓公？何谓私？臣以为：忠君，即是至公。我辈不图资财，不为爵禄，唯愿为赵王争名分，又怎的是私？”

宣义未料会受顶撞，一时语塞。樊哙见之，则大怒，叱道：“甚么至公至私？竖子便不怕死吗？”

田叔应道:“蝼蚁贪生,义士则求死。汉家既然宽仁,吾辈难道不能求死吗?”

众臣闻之大愤,欲加诘难,然仓促间却是无辞以对。

刘邦大笑道:“好好!都无须再争了,此处又不是学宫。朕酒后疏慢,竟惹出这一场大祸来。我只问诸君:赵王、贯高虽免罪,然诸君触犯刑律,却是法不能容,可有人悔之?”

十余人齐声答道:“无悔!”

刘邦当即起身,赞道:“甚好!往日恩怨,从今起,便毋庸再议。朕万想不到,贯高府中,竟如此济济多才!今赦尔等无罪,亦无须东归了,且留长安,来日遣往各郡国,为我效力,都做个二千石的职官,为我守好郡县。”

众门客闻之,互相望望,心中悲喜交集,踌躇不作答。群臣在旁,急忙递眼色,门客见了,仍无所应对,急得樊哙大喝:“叩头,叩头!竖子还想如何?”

众门客泪流满面,迟疑再三,方伏地叩首谢恩。

这日之后,遵刘邦谕令,贯高善后事宜,皆由萧何出面操持,将贯氏妻儿自赵地接来,入殓致祭。百官慕其名,也多有来拜祭的,祭罢,遣公差扶棺柩返乡。

柩车出城之日,长安百姓无不悲戚,成群伏于道旁,焚香礼拜。众门客一身缟素,扶柩东出长安三十里,方啼泣而归。自此,贯高之名,风动天下。后孟舒、田叔、孟广、朱建等人,官声甚著,子孙也累代在朝为官,皆为二千石之职,此为后话。

嗣后,刘邦便下诏,徙封代王如意为赵王,代国撤废,原代地并入赵国,仍令陈豨代为守土。

贯高谋刺一事,到此方告平息。此案中,另有张敖所献赵美人,竟也无端遭受株连,其终局实属可怜。

原来,郦商早前赴邯郸之际,先就奉了上命,逮了赵美人下狱。赵美人在狱中受苦不过,哭诉于狱令曰:“日前得君上临幸,已有子。”狱令不敢隐瞒,急报入宫。怎知刘邦正值盛怒,竟不予理睬。

赵美人之弟赵兼,此时赶来长安,亲往审食其府中求见,哀恳审食其出面,请吕后从中转圜。审食其受托见了吕后,说明原委,那吕后却妒火中烧,不肯为赵美人辩白。审食其知妇人之妒,向来不可理喻,也就未再勉强。

如此,赵美人在诏狱中,不数月便诞下一子来,即刘邦少子刘长。赵美人抱婴苟活于铁槛中,几为世人所忘,思前想后,甚觉生之无趣,便用丝带在梁上结了个缳,一死了之。次日,狱令见了,大惊失色,慌忙抱起婴儿送至宫中。

刘邦见那婴孩活泼可爱,逗弄了两下,不禁生出悔意来,悔不该将无罪的赵美人活活囚死。叹息再三,遂令吕后为刘长之母,并下令厚葬赵美人于其故里。可叹一代娇娘,就此香消玉殒,竟连个真姓名也未留下。

这年入秋,关中田禾大熟,仓廪充实。那关东故楚诸大姓与故齐田氏,共计十余万口,经刘敬亲自督促,已陆续徙入关中,定居长安一带。长安人口顿时繁盛。一时五方杂处,言语庞杂,俨然成了冠绝天下的大邑。

京畿一带,自此豪徒纷聚,侠客如云,多有结纳权贵、仗势逞强的。新接掌近畿治安的中尉丙猜,几不能禁,诸种不法犯禁事,皆上请丞相裁夺。京城治安,由此上交朝廷,此风一开,延及后世,竟是两千年不断;后世有史家论及,皆指此为刘敬之失也。

于此,刘邦也甚是无奈,索性令新任御史大夫周昌,仍兼顾原职,助中尉丙猜执掌长安戍卫。

当此际,未央宫已告建成,长安城更其堂皇无比。萧何入朝奏报,刘邦闻报大喜,要在未央宫行"大朝",大会群臣与诸侯。

诏命一下,各路使者便四出通告诸侯王。稍后,刘邦又唤来郎中令王恬启,吩咐道:"小舅,未央宫既成,乃咱家一大事,不可冷落了吾家阿翁。你这便往栎阳,迎太上皇来。"

王恬启领命启行,数日后,便迎来了太公。待四方诸侯集齐,刘邦便在未央宫前殿置酒高会,与众人同贺新宫落成。

这日筵宴之盛,乃前所未有,案头水陆齐备,珍馐如山。开筵前,百官列于丹陛下,人头涌动,喧声如沸。待刘太公车驾幸临之时,诸臣皆伏于地,齐声祝颂。

太公下得车来，进了北阙，走在陛路上，目睹卤簿五色，耳闻笙簧齐鸣，便是一阵头晕。家令乌承禄连忙将他扶住，缓缓从执戟列伍中走过，受百官之拜。

刘太公慌得直摇手："使不得，使不得！我何人哉？如此，岂不要折寿？"

乌承禄急忙附耳道："群臣所拜，实非太公也。"

刘太公望望乌承禄，恍然大悟，苦笑了一下，只得对群臣连连拱手。至前殿，见阶陛皆涂红，是为"丹陛"，太公又不敢踏足了。乌承禄忙上前扶了一扶，太公这才拾级而上，于主座面东而坐，刘邦与诸臣这才各自入座。

刘邦头戴刘氏冠，威仪非常，于座上开言道："今日群贤齐集，同贺新宫落成，堪为汉家千载盛事。我汉室方兴，承秦之制，一统海内；然除秦之苛法，宽以待民，期之以万世传续。唯愿此宫，他日不要似阿房宫被一火焚了。我自幼好武少文，然也知秦亡之鉴，在于骄矜无度。故汉家君臣，不可行事无度。有度，则山河永固；无度，则暴起暴亡。这道理，诸君不可不察也。"

群臣齐声称是，樊哙更是高声道："我等屠狗织席之辈，今日坐庙堂之上，当知足矣，何人还敢无度？"

刘邦瞥他一眼，笑道："你是每饭不忘屠狗，不要终落得回家屠狗！"

樊哙正欲辩白，众人却腾起一片哗笑。

刘邦示意群臣噤声，又道："今日汉家，法度渐明，诸君不得视若无物。以朕所顶戴刘氏冠，自明日起，第八等爵以上，亦即乘公车者方可以戴，以示尊贵；非公乘以上者，不得戴。"

群臣闻听，皆一惊，稍后便齐声称诺。

刘邦环视群臣，微微颔首，又拔高声音道："大业既成，须常思开辟之艰难。诸公冠带，不知由几多人死了才换得？今日环顾座中，不复见纪信、郦夫子、周苛、奚涓等诸友，能不悲乎？我辈虽得这天下，然先死之士又怎能再生？我于梦中，常见有血流漂杵之景；夜半惊醒，就再也睡不成。各位俱为功臣，想想早死之人，便不可忘形。我有言在此，请诸君戒之：万勿纵容子孙跋扈，致犯禁坐法，闹得三代之后便夺爵除邑，那就怨不得我刘邦了！"

众人闻之，皆感悚然，殿上立时鸦雀无声。

刘邦也不加理会，起身离席，双手捧一尊玉卮①，盛酒四升，来至太公席前，为太公敬酒，高声道："往昔之日，大人常言季儿不可依恃，不能治产业，不如仲儿得力。今日看我刘季之业，所成就者，与我仲兄相比，谁多？"

众人闻此言，初觉愕然，继之都掩口暗笑。

刘太公略一发窘，旋即笑道："那刘仲的气力，总还比你强些。"

"阿翁，你那仲儿日前怯敌，弃国不顾，私自逃回洛阳，现已降为侯。连个王冠都戴不稳，气力又有何用？"

群臣听到此，再也忍不住，都开怀大笑，齐呼"万岁"不止。

大朝之后不久，便是高帝九年（公元前 198 年）新岁，诸侯尚未返国。元旦日，有淮南王英布、梁王彭越、燕王卢绾、荆王刘贾、楚王刘交、齐王刘肥、长沙王吴芮等七王，相偕入长乐宫朝贺。

长安初入冬时，偶也有艳阳如春，照得满庭明亮。长乐宫前殿阶陛上，郎中执戟，禁卫张旗，威仪更甚于往日。诸侯由谒者引入，皆服新袍，前后纹有降龙，望之灼灼耀目。

迎宾之大行②官，侍立于殿前，依次传呼诸王进殿，向刘邦致贺。

刘邦头戴刘氏冠，身披彩绘龙凤玄袍，端坐于中央，受七王之贺，不由满心欢喜，宣谕道："今八方诸侯齐集，仅闽越王无诸，因路远未及来朝，然此盛景已足观！汉家维天之命，据中国而临八荒，有龙首，有指爪，有龙尾，何其壮哉！我忝为龙首，诸君方为干城之才，委屈做了四肢八爪。还望诸君同心，致力于天下复苏。务求路无饿殍，民无呜冤，总得要好过那暴秦才是。"

英布、彭越等异姓王，因韩王信叛逃之故，都感心神不安，哪里听得进这许多堂皇话？只是俯首应诺，敷衍而已。另有刘氏三王，则踌躇满志，刘贾更是高声应道：

① 卮（zhī），古代盛酒的器皿，圆柱形，容量四升。

② 大行，官职名，掌迎宾及外交。

“陛下雄踞关中，四海宾服；齐楚千里之地，子弟亦可保无虞。坐天下，以往思之有如做梦，今日看来，不过如此尔尔。”

刘邦便仰头笑道：“又是大言。治天下，岂是昔日游击可比？子弟又如何？那刘喜废才，也只配在长安卖饼！我汉家地广，唯赖诸君及子弟分守，日夜勿松懈。唯愿我有生之年，不再动干戈。”

诸王皆同声应诺：“勉勉我王，纲纪四方！”

此时，叔孙通率众弟子立于殿侧，白衣垂袖，齐唱《周颂》：“烈文辟公，锡兹祉福。惠我无疆，子孙保之……”君臣皆肃立，屏息静听。

唱诵毕，诸王分座，刘邦御赐酒宴。一队涓人手捧酒卮，鱼贯而出，为诸王斟上法酒①。君臣各进三杯，行礼如仪。仆射即高呼道：“罢酒！”君臣便又起立互揖，举座尽欢。

刘邦笑道：“我辈费尽牛力，方夺得这天下，若无规矩，与里巷恶少又有何分别？不如此复礼，无以称家国。诸君若不惯，也须忍忍。”

诸王哪里敢有异议，都只是说好。

刘邦便又道：“诸君可不要阳奉阴违，朝仪既定，便是汉家之法。明年此刻，七位再来，不要有缺席。”

元旦朝贺罢，诸侯见迁延日久，担心国中有事，便都匆匆离了长安，各归其国。

年来春夏无事，风调雨顺，眼见得是汉兴之后最平顺的一年。这日春迟，刘邦忽想起：韩信已有一年多不见，不知是否还安分？问起中涓，只道是韩信失职，四年间托病不朝，不奉召侍行，已成常例。

刘邦当下便感不安，急唤来周昌，问道：“你为我泗水亭旧部，素知内外轻重，今兼掌长安禁卫，可知韩信动静？”

周昌答道：“陛下所虑，便是我性命大事。兹事体大，臣怎敢疏忽？有眼线密布

---

① 法酒，古代朝廷行大礼时之酒宴。因进酒有礼，故有此称。

淮阴侯府四周,那韩信一动一静,皆在臣之股掌中。”

刘邦喜道:“那好!竖子近来可安分?”

“淮阴侯虽负气不朝,然亦无异常,平素几无交往,只与留侯过往甚密。”

“哦?他与张良商议些什么?”

“臣曾问过留侯。留侯道:‘陛下曾嘱萧丞相定律令,嘱留侯定军法。’留侯便邀韩信一道,删定春秋以来诸家兵法,用以参酌。”

刘邦听了,拈须良久,叹了一声:“子房兄,用心良苦啊!韩信这豺虎,果真是在笼中了。”便命周昌,速往留侯府,取些二人删定的兵书草稿来。

隔日,周昌携了数卷兵书,呈给刘邦,道:“留侯闻陛下留意删兵书事,极表感恩,命臣随意选了带回。还特嘱臣转告陛下,他与韩信二人联袂,已搜齐古来兵书,凡一百八十二家。至年前,已删繁就简,取用三十五家,尚在编纂中。简册如此之多,臣实不知该如何选拣。”

刘邦好奇道:“你拿来的是甚么?”

“此为淮阴侯亲撰《韩信兵法》,仅成三篇。臣以为或有大用,特向留侯借得,请陛下过目。”

刘邦接过,急忙解开一卷,看了两眼:“哦?《项王篇》!甚好甚好。容我嘱人誊抄好,你再交还留侯。”

周昌正要离去,刘邦又叮嘱道:“韩信竟能静若处子,实出朕意外。普天之下,也唯有子房能挟制得住他了!你只管照常密查,不得大意。”

周昌领命而归,心知刘邦放心不下韩信,便又指派得力属吏,与韩信府中人多多交往,阴探其私下所为。

且说韩信年前在送走陈豨之时,尚存谋叛之心,今见韩王信谋反不成气候,几近流寇,知世事已与秦末大不同。如今汉家无为而治,就好比秦始皇弃了苛法,天下还是那个天下,却宽待了百姓,百姓当然拥戴,又怎能生变?想那秦末时,倒行逆施,又钳制甚严,民不堪其苦,故而群雄并起,天下响应。而今,万民感念宽政,全无忧患,何人又有心毁家作乱?

如此一想，韩信的事功之心，渐渐也就平淡了。每隔三五日，便带了家老郄(qiè)孔，骑马去张良府上，切磋编纂兵书。主仆两人，皆服白衣，骑纯色白马行于市中，粗看不过是富家主仆，细心者方能辨出是权贵门中人。

这日后晌，两人又去张良府邸。出得门来，驱马方至巷口，就见一落魄壮汉，蹲在路旁。韩信拿眼扫去，见他衣衫褴褛，满面尘灰，心里就是一叹：若当年混迹闾巷而不出，至今怕也正是这等模样。人之贵贱沉浮，神人也是难料！

那壮汉见有人路过，头便抬了一抬。韩信忽觉眼熟，细一辨认，此人不正是昔年汉中道上所遇的壮士吗？

此时，那人也将韩信认出，脸上便一阵惊喜，连忙起身。两人对揖罢，相对而笑，却都叫不出彼此名字来。

韩信便问："壮士，数年不见，何以沦落至此？当年远行，可曾抵达南海之渚？渚上可有仙人优游？"

那壮汉脸忽地一红，踟蹰道："唉，一语难尽！世间事，总是亲见大不如耳闻。"

此时，正有一个酒肆店伙，担了酒桶，从巷中路过。韩信见了，便对壮汉道："想你此刻也无事，不如前往酒肆一坐，从头道来。"

那壮汉赧然道："看军爷今日，定是已发迹，或为王侯也未可知。鄙人碌碌经年，颠沛千里，却是沦落到不如从前了，实无颜把酒叙旧。"说着，抖抖身上那污脏白袍，"看这衣袍，当年还是军爷所赠，已是褴褛至此了！"

韩信拽住他衣袖，含笑道："壮士何必拘细节？人世相逢，同心乃为至贵，且随我来。"随即吩咐郄孔，"你且先赴留侯府，我与故人闲谈数语，稍后便至。"

二人来至路边酒肆，于柜前坐下，要了两碗村醪，对酌倾谈。

韩信问道："闻说赵佗在南海郡自立，五岭已不可通；壮士此行，想必是颇为不易？"

壮汉便赞道："那赵佗，倒也是个人物！原本是秦军一员副将，秦末趁乱出头，竟然自封了'南越武王'。虽下令封关，不与中原通，然南越也因此未遭兵灾。五岭各关上，守卒只拒大军南下，对流民倒也禁格不严。鄙人本为游士，耐得辛苦，自荒草棘丛中寻路,也就攀爬过去了。”

“原来如此。那赵佗,是北地何处人?”

“真定人氏。”

“壮哉壮哉!惜乎在下无此好运。闻听象郡[①]、桂林二郡,也入他版图了?”

“正是。目下之南越国,东西纵横千里,以‘和揖百越’为要旨,波澜不兴。”

韩信闻听,似有所动,颔首叹道:“今昔果然势已不同!草民于今所望,只是一个安稳。欲再登高一呼,海内沸腾,怕是不易了。”

两人又对酌片刻,韩信忽而一笑:“幸逢壮士归来,你我却在此言不及义,说起甚么赵佗来!我只问你:可曾寻到‘夸风’之仙?”

那壮汉仰头笑道:“军爷有先见之明!想我中土万里,无奇不有,尚且难觅一个两个仙人;那南海之渚,尻尾大个地方,又何来仙人?在下乘舟登岸,方知彼地尚未开化,人皆赤身而行,栖于林间,食杂果鱼虾,粟米皆由番禺贩至。百姓在市中贸易,不知用铸钱,只将那海贝作钱,犹如上古。最可笑之事,市中竟有那三五闲人,常问我:‘南渚之盛,胜过中土几许?’此等笑谈,无日无之。或者,这便是‘夸风’之所在吧?”

韩信怔了一怔,不由便笑:“愈卑之,则愈夸之,自是常例耳。”

那壮汉又端详韩信半晌,道:“向时在汉中道上相逢,军爷就已是校尉了;这许多年过去,汉家得了天下,军爷再不济,也应做了将军吧?然细察军爷神态,富贵中却有杀伐气,倒不知是何故了?”

韩信苦笑道:“刀剑杀伐,早已成过往,我倒宁愿仍为将军,可以恣意驰骋。今虽显贵,却是如髡钳之徒,欲效兄之云游四方,那是奢望了!”

“军爷果然是做了王侯,然意态为何如此不振?”

“临其境,方知其无趣。正如兄之遥想南渚,或有神山仙人,美妙无伦,即使跋

① 象郡,秦始皇所置“岭南三郡”之一,辖今之广西省西部和越南中北部。另外两郡,为桂林郡与南海郡。

涉万里往投，也在所不惜。彼时兄之意气，磅礴如虹，何其昂扬？而今真正领略了南渚风土，见岛上并无仙，所遇无非庸碌之徒，兄之意气，能再如当年了吗？”

“不能，吾气已泄矣。”

“着啊！王侯人人仰之，却不知其位之险，其心之苦。凡操弄权柄者，焉能不如履薄冰，总不免有失足之时。如有得咎，便落得个满门皆斩，此等险途，有何可羡之？”

壮汉闻此言，脸色不禁黯然，半晌才道：“兄已洞察幽微，固然是好，然眉宇间杀伐气未免太重，不如及早抽身，隐遁于江湖才好。”

韩信摇头道：“隐于市，或可以；隐于江湖，今上已不能容了！”

壮汉面露惊愕，沉吟片刻，拍拍所携米袋，道：“弟流浪日久，只须这米袋有米，足底便有路。贵如兄者，弃荣华，辞富贵，莫非很难吗？”

韩信只道：“由贱入贵，譬如攀爬，上去了便万难下来。当年我做校尉时，若弃了兵刃，与兄同游南渚，或非难事；然今日……怕是不成了！”

壮汉脸色白了一白，摇头叹息道：“福祸无常，兄须小心些。”

韩信摸摸自己头颅，笑一笑道：“我不反，便无人能取此物。倒是兄长，既无仙人可寻，又身陷困顿，仍奔波于途，所为者何？不如这便随我去，在敝舍中屈就，也免得栉风沐雨。”

那壮汉眼中忽现悲情，将碗中酒一饮而尽，起身一揖道：“列子曾言：‘不知吾所以然而然，命也。’兄乃贵人，事多无暇，不必牵挂我这废人了。今日重逢，不知今后尚能再晤否？昔年相识，兄曾赐我白袍，我披上身，于途中便有无穷胆量，虫蛇虎豹，皆无所惧，在此当俯首谢过！然寻仙梦破，小弟往昔之虚骄气，便也随风而去，终知人生在世，多活一日便是好。任凭何等功名，也与‘夸风’般不可依恃。我今虽困顿，尚不至饥渴而毙，能沐风鼓盆而歌，便胜过那道旁白骨，故不必与兄攀附。就此别过，还望兄多多保重！”

说罢，壮汉挎上米袋、操起藜杖便走。韩信连忙起身去拽，哪里还能拉得住？那壮汉步履雄健，一如当年，转瞬便隐于人群中了。

韩信不知那壮汉为何没了谈兴，说走就走，不由得心生惆怅，只得付了酒钱，骑马来至张良府邸中。

张良见韩信神色不快，便问起缘由，韩信遂将巧遇故人之事，讲了一遍。张良笑道："韩兄打算忘情于山水间，也并非奢望。"

韩信摆手道："唉！今日君上，已非当年汉王了，如何肯放我出长安？"

张良便笑："韩兄只须寸步不离我，即是象郡，也是可去得的。"

韩信望望张良，忽然有所领悟，惊喜道："弟倒是未想到这一层！"

张良便道："昔日弟在定陶，曾遇一卖荷女子，说过一番话，惊出我一身冷汗来。此女曰：兵戈虽息，人心仍险，就如刀剑环伺！闻此女言，如茅塞顿开，当世有此见识者，寥寥而已。数月前，衡山王吴芮至舍下，讨教保全之道，我只是点拨他：承平时日，国中养二十万兵，绝非良策，而是取祸之道。"

韩信便笑："那胆小鬼，吃你这一吓，还敢养兵吗？"

"吴芮旋将二十万兵，尽数送给了荆王刘贾，于人于己，都做了件善事。"

"那吴芮无能，即是五十万兵，又有何用？依兄之所论，弟当年在楚王位上，若握有二十万兵，恐在云梦便不能生还？"

"这个嘛，可想而知。云梦之厄，韩兄不可淡忘。今日兄不做诸侯了，君上再不会为难你，然欲杀你之人，今日不出，明日也将出。不为他故，只因你战功甚大，为人所不及，故有人恨不得你死。于此，兄无所惧，弟倒是替兄担着心呢！"

韩信听罢，忽就想到壮士所言之"杀伐气"，不由脸色苍白，欲言又止。张良会意，连忙嘱左右家臣暂且退下。

韩信见四周无人，方道："不想天下安，吾命却凶险至此，如何才能解脱？还请子房兄教我。"

"这个么，兄也不必自扰。向日在洛阳南宫，陛下曾当众赞许'汉家三杰'，亦即你、我、萧丞相也。所谓三杰，便是鼎之三足也，若欲除去内中一人，须得借助其余二人之力。"

"哦？也是！那萧丞相，当年曾举荐我做大将军，今日必不会害我。"

“昔在定陶,闻那卖荷女之言,句句如鸣镝,令我心惊!想到功臣自保,原来在于术,而勿托庇于他人之仁心。就萧丞相而论,当年曾举荐你,有如放贷;今日若欲毁你,便是要回收本息了,也是并无愧疚的。”

韩信不由扶案惊起:“丞相有此心?我岂非危殆矣!”

张良便笑笑,按住韩信坐下,缓缓道:“兄若有危,君上必询我与萧何之意。我今虽抱病躯,然尚可活十数年。有我在,兄自可无虞。待到刘盈掌天下时,便无人能撼动我辈了。”

韩信这才长舒一口气,歉然道:“子房兄,我与你交往多年,以往却是大不敬了!今日方知,你不单有奇智若神,且仁心宽厚。待兵书编罢,我便随你去隐遁,天南地北皆可。”

张良起身,徐徐踱至窗口,张望园中片刻,方回首道:“你看这窗外,处处是障目之物,不得舒展。此等压迫之物是甚?即是那王位、爵禄、子嗣、财帛、名望……重重叠叠,如何不教人气闷?昔年我于博浪沙谋刺秦始皇,事败逃匿,曾避居于云台山中。那山上村寨,仅七八户田舍家,临一潭碧水。出则见日月,入则见泉瀑,远望可见千山万壑。生而成仙,不就是此境吗?”

“云台山?当年我驻军大河之北,即在彼地,可惜不曾进山中探访。今日王侯也做到了这般地步,方有所悟:求富贵者,必遭灾祸;求淡远者,易得至福。当下世事由乱入治,祸起恐就在朝堂,我等还是远远避开为好。编纂告毕,你我便同赴云台山好了。”

张良笑道:“不忙不忙,今上若能四处征战,便不是你我退隐之时。假以时日,再作打算吧。”说罢,便高声唤张申屠、郄孔进书房,“来来,进来研墨!”

八、深宫悲鸣久绕梁

高帝九年这一夏，汉家内外无事，刘邦细思登基以来天下事，惶惑益多，知理政不能仅凭小技，每每便欲向儒生讨教。环顾海内，名儒凋零，身边唯余陆贾一人可供顾问。于是，常召陆贾至近旁，问东问西。

那陆贾素来自负才高，自以为不输于勋臣郦食其，然自投汉以来，不过是刘邦座上一清客，偶或出使诸侯国而已，其功远不及郦生。此次有了可以建言的身份，也就乐于在刘邦近旁，说《诗》道《书》。

岂知刘邦素昔所闻，总不外陈平的奇诡之计，对大道至理总还是隔阂，勉强忍了几回，已不耐烦之至。

这日，陆贾在朝会上，又论起《诗》《书》之类来，滔滔皆是"生民如何？克禋克祀""不拆不副，无菑无害"，等等。刘邦闻之甚恶，终忍不住大怒，指着陆贾鼻子骂道："你老子我是在马上得的天下，与《诗》《书》有何干？朝议均是燃眉急事，最烦你这等人啰唣。'生民如何'？我倒是想问你如何？杀鸡都杀不来的儒生，你知道该如何吗？"

陆贾不服，亢声道："在马上得之，难道可在马上治之乎？汤武革命，是为逆取，然也只能顺守之。此乃何故？文武并用，方为长久之术也。往昔吴王夫差、晋大夫智伯，恃武而亡；暴秦只重刑法而不知变通，终是亡国灭族。倘使秦并天下之后，行仁义，法先圣，陛下又从何处可得这天下？”

刘邦一时语塞，转念想了一想，夫子所言也不无道理，操弄文武之道，恰是己之所短，不觉便有惭色，叹了一声：“陆生到底是大才，朕腹中之学问，远远不及了。请先生为我著文，将那秦所以失天下、我所以得天下之缘故，兼及古来成败之理，统统写来，我要好好领教。”

陆贾领命道：“臣实无大才，唯知食鱼易而烹鱼难。故万不敢近庖厨，作那烹鱼之痴想。今受命作旁观者文，当勉力为之。”

刘邦笑道：“又来了，你个迂夫子！”

之后数月间，陆贾遵刘邦之命，文思如涌，试论秦汉得失，及春秋以来各国治乱之缘由，陆续写成了十二篇。每成一篇，即上奏刘邦。刘邦每于辍朝之暇，便捧读陆贾文，往往读至夜半。每看毕一篇，必慨叹连连，拍案称善。左右侍从诸人，从未见君上有过如此意兴，皆伏地高呼“万岁”。

书成，陆贾总其名为《新语》。其文采甚佳，起首便是一段高论：

> 张日月，列星辰，序四时，调阴阳，布气治性，次置五行。春生夏长，秋收冬藏，阳生雷电，阴成霜雪，养育群生，一茂一亡。润之以风雨，曝之以日光，温之以节气，降之以殒霜，位之以众星，制之以斗衡，苞之以六合，罗之以纪纲，改之以灾变，告之以祯祥，动之以生杀，悟之以文章……

这陆贾，果然是才子，洋洋一万二千言，多为韵文，其势如飞瀑出山，一泻到底。其间有述说，有缕析，总之是千方百计谏言——坐天下者，须知“君子握道而治，据德而行，席仁而坐，仗义而强”之理，无怪乎刘邦读得入迷。

这日，读罢十二篇之末篇《思务》，刘邦久不忍释卷，喟叹道：“太公误我，生我于闾巷，陷我于鄙俗。活了半生，不就是个盲人吗？”又抚案呆坐半晌，忽然便援笔，给太子刘盈写了敕书一通，告诫曰：“吾生遭乱世，正当秦禁书之时，曾窃喜，妄言读书无益。自登位以来，方知读书须多思其意，不明之处，乃使人探问作者之意。追思昔时己之所行，多不是。”

敕书下给刘盈后，又想起刘盈近日怠惰，有事上疏，竟由太傅叔孙通代笔，实不成体统。于是又写一敕，传了过去，敕云：“吾未学书法，今日看你笔意，尚不如我。今后上疏宜自书，勿使他人代笔也。”

敕书送走后，刘邦仍觉心烦意乱，想起太子孱弱，直不敢再思后事，遂长叹一声：“如此犬子，文不能，武不能，天下若交予他，恐将害尽苍生！”

叹罢，信步出了前殿，慢慢踱到长信殿，见幼子如意正在殿上舞剑，戚夫人在旁抚琴助兴。刘邦便踱至阶下，驻足观看，见剑法沉稳，中规中矩，间或虎虎有生气，心中便暗喜。

待如意将一套剑路舞罢，戚夫人不由拊掌叫好。刘邦便笑道：“女人家，懂甚么剑法？”

如意闻声，弃了剑，奔至刘邦跟前，问道：“阿翁，若有战事，我可否上阵了？”

刘邦伸手摩挲如意头顶，哂笑道：“竖子！你这几套把戏，如何便能上阵？”

如意却不以为然：“当年沛公军中，亦有少年将军呢，其年岁能长我几何？”

刘邦便仰头大笑：“吾儿好武，倒是不愧姓刘！”

戚夫人此时上前，将如意揽入怀中，对刘邦嗔道：“孩儿今已满十龄，你只将他看作是顽童。”

“好个虎子，可惜再无楚军给你杀了。”

“阿翁，我自可杀匈奴。”

“哈哈！天下已定，吾儿无须言必称杀，安心读书，方成大器。切勿似乃翁，一身的闾巷气。”

闻刘邦如此说，戚夫人便回身拿来一卷简册，刘邦展开来看，原是如意抄写的《太公兵法》。细看那笔法，亦隶亦篆，稚嫩中略带险峻，不觉大奇，连连赞了几声，又将如意拉到身边，叮嘱道：“天下渐安，文治必兴，在马上建功的事，不常有了。欲做大丈夫，须将那古今典册读通，无事多亲近叔孙通、陆贾这几个叔辈。”

如意昂首道：“我只羡樊哙、夏侯婴叔父英武。”

刘邦大笑，拍拍如意肩膀道："小子到底是虚荣！樊哙、夏侯婴者流，不过仆役婢女罢了，有何可羡？我只望你做萧何第二。"

如意不解阿翁之意，只是眨眼。刘邦便对戚夫人道："如意似我，及长，可以托付大事。"

戚夫人却眼含怨意，道："你只是虚言，如意千好万好，封国却在赵地——他如何只抵得个张敖？"

刘邦听出言外之意，沉吟了片刻，方才说道："我终将先赴黄泉，不能护佑爱子终身。好在刘盈懦弱，必不会兄弟相残。"

戚夫人却道："刘盈固然知礼，然皇后却不拘礼法。你百年之后，我母子将如何得活？"

刘邦不觉倒吸一口冷气："唉，皇帝家事，一如市井小户，纷乱如麻。你与皇后势同敌国，总不是事。如意乖巧，不觉年已十龄，可以去历练了，便令他赴邯郸就国吧。如意不在皇后眼前，皇后或能稍为宽解。"

戚夫人没料想刘邦起了此念，顿时失色，伏于地啼泣道："十龄也不过幼冲之童，令我子赴北地，是要他去与匈奴厮杀吗？陛下此举，不知是何意？不如便将我母子赐死好了！"

刘邦无言良久，叹了一声："你无非欲居于皇后之上，然名义未顺，朝臣不服，如何能说得通？你莫迫我，待我细细斟酌。"

如意在旁，听不懂父母所言深意，但见母亲哭泣，亦知事关自身前程，便道："我不要做赵王，我只要做二世！"

刘邦一惊，叱道："竖子，休得胡言！"便黑起脸，向戚夫人道："教他万事都抛开，只须读好一部《老子》。"

当晚，刘邦辗转不能入眠，只想不出好办法来。这等家事，又不好去找张良、陈平商议，只得独自苦思。想到自家百年后，吕后如想加害戚氏母子，确是无人可挡。欲保戚氏，便要废后，然礼法所拘，情理所限，吕后又如何能废？废后不成，就只能废刘盈，另立如意为太子。待如意继大位之日，中外瞩目，吕后总不敢公然杀储君。

如此,吕后、戚氏这两端,各有制衡,反而可相安无事。

如此一想,刘邦心中便豁然开朗,披衣起身,踱出屋外,在回廊上凭栏张望。见西边长信殿的宫灯,遍布庭中,正似戚夫人目光,耿耿不灭。耳畔更有夏夜虫鸣,一阵阵急管繁弦,似美人哭泣。刘邦呆立半晌,忽觉心酸,几乎要落下泪来!

次日一早,刘邦即命人知会群臣,朝食后行"大朝",有要事相商。

汉家草创,至此时,朝会仍无定时,全凭所需,随召随至。至朝食过后,群臣便陆续上朝来。

刘邦戴上刘氏冠,正襟危坐,环视文武两班一遭,朗声道:"今年开年大吉,至今中外无大事,照此下去,朕倒是无虑身后事了。唯太子刘盈,生性懦弱,颇不似我,来日恐为天下累,今召诸君来,便为此事。朕之意:拟废刘盈太子位,另择皇子中睿智者为太子。"

叔孙通在列,闻言便是一惊,手中笏板"砰"一声落地,也顾不得拾起了,跨步出列,伏地一拜,疾声道:"臣斗胆问,哪个皇子可称睿智?"

"朕意所属,乃皇子刘如意。"

众臣这才明白刘邦心思,不禁面面相觑,都知是因戚夫人之故,方有这违背伦常之议。

叔孙通当即再拜,亢声道:"太子刘盈,性素温良,册立至今并无过失。今陛下无端兴起废立之议,便是违制废礼,实为我汉家之不祥。"

周勃也跪奏道:"臣粗鲁不文,然亦知'必也正名乎'。立嫡立长,自古已然,乃大统延续之道。今无端废长立幼,便是无名,恕臣难于遵命。"

周勃言甫毕,便有数十名文武,纷纷出列伏地,同声道:"臣亦不能遵命。"

刘邦早料到群臣必有此一举,便冷笑道:"如意系我与戚夫人所出,而非草莽私生之刘肥,如何名便不正?当年若无戚太公容留,我与夏侯婴等必陷楚军重围,如何能有汉家今日?周勃,今召你来,非为商议如何循古制,乃为汉家万年计,选贤任能。"

"陛下,不循古制,又何以选贤?"

“哈哈，此话甚有理！然若循古制，你我君臣，又何以称君称臣？你便该去做你的织席匠，我还是泗水岸边一亭长！”

樊哙早已耐不住，此时便跃起嚷道：“刘盈我侄，自幼及长，皆在我眼眉底下，从未闻有何不端。且此子乃皇后所出，不是太子又是甚么？”

刘邦便叱道：“内戚应知回避，你嚷甚么？皇后所出，便是圣人吗？你那内侄，文不能，武不能，只一块废才而已。朝堂重地，出言理应三思！得天下，少不得你一柄屠猪刀；治天下，那屠猪刀还有何用？”

樊哙脸涨红如紫，仍欲抗辩，夏侯婴急拽其衣襟。樊哙怔了一怔，方才住口。

见刘邦不肯纳谏，群臣心头惶急，然亦无良策可施，只是跪地不动，君臣便在殿上僵持起来。

少顷，刘邦颇不耐烦，忽地一拂袖，起身道：“今日朝会，便议至此，散了吧。中涓听命：按我旨意，草诏颁布天下。废立之事非关亲疏，乃为安社稷、惠万民之举，诸君可勿多言。”

谒者正要高呼“散朝”，忽见文臣班中跨出一人，将笏板掷于地，暴怒道：“不，不可！”

刘邦注目望去，原是御史大夫周昌。但见那周昌虬髯偾张，满面涨红，双臂横举作拦阻状。

刘邦知周昌为人倔强，敢直言，此时不许他奏事，万难做到。于是复又坐下，问道：“公有何言？不妨平心而论。”

周昌患有口吃，又正值盛怒，出言竟是句句结巴：“臣口不能言，然臣期期……知其不可！陛下欲废太子，臣期期……不奉诏！”

刘邦正黑脸听着，闻言不禁笑道：“御史公，‘期期’‘期期’，你这倒是几期？”

只见周昌面色由红转紫，益发愤恨：“臣素强直，期期、期期，只是一期。”

众臣闻之，亦满堂大笑，原本殿上的震悚之氛，竟一扫而空。

原来，周昌也是沛县人，操楚语，本想说“极以为不可”。楚语中称“极”为“綦”，读如“期”。周昌口吃，盛怒之下连说“期期”，便成了一段掌故。至后世，“期期以为不可”竟成了一句成语。

刘邦笑得腹痛，亦知众意不可违，便挥袖道：“公既有此言，也罢，此事便不再议。散朝！”

散朝后，周昌也不与他人多言，只低头趋出殿门。正行走间，忽有一宦者拦路，称：“御史慢行！奉皇后命，请御史入东厢问话。”

闻吕后宣召，周昌不知底里，只得随宦者转入正殿东厢。见吕后正恭立迎候，周昌大惊，急趋几步，欲行大礼，忽见吕后先倒跪下了，谢道：“老身适才于东厢听廷议，若非君抗旨廷争，太子几废！”

周昌慌得不行，连忙也跪拜如仪，道：“皇后请勿在意。臣性愚直，唯、唯知守礼，故惹恼了君上，是为公也。当不起皇后如……如此大礼。”

两人皆起身后，吕后恨恨道：“君乃旧人，知我当年如何助那酒鬼。今日他坐了龙廷，便宠妖媚。来日他必不肯罢休，总要生事，还望君仍为太子伸张。”

“臣唯知刘盈为太子，不知其他。”

吕后闻此，面露欣慰之色，这才再三拜谢而去。

且说那边厢刘邦退朝，便往长信殿戚夫人处歇息。戚夫人早已探得，今日廷议乃是改立太子事，忙上前询问详情。

刘邦手扶栏杆远望，怏怏不快，只道：“群臣皆曰不可，奈何？”

“妾实不明白：废立太子，乃天子家事，与朝臣何干？”

“你是妇人，有所不知——朝臣无一人遵命，便是无人赞同如意继位。若违逆众议，强立如意，则我百年之后，他又如何能登大位？即便继了皇位，群臣不服，他又如何能安坐不倒？天子家事，恰不似民间，非但不能违群臣，也要顾忌天下之口。”

戚夫人张了张口，欲言又止，旋即泪流不止。

刘邦看得心酸，将戚夫人揽在怀中，喃喃道：“此事容我转圜。”

戚夫人泣道：“如意聪慧，乃汉家之福，不知何人要与我母子为难？”

“唉！今日廷争，乃是周昌最力。”

“旧部骄横，周昌尤甚，连萧丞相都不在他眼中！陛下何不借故杀之？”

刘邦不禁瞠目，凝视戚夫人半晌，才道：“旧部随我，舍生冒死至今，必无异心。为姬妾而杀重臣，吾不能。若杀，必为桀纣，为万世所骂。”

戚夫人知事不可为，忍不住掩袖号泣；刘邦见了，心也黯然。此后每逢散朝，必来戚夫人处，两人执手相语，总不离如意将来之事。如此再三再四，却只是无计可施。日复一日，两人倚坐于栏杆，望见庭中花事凋零，触景伤情，不由相对唏嘘……

再说白日罢议之后，吕后回到椒房殿，思来想去，坐卧不宁，唯恐刘邦再生事。此时审食其自内室出，见吕后愁眉不展，知是为太子事，便问道：“君上又欲换太子乎？”

吕后当即落泪道：“今日朝会，若非周昌，我儿便做不成太子了。”

“既如此，皇后理应庆幸。”

“还庆幸个甚？过两三日，那失心翁必定反复。”

审食其便凑近道：“留侯张良善用计，君上对他，一向言听计从。”

吕后拭干泪，想了想，猛然站起道：“如何便将他忘了？”

“皇后欲召张良乎？”

“这个……恐为不便。张良未必肯为我献计，反而易生枝节。且去召吾兄来。”

吕后之兄吕泽，当年在下邑接应刘邦败军，立有大功，又贵为外戚，故而封为建成侯。平素在朝中极擅结交文武，人望甚高。今夜闻召而来，跑了一头大汗，见了吕后便嚷：“阿娣，半夜唤我来，有何事？莫非是今上病危？”

吕后便嗔道：“乱说甚么？今上好好地，倒是你外甥儿快要丧命了。”

吕泽闻之一惊，连忙四下里瞄看，要找刘盈在何处。

吕后这才拽住吕泽，将白日欲易太子之议对吕泽叙说一遍。

吕泽顿足道：“这如何使得？如意若做了太子，那戚姬岂不要登天了，还有我吕氏的活路吗？”

“正是。此事关天，阿兄请速去见张良，就此事问计。”

“张良？他怎肯为我献计？”

吕后便将眼睛一瞪:“你统兵多年,羽翼满朝中,怎的就说不动个张良?”

吕泽眨了眨眼,似有所悟:“我知矣! 这便去留侯府上。”当即疾奔回府,换下衮服,戴起武官大冠,全身披挂,带了府中数十名甲士,骑马急赴留侯府邸。

到了门口,时已入暮,吕泽挥手示意,众甲士便一拥而上,将门叩得山响。

司阍闻声,连忙打开门探看,见门外甲士成群、剑戟交错,不禁大惊失色,连忙施礼。吕泽自马上跳下,看也不看,便大步迈入,边走边道:“建成侯吕泽,拜访留侯!”

他身后甲士,也疾步抢入,司阍瞠目不知所措,哪里还敢阻拦。府中家老张申屠闻声,连忙迎出,见是吕泽,脸色也不由一白,慌忙施礼道:“建成侯驾临,恕小臣未及迎候。”

吕泽粗声道:“去唤留侯来!”

张申屠将吕泽迎入堂屋,忙去禀报张良。其时张良已然睡下,闻听吕泽忽然来访,连忙更衣而出,见吕泽竟是武官装束,又有数十名甲士立于庭中,知事非寻常,心中便一凛。与吕泽相互揖过,便请吕泽入书房坐下。

张良心中不快,却强作笑颜道:“建成侯光临敝舍,倒是头一回,适才在下已就寝,迎候不周。不知我这病夫,可为将军做些甚么?”

吕泽打量张良一眼,语甚威严:“君为今上谋臣,今上日日欲易太子,君还能高枕而卧吗?”

张良闻言,心中明白了,吕泽原是为此事而来,便道:“昔年君上数次在危困中,屡用臣之计策;今天下安定,臣之谏言,就听不大进了。君上偏爱幼子,欲易太子,此骨肉间之事,谁人可多言? 即有百个张良,又有何益?”

吕泽一挺身,倏地抓住张良手腕,勃然变色道:“吾乃武夫,不说废话,请与我献计!”

张良面色尴尬,然亦无奈,只蹙额道:“将军,臣有疾患。”

吕泽这才松开手,问道:“留侯欲坐视太子失位乎?”

“臣不敢。此事,不可以口舌争也;愈谏,君上便愈怒……”

“不谏，太子失位岂不更快？”

“不然。臣于此事，日前倒是有所虑。将军可知‘商山四皓’乎？”

“不知。”

“此乃四位老者，当世罕有之高士，声名远播，民无论贤愚皆仰之。然四人以今上侮慢名士，不愿入仕，逃匿于商山，誓不为汉臣。今上却不以为忤，甚是高看。今将军若不惜金玉财帛，令太子写一封信，遣门下善辩之士，安车往山中相邀，彼辈或许能来。既来，则为太子宾客，出入相随。今上若亲见四皓为太子僚属，或将大有利于太子。”

“好！谢留侯为我出计，然这四个老翁，能做得甚么？”

“此四人，义高于天，今上欲召入朝，四人不应，太子却能收其为宾客，上必大惊。此可谓太子之仁，天下皆服。”

吕泽闻罢，面露喜色，忙执张良之手道：“留侯，善人！你救我吕氏矣！”随即起身，要去见吕后复命。

张良也起身，嘱道：“四皓有美名在外，然凡间之人，岂有不爱财之理，将军请勿吝啬。”

吕泽便笑：“这个自然，金玉财帛算得甚？事成，也有你留侯的。”

“这便免了吧！臣久抱病躯，正欲往蜀中的天台山去，要钱财也无用。”

“哈哈，这个……也好，也好。”

吕泽辞别了张良，返回宫中，面禀吕后，将那张良之计一一道出。

吕后想想，叹口气道：“张良若仅有此计，也只得如此了。”便命吕泽遣人去请商山四皓。

隔日，吕泽便派一得力心腹，前往山中，卑辞厚礼，以奉太子读书之名，说动了四位老翁出山。以车载至长安，安顿于吕泽府中，以备启用。

且说那周昌自廷争之后，声震朝野。他心下也知，君上既如此倚重，于公事就更不可有半分懈怠。其所掌御史台，平素负责起草皇帝诏书，发至丞相萧何处，再由丞相下达百官。又代皇帝受理群臣奏疏，摘录条陈上呈，每日过手文稿，如同山积。

周昌执掌纠察百官，平素事多，似这等文稿拟批、呈送等事宜，则多为属下掌玺御史赵尧操办。

这位赵尧，乃一少年文吏，办事干练，胸中亦多谋。周昌有一友人方与公，曾对周昌道："你属下这个赵尧，虽然年少，然胸中有奇志，君不可藐视！不妨多倚重，日后此人必代君之位也。"

"赵尧？"周昌闻之，不觉冷笑，"我自血泊里蹚过，数历生死，方坐得此三公之位。赵尧年少，且一刀笔吏耳，何能至此！"遂不信，一笑置之。

岂知周昌却是看走了眼，这赵尧，心智胆略都远在一干庸吏之上。入了几次宫，看君上终日愁眉不展，便悉心揣摩，知君上是为爱子之事烦恼。

这日，赵尧入宫送文稿，趁空便对刘邦道："小臣平日几番入宫，每见陛下怏怏不乐，想是忧心赵王年少，而戚夫人与皇后有隙，恐于陛下万岁以后，赵王不能自全。"

刘邦苦笑道："然。私心忧之，苦无良策。"

"臣以为：赵王应当就国，早得些历练，也好早为天下计。"

"唉！那孺子怎可就国？"

"陛下只须为赵王置一强相，便可。"

刘邦听出门道来，便坐起问道："言之有理！你看朝中，何人可当此任？"

赵尧遂深深一躬道："臣想那皇后、太子贵不可言；阖朝文武，亦居功自傲，然众人最惧是谁？"

"莫非周昌？"

"正是。周昌其人，坚忍耿直，皇后、太子及大臣等，素所惮之，故赵相一职，独周昌可当。"

刘邦不由一振，拊掌叫道："此议甚好。有周昌辅佐如意，谅诸人都不敢相欺。"

"有周昌在，赵王便可无虞。假以时日，羽翼渐丰，进退也就两便了。"

刘邦细思赵尧所言，甚觉惊异，端详了他一会儿，嘉许道："你这小吏，实不寻常。在御史台行走，未免屈了才，来日将有大用。"

隔日，刘邦便唤周昌来，推心置腹道："赵王如意，久未就国，实乃朕心头一件大事。公必也知我怜赵王，若遣之就国，竖子将曝露风雪，迫近敌寇，奈何？"

周昌不知刘邦之意，稍沉吟方道："赵王就国，可缓行。"

"不可缓！朕于此子，所望甚厚，今若再不就国，必成废才。"说罢目视周昌，目光炯炯。

周昌连忙揖道："陛下有忧患，臣何以得安？愿听陛下吩咐。"

刘邦有所动容，也朝周昌一揖，道："朕爱赵王，朝野均有非议，公亦谓赵王不可为太子。今远遣如意，是为他好，然稚子处险地，吾又怎能忍心？故欲烦劳公，请公勉为其难，为我出任赵相，为赵王之庇荫。"

周昌位列三公日久，骤闻此命，一时愕然，竟忘记了谢恩，急道："臣自沛公军初起，即随陛下，陛下为何半途而弃臣，将臣发配至诸侯国？"

刘邦连忙道："公随我日久，互不相疑，故以幼子相托。今改徙公为赵相，我亦知此为左迁①，然我甚忧赵王，非公不能解忧，望公不得已而勉强受之。"

周昌闻刘邦肺腑之言，不由热血上冲，立时答道："既有上命，臣万死不辞。我在如意身侧，即为如意之壁垒，无人可逾！"

刘邦大喜，执周昌之手道："我辈起自草野，手创宏业，惜乎天不假年，好日子谁知还能有几时？若我先赴黄泉，则如意仍托庇于公，勿生差池。"

周昌应道："定然无误！"说罢便告辞，即回御史台办理卸任了。

刘邦又至戚夫人处，告之拟遣周昌随如意就国。戚夫人本就不舍如意，正悲愁间，闻之不觉大惊："那周昌，曾力阻如意为太子，如何将如意交予他手？岂非害了吾儿？"

刘邦便嗤笑道："妇人之见！周昌既敢违朕意，又更惧何人？其为赵相，谁又敢

---

① 左迁，贬降官职的委婉说法，犹言"下迁"。汉代贵右贱左，故将贬官称为左迁。

欺如意?”

戚夫人闻言,心方稍安;数日后,终与如意垂泪作别。

自周昌赴邯郸之后,御史大夫遂告空缺。此时“三公”之丞相萧何、太尉周勃,均为开国勋臣。资历相类者多另有重任,御史大夫应属谁,一时竟不能定夺。

如此,御史大夫之印绶,便置于刘邦案头多日。这日,刘邦拿起摩挲良久,叹道:“满朝文武之多,有谁可为御史大夫?”

此时,恰逢赵尧来送公文,侍立于案侧。刘邦熟视其良久,脱口道:“非赵尧不可了!”于是立即下诏,拜赵尧为御史大夫。

那赵尧,此前因军功已封有食邑,然终为平常文吏;因缘际会,竟一跃而为三公,朝野皆啧啧称奇。

周昌于赴邯郸途中得此消息,亦是大惊,遂想起好友方与公此前所言,心中感慨,叹息数声而罢。

光阴荏苒,倏忽而过,到了高帝十年(公元前197年)夏,中外仍是无事。然甫一入秋,代郡忽又生出了不祥之兆。

这日,周昌告假返长安休沐,忽然夜入长乐宫求见。刘邦知其必有机密要事,当即宣入。君臣相见,只见周昌以目示意,刘邦心中不由一凛,忙屏退左右。

周昌见涓人已退下,便奏道:“代相陈豨,自称素慕魏公子信陵君,于代郡广招宾客。常告假休沐,借道过赵,其宾客随从竟有千余乘车,浩荡堪比始皇出巡。致邯郸客舍皆满,赵地官民,无不惊异。臣见陈豨宾客太盛,又掌兵在外,恐生变故。”

刘邦闻奏,心中大骇,良久方道:“人心莫测,竟至此耶!公可速返邯郸,静观其变。朕这便遣人赴代郡密查,无事则罢,倘若查实,我再亲征不迟。”

周昌领命,便要告辞,刘邦少不得又叮嘱了一句:“吾儿如意在赵,乃百年之托,公勿大意。”

周昌慨然道:“太子、赵王,皆吾侄儿,臣当舍命护卫之。”

刘邦闻言动容,几欲泣下,执手亲送周昌至北阙,方作别。

待周昌返国，刘邦即命赵尧遣游士潜入代郡，密查陈豨宾客有无不法事。稍后，游士奉命入代，未及数日，便查得诸多罪证，暗地驰报长安。岂料那陈豨在代地经营多年，耳目甚广，不久便有耳目察知朝中有眼线潜入，连忙禀报陈豨。

陈豨素好结交，门下宾客不计其数。得报不禁大恐，心知宾客鱼龙混杂，不法之事甚多，自己也逃不脱干系。若彼等罪名坐实，自己必是臧荼下场。当下，便想起了韩王信。原来，自平城解围，韩王信一直游弋于北边，不时袭扰，又遣部将王黄等人，赴陈豨营中策反。如是再三，陈豨见大势未明，不肯答应，然与王黄却有了暗中交通。

此时，陈豨知再不容迟疑，便立遣心腹，夜奔王黄、曼丘臣处，商酌联结起兵事宜。此后，两家信使又几经往返，盟誓立约。如此，陈豨反汉，已是迟早之事了。

正当此际，恰逢刘邦连丧考妣。夏五月，刘太公续弦、太上皇后李氏崩；至秋七月，太公亦崩。

却说那太公秉性，至为执拗，长居栎阳宫，不肯移居长安，独喜骊邑新建之“丰邑故里”，不时前往，与旧友斗鸡走狗，淹留不归。彼时未央宫成，刘邦请太公入住，太公也只偶尔小住，未及三日便不耐烦，总要匆匆返回栎阳。

老妻病殁后，刘太公也忽然病重，卧于骊邑不起，刘邦闻信，急往探看，又亲扶辒辌车载往栎阳宫。太公病渐危，于病榻上嘱道：“天下姓刘，或是上苍错予，季儿不可忘乎所以。我死后，骸骨恐未能归乡，愿勿远离骊邑。”

刘邦含泪道：“阿翁生养我，饱受颠沛。儿至今方悟：生于闾里者，才知孜孜以求而脱困厄，遂有今日。若阿翁身为王侯，则我必骄狂而不知法度，终不得好死。”

太公气息奄奄，勉强一笑：“吾儿知尽孝，容我斗鸡走狗到老。今生足矣。”

刘邦坐守病榻，昼夜不离。未几日，太公终告不治，遽尔升遐，刘邦便于栎阳宫发丧。

讣闻传之四方，朝野上下，自是一番忙碌。朝中重臣与各诸侯王，皆来参与会葬。栎阳城内，一时冠盖云集。诸侯中，唯彭越最为哀切，一身缟素，亲执灵幡，处处与刘邦一道，也充作了一个“孝子”。

太公陵寝，就在长安以东。落葬后，刘邦又下诏，在陵侧新建一邑，号曰“万年”，设官吏为陵寝监守。原骊邑则改称“新丰”，以志追怀。不久，又诏命各诸侯国，于各都城设太公庙，四时祭享。

想那刘太公本为闾里沽贩，生平唯喜嬉戏，因其子而贵甲天下，亦可称是秦末乱世中的一位奇人了。

正当此时，刘邦得游士密报，知陈豨已有不轨之心，甚怒之。然念及旧谊，心中尚有踌躇，便唤陈平来商议：“陈豨或是欲反，或是仅为牢骚，吾不能断。拟率禁军一支巡游邯郸，就近察看，兄以为如何？”

陈平问明周昌所奏缘由，便笑道：“陛下若率军北上，那陈豨不反也要反了。”

“哦？也是。那该如何是好？怎知陈豨有无反心？”

“诸侯会葬太公，只须召陈豨也来。若来，其心必坦荡；若不来，则反迹已明矣。”

刘邦望望陈平，忽而大笑，以手指点道：“公之诡计，何以百出而不穷？”

于是，翌日便有谕旨下，以沛公军旧部故，特宣召陈豨前来会葬。数日后，陈豨闻召，心疑事已败露，哪里还敢来？只称病不奉召，一边便加紧谋反。

待会葬毕，诸侯各自归国，转眼时已入九月，陈豨果然揭起反旗，自立为代王，遣人四处张贴布告，与王黄、曼丘臣相约发兵，劫掠代、赵。

那代郡东西当途，往来商贾甚多，闻陈豨起兵，多有响应者；另有市井少年、乡野农夫，亦持棍棒来投，一时从者甚众。

陈豨便在代县城中竖起大纛，疾声对众人道：“今上刘邦昏聩，因诸侯之力得天下，席不暇暖，便恩将仇报，逐灭功臣，前有臧荼，后有韩王信。更有那淮阴侯韩信，助刘邦灭楚，功高于天，反遭褫去王位，废置不用。我等之功不及韩信之一二，于前程更有何奢望？今陈某举兵，是为天下豪杰讨公道。自陈胜王起，人人可做王侯，天下焉能为汉所私有？那汉家文武，唯淮阴侯一人可称雄霸，今不为刘邦所用，故汉军不可畏也。趁秋高马肥，望诸君勠力同心，随我杀进关中，也学那刘邦灭秦，共享荣华，岂不强于寒暑稼穑、贩运于途？”

众商贾闻之,血脉偾张,手足狂舞,每日有千余人来投军,半月便聚起徒众数万。代郡军卒,原即为天下精兵,今又骤添新附丁壮,就更为嚣张。代地各城邑闻陈豨倡乱,无不震动,各遣使者持羽书,飞驰长安告急。

陈豨见声势已壮,即发兵四出,劫掠代、赵,其势猛不可当。各城郡守、都尉无兵可用、无险可守,哪里见过这等阵势,纷纷弃城而逃。代、赵吏民,出降者无以数计。陈豨兴兵未及一月,代、赵大部城邑,便席卷而下。唯上党郡守任敖,守着一座孤城苦撑。

长安九月间,边警迭至,骊山烽燧,可见黑烟冲天。阖城百姓见了,惶惶然奔走相告,一时店铺关张,家家囤粮,似又将重现秦末之大乱了。

刘邦心中震怒无可形容,急召众臣宣谕:"陈豨为我旧部,受我驱使,素来行止有信。那代地,为北境要冲,为我忧心所在;故封陈豨为列侯,出守代郡。焉知人心不足,忠亦作奸,竖逆竟勾结王黄等贼,劫掠代地。那陈豨原是个无名下僚,以事功而骤贵,不知报恩,竟忘形至此!朕意已决,拟率军亲征,必斩此竖之头颅。"

周勃闻言,出奏道:"那代、赵吏民,目无君上,贼至即降,罪实可族诛!若非任敖死守上党,则贼势恐将摇撼关中。陛下可发诏令,从贼者概不免罪,传檄至邯郸,以为震慑。"

刘邦便笑:"太尉所言差矣!那代、赵吏民,非有罪也。悍骑将至,你教人家以钉耙、连枷讨贼吗?此事我已想好,亲领近畿精兵八万,赴邯郸讨逆。太尉可领别军一支,进至太原,伺机侧击。区区边将作乱,上下都不必惊惶,你这便去点起人马,克日发兵。"

待诸臣散朝,各去布置,刘邦亦无心去戚夫人处消遣,不知不觉踱至椒房殿,来见吕后。

吕后早已知刘邦有意亲征,见他心事重重,便道:"夫君,何所忧之?你自去征讨,关中有老身在,且与萧何商议,必无差池。"

刘邦心头一热,方知临大事,还是老妻靠得住些,便直言道:"陈豨随我日久,我素知他善战,不易平定。方才朝议,我口出大言,是为安定人心。今亲征诏令虽已下,然决之胜负,我近畿之兵、朝中之将,总还觉得力单。”

吕后冷笑道:“那韩信闲居长安,彭越、英布各拥其国,你养着他们做甚么?用人之际,就该召来。莫非天下只须共享,无须共守的吗?”

刘邦便一拍案:“言之有理!我这便召他三人前来,随我讨逆,都不要太安逸了。”

是夜,刘邦、吕后于灯下商议良久,似又重返当日在芒砀时情景。

翌日,便有谕旨入淮阴侯府,宣召韩信。另有羽书两封,飞递出关,征调梁王彭越、淮南王英布之兵。

岂料三道诏令发出,竟全无效用。当日,淮阴侯府便有回音,称韩信病患甚重,出入皆感不便,故不能出征。不数日,彭越、英布处也有快马回报,皆托病不能从命,仅由部将率人马少许助战。

刘邦连连遭拒,怒不可遏,一脚踢翻香炉,与左右道:“韩信与我赌气,争谁将兵更多,不来倒也罢了。那彭越、英布如何也不来?若无我刘邦,彼一为山贼,一为水贼,何来累世王侯可做?今日天下略有骚动,便要看我笑话,心何其私也!此等异姓王,是何居心?我不欺他,他反倒要来欺我!”当下,便遣人持戒书去责问。

陈平见刘邦恼怒,恐有扰征讨,便劝道:“汉家休息已数年,关中渐盛,陈豨不足为虑。今有樊哙、灌婴为前锋,周勃、王陵为别军,郦商、夏侯婴等骁将为左右翼,即是项王再世,亦可与之一战,不可谓无胜算。”

经陈平这一说,刘邦心中方觉稍宽,立遣周勃率别军三万北进太原,自己则领劲旅八万赴邯郸。行前,钦点御史大夫赵尧随行,留太子刘盈监国,萧何辅之。又私授吕后问政之权,可裁处朝中大事。

未几,汉家大军抵近邯郸,于城下扎营。刘邦则率左右入城,于丛台之下安营,赵王如意、赵相周昌闻知,忙率封国诸臣来见。

刘邦见如意神色如常,并无惊惶,遂大感欣慰,向周昌发问道:“陈豨今驻兵何处?聚众几何?他给我布下了甚么阵势?”

周昌见刘邦所带兵马,远不及叛军之数,心中不免忧虑,回奏道:“陈豨自反后,屯兵于曲阳(今属河北省保定市),遣人四方搜罗散兵,号称聚众五十万,气焰大张,代、赵各处,已、已罕见汉家旗色。”

刘邦哂笑道:“咦?相国之勇,何以不如从前?此等乌合之众,有十万人堪用,便是他福气。那么,他手下将佐,又有几个?”

“原韩王信所部王黄、赵利,皆甘为他前驱。另还有侯敞、张春、刘武等人,皆为他悍将。”

刘邦鼻孔嗤了一声:“悍将不悍将,总不比季布、钟离眛高明,相国可勿惊。那陈豨,徒有善用兵之名,今起事,不南来据邯郸,以便凭漳水阻我大军,我便知他无能为矣!”说罢,又掉头对赵尧笑道,“项王在时,吾不敢大言;今区区小儿,且看我手段。”

周昌仍未能释虑,吃吃道:“朝中大军,不、不足十万,与叛逆五十万众相抗,如何能、能胜?”

“你怎道我无兵?赵地丁壮,遍野皆是,吾兵即在此处出。”

周昌见刘邦似有轻敌之意,又提醒道:“代、赵二十五城,二十城已陷于贼。各城守尉,不战而逃,令吏民束手投敌。臣请陛下传令:凡弃城守尉,皆诛之,以振军心。”

刘邦一怔,心知周昌有卸责之意,便故意瞠目道:“啊?二十城守尉皆降乎?”

“降倒未降,然各个弃城而逃。”

“这就对了。弃城乃是力不足,彼有何罪?”

“失地甚多,郡守、都尉无罪,那便是臣有罪。”

“相国亦无罪!那陈豨,昔为我左右亲信,受我调教,勇悍多谋,休说你周昌难敌,即是我亲征,旗鼓亦相当。汉家昔日勇将,今又多病,可叹临阵之猛士,为数寥寥。请相国尽速在赵地选壮士,可为将者,召来晋见。”

周昌领命而退,去闾里探访。此时恰逢投军者甚众,周昌没费力气便觅得了四人。隔日,便入奏道:“有四人可用。”

刘邦即命宣进,只见那四人昂然而入,皆布衣莽汉,不知规矩,叉手呆立于御座前。

随何此时侍立帐前,看不过眼去,正要喝令下拜。刘邦却抬手止之,戟指四人骂道:“尔等竖子,可知兵法?可上过战阵?我看尔辈,欺行霸市尚可,然能为将乎?”

四人见刘邦发怒,大惭,慌忙伏地请罪道:“小人无知,只想着侥幸受赏,万望宽恕。”

周昌立在帐前,面色便显尴尬,期期欲有所辩解。

刘邦却忽地大笑:“尔辈虽竖子,然知羞,尚可教也!不错,今日讨贼,便是你等立功之时。便如此吧——皆封千户,各为将,且归灌婴麾下。”

四人闻命,疑是梦寐,抬起头望望,皆感泣谢恩而退。

随何不解刘邦用意,发急道:“将士用命,军功皆自血泊中来。自沛公军入蜀汉,至伐楚,大小百战,军士尚未及遍赏。此四人白手入营,臣不明:彼辈有何功可赏?”

刘邦见诸臣亦有疑惑,便高声对随何道:“这便非你所知了。陈豨反,赵、代两地大半归其所有,吾发兵之前,曾发羽檄征天下之兵,竟无一个来的。今无他计,唯在邯郸就地征兵,又何必吝惜这四千户?以此为恩赏,激赵地子弟从军,岂不是好?”

众臣闻听此番言说,方大悟,交口称善不止。

刘邦忽地想起一事,望望周昌,问道:“古之燕将乐毅,可有后乎?”

“有。其后名唤乐叔,今为布衣,长居故里乐乡。”

“好!传朕谕旨:即封乐乡为其食邑,号华成君,以慰代、赵豪族名家。”

至此,周昌神色方稍缓,深揖谢道:“陛下睿智天授,谋于帷幄,臣、臣鲁钝不能解,甚为惭愧!”

“哪里?你坚守邯郸不逃,护卫吾儿无虞,便是有大功。想我汉家,素以厚德待民,于代、赵多有恩惠;只不知那陈豨有何高德?竟能聚起五十万众来,眨眼就倾覆北疆!”

"回陛下,此处城乡,商贾甚多,陈豨部将亦多为商贾。此辈财厚,不安于乡里,闻陈豨反,皆散财聚众,故而一呼百应,群情汹汹。"

刘邦笑道:"无怪乎！吾知如何与之战了。"

当下便罢议,刘邦又召治粟内史来,吩咐多拨金帛交予赵尧,遣斥候携金,分赴各失陷城邑,广贿陈豨部将不提。

且说自刘邦率军东出,长安城内,更是人心浮动。闾巷中,多有流言四布。曰:"陈胜王消,陈豨王起。"市井商贩,多关门歇业;大户人家,亦纷纷迁往乡间避祸。萧何察知,心甚不安,遂与王恬启商议,遣禁军昼夜巡行于市,以安人心。

此时淮阴侯府中,亦不安宁。韩信多年门庭冷落,当此时,却有久不走动的故旧络绎来访。此中有一人,便是旧日部将高邑。

高邑自韩信云梦被擒后,已解除原楚王府职,归属汉军本营。后因心中不平,便托病不履职,只在长安逍遥,偶或也来淮阴侯府闲叙。

这日向晚时分,街衢肃静,司阍忽来报:"高邑将军来访。"

韩信一惊,急忙迎出,一把拽住高邑衣袖:"宵禁如何出行?"

高邑道:"昔在洛阳,即有夜行腰牌,至今未缴。"

"门前可有人窥见?"

"小臣已留意,鸟雀也无一只。"

韩信知高邑此来,必为陈豨之事,便拉高邑直入书房,屏退左右,促膝对坐。

高邑急切问道:"陈豨起事,此前可知会大王?"

韩信便笑:"何来大王？病夫而已！闲居多年,与陈豨早已不通音信。"

高邑似不信,望住韩信,试探道:"大王何不赴代地?"

"陈豨事起,君上召我从征,我数夜不能成眠,苦无良策,唯有托病一途。若随军征讨,以旧日之谊,实难刀剑相向……"

"大王休要回避！我只问:如何不去助陈豨,共享功成?"

韩信脸色一变,向后移席数尺,只闭目不语。

高邑心急，膝行向前道："陈豨称王，关中震动，豪杰皆不安于室。长安城内，唯见壮士磨剑，宾客奔走于大户。一俟汉军败报传来，势必乱民四起，阖城皆反矣！"

韩信浑身一颤，睁开双目道："战事未明，愚夫蠢动于内，那不是自寻死？"

高启亢声道："市中风传，陈豨屯兵曲阳，已聚众五十万，气吞河岳。代、赵皆不能守，遍竖降旗，直教汉家坐不到二世了！"

"曲阳？"韩信仰头思之，遂叹道，"陈豨竖子，徒然大言，不知兵法云'隘形者，我先居之'，却为何要自居死地？"

高邑不由一惊："那曲阳，背倚太行，屯兵此邑，如何不是先居隘形？"

"大错！曲阳之南，一马平川，有何险可守？区区一隅，又有何粮可筹？若南下邯郸，进抵漳水，粮足而兵多，临水拒汉，则可演成今日之鸿沟！只须僵持数月，天下必乱，群雄伺机而起，令汉军首尾不能相顾，大事或可成。而今一错，叛众即使有五十余万，亦为汉军砧上肉矣。"

"这……如何是好？陈豨将军英武盖世，素为小臣所敬服，何忍心坐视其败？小臣愿微服北行，潜入他营中，当面授以大王谋略，以助其成。"

韩信沉吟有顷，忽地起身，坐于案前，援笔疾书一札，其文无头无尾，唯见寥寥数字：

弟举兵，吾在此助弟。

书毕，交予高邑。高邑捧起信札，喃喃读了两遍，大惑道："此有何用？"

韩信笑道："吾之计，乃据邯郸、阻漳水，你已熟记于心。此札，只为信物耳。"

高邑这才领悟，连连颔首。正当此时，有府中舍人栾说，端了两盏热羊羹进屋。韩信见有人来，立即以目示意，高邑慌忙将信札藏于怀中。

栾说将羊羹置于案上，见灯火已暗，又为膏油灯添了些油，方才退下。

两人用罢羊羹，韩信又嘱高邑道："今赴曲阳，不必急归，便在陈豨帐下好了。那陈豨若受点拨，全力取邯郸，则吾三人可在长安相会。若天不助代，公且好自为之，可微服匿于民间，待事平后，再归长安。”

高邑闻言，神色凛然，以手指天誓曰：“昊天有成命，匹夫亦当受之。愿从大王之命，万死不辞。”旋即起身，与韩信作别，阔步迈出侯府。

韩信送高邑至府门，凝视良久，直至高邑转入闾巷，才吩咐司阍将门关好。

越日，韩信正在书房编纂兵书，家老郄孔前来禀事，禀罢欲退，韩信唤住道：“陈豨举事，家臣中有何议论？”

这位郄孔，乃东海人，在韩信麾下为家臣多年，已是身边心腹。闻韩信提及陈豨事，双目即炯炯有光，答道：“家臣数十，闻陈豨将军反，皆踊跃。”

“哦？此乃何故？”

“臣等久为主公抱不平。今陈豨既反，汉家河山必动摇，主公吐气之日，将不远矣。”

韩信环顾屋外，见无他人，便密嘱道：“今夜子时，在家臣中觅死士数人，到此来议事。”

郄孔闻命，便猜出了八九分，满面欣喜而去。

至夜深，郄孔带了宾客、舍人、仆役十数人，来见韩信。

韩信逐一看过面孔，略一颔首，命众人环绕坐下，便拱手道：“诸位义士，随我多年，亦饱受朝廷欺凌。我为汉家第一功臣，因功高而获罪，祸及诸位，我心常有不忍！君上无德，负我久矣。今逢陈豨举事，席卷代、赵，天下亦蠢蠢欲动，不知诸君将做何为？”

众人闻韩信吐露肺腑之言，不禁动容，齐声道：“唯主公之命是从。”

“好，便请诸君听好：今上亲征，胜负在未定之数。若汉军败，则我辈便有千载难逢之时机。可聚众据有长安，效项王入关事，号令天下，诸君亦可得封王封侯！”

众家臣闻之，皆雀跃，唯郄孔略显踌躇：“主公，兵从何来？”

“此易耳！趁夜于市中，广张布告，诈称奉诏命，诛杀皇后与太子，立赵王为太子，并赦免各官邸奴仆、刑徒。待天明后，官奴蒙赦，必从我；我则纠众攻入宫中，杀皇后、太子，代汉而立，传檄四方，定可克竟全功。”

郄孔又道:“各官奴徒,不过乌合之众,持白竿而聚,如何能闯入宫禁?”

韩信便仰头笑道:“陈胜王本为何人?沛公军原为何众?孙子曰:‘屈伸之利,人情之理,不可不察。’那官奴累代困苦,乍闻一夜便可赎身,子孙有望,必舍命而从之,其势何人可当?不见当年骊山刑徒蒙赦,出关御敌,势若猛虎,斩豪雄之头如探囊取物耶?”

众家臣闻之,皆血脉偾张,攘臂大呼,但求歃血为盟。

郄孔便起身道:“诸君稍候,我这便去杀羊取血。”随即出了书房,来至堂下灶间,见舍人栾说与其弟栾仲正在闲谈,便吩咐道:“且去捉一只羊来,吾杀之。”

栾说闻言,面露惊异,略一迟疑,便与栾仲去畜栏,缚了一只羊来。郄孔在灶头寻了一柄利刃,将羊头按在地上,对准颈侧,一刀抹过。那羊蹬了蹬腿,颈血如注而出,郄孔以碗盏接满了血,转身便要离去。

栾说抢上一步,道:“容小人来伺候!”便接过碗盏,随郄孔步入书房,将盛血之盏置于案头,方低首而退。

众人便轮流以手指蘸羊血,涂于唇上,而后齐齐跪下,面朝东,对天起誓。如此喧嚣至天将明,方才散去。

盟誓之后,韩信便吩咐郄孔:府中杂事,尽可以不问,须常去太尉府打探,务将北地军情探明。其余十数死士,则于府邸后园操练刀剑,以备事变。

却不料,北边传回军情,陈豨军并无甚么作为。朝中大军开至邯郸,并未接战,两边均按兵不动。僵持之中,刘邦阴使赵尧,重金贿赂陈豨部将。彼等叛众本为商贾,易见利而忘义。收了朝廷贿赂,便陆续有各城守将降汉。

韩信心中焦急,又想到那高邑北行之后,渺无所踪,也不知是否将密信带到。两月后,忽闻陈豨军四方出击,并未南下攻邯郸,便知高邑使命未成。

却说陈豨在曲阳军中,闻高邑来投,便唤他进大帐,问明了来由。陈豨昔日与高邑同为韩信僚属,彼此相熟,见面也无暇叙旧,便问淮阴侯可有信来。高邑从怀中摸出短札,双手递上。陈豨看了,先是一喜,继而又疑道:“如何只有这几个字?”

高邑便将韩信计谋,详尽道出。陈豨闻罢,却是不大相信,只道:“将军微服远来，想必历经万难，且在军中好生歇息，容在下细思。”

高邑面露疑惑，急道：“汉帝亲征，便是要置足下于死地。依微臣之见，如遇斧钺加颈，即是野兽也知腾跳逃生，当此际，请大王早些儿决断。那邯郸攻不下，何以图大业？举事就是动刀兵，还要细思那么多做甚么？”

陈豨面露不豫之色，道：“军中事，也是帘幕重重，百计万端，岂是一语可以了结的？请将军暂且退下吧。”

高邑一怔，连忙起身，叹了口气道：“可惜淮阴侯一番用心了。”遂再不言语，一揖退下。

当夜，陈豨便与王黄、赵利、张春、侯敞等部将商议，对众将道：“淮阴侯现居家，已数年矣，与我久不通音信。当年分别，虽有约定，然今日他是否真心履前约，外人不知。彼在长安，或为刘邦所挟制，以数语诓我南下，投入汉军罗网，则我命休矣！”

众部将听了，都七嘴八舌。有说淮阴侯久存叛汉之心，不致有诈；亦有人说，汉王之诈，不可不防，仅凭淮阴侯无头无尾一札，便听高邑口信，驱新募之兵往击汉军，实为险棋。说得陈豨越发心乱，遂道：“罢罢！权将高邑软禁于军中，淮阴侯信札或真或伪，不必理会，我军自是不宜南下，免得自投罗网。且我军东西出击，南北游行，令汉军首尾不能相顾。久战，天下诸侯必不会袖手，或将揭櫜四起。”

众人皆称善，当下便各个领命。越日，先后有王黄率马军千余，西取曲逆；张春率步卒万名，渡河向东，围攻聊城。另有伪丞相侯敞，率劲卒万余人，东西游走，全无定略。

高邑见陈豨多疑，既揭反旗，又畏首畏尾、心存侥幸，不由在军帐中大骂：“竖子将误淮阴侯矣！”然士卒将他看守得紧，寸步不离。高邑出不得军帐，徘徊无计，也只得终日借酒消磨，坐看陈豨事败。

果然至数月后，陈豨在曲阳立足不住，仓皇西窜。高邑遂趁乱逃出，知天下事再不可为，便在民间隐匿下来，终身不复出。此乃后话了。

且说冬十月间，新岁方至，刘邦坐镇邯郸，看过了四方军情，笑道：“陈豨这等小儿,徒然拜服韩信,何曾学得韩信半分堂奥?且看我如何布阵!”

于是下令,命东武侯郭蒙引军一路入齐,与曹参部将合兵一处,赴聊城击张春;命樊哙领军一路,赴信都击曼丘臣;灌婴领马军一路,追击侯敞;又传令周勃,率别军自太原杀出,趁陈豨后方虚空,攻入代地。

汉军以强击弱,不及一月,各军均告大捷。郭蒙会合齐地汉兵,在聊城大破张春,斩首万余;樊哙先后略定清河、常山,击破曼丘臣,动摇陈豨之曲阳大营。灌婴率军攻曲逆县,与王黄、侯敞激战一场,尽灭贼众,斩杀侯敞于阵中。王黄单骑脱身,落荒而逃。

周勃一路更是威风,入代地如入无人之境。途中进至已叛之马邑城下,数度劝降,马邑叛众只不肯降。周勃怒起,发大军猛扑马邑城垣。不数日,便攻破西门,尽灭叛众。周勃见马邑屡叛,实为不驯之城,将来恐还要生事,于是下令堕城,将城垣拆了个精光。

又过半月,代地大部收复,有叛众眼见无望,便绑缚了曼丘臣前来降汉。刘邦在邯郸闻之,大喜过望,道:“此等贼子,留之何用?斩了吧,将首级传回。”

如此,陈豨军在东西两面皆损兵折将,声势大减。樊哙更领兵来攻陈豨。陈豨见势不妙,率部逃离曲阳,与韩王信会合。樊哙领兵追之,追至雁门郡楼烦地界,大破之,叛军余众逃散。此时,唯有原伪王赵利死守东垣,气焰仍炽。

刘邦见陈豨军连战皆败,占地日蹇,不由大喜,对陈平、赵尧道:“陈豨年少,虽勇悍,终无谋略。若是韩信为他谋划,焉能不来攻邯郸?日前贼势浩大,倘趁势南下,我必为其所困!”

赵尧道:“陈豨若所图者大,本应兵锋直指关中,彼进兵一寸,则天下便动摇一分。而今看他,却只在边地袭扰,全是蟊贼所为,陛下无须多虑。”

刘邦便大笑:“我得赵尧用之,便是又得一陈平。今日军中,也用不着甚么御史大夫了,且为我参酌军事便好。那贼子赵利不知好歹,且看他往哪里逃?”于是传令三军,轻装裹粮,自邯郸北上,务必一击而下东垣。

此次出征,刘邦所率近畿精兵尚未一战,军士求战心切,一路疾行,金鼓喧阗,长驱二百里,三日便进至东垣城下。

那东垣城,曾由靳歙经略多年,城高堑深,易守难攻。赵利所拥徒众甚多,据守坚城,有恃无恐。

刘邦自城下仰头望去,方知叛众何以如此嚣张——但见那城头旗帜如林,尽是故赵规制的蓝边赤旗,簇新耀目。守城士卒所用铠甲、剑戟,也一派簇新,气势上远胜过朝中大军。原来,陈豨军自反汉之后,多有劫掠,各路商贾亦纷纷出资,故而军器粮秣十分充足。

叛众以逸待劳多时,今见汉军前来,竟是灰尘满面、衣袍旧敝,便都不以为意,只在城上哗笑。

刘邦便对夏侯婴、郦商感叹道:“贼众竟如此之富!我汉家方兴,官民皆贫极,家无余粮,户无肥马,卿大夫上朝,竟有乘牛车而来的!萧丞相经营关中多年,民之膏脂,尽付了南北征战之用。这天下,如何还能再战?再战,民之负累又何以堪?”

赵尧在侧道:“陛下不必忧心,商贾从军,见过甚么阵仗?还以为是钱能通神。然彼能通神,我亦能通神;东垣之外,贼众多受我贿赂,已纷纷瓦解。此赵利孤军,必也不久。”

陈平亦道:“御史大夫所言甚是,临阵交兵,并非交易,钱多有何用?我军善战,彼军杂凑;我奉正朔,彼为叛逆;我有安邦之谋,彼辈则赖劫掠度日,有何可忧?以臣观之,陈豨之乱,月内可平矣!”

刘邦便笑:“两位高士,巧言何用?只为哄我宽心吧!”说罢,便唤了周昌所募的赵地四壮士,以盾护身,纵马跃至城下近处。

城上士卒见汉军竟有敢来搦战的,都齐声哄笑。有那嗓门洪亮的,在城上喊道:“城下汉将何人?看你尘土满头,形似种菜翁,如何敢来受死?”

刘邦身侧一壮士便回道:“城上听着,汉家天子在此!大军扫逆,势若雷霆,你等顽竖,聚众械斗尚可,上阵便是送死。竟敢从伪王赵利,违命犯上,可是不要命了吗?”

城上那叛卒便笑道:“甚么汉家天子,无非泗水老吏,拖几根木杆起事,混个巴蜀诸侯,便可妄称天子吗?秦末以来,遍地枭雄,哪个不比你家主公善战?照此说来,都可称天子了吗?"

另有一叛卒亦附和道:"秦失天下,皆因民不得活。你这新天子出世,倒教左右功臣也活不得了。俺只问你,这天下,是何人助你取得?你做了天子,最应善待何人?寡恩无义之徒做了皇帝,普天下都将无耻无义。开此恶例者,便是千秋祸首,不如今日你便死在这城下,以谢苍生,免得吾人受万代之祸。"

刘邦受此詈骂,面色便一白,以剑指城上道:"天下定于一尊,自古已然;若人人皆欲坐天下,恃力相逐,你便有十个头颅,亦不够砍!今秦亡楚灭,万民求安,唯你辈从逆,屡屡生事。我当年揭竿,是为除苛政;你辈今日生事,则是扰乱天下。道之不同,差得天与地去!上天助我,却助不得尔等蟊贼。尔等不服,且伸长了脖颈看剑。"

身侧壮士亦戟指城上,大骂道:"小儿不识顺逆,助贼气焰,竟不知身死将至?你家伪王赵利,先附韩王信,为匈奴犬马;今又自去伪号,觍颜为陈豨走卒。你等自倡乱以来,打家劫舍,形同山贼,其罪滔天,百身莫赎,还想活过今日吗?"

城上那叛卒当即回骂道:"听你口音,亦为赵人,为何资敌入境,反以为荣?赵国先贤辈出,多如星汉,廉颇、李牧、赵奢,哪个是投到别家旗下的?即是那不争气的赵括,亦是为国而死!你等食故邦之粟,何为他人张目?我等固无名分,然并未兵临他国,只奋起守土,反被指为贼,你刘氏新天子的道理,便是如此诡辩吗?"

刘邦连遭奚落,满面涨红,不由大怒,骂道:"竖子无知!那陈豨本为汉家臣子,奉命守边,却聚众反叛,允诺你等可封侯王。然不忠君者,何以言而有信?无非是欲借你等白骨,成就他裂土分封之梦。此梦若在项王未死时,或可成真,然汉既有天下,便容不得你草寇自立。道理不道理,全在兵戈强弱、民心向背,绝非你等妄人想做甚便可做甚的。早降,或还能食几十年粟;若不降,今生便休想再见天日了。"

那叛卒便笑:"夺人山河者,反来教训我辈如何忠君,直是旷世奇谈!秦末以来,赵之国君,先后不知有几何;前有武臣,后有张耳,如何一夜之间赵地便须姓刘?我军主将赵利,本为贵胄,乃故赵王之后。我辈小民,为王前驱,为国执戈,已将生死置之度外。你这亭长老儿,敢说吾辈不忠君吗?”

刘邦气急,怒道:“我识得你两个竖子面孔,城破之日,万难全尸!”

城上众卒侧耳听到此,都一派哄笑;遂又将那城堞上红旗拔下,左右摇晃,直看得人眼花缭乱。

刘邦满面尴尬,回首对四壮士道:“赵国之人,何以口齿如此伶俐?若在故赵未亡时,骂也将那秦军骂跑了!”说罢,便率四人奔回营中,唤来夏侯婴,下令攻城。

夏侯婴拱手领命道:“臣遵旨,若三日不下,愿提头来见!”

刘邦却摆手道:“夏侯兄,切勿心急。东垣城高粮足,贼势正盛,不可以血肉搏之。那叛众之中,多为商贾大户,平素骄奢惯了,耐不得久战。你只须昼夜袭扰,令其寝食不得安,不出一月,彼辈自会请降。”

夏侯婴似不相信,眨眨眼应道:“陛下既如此说,臣领命就是。”

翌日,汉军将城四面围定,以盾遮箭,负土筑版,两日工夫便筑好了壁垒,与城对峙。更有那冲车、壕桥、抛石炮,皆推进至四门外,杀气腾腾。夏侯婴望了城上一眼,冷笑道:“今日汉军,已有秦军之悍!莫说个小小逆贼,即是项王在城内,也只能俯首。”

这日晨,夏侯婴一声令下,汉军阵中便金鼓大作,从四面扑城。数千名弓弩手,遍布壁垒,一队射罢,后队继起,但见箭雨遮天蔽日般射向城头。四门外之抛石炮,亦齐声击发,呼啸声破空而来,愈近愈令人震恐。斗大的巨石接二连三,落在城门楼上,地动山摇。腾起烟尘蔽天。

一阵箭雨、炮石之后,近畿精兵与赵地新募之兵,便前赴后继,竖起云梯扑城。数十辆冲车,各高约十丈,恍若怪物,从四面逼近城垣。车内藏有长戟兵及弓弩手,初时万箭齐发,近城时,甲士便纷纷挺戟乱刺。东垣四围,霎时杀声动地,剑戟相击。

但见那东垣城头,血光四射,刀剑交集如苇丛密布,惊恐、绝望、呼痛之声迭起。两军士卒在城头互搏,跌落下城的,如虫蚁密密麻麻。原本为褐色的城垣,经血水浸漫,顿成酱紫色,竟至士卒们站立不稳,纷纷跌倒。

如此惨烈厮杀，一个时辰过去，汉军大营中猛然一阵鸣金，所有扑城将士，闻金而退，换了他营士卒，复又进击。

城下汉军，因添了赵地新募兵，堪堪已过十万之众，将城围困数重。墙垣上血色，愈发深浓，看去竟连天色也成了殷红颜色。两军士卒，都放开喉咙喊杀，鼓噪之声，震耳欲聋，连校尉传令之声都掩盖住了。夏侯婴、郦商心中都发了狠，连日身不解甲，督军昼夜攻打，轮番不休。十数日下来，城上簇新旗帜，已被箭矢射得千疮百孔，有如丐衫。四座城楼，三座为炮石所毁，唯余残梁瓦砾，尸积如山，教人惨不忍睹。

那城上叛众，多为新附之商贾，平日娇养惯了，何曾见过如此凶恶之战阵。初几日，尚能在城头力搏，叫骂不绝；挨了几日，夜不得眠，昼不得歇，便觉饥疲交困，气力不支。加之多为生平头回拿刀剑，见了许多血泊，听了满耳杀声，身旁积满残肢断臂、无头尸骸，只觉得心胆俱裂，方知战阵绝非游戏摔跤，直是拿命来填沟壑！

叛将赵利看得心焦，率一队彪悍亲兵，于城垣上踏着血海积尸，日夜巡行；何处喊杀声劲急，便急趋何处，督叛众力战。只要城外攻势稍缓，便急命军士将积尸搬下城内，依内墙堆成小山数十座，留待他日收拾。

众叛军看了，各个心惊，每日睁开眼，便不知能否活到日暮，只能强忍惊恐，活一日便是一日。

如此又过了半月，时入冬十一月，大雪如絮，寒风刺骨，军士手指几乎冻堕，难执矛戈。城上叛众昼夜惶惶，饮食不济，越发地耐不住了，便有许多怨声出来，军心大为动摇。

刘邦见城上气焰不似先前了，知时机已到，便要下令全军尽出，三日内力拔此城。

陈平却谏道："不可！天大寒，士卒苦于战，不若智取。"当下附于刘邦耳畔，献上一计。

这日，汉军忽然便不再攻城了，雪野一派岑寂，唯闻旌旗猎猎作响。城上叛众正在疑惑，忽见东西两面，各有车队源源而来。至南门近处，方看清原来是一车车首级！

待车马缓缓行至城下，随车汉兵便将首级卸下，堆作一处。渐堆渐高，竟巍峨如一座丘山。城上叛众伸出头看去，见那无数首级累累如瓜，其面覆血，其目圆睁，竟是教人惊恐之极。

少顷，又有一队汉马军，以竹竿高挑一首级，绕城而驰，喧呼耀武。

叛众看得瞠目，正惊愕间，只见刘邦身披铠甲，头戴皮弁，率四壮士纵马奔至城下，高声叫道："前日辱我者何在？今叛贼王黄、曼丘臣、张春等部，皆为我汉军所破。从逆诸众，抛尸荒野，魂魄已不得归乡。此首级，便是曼丘臣之头。城上将士，且睁眼看看，这便是你辈贼首，如今已成阴间白骨矣！那贼首陈豨，逃往雁门，来日怕也是无多。东垣孤城一座，上天也救不得你辈了！我先前曾有敕令：赵地吏民附逆，非为本心。大军既至，降者便不问；不降，则要拿你辈头颅，在此筑一个京观①。诸位后代子孙，来日若要祭享，便来此地寻祖宗头颅吧！"

刘邦言毕，城上便是一片死寂，先前曾詈骂之卒，也再不敢开口。正僵持间，忽见汉营中有一骑飞驰而出，却是文吏装束。众人望去，原是赵尧单骑奔出，只听他高声道："陛下请回，待臣来劝降！"

刘邦一笑："御史也要来争功了！"

赵尧一拱手道："此时不建功，臣便愧为三公！"

刘邦大赞道："文臣贵在有勇，今日朕看你手段。"言毕，便勒转马头，与四壮士退回营中了。

只见那赵尧双手高举，缓缓放马至城下，至半箭之地才停下，喊道："吾乃御史大夫赵尧，请赵利将军答话。"

城上闻之，便是一阵骚动。堞间所藏之弓弩手，也忍不住探头张望。少顷，便有赵利一身戎装，自城堞后探出头来，答道："我便是赵利，有何话可说？"

赵尧遂翻身下马，朝城上拱了拱手："见过将军！在下与将军，百年前或为同

---

① 京观，古代为炫耀武功，聚集敌尸，封土而成的高冢。

宗,以此之故,有数语欲说与将军。我为文吏日久,已多年未执兵戈,今又见尸山血海,实有不忍!唯恨秦灭六国以来,苍生无辜,屡遭屠戮,人头枉自纷纷落地。将军乃故赵后裔,当最恨暴秦,今汉家灭秦,亦是为赵复仇,将军何故要无端生事,恩将仇报?"

赵利双目圆睁,怒视赵尧道:"你少年新进,哪里配来指点山河?吾赵固然不幸,先亡于秦,后亡于汉;然赵人一日不绝,社稷一日不复,烽烟便不能消。正所谓,国若不存,生之何为?恃强凌弱者,焉知壮夫之志!此东垣城虽小,亦是赵之国祚所系;岂是你片语蛊惑,便可下的?"

"将军大义,可感可佩。然老子所言圣人之治,要者有三:一者'使民不争',二者'使民不为盗',三者'使民心不乱'。陈豨倡乱以来,劫掠城邑,流寇四方,驱民为盗贼,徒乱民心,与将军所言之高义,相去何其远矣!"

"少年狂徒,岂知鸿鹄之志?赵之宗室,绵延千百年,岂肯臣服于泗水鄙夫?你未经国灭之痛,不知沧桑,且放你一马,速回你营去。若再狂言,小心万箭穿心!"

赵利此言一出,城上弓弩手便一齐跃起,各个满弓,只待令下。

赵尧却是面色不改,深深一躬道:"谢将军不杀之恩!小臣今来,早已不计生死,只以城中众生为念。今东西两面,叛军尽殁,陈豨自顾不暇;此城之破,只在旦夕。若愚顽拒降,则城中丁壮,必为城下白骨。听好!——若弃干戈而降,则两军无须再死一人。两相权衡,将军还犹豫甚么?"

这一番陈词,听得城上叛众发呆,闻听"两军无须再死一人",立时群情哗然。俄顷,便有人高喊一声:"今日降了吧!"说罢,将手中兵器抛下了城去。诸叛众饥寒交迫,皆无战心,都纷纷附和。眨眼之间,旗帜、剑戟便雨点般抛下城去,片刻便如山积。

赵利一惊,拔剑正要弹压,却见群情汹汹,势不可当。大股叛众蜂拥奔下城去,欲开城门。

众亲兵见状,知大势已去,急劝道:"请将军易装,趁乱溃围。我等即是舍命,也要为将军杀出生路来。"

赵利持剑在手，叹了一声："哪里还有生路？赵尧此番劝降，是以一命赌我一命。今唯有我死，诸君方能存活。不如缚了詈骂刘邦之卒，自求活命去吧！"随即环顾一眼城垣，便欲自刎。

众亲兵急拦阻道："赵国未复，将军不可轻生。"

赵利怆然泣下，环视众人道："国既亡，乃是弱不敌强，复之谈何容易！诸君不允我死，莫非忍心见我受辱乎？"言毕，趁众人怔神之际，便猛一挥剑，刎颈而亡。

恰在此时，城南门轰然洞开，其余三门亦继之大开，叛众纷纷拔旗弃戟，伏地请降，四门之外，满地皆是蓬头跣足之众，密密匝匝，犹如蚁聚。刘邦在壁垒上望见，哈哈大笑："壮哉赵尧，片言即下一城！"便命樊哙挥军入城。

稍后，已降之赵利亲兵，将日前两个詈骂刘邦之卒缚住，推至刘邦驾前。两小卒浑身战栗，只低头不语。

刘邦瞥一眼两人，问道："逞口舌之快者，必在口舌上死。今日如何？"

为首一卒抬起头来，求饶道："陛下仁厚，恕小人无知，万不该污言犯上。"

刘邦微微一笑，挥袖道："我本无能，屡遭楚营将士詈骂，倒也听惯了；且你二人詈骂君上，罪亦不当死。然煽惑人心，裂土分封，却是罪不容诛。今日便要借你二人头颅，以儆天下嗜血之徒——不思安居，恣意倡乱，只配往那黄泉下去做勾当。吾汉家天下，无为而治，官不逼民，民亦莫存妄念。左右，拖下去吧，枭首悬于城头，成全这两个无名竖子。"

众郎卫闻声而上，将两个叛卒推了下去，刀光一闪，便有两颗头颅滚下地。旋即，两头颅被悬挂于南门，血水淋淋，犹如泉滴。

刘邦正得意间，忽闻马蹄声近，侧首望去，这才看见，此时赵尧已策马奔回，容色虽镇静如常，然后背已为汗水所湿透。

赵尧下马复命，刘邦便道："御史好大胆，不怕城上放箭，连朕也看得心惊。我问你，劝降之时，究竟怕也不怕？"

赵尧回道："赵地叛众，皆为图利，岂有荆轲那般大勇？臣以利害晓之，彼辈作乱之心必瓦解，哪还有心思放箭？臣亦常人，岂无畏惧之心，然此番平乱，以命赌之，不亦快哉！"

刘邦便仰头大笑："好个赵尧，回朝必封你为侯。惜乎你这本家赵利，至死不降，虽不至猥琐，然终不是正途。遣人寻个高敞地方，悄悄葬了吧。"

吩咐既毕，刘邦这才整整衣冠，登上戎辂车，昂然入城。

大军进占东垣之后，各邑无不震动，降寇者纷纷反正，开门输诚。刘邦便传令各地："为我汉臣，当如任敖！着令诸县邑，百姓坚守未降反寇者，均免田赋三年。曾降寇者，倘若来归，概不追究。"使者奉命，即飞骑四出，安抚各处。

时至春正月，北边忽有斥候回报，称陈豨闻东垣城破，大起恐慌，心知事不可为，只率余众在代地游走，屡向韩王信求援。刘邦闻报，只一笑置之，也不去理会。

这日，汉军大营又获急报，称韩王信部众与胡骑数千人，应陈豨之请，南下窜扰，已进占参合（今山西省阳高县）。

刘邦阅毕军书，一笑置之，道："老友韩王信，今又来矣！你与我周旋六年，至今日，事该毕了。"便问左右诸将，何人愿往参合征讨。

时有棘蒲侯陈武，自列班中跨出，拱手道："末将与韩王信有旧，素知其人，愿领兵灭之。"

刘邦便颔首应允："也好。韩王信乃久战之将，公切勿轻敌。"

陈武应道："韩王信窜扰，不过为陈豨壮胆而来，决无意南下恶战，故率众必不多。臣当全力围之，一举扫灭。"

这位陈武，史籍上亦称作柴武，早在薛城便投了沛公军，功劳显赫。楚汉相争时，曾率万人自荥阳往援韩信，那时，陈豨便在他麾下。

陈武领命之后，率别军一支北上，衔枚疾进，鸟兽不惊，潜行未及旬日，便悄然围住了参合。那韩王信进占参合，果然是为陈豨壮声势，并无攻略之谋，全想不到汉军会贸然北上，逃遁不及，只得闭门死守。

汉军进抵城下，部将见城上防守甚严，都劝陈武夜袭。陈武却摇头道："终是汉家旧人，实不忍兵戎相见。"于是安下营来，秉烛写了一封劝降信。次日天明，遣人送进了城内。

韩王信拆开来看，只见内中写道：

陛下宽仁，诸侯虽有叛逃，而后来归，则仍复故位，不诛也。此等宽怀，大王必也知晓。今大王因兵败而亡命于胡，非有大罪，宜自归汉。

韩王信看了，见语多委婉，不由心伤，登上城头痴望汉营良久。随后一叹："吾归汉？迟矣！"遂下城，援笔回书一封，曰：

陛下拔擢仆于闾巷，得以南面称王，此为仆之幸也。然仆有大罪，昔在荥阳未能死，囚于项籍之营，此罪一也。胡骑攻马邑，仆不能坚守，以城降之，此罪二也。今为反寇，领兵与将军争一日之活命，此罪三也。想那文种、范蠡，本无一罪，却不得活；仆今有三罪，而欲求活，其可得乎？此乃伍子胥必死于吴之故也。我匿于山谷间，旦暮乞求于蛮夷，思归之念，如驼背欲直立，盲者不忘视，然势不可耳。

陈武阅过回函，知韩王信绝无反悔之意，然词语却甚凄凉，想起昔日同袍之谊，不由一嗟三叹。遂将此信封好，遣使飞递刘邦。翌日，便下令攻城。

韩王信望见汉军声势浩大，连营遍野，知生死只在数日间，便尽驱城中男丁上城，作拼死之斗。所率徒众与千余胡骑，也知必有一死，都断了求生之念。两军攻守数日，白刃相搏，皆是死伤枕藉。

然参合毕竟城小墙薄，经不起汉军连日猛扑，终被攻陷。城破之日，韩王信大恸，仰天呼道："宗室庶子，终无福消受王侯之尊乎！"遂弃剑于地，准备受死。身边众亲兵看不过，皆脱去甲衣，赤膊执短兵，将韩王信死死护住。

陈武纵马入城，见所部将士死伤甚多，不由大怒，当即下令屠城。顷刻间，汉军大开杀戒，城内翻作一片血泊。可怜那韩王信，不知何时，竟毙命于乱军之中。

说来可叹，韩王信自投沛公军起，操戈为前驱，劳苦功高。然享王侯之尊不过两年，便见疑于君上，不得已亡命，竟做了异乡之鬼。其旋起旋落，忽如流星。

后至汉文帝时，其幼子韩颓当、长孙韩婴，皆自匈奴率众降汉。文帝不咎既往，为两人都封了侯，其后人亦累代皆为显贵，当可慰韩王信于九泉之下了。此为后话。

再说刘邦在东垣，获陈武飞书报捷，知韩王信已死，亦摇头叹息道："公何不在荥阳便死？"遂传书陈武，命他就地将韩王信厚葬。

至此，汉军将士冒寒苦斗已两月有余，皆显露疲态。最令人可叹之事，乃是护军中尉随何偶感风寒，竟病殁于军中。刘邦见此，心中怏怏，便令大军暂驻东垣，稍作喘息。

这边厢在长安，韩信嘱郄孔每日打探军情，观望了月余，至春正月，越发不得要领，便唤郄孔至密室，急道："陈豨胆怯，不敢与今上对阵；只是流寇四方，连遭败绩，事将不成矣！"

郄孔大惊："陈豨负主公甚矣！府中死士，已磨剑多时，唯待举事，义无生还之念。那陈豨虽蹇蹙，然今上亦不能即刻还都，我辈不如趁机举事，天下必有响应。"

"不可不可！以陈豨之勇，尚不能胜，关中豪强哪个还敢动手？我等若贸然起事，豪门袖手，百姓惊疑，必难以聚众。宫中只须遣一吏赴市中，持节宣谕，则我区区徒众，岂不哄然而散？如此，吾将死无葬所！"

郄孔脸色便是一白："这如何是好？"

"此事须就此罢手，将那后园刀剑棍棒，深埋于地下。诸死士遣散归乡，不留一人。彼等既有决死之志，而今事不成，便须缄默终生。"

"大计既出，何以一夜间便化作痴梦？小臣心实难平。今四海不宁，异姓王心怀怨望，或不日尚有变数？"

韩信翻动案头自撰兵法，拣出《项王篇》瞥了两眼，呆然良久，叹道："天下未定之局，只在项王未死时。今项氏既灭，刘氏独大，海内何人可敌？陈豨若败，则英布、彭越者流，皆无能为也。汉家河山，传十世当无疑矣。吾辈纵有陈胜、吴广之志，也只得留待十世孙了。”

郄孔听得冷汗直冒，伏地答道：“小臣已知利害，这便去布置，主公请勿虑。诸死士皆为高义之人，纵然是身灭，也必不会卖主。”

韩信这才稍感释然，颔首道：“如此甚好。兵法有曰：‘须知动静之理。’今之势，便是宜静不宜动。谋反之事，以今日天下人心看，万不可行！就此罢手，你我可保子孙安然。且去布置吧，不可稍有疏漏。”

郄孔唯唯退下，急去与诸死士交代。不数日，诸歃血死士便纷纷离府，归乡隐迹。韩信挨个问明了去向，方才放心。又命郄孔道：“府中凡舍人、仆役等，须严加管束，无事不得外出。”

未至半月，忽有舍人栾说不告而出，一整日不见踪迹，至次日晨方归。郄孔闻知大恐，亲往栾说屋内察看，质问道：“主公有令，府中诸人无事禁足，不得出门。你何以不告而外出？”

那栾说满面赤红，宿醉尚未消，昂然答道：“家老多心了！府中舍人谢公，日前忽被遣返归乡。谢公素与吾善，吾难舍旧谊，与之饮酒作别，大醉，故而迟归。”

郄孔不敢怠慢，遂将此事急报于韩信。韩信闻之大怒，命郄孔将栾说引至书房，责问道：“日前有令，诸人不得擅离。你久在府中，本应遵令，何以一日不归，莫非欲谋不轨乎？”

那栾说倚仗酒意，心中不服，便顶撞道：“主公此话，是从何说起？我又未交通外敌，怎能图谋不轨？”

韩信本就有怒意，闻此言更是勃然大怒，便也不问，即吩咐郄孔道：“此竖不可饶过，当死无疑！且押于后堂，明日召集府中诸仆役，当众笞杀，以儆效尤！”

栾说正要分辩，早被郄孔一把扭住，招呼了几个仆役，将他五花大绑，拽往后堂关押。

栾说这才酒醒，知闯下了弥天大祸，一时竟乱了方寸。颓然良久，忽地想起一个解脱之道，便央仆役唤来郄孔，哀恳道：“弟酒后失言，得罪主公，明日将暴死。兄请怜我，家有老母幼子，可否允吾弟栾仲前来，当面托付后事？”

郄孔见此，想到栾说擅出一事，系自己告发，竟要断送他一条性命，不由起了恻隐之心，便私下去唤栾仲。那栾氏一门知栾说犯禁，命将不保，正哭作一团。闻郄孔来唤，栾仲慌忙抹干眼泪，随郄孔来至后堂。

两兄弟见面，不禁抱头痛哭，郄孔心有不忍，便避了出去。栾说斜瞟了一眼，忙止住呜咽，低声急道："谢公醉酒，已向我吐露真情：淮阴侯阴遣高邑出关，勾连陈豨，欲择日起事，趁夜诈称敕命，赦免官奴，纠合徒众，天明即袭杀皇后、太子。你速往长乐宫，上书变告，一刻莫迟，或能救我一命。"

栾仲闻言，且喜且疑，只发愁道："那长乐宫门禁森严，我如何得入？"

栾说便怒道："小家子如何恁地自贱？那宫门外，置有路鼓，民间有冤，可径往擂鼓，自然有中涓出来问话。你将我之所言，写成书信，交予来人即可。"

栾仲连连颔首道："弟已知，兄请保重。"

"适才所言，可曾记牢？"

"已记牢。"

"既如此，速去，勿作妇人之泣了！"

栾仲赶忙抹了泪，长揖退出。郄孔守在门外，见栾仲低首出来，神态哀戚，匆忙离去，并不觉有异，便吩咐下人守牢后堂，自忙别事去了。

淮阴侯邸中，当天的后半日，安谧如常；然栾说密告之事，已如星火落入薪柴，一发而不可收拾。向晚时分，栾仲所写的变告信，便由北阙急递至椒房殿。

此时，吕后正与审食其两人卿卿我我，打算挨至掌灯时分，便下到地宫好好缱绻一番。得谒者急报，吕后连忙拆开密信来看。阅罢，不由大惊，遽然跃起道："居然有此等事？这如何是好？"

审食其倒还沉稳，看过只道："下人变告，或因挟嫌报复，也未可知。"

吕后惶急道："当此际，宁可信其有，焉能信其无！我这便召韩信进宫问话，将他擒住，如何？"

审食其忙摆手道："不可。韩信党徒甚众，若生疑，必不肯来，反而激起事变。"

吕后仰天喟叹一声："危急之时，你只是寡谋！且下地宫回避吧，我请萧丞相来商议。”

原来，那长乐宫中，殿阁之下多有地宫，系主人私自开掘。地宫广如屋宇，器具齐备，可行诸种私密事。先前只是刘邦在前殿开凿地宫，暗中与婢女享乐；吕后及后宫诸姬妾闻知，亦偷偷效仿，各个挖有地宫，只瞒住了外人而已。

入夜，萧何闻召，知有大事，便急入宫中，径往椒房殿。吕后甫一见，便拽住他衣袖道：“丞相，你我二人监国，本无差池，谁知偏偏生出惊天的大事来！”

萧何不知就里，便道：“皇后勿惊。老臣经营关中已近十年，事无巨细，皆在股掌中。我若不做惊天之事，便无人可做得出惊天之事。”

吕后望望萧何，眼泪就掉了下来，哀声道：“幸亏有丞相在！沛县故人，到底还是靠得住些。刘季那失心翁，偏爱狐媚之子如意，封他在赵地，激得陈豨作乱。那老不死翁，率倾城之兵去讨逆，韩信在都中忽又生乱，这如何得了？”

“韩信？”萧何便是一怔，惶惑道，“淮阴侯抱病多年，几成退隐，恐不至于倡乱。”

吕后立时变色，将密札递出，叱道：“你看这变告信，言之凿凿，岂是能闭门臆造出来的？萧何，你居然不信！莫非怪老娘我多事？”

萧何接过变告信，坐下读罢，“噫”了一声道：“下人投书变告，事或有蹊跷。”

吕后便逼视萧何，咄咄道：“即是诬告，也不得不信！莫非丞相因当年曾举荐韩信，今日便有意袒护？”

萧何面色大窘，红了一阵又白，急辩道：“当年韩信投军，尚是孺子。拜将封王之后，日渐骄纵，亦是臣所不能预见。既如此，容臣细思对策。”

“老吏断狱，总这般迟缓！此事甚急，倘有闪失，乱兵即入长乐宫，容不得你细思了。”

萧何也不理会，只是闭目而坐。吕后急得绕室徘徊，几次欲言又止，但终是不敢打搅。

少顷，萧何睁开眼，缓缓道：“韩信既欲使诈，便怪不得朝廷也使诈。可遣一老练吏员，潜出城去，复自北门入长安，诈称系信使自邯郸来，飞报陈豨已死。而后，召群臣进宫朝贺，方可哄得韩信出来。事先将武士暗藏宫中，待韩信至，立可缚住。”

“那韩信多年不上朝，今夜又如何肯来？”

“此事无须多虑，待老臣亲自修书一封，他必定来。”言毕，便亲笔写了一封信，信中嘱道：“有使者自邯郸归，报称陈豨已死，群臣皆来贺。足下曾与陈豨相善，今虽病，为避嫌之故，当勉强入贺，方为上计。”

写毕，教吕后阅过，两人便商议：遣何人送信为妥。此时，恰有外放常山郡守的徐厉来长安催军粮，萧何便道：“徐厉最妥。”

吕后想想，便拊掌称善，即遣人唤来了徐厉。萧何对徐厉如此这般吩咐了一番，那徐厉却不明所以，翻了翻眼睛道：“臣离代郡不久，闻陈豨窜回代郡，贼势仍盛，如何忽而便死了？莫非是流言？”

萧何便将书信、符节交予徐厉，厉声道：“朝中大事，有托于公，公可不问缘由！”

徐厉这才知事体重大，遂不再问，将萧何所嘱默记了几遍，便提了灯笼出宫，乘马往淮阴侯府去了。

待徐厉走后，吕后仍觉惶惶，要集合中涓诸人，分发刀剑棍棒，以备万一。

萧何便笑：“此等阉人，顶得甚么事？速从禁军之中，召五十名武士来，守牢宫门。稍后诸臣来贺，便一概不得出。”

“五十名武士，便可当得事吗？”

“足矣！只是……万勿泄与留侯知。”

“丞相放心，他哪里会知道！”吕后至此才觉释然，急忙传令下去。

宫中自是一阵忙乱不提，且说徐厉驰至城北，直赴侯门聚居的“北阙甲第”，找到淮阴侯邸，请司阍通报求见。

韩信尚未入睡，闻说徐厉持节来访，大感诧异，急忙出中庭迎候。见了徐厉，正待问个究竟，徐厉却一语不发，只将那萧何信札递上。韩信拆开阅过，心头便一惊，踌躇片刻道：“陈豨既死，固当可贺，然在下抱病多年，素不上朝，今夜便也免了吧。”

徐厉道：“陈豨作乱，汉家之大患也。今上征讨，颇为费力，臣在常山，也是日夜不得安宁。今来催粮，方离赵地数日，不想君上有天助，已击杀陈豨。捷音传回，满朝文武俱赴宫中称贺，丞相之意，淮阴侯若不去，恐易生谗言。小臣昔在军伍，素敬大将军威名，望足下莫负丞相好意。”

韩信闻陈豨败亡，心中大感失望，本不欲朝贺，听了徐厉一番话，想想亦有道理——陈豨既死，今生便再也无望争天下了；若想今后无虞，须哄得那刘邦不再猜忌，故而今夜朝贺，当从众，摆个样子也好。想到此，便对徐厉道：“足下请稍候，容我更衣备车。”

徐厉急催道：“今夜仓促，一切可从权，常服乘马亦不妨。这般时辰，只恐诸臣早已集齐，足下不宜太迟。”

韩信想了想，应道：“也罢，我便乘马随你去。”

离了侯邸，二人打马飞奔。徐厉高擎长乐宫灯笼在前，街上巡哨见了，都纷纷避让。来至北阙下，早有萧何在宫门外等候。待韩信下得马来，萧何连忙迎上，执手笑道：“若非朝贺，尚不知何时能见足下一面！”

韩信也寒暄道：“丞相掌朝纲，百事待决，在下不过区区一病夫，岂敢打扰？”

萧何便附耳低语道：“群臣已集齐，唯少足下一人，速随我来，莫使皇后心有不悦。”

韩信环顾宫门前，却只见空空荡荡，不由心生疑惑：“怎不见群臣车马？”

萧何道：“群臣皆自西阙而入，车马停在武库。皇后嘱我，专在此处迎候足下。”

韩信心中忐忑，不由按了按佩剑柄，还想再问，萧何便一揖道：“君臣共济，方为幸事。既来之，务请随众如仪，莫生猜疑。”说罢，便不由分说，拉了韩信直入宫内。

三人行至跸路上，见前殿果然灯火辉煌，似有百官熙熙攘攘，韩信这才不疑，急趋而行。俄而，忽有一涓人举灯拦路，传谕道：“皇后正在钟室小憩，传淮阴侯谒见。”

韩信蓦然警觉，问道：“何事独独传我？”

涓人答道：“陈豨尚有余众未灭，故陛下有密信来，问计于淮阴侯。”

萧何忙道：“既如此，便请淮阴侯速往钟室，我等不陪。”

那涓人将灯笼一举，恭请韩信先行。韩信闻涓人所言，心中略感得意，便向萧何、徐厉拱了拱手,与涓人急往钟室赶去。

韩信早年并不识吕后,自吕后获释归汉后,方在朝贺时远远望见,故不知吕后脾气秉性,此时心中便不免忐忑。

待迈入钟室大门,唯见室内幽深,帘幕低垂,静谧非同寻常。有一宫女上前迎住,请韩信解剑置于剑架,方引入内。行了数步,又有一宫女接替,如此行行重行行,换了数名宫女引路,只见曲径幽深,帷幕重重,竟不知到了何处。

忽而,路至尽头,眼前一派灯火通明,恍如白昼,两扇铜钉大门之内,竟是别有洞天。宫女拉开帷幕,见是一间极宏阔之屋宇,室中有编钟一架,气势非凡。编钟之铜架,高约七尺,阔有三丈,上悬三层铜钟。架前有宫女六人,手持木槌击打,钟声悠然入耳,恍似仙境。

韩信纵是见多识广,也未曾见过这等景象。正在发怔时,忽见侧室帘幕拉开,两个宫女扶住吕后,缓步出来。

吕后仪态从容,身着一袭平常长襦,并未着庙祭时的锦绣深衣,全不似接受朝贺的样子。韩信慌忙躬身一揖,口称:"臣韩信,见过皇后。"

吕后便止住步,打量韩信片刻,道:"淮阴侯抱病多年,气色似好于从前,脸孔也不甚黄了!"

韩信俯首道:"蒙陛下垂顾,臣得以居家将养,略有恢复。"

"那便好!你闲居家中,总不是侍弄园圃吧?"

"臣常与留侯来往,遵旨删削古来兵书,为后世明定兵法。"

"哦哦,张良他也知兵?……那古来兵法,想来甚多?"

"凡一百二十八家,杂芜亦甚多,臣与留侯商议,仅选取其中三十五家。"

"三十五家?啧啧,若老身打算通读一过,恐也须十年。淮阴侯真是了得!"

"不敢。臣助陛下灭楚,攻战甚多,于兵法略有心得。"

吕后便忽地冷笑一声,拍了两下掌:"哦?好好!那我来问你:你与那马陵道上之庞涓,韬略谁高谁低?"

韩信闻听此言不善,猛然一惊,抬头去看吕后,却不料,从帘后猛地冲出五十余名武士来,个个彪悍异常。为首数人一拥而上,将韩信擒住。

眨眼之间,钟室内宫女全都不见,吕后身边,唯有一群赳赳武夫。

韩信拼死挣扎,然难以脱身,不由双目圆睁,怒道:“臣何事得罪,皇后要擒我?”

吕后嗤道:“事已至此,尚不知罪乎?你遣人交通陈豨,欲在长安为内应,诈称赦令,释放官奴,图谋聚众闯宫。可有此事?”

韩信一怔,不由满面涨红,勉强遮掩道:“此等谣诼,如何可信?”

吕后便戟指道:“堂堂丈夫,敢做而不敢当耶?你府中,可有一舍人名唤栾说?你身边,可有一死士人称谢公?此事,便是谢公酒后泄于栾说的。栾说知你谋逆,已投书告发,由不得你抵赖!你旧部高邑,现在何处?你属下死士十余人,曾歃血为盟,所为何事?诸死士今又缘何遣散?犯下此等谋逆之罪,还敢强辩吗?”

韩信闻听祸由栾说而起,便知事机已泄,不禁大沮,张口而不能言。

吕后便一声大喝:“拿下!”

众武士一起发力,将韩信按倒在地,一把绳索捆了。

情急之下,韩信奋力挺起身,疾呼道:“臣忠心事汉,百战百胜,今何罪当缚?丞相知我,必不反!”

吕后便微微一笑:“将军百战百胜,奈何为我一妇人所缚?老身不妨明言:擒你之计,皆由丞相所出!”

韩信便大惊:“是丞相诈我?”

吕后叱道:“休得怨丞相!天要灭你,你将何所逃?”

韩信仰头,思忖片刻,哀叹道:“天将灭我?天下万人,上下千年,能灭我者,何在?何在?”

“哼,就在今日,就在此处。”

韩信满面悲怆,仰天叹道:“张良兄,弟不听你劝,不效你归隐,致有今日。身历百战,死有何憾?然如此之死,却是人间奇耻!”

吕后一笑:“张良兄?他耳聋了,听不见,也救不得你。左右,推出去,斩了!”

众武士闻命,齐声应诺。为首数人上前道:“淮阴侯,得罪了!”便一把褫去韩信头上大冠,欲将韩信拖走。

韩信引颈大呼:“且慢!汉家亦有律法,既诬臣谋反,须经廷尉府对簿,如此杀人,名将竟不如鸡狗乎?”

吕后轻蔑一笑:“名将?不吃汉家饭,你又谈何名将?你既吃了汉家饭,便与鸡狗无异!老身教你死,你休想活到天明。若要讲理,老身自也有道理——你贵为王侯,多年不朝,阴与贼通,竟是颠倒恩仇,要功高弑主了!还养着你这鸡狗有何用?”

“说杀便杀,无凭无据。只凭着小人信口毁谤,便要枉杀功臣;难道王侯命贱,竟不如都中小吏吗?”

“看你是功臣,才唤你来宫中行刑,算你死得体面。若真是小吏,当街便将你扑杀!”

韩信心中顿起大悲愤,仰天呼道:“人间何世?竟惨至此!头顶还有苍天吗?”

吕后叱道:“你想喊冤?汉家之地,天也姓刘,任你喊破喉咙,苍天就在上,他能瞥你一眼吗?”

韩信不禁泪流如注:“臣自投汉,汉家几经危难,臣未曾有一念欲背汉而去,东西征伐,殚精竭虑,汉家的‘汉’字,总还有臣写的一笔吧?今虽有小过,却罪不当死,皇后不念臣灭楚之功,听了几句谗言,不问情由,便来索命,臣即使下了黄泉,亦不能瞑目!”

吕后冷笑道:“通贼之时,只图快意,可曾想到今日?大丈夫,流泪何用?死也要死出个样子来!”

韩信犹自挣扎,悲愤呼道:“臣不该灭项王乎?臣之大功,便是大罪乎?臣智取陈仓,为汉奠基;东出魏赵,应援荥阳;横扫齐鲁,直捣彭城;垓下挥军,逐死项王,功即便未高于天,亦是震烁当世。无我韩信,汉家可望有此伟业?无我韩信,陛下恐仍为僻远诸侯。臣为汉家杀敌百万,竟不抵区区栾说一言乎?臣半生之功,竟是自设陷阱乎?季布可活而韩信不可活;拥汉者,反倒不如反汉者乎?半生尽忠,换来屠戮,这不是冤,又是甚么?苍天若有目,便也是盲目!苍天若有耳,便也是聋耳!”

吕后一甩袖,冷笑道:“人将死,省悟岂非太迟!你道理说破天,可敌得过我刀锋吗？”

“皇后虽尊贵，到底是一妇人，你有何刀锋？有何雄略？有何经天纬地之才？帷幄中设计害我，鼠窃狗偷之技也。来世有史，必洗我之冤，必唾你之面！大丈夫固不该有泪，然此泪为半生之功而流！小人得逞，功臣蒙冤，墨白颠倒，忠奸不辨，这便是我洒血打下的山河吗？如此乱命，如此昏政，来日汉家若遭外寇，岂不要遍地揭竿，人皆引路？”

“哼，汉家之事，与你韩信何干？我之天下，我自做主。还啰唆甚么，拖出去，这便了结！”

众武士闻令，齐声应诺，将韩信拖曳至庭中，死死按住，跪在地上。

韩信复又泪流，喃喃道：“日月何在？天理何在？如此汉家，又哪里胜于暴秦？”

众武士便揪住韩信发髻，连声喝道：“住嘴！”

随后，一武士端来一碗醴酒，强行为韩信灌下。

韩信发髻散乱，强咽了几口酒，知此生不过仅有片刻了，不由仰头大呼道：“悔不用蒯通之计，为小人、女子所诈，岂非天意！”

一赤膊武士执刀立于身后，喝道：“罪臣！伏法在即，又何必多言？”

韩信遂一声长啸，凄厉之极：“丞相——，何其不仁也！”

众武士急忙遮拦其口，韩信挣扎欲起，几近狂怒，连声大呼：“此乃谁之汉家，谁之苍天？恨呀！我恨呀——”其声响彻钟室庭院，远近可闻。旁殿的宫女闻之，皆惊恐万分。

吕后在钟室内听见，顿足大怒：“杀！”

赤膊刀斧手快步上前，手起刀落，斩下了韩信头颅，随即提起首级，入钟室内，呈给吕后验看。吕后一挥袖道：“不看了！首级留下，尸身抛至荒郊喂野狗，勿与人知。”

待钟室事毕，吕后便急率武士至前殿院落，见了在此等候的萧何，开颜一笑：“丞相计谋天成，韩信已被斩，首级置于函匣中，待陛下归来验看。”

萧何闻言，遽然变色：“将韩信斩了？”

“斩了！丞相何故惊异？一个陈豨作乱，便须陛下亲征，劳师动众，数月不能平定。若陛下百年之后，韩信复起倡乱，岂是你我可制服的？”

“这……淮阴侯终究是重臣，本该交陛下处置。”

吕后冷笑道：“韩信功高，那失心翁万一不忍，岂非遗患来日？”

萧何略一沉吟，道：“既如此，容老臣草拟奏表，报予陛下。”

“否！此事且搁置，勿令陛下分心。待他归来后，老身自有分说。”

“这如何使得？”萧何满面愕然，望住吕后。

吕后上前两步，忽朝萧何一施礼道：“丞相，今夜劳苦！然大功尚未告成，韩信眷属，罪当连坐，须在今夜尽捕。此事还须丞相亲为，勿使一人脱逃。”

萧何一惊：“捕之，将何如？”

“当族诛！”

“啊——，诛九族？不亦甚乎？”

“念在韩信当年功高，且诛三族，余则再无宽宥。”

萧何望住吕后不语，吕后也望住萧何不语，两人僵持良久，萧何终不敢抗命，只得拱手道：“臣这便率武士前往韩府，请皇后无虑。然他府中屋宇甚多，人丁杂乱，仅凭武士，哪里理得清头绪，不若老夫唤些家臣来助。”

吕后看看萧何面色，微微一笑：“也好！便有劳丞相处置吧。”

萧何叹了一声，当下持了符节，集齐众武士，又遣人往自己府中，命长史萧逢时率众家臣前来相助。两边人马会齐，便浩浩荡荡开赴淮阴侯府。

萧何出宫后，吕后方步入前殿。百官在此已候了半夜，只不见吕后出来，都惊疑不定。此刻，只闻一声传警，吕后换了一袭凤纹锦绣深衣，款步而入。

众臣见了，都长出一口气，纷纷顿首，大赞“万岁”，争贺皇帝报捷。

吕后却全不理会这些，在龙床坐下，环视一周，面色忽就一沉，道：“陈豨败亡，乃是迟早之事。今夜百官齐集，老身恰有一紧要之事，须面谕诸君：淮阴侯韩信，多年称病不朝，数度抗命，却阴与陈豨勾连，欲在长安倡乱，释放官奴，入宫杀老身与太子。此事经我与丞相共商，以巧计平定。首逆韩信，今夜已伏诛，近畿安堵如故，各官都不必惊慌。”

百官闻之,都惊呼不已。因朝中重臣多随刘邦出征,其余小臣自觉位卑,心中或有疑虑,也不敢开口。

吕后见无人多言,便挥袖道:“夜半入朝,诸君也是劳累了,都散去吧。”

殿上却有一少年文吏,忽“啊呀”了一声,道:“陛下未归,淮阴侯却倡乱,且一夜之间便伏法,这教长安百姓如何信服?”

这文吏所言,恰是多人心中疑虑。此言一出,众官便一片哗然。

吕后心中大怒,喝道:“何人在此放肆?”

众官连忙闪开,唯留下那少年文吏,孑然立于大殿正中。

吕后看去,原是旧部任敖之子任道谦,不禁气就短了一截。原来,那任敖先前为沛县狱吏时,吕后曾因刘邦造反事被拘,在狱中遭小吏调戏。任敖得知,将那小吏痛殴了一通。此后多年,吕后视任敖若恩人,优礼有加。此次陈豨叛军席卷代、赵,又是任敖在上党独立支撑。故任道谦毫不惧吕后,乍闻韩信“谋逆”,觉匪夷所思,忽起不平之心,脱口便犯颜质疑。

正因有这一层缘故,吕后也只得忍了忍,放缓口气道:“待陛下归来,对天下自有交代。韩信谋逆事,已有证供;道谦若有不明事,可去问丞相。那韩信,若有你父一半忠直,今夜又岂能遭砍头?好了,散朝吧。”

众官面面相觑,都不敢再冒犯皇后,只得退下。

再说那淮阴侯府中,韩氏众家眷正在酣睡,冷不防便有众多武士手擎火把,破门而入,逐屋捉拿人,阖府立时大乱,妇孺哀啼之声起伏不绝。

韩信那些家眷,得韩信庇荫,做了十几年贵人,官吏见之亦毕恭毕敬;今夜忽遭巨变,自是有不服的。众武士倚仗有皇后谕令,呼喝连天,绝无容情,凡遇违抗者,皆当场击杀。

萧何见府中乱作一团,心中越发悲凉,忽而想起:吕后临事仓促,只命捉拿家眷,并未下令缉捕家臣。于是,便暗嘱萧逢时道:“速去寻他府中家老来。”

不消片刻,萧逢时便将郄孔带到。萧何对郄孔道:“淮阴侯已伏诛,天命难违,老夫亦无能为力。我只问你，淮阴侯有几子？”

郄孔乍闻此变，不由魂飞天外，怔了半晌，才忍悲答道：“淮阴侯有三子。”

“幼子有几岁？”

“未及五岁。”

萧何便将郄孔拽至暗处，低声道：“速携此子出逃，远至桂林、象郡，若是南海之渚最好，隐名埋姓，勿返中土。”

郄孔闻之，猛然跪倒在地，哽咽道：“丞相……”

萧何亦险些泪下，摆摆手道：“无须多言，速去！”

郄孔忍住悲泣，伏地叩了三个头，起身便去寻韩信幼子。寻了许多屋宇，终将那幼子寻到。郄孔便以布带将小儿缚于后背，身披大氅盖住，由萧逢时巧为遮掩，趁乱逃出。待逃出大门，郄孔又狂奔了数条街，见有人家墙垣不高，便翻墙而入，在后园树丛中躲了一夜。至昧爽时分，路上有了行人，方才混出城去。

后世有传闻说，郄孔携韩信幼子逃至南海之渚，藏匿多年，后又辗转至象郡住下。那幼子长成，便将姓氏“韩”字去掉一半，易为“韦”姓，在岭南繁衍生息。此说甚离奇，或仅为轶闻而已。

武士搜捕至天明，将韩信阖府人丁全部拘到，萧何正待点验，宫中忽传来皇后谕旨，命将韩信家眷押至西市，于午时斩决。萧何正在担心郄孔下落，闻此令，便不再核验，即下令起解，将那韩信幼子脱逃一节，不动声色地瞒了过去。

西市刑场亦在城北，离淮阴侯府并不远。一路行来，韩信眷属哭声震天，路人观之，无不心酸，多有悄悄作揖者，而绝无一人掷石詈骂。是日，彤云密布，寒意料峭，一派天昏地惨景象。百姓闻韩信已死，无不惊骇，阖城震动。有胆大者当众嗟叹：“开国之臣，竟也遭杀头，世事恐是要乱！”众人便也跟着叹息。

人犯解至西市，成排跪下，刑场四周观者如堵。那韩信妻、子及族属，只一觉醒来，便要遭杀头之祸，一时都回不过神来，女人只是哭泣，男丁皆呆若木鸡。

至午时三刻，只听三通鼓擂过，一队刀斧手头裹红巾，大步入场，挨个提了刑犯，杀鸡一般，逐一斩决。刀光起处，眷属群中哀声大作，围观百姓便是一阵阵惊呼。

韩氏一族，就此几遭灭门，其兴衰荣辱，常为后世读史者所叹。想那韩信，因萧何三荐其才，方得以登坛拜将，遂成大名；后又因萧何使诈，致其落入吕后圈套，枉送了性命。故后世便留下了“成也萧何，败也萧何”的成语，喻成败乃命中注定。

岂知萧何此时，也是万般无奈。这日午时，监斩完毕，萧何身心俱疲，又率人亲往淮阴侯府，查抄家产，遣散余众，直忙到掌灯。至此时，尚未有郄孔被官家捕获的消息，知他已携幼子顺利脱逃，萧何心中方稍安。待诸事已毕，又强撑着入宫，面禀吕后。

吕后此时正与审食其在地宫逍遥，闻宫女来报萧丞相到，连忙结衣束带，登梯来至椒房殿地面，出来见萧何。

萧何禀道：“臣亲往淮阴侯府，查抄已毕。”

“那韩信所删定兵法，可如数收缴？”

“片简未漏，已全数解至宫中。”

“这些简牍，权且放在老身这里。韩信为人不忠，兵法倒还可靠。此事既完结，丞相也可歇息了。”

“仍有一事未了，请皇后定夺。韩信伏诛，朝野必有疑惑，皇后须代陛下拟旨，布告天下。”

吕后一笑：“待那失心翁回来，还不知作何想呢！老身若急于代他拟旨，倒真是矫诏欺世了，来日恐难担当。且天下知与不知，人也是死了，尚能还魂乎？”

萧何闻言，只在心里一叹，迟疑片刻，便告辞退下了。

回到府邸，竟是全无睡意，只秉烛呆坐，昨夜以来种种场面，如在眼前。萧逢时见主公忧心，来催过几次，请萧何早些睡下。然萧何内心震骇，为平生所未有，哪里还可入眠？萧逢时无奈，只得陪坐于侧，连连打盹。

听了谯楼上几番更鼓，堪堪天已将明，萧何方才起身。却不料一阵晕眩，手中蜡烛落地，“噗”地熄灭，人也瘫坐于地了。

萧逢时闻声惊起，急忙来扶，苦劝道：“主公，昨日至今，你已两日两夜未眠了。

年事已高,如何当得起这般操劳!不如也抱病在家,将养些时候再说。”

萧何挣扎而起,摇摇头道:“不可!当今之时,谁若敢抱病,谁头颅便难保。此事毋庸再议,我自会将养。”

萧逢时闻听此言,不由惊骇,想起昨夜淮阴侯府之祸,叹道:“功臣何辜?竟连遭横祸?还不如项王未死时安稳了。”

萧何摸到地上蜡烛,苦笑道:“那是自然!天已明,还用烛火何为?”

九、四方枭雄无漏网

高帝十一年(公元前196年)春二月末,北地叛众溃散,烽烟渐消,只余一个陈豨,率残部逃入云中郡。刘邦见陈豨已不足为患,便留下周勃、樊哙,转攻云中郡。两将率军入云中,于春三月,大破陈豨所率胡骑,生擒王黄等贼将,收复了雁门、云中二十九县。前后攻战,且按下不表。

单说刘邦回军途中,路过代县,登城北望,见重峦叠嶂,宛如壁垒,不由感叹:“塞上景象,究竟是不同!此地抵近匈奴,形势甚险要,似不宜与赵地合并,仍应封国,由诸侯在此为我镇守。”行至洛阳,刘邦住进东宫,淹留多日,又不想走了。便在洛阳下诏,仍将赵、代分为二国,拟在诸王、封国相、列侯及二千石官吏中,择贤者为代王,定都于晋阳。

半月之后,便有卢绾、萧何等三十八人,联名上疏,俱说皇子刘恒,为人贤明温良,可以为代王。

这刘恒,不是别人,正是薄夫人所生之子。薄夫人自入宫之后,不受刘邦见爱,全不似戚夫人那般风光,所幸当年便育有一子,以子之贵,可得安居后宫。薄夫人颇知隐忍,也不与他人争宠,只专心抚育爱子。

母子两人相依为命,谨小慎微,在后宫倒也无事。年复一年,刘恒渐渐长大,处世恭谨,知书达理,竟是一个难得的人才了。

至今日，刘恒虽已是少年，却未封王，此次若遣刘氏子弟去镇守晋阳，自然非刘恒莫属。刘邦思之，确也妥当，于是准了诸臣所奏，封刘恒为代王。

刘恒在长安奉诏后，实难舍其母，便上奏：请携母同赴晋阳。那刘邦眼中，除戚夫人而外别无颜色，视薄夫人可有可无。见此奏，便准了刘恒母子同行。

有道是，祸兮福之所倚。薄氏母子此去，虽是远离了长安繁华地，屈居边关，却也远离了是非之地，此后，任他朝中种种风波，都能安然度过。

且说刘邦在洛阳住了许多日，方率军返回长安。入城之日，百官于城外夹道郊迎，刘邦在辂车上，不见百官面有喜色，心中便纳闷。回到宫中，见中涓诸人也是神色张皇，心中就更是生疑。

片刻之后，吕后自椒房殿来见，刘邦劈头便问："出征数月，朝中莫非有大事乎？何以众官皆怏怏不乐？"

吕后不知刘邦心思，不免惴惴，望了望刘邦神色，心一横，仰面答道："朝中确有大事，恐扰乱陛下，故而未奏。"

"何事？"

"韩信欲聚众谋逆，已于上月伏诛。"

"啊？"刘邦一惊，瞠目道，"胡闹！怎能有这等事？"

吕后吸足一口气，道："韩信谋反，妾身不敢独自做主，与萧丞相商议，断然捕之。经盘诘，此事定然不虚。"而后，便从栾说告密说起，将韩信伏诛之事始末，缕述了一遍。

刘邦闻罢，拈须失神半晌，又问："韩信府中，还杀了何人？"

吕后垂下眼睑答道："已诛三族。"

刘邦右手猛然一抖，叹了一声："这个韩信，自作孽。"遂斜倚于靠几，闭目沉思，渐渐地嘴角露出笑意来，睁开眼道，"如此也好。"

见刘邦并未怪罪，吕后这才放下心来，进而道："韩信既有罪，则举发者便应重赏。"

"不错。那个舍人栾说，且封侯吧，要教天下人皆明忠奸。"

“萧丞相亦当加封食邑。”

刘邦略一迟疑，勉强道：“这个自然，他怎能不封赏？只不知那韩信死前，更有何言？”

吕后想了想，回道：“韩信曾大呼：‘吾不用蒯通计，反为小人、女子所诈，岂非天意哉！’妾却是不知蒯通为何人？”

刘邦目中精光一闪：“此乃齐之辩士也！此人，我倒是要见见。”说罢，便命中涓向齐相府发敕书一道，命搜捕蒯通。

次日朝会毕，刘邦留下萧何。两人踱至鸿台上，刘邦屏退左右，一把拽住萧何衣袖，怒道：“老吏！你断狱无数，不可谓愚氓。那韩信谋反之事，仅凭家臣举发，一夜之间，便可杀头的吗？”

萧何叹息一声，答道：“韩信因老臣而得大名，臣岂忍心杀之？然汉家上下，可有一人能阻得住皇后？”

刘邦不禁火起：“皇后若要你的头颅，你也允吗？”然想想萧何之言，竟也无由斥责，便顿足道，“这个老妇，如何得了！”

“臣以为，陛下在外征讨，而韩信在内伏诛，终是天意，天下当无人责怪陛下。”

“只是……诛其三族，未免太狠毒了些。”

“不如此，此事终不能了。”

刘邦低头想了片刻，渐渐平息了怒气，对萧何道：“诛韩信，丞相毕竟有大功，这便加封你食邑五千户。你谋国十年，殊为不易，明日起，将‘丞相’改称‘相国’，与封国相的名号同一，以示大统。再命王恬启遣一都尉，率五百人禁军为你护卫，常随出入，以示荣宠，要教那天下人都羡慕，皆知忠君必有赏。”

萧何见刘邦不再责怪，方才长出一口气，连连谢恩而退。

翌日，果有诏下，厚赏萧何。百官闻之，皆欣羡不已。萧何有五百人护卫左右，出入备极荣耀，道旁百姓皆翘首观望。想想前后事，萧何心中暗自庆幸，接连几日，受百官登门之贺，不免便有些欣欣然。

这日，司阍忽然来报：“有召平先生自城东瓜田来，一身缟素，手执一铁锄，口称吊丧。”

萧何诧异，忙迎出门去，见召平果然是白巾白袍、以锄作杖，状颇为怪异，也不好当面嗔怪，只得迎入内室。

召平甫一坐下，也不理会萧何神色，开口便道：“公将从此招祸了！”

萧何大惊，忙正襟长跽，问道：“先生所言，究是何故？请指教。”

召平道：“人曰喜事，我曰祸事，并非故作惊人语。以常理推之，君上连年出征，亲冒矢石，公却安居都中，不披甲革，今反加封食邑，岂非有异？老夫断言，此封乃大祸将至也！名为重公，实为疑公。公可曾想过：淮阴侯有百战之功，尚且诛夷；公之功高，焉能及淮阴侯？”

召平此言，恰说中萧何心事。萧何不禁脸色一变，大起惶恐，忙俯身一拜：“足下所言极是，然君上起疑，容不得老臣辩白……如此，计将安出？”

召平笑笑，将手中铁锄一举，道：“此事易耳，公可让封不受。贵府地下埋有多少私财？可尽皆掘出，移作军需。如此，便可免祸。”

萧何面露诧异：“我府中地下，哪里有甚么财宝？”想了想，方恍然大悟，“善哉！公无愧为秦之重臣，有如此城府——你是要我捐出家财，以释上疑。此乃以退为进之计，老臣这便照做。”

次日，萧何入宫求见，呈上奏疏一道，奏请辞还新增封邑与护卫，并恳请捐出大半家产，以助军需。

刘邦接过奏疏阅毕，神情大悦，道：“萧相国终究知我心！汉家兴业艰难，诸臣都似你这般不爱财便好了。既如此，我便准奏，所捐财物入府库。你萧何之功，譬如日月，人皆可见，另加食邑反倒是多事了。至于护卫，乃朝中威仪，相国便不必推辞了。”

自此之后，萧何知自己一静一动，皆在刘邦的股掌中，便越发不敢恣意。每每上朝奏事，都要察言观色，与吕后亦有意疏远。久之，见刘邦并无异样，这才放下心来。

此时，韩信之事还未曾了，党羽蒯通尚未到案。朝中搜捕蒯通的敕书飞递至齐,曹参看了,只觉得为难。昔日在韩信帐下,曹参便与蒯通相熟,也知此人已遁迹故里,要寻出来怕是不易。想到此,便遣一得力掾吏①,赴蒯通故里范阳(今河北省定兴县),向县令探问究竟。那县令见来人问起蒯通事,只摇头道:"此人恐是难寻。今上登基之年,蒯通倒是曾归故里暂居,替人相面卜筮,状甚潦倒。后渐至癫痴,常颠倒衣履,狂歌于市,里正不能禁。如此仅一年,忽然便无踪,人称已往临淄去了。"

掾吏谢过那县令,回来复命。曹参不禁失笑:"原来就在我鼻子底下!"便命随身的众吏员,分头去临淄各坊间,寻觅癫痴之人,凡年逾三十以上者,统统拘来。

未几,各闾里便送来癫痴者数十人,皆蓬头垢面、衣衫褴褛。曹参命将一干人提至堂上,排成一列,便离座上前辨认,才看了三数个,一眼便认出蒯通来。当下揪住他衣领道:"故人! 何故佯狂?"说着,便将蒯通拽至内室。

两人于内室对坐,蒯通仍欲佯狂,哧哧笑道:"足下是何人? 若有酒肉,我便不狂。"

曹参双目咄咄逼人:"夫子,淮阴侯殒命,你还有心戏谑吗?"

蒯通不由怔住,半晌才道:"相国请拿酒来。"

曹参便命人上酒。蒯通接过酒杯,一饮而尽,遂向西一拜,大恸道:"大王,何不早悟? 何不早悟耶……"

曹参亦颇觉凄然:"夫子节哀。淮阴侯之功过,非你我所能评断。我寻你,乃今上有敕令,要召你入朝。"

蒯通惊道:"今上? 汉帝召我何事? 也要杀头吗?"

曹参便拱手道:"在下亦不知其详,只教将先生礼送至长安。"

"长安!"蒯通不由怔住,良久方黯然道,"老夫若去了长安,便无望生还矣,请足下再拿酒来。"

曹参笑道:"自重用郦夫子起,今上已知礼贤下士,你不必担忧。"说罢,便唤来掾吏,吩咐备一席上等酒肉,为蒯通饯别。

---

① 掾(yuàn),古代官署属员的统称。

当下，曹参请蒯通沐浴更衣，两人豪饮一番，说了许多旧日之事。饮毕，已有侍曹备好安车一辆，停在府门等候。曹参便起身，送蒯通至门外。

蒯通谢道："有今日一宴，蒯某赴长安，即是死，也是饱食之鬼了！"

曹参一揖道："此乃戏言了！夫子师从安期生①，精通权变，谋术都写了八十一篇，有何祸患躲不过？"

蒯通仰面想想，笑道："也是。小臣若侥幸不死，回来再与相国对饮。"

虽如此，蒯通仍是心神不宁。登上安车，便见有一队甲士，各个执戟，将车左右夹持，心中便知凶多吉少。再回头望去，却见曹参早已没了踪影。

这一路，有掾吏一人悉心照料，然路途终是多坎坷，颠得蒯通甚苦。如此跋涉月余，进得长安，即获刘邦召见。

刘邦望望蒯通，面露轻蔑道："蒯通，蒯夫子？韩信素所倚重之人，便是你吗？"

蒯通俯首回道："不敢。臣蒯通，闾里潦倒之人，蒙君上召见，光耀先祖。"

"听你说话，果是善辩之士！我倒要问你，你教韩信反，欲与楚汉三分天下，又是为何？"

蒯通一惊，端详刘邦片刻，即朗声答道："然！此正是臣之所为，陛下竟连这等微末事都已闻知？真是眼线遍天下。臣只知：狗之所吠，必非其主。当彼时，臣唯知有韩信，不知有陛下——若非此次曹相国搜求，臣哪里得睹天颜！臣只叹：那韩信愚顽，不用臣言，终以族诛了结。若听了臣言，陛下如何就能杀得了他？"

刘邦大怒，叱道："你教韩信谋反，罪大于韩信，分明是不逞之徒！韩信既伏诛，你似甚惜之，莫非是想下油镬么？"

蒯通昂然道："烹则烹矣，臣只为韩信怜！想昔日，秦失其鹿，天下共逐之，高才者先得。那楚汉交兵之际，天下汹汹，豪杰争欲效仿陛下举兵，唯恐举旗太迟，可曾有人怕砍头？唯韩信优柔，不忍叛汉，其所获，却是求仁而不得仁。古来奇冤，有过

① 安期生，琅邪人，世称"安丘先生"，是秦汉时期燕齐方士活动的代表人物，也是黄老哲学的传承人之一。

于此乎……”说到此，不禁泪流满面，悲不能言。

此言触动刘邦心事，浑身就一颤，连忙顾左右而笑道：“又是一个贯高！愚直之人，何其多也？”继而敛住笑，对蒯通道，“念你愚忠，罪不当死。朕欲赦你死罪，授你以官，再不必操弄神鬼以谋生了，你意下如何？”

蒯通大出意外，怔了怔神，方才答道：“昔臣与安丘先生从项王，项王不用臣策；臣改投韩信，韩信亦不听臣言。久之，臣已心灰意懒，不欲为官。唯愿陛下怜韩信之功，乞将韩信首级赐予臣，携回葬于淮阴。如此，也不至冷了天下功臣之心。”

闻蒯通其言哀切，刘邦不禁动容，挥挥袖道：“也罢也罢！韩信首级，便交予你，朕明日便传令淮阴有司，助你造坟下葬。你既无意仕进，朕便准你东归，且闲散去吧。”

蒯通悲喜交并，稽首道：“今日始知，天下人何以谓陛下宽仁。”

刘邦摆手道：“罢了罢了，莫再教人谋反就好！”

蒯通叹息一声，遂再三谢恩而退。

话分两头，且说韩信于长安伏诛之日，梁王彭越也在洛阳身陷囹圄。原来，年前陈豨作乱，刘邦召彭越会师助战，彭越对陈豨素来敬佩，不忍刀兵相见，故托病未赴，仅遣了部将卫胠(qū)率数千兵马赴邯郸。如此抗命，惹得刘邦大怒，不久，便有使者持戒书[①]来责问。

彭越得了戒书，心中惶恐，想要亲往邯郸大营谢罪。

此时，他身边有一部将，名曰扈辄，倒还有些识见，力劝道：“不可！大王前日不往，今日始行，则前日之病，究竟是真是假？汉帝之疑，怎是面谒谢罪便可解的？大王一入邯郸，必定被擒。不如即刻举事，趁汉家关中虚空，发兵西行，截断汉帝归路，方为上计。”

那彭越本无雄才大略，汉定天下之后，唯知曲意逢迎刘邦，常赴都中朝觐天子，

---

① 戒书，汉代皇帝四种命令之一，用以戒敕外官。

为诸侯中走动最勤的一个。忽闻扈辄此谏，竟然惊出一身冷汗来。踌躇再三，终是托病未去谢罪。然亦不敢造反，硬起头皮，生死只托付于天。

事有凑巧，那扈辄与彭越所议之事，府中太仆贾友仓偶然闻知，吃了一惊，遂记在了心上。一日，贾友仓在外犯罪生事，彭越闻之大怒，便欲治罪。

那贾友仓被彭越下令夺职，在家中待罪，想想不忿，便起了念，要举发主公以赎罪。他闻听皇帝已班师洛阳，便只身赴洛，叩南宫之门变告。

刘邦接到变告信，冷笑一声："一个反了，两个也要反！"遂命郦商率禁军一队，夤夜赴梁地拿人。郦商奉命持节，突入梁都定陶，出其不意，将彭越与扈辄两人锁拿，拘至洛阳。

刘邦闻彭越已就擒，也不召见，只吩咐交予廷尉宣义，即日对簿审讯。

宣义收了人犯，轻车熟路，按张敖、贯高旧例，先将彭越以酒肉安抚好，便严刑鞫问扈辄。

酷刑之下，扈辄饶是铁人，也只得招供，将他如何劝梁王谋反事，和盘托出。宣义闻扈辄已招认，入狱看了证供，一笑："如此，便少受些皮肉之苦。"遂拿起证供，掉头去见彭越。

彭越初被囚，尚心存侥幸，心想自己绝非寻常人物，乃汉家立朝功臣，虽然抗命，却并无反迹，刘邦即使多疑，亦须有证据，否则如何向天下人交代？因此，只盼宣义早些来讯问。

这日，宣义面露笑容，手持一卷册，来至彭越囚室，恭恭敬敬道："梁王，请阅此卷。"

彭越展开卷册，见是扈辄供词，脸色便一白。待读毕，不禁汗出如雨，嗫嚅道："扈辄固有此劝，然孤王并未反……"

宣义敛了笑容，板起面孔道："梁王，反或不反，乃孩童游戏乎？部属劝谋反，即是大逆不道，当场便应拿下，送朝廷治罪。你堂堂诸侯，如何不知律法？分明是存了反心，故意纵容。"

彭越在囚室被拘数日，满腹委屈，闻此言，不禁大怒："你何人也？无名之辈！

昔年若无孤王断楚粮道,使项王食尽而败,你哪里可得九卿做?”

宣义闻此言,倒也不恼,只冷笑道:“如无君上之命,臣亦无缘亲聆梁王教诲,实为幸甚!臣告辞了。”说罢,转身便走。

次日,宣义上奏,言扈辄劝梁王反,是为谋逆,罪无可赦;梁王闻属下欲倡乱,知情不举,显是反形已具,当同罪。

这宣义,倒也未深文周纳,只不过依刑律,将彭越坐罪而已。刘邦得了奏报,当下明白了原委,也知彭越必不敢反,然知情不举亦足以坐罪,心中就暗喜。待提起笔来,拟准奏,忽又想起彭越旧日之功,颇有不忍。踌躇间,索性将此案搁置,留置彭越于洛阳狱中,自己先率军回了长安。

待处置韩信事毕,正值春暖花开,刘邦复又心念洛阳,便率亲信再赴洛阳。至南宫住下,想起仍在狱中的彭越,心中忽觉不忍,遂有意留他一命。当即下诏,公告天下,以谋反罪诛扈辄。梁王彭越包庇逆犯,与扈辄同罪,然念在往日功高,免死,废为庶人,徙往蜀郡青衣县(今四川省雅安市)安置。

彭越在狱中月余,闻韩信被诛族之惨状,知刘邦是在剪除异己,遂大哭一场,再不存侥幸之心,只待有一日引颈就戮。这日,忽闻蒙赦,将赴蜀郡安置,不由既喜且悲。听宣义读完诏令,彭越长叹一声,向宣义叩了个头,道:“臣行止无端,谢君上不杀之恩。”

出狱隔日,彭越便带了数名亲随,由一队兵卒押解,乘驿车离了洛阳,前往蜀郡。待交予蜀郡西部都尉看管之后,再迁徙眷属。

彭越一路西行,一路便叹息流泪,想自己当年横行大泽,何其威武!未曾想,全力助汉定了天下,却落得这般境地,真乃大梦一场!

驿车行至郑县(今陕西省华县),忽见前面有大队车马迎面而来,仪仗威严,显是宫中来人。两队相近,才见是吕后出宫,自长安往洛阳去。

彭越在驿车内望见,如见故人,忽然就情急,连连大呼:“皇后救我!”

吕后闻听呼叫,便命车驾停下,步下车来,走近驿车。见是彭越被一队兵丁押解,心中便明白了大半,却故意问道:“梁王,何故在此?”

彭越不由放声大哭，哀哀道："皇后，臣驭下不严，部将擅言违碍之语，陛下却不问缘由，罪及微臣，令人百口莫辩。陛下今有诏，废臣为庶民，发往蜀地安置。"

那吕后心中，只巴不得异姓诸侯全死光，为刘盈铲平隐患。今闻彭越仅是废王免死，心中就一惊："哦，有这等事？"

彭越却以为吕后发了善心，便呼起冤来："彭某出身山贼，若非今上赏识，如何可得诸侯王做？人非禽畜，皆知报恩，臣又怎能存谋反之心？望皇后怜之，为臣辩白。"

吕后仰首想想，冷冷一笑："这个失心翁，又做蠢事！"

"皇后，臣今已年老体弱，远非当年，那蜀郡僻远，此去如何得活？唯愿返归故里，总还能多活几日，望皇后开恩。"

吕后便道："梁王之意，老身已知。且随我来吧，入洛阳谒见陛下。"

彭越大喜道："谢皇后再造之恩。"

吕后遂命押解兵卒，掉头返洛阳。那兵卒首领，不过为一屯长，见既无诏令、又无符节，仅凭此一语，便要半途折返，不禁面露犹豫："此事，须得卫尉有令。"

吕后闻听，立即双目圆睁："老娘之言，不能作数吗？"

那屯长哪里敢违抗，连忙从命，一行人便尾随吕后车驾，折返洛阳。

待车马入洛阳，吕后又好言安抚彭越，告之来日自有分晓，便遣人送至馆驿安顿了。那彭越自忖无事，也就放下心来等候。

此事，还未等吕后通报，便有城门校尉得知，报给中尉丙猜，丙猜不敢怠慢，急入宫禀报刘邦。

刘邦闻听吕后竟擅自做主，将彭越带回，不禁大怒："诸臣渎职，该当何罪！"当下，便将廷尉宣义、中尉丙猜、卫尉郦商等免职，另择他人接任。

翌日晨，刘邦遣人唤吕后前来，劈头便骂："老妇愈发不知规矩了！前日杀了韩信，也就罢了，如何又将彭越带回？诏命颁下，竟不如废柴一根，廷尉等诸臣，竟也任由你做主，不敢发一语阻拦。如此擅权，还要我这皇帝做甚么？"

吕后挨了骂，亦不动怒，只缓缓道："陛下如今能统驭万军，如何临事仍不明——那彭越，壮士也，将他迁徙至蜀，无乃自遗祸患乎？不如诛之，以绝后患。陛下今日优柔，明日优柔，那彭越若在蜀郡发难，岂不要重演取三秦旧事？到时悔之，只怕是晚矣！故而妾身冒风险，与之俱归，就是不想让他活！”

刘邦闻言一震，怒意渐消，想了想才道：“要杀彭越，不能无名。今日起，廷尉已换了邹育，你自去处置吧。”

吕后得了这旨意，正中下怀，立即遣人去馆驿，密召彭越舍人，嘱其诬告彭越返洛阳后，即召集旧部，意在“复谋反”。

那舍人哪敢不从，便照吕后所嘱，写了变告信。此信送至宫中，刘邦便知是吕后上下其手，苦笑一下，即命廷尉邹育捕了彭越，下狱治罪。

邹育新接任廷尉之职，眼看前任被夺官，知此事大意不得，接旨后即赴馆驿，将彭越锁拿收监。

当其时，彭越正自做着好梦，巴望吕后进言，劝动刘邦恩准复位，却不防一群公差拥入，横拖直拽，将他押至诏狱中，这才知大事不好，一夜竟未能合眼。

邹育揣摩上意，知刘邦此番定是要彭越的命，便亲临诏狱勘问。几句话问过，彭越哪里肯服，只连声呼冤：“笑谈！原本便无谋反，又何来‘复谋反’？小人之言，可据之定罪乎？”

邹育于治狱之事，也颇有心机，见梁王是个莽汉，便不再使威，只温言劝道：“福祸皆由天定，梁王也不必抱怨。今日之罪，根苗恐早已前定。大王以诸侯之尊，入此诏狱，岂有侥幸之理？不若痛快招了，免受酷刑。陛下已赦你一回，此次服罪，或也可赦免。若不服，则必死无疑。”

彭越双泪长流，仰面叹道：“悲夫！我彭越豪雄一世，到头来，却要自污以求苟活。罢罢罢，你便写好证供，我画押便是。”

次日，邹育便上了一道奏表，曰：“故梁王彭越，蒙赦废王之后，贼心不死，折返洛阳后，即图谋不轨，现经勘问，已供认不讳。依律应重治，拟比照韩信谋反案，枭首示众，并诛三族。乞准奏。”

奏章摆上刘邦案头，刘邦眯眼看了看，几次拿起朱砂笔来，复又放下，呆想了良久,忽而怒骂了一句:“这个也要反,那个也要反,存心不教我安睡耶?”随即照准立斩,又吩咐中涓,拟诏书送至各郡国,昭告天下。

批复已毕,刘邦似仍有余恨未消,又知会廷尉府,将那彭越尸身,剁成肉酱,名之曰“醢(hǎi)”,分赐给诸侯,以为震慑。

邹育接了诏令,心头也是一凛,急调差人往定陶,将那彭越三族尽行拘至。又亲往诏狱,提出彭越,当面宣读诏令。

彭越在狱中囚系多日,将数年来与刘邦之恩怨,思之再三,只觉无愧。至于御批发回,是祸是福,已全不在意了。这日见邹育率一众属吏,至狱中宣诏,其排场如临大敌,便知死期将至,遂整了整衣冠,步出囚室听旨。

众吏见他出来,都齐声喝道:“跪下,接旨!”

彭越微微一笑:“昔日同举义,由兄弟而君臣,我可跪刘季。今日既非兄弟,亦非君臣,便容我立着接旨吧。”

邹育也不计较,将诏令宣读一遍。甫一读罢,即有狱卒虎狼般围上来,为彭越戴上死囚枷。

彭越也不抗拒,任由摆布,待枷锁戴好,方叹了一声:“鸟栖何枝,便是何命。当初若投项王,即是见疑,也不至污名而死!”说罢,便大步返回囚室待斩。

行刑这日,众刀斧手正在西市刑场布置,刘邦又有敕令下:如有敢收殓彭越首级者,与彭越同罪。

至午时三刻,阳气正盛时,合该行刑,西市道旁又是观者如堵。廷尉邹育持节监斩,一声令下,众差役便将彭越及其三族拖拽至场上,个个五花大绑,背插斩标,场上登时哀声如潮,差役连忙喝止,彭越也一声怒喝,不许眷属再啼哭。

邹育当众宣读诏书毕,问彭越还有何话可说。此时的彭越,披发覆面,满面悲愤,昂首长啸了一声,怒目道:“死便死了,有何可言!”

邹育回首,命差役端来壮行酒,要为彭越灌下。彭越将头一昂,踉跄几步,向天啐道:“大丈夫,死不饮刘邦之酒!”

刀斧手便不容他再说,上前将彭越绑缚于木架,含一口水喷向刀锋,举刀便砍。

其余众眷属，亦先后就戮，霎时之间，人头滚滚……市井小民中，有那幸灾乐祸之徒，便喝起彩来。

一俟首级送往东门挂起，众刀斧手便一拥而上，将彭越尸身斩成肉醢，分盛钵内。时有十数名使者，于场外倚马而待，拿到肉醢，即飞骑携往四方。

彭越首级悬于东门，犹怒目圆睁，须发偾张，有死不甘心之状。过往百姓见之，无不胆寒，何人还敢近前？未料数日之后，忽有一人，麻衣布巾，自东而来。至东门悬竿下，跪倒在地，向彭越首级伏拜，口中念念有词，连呼数声“大王”。拜罢，又从背箧中取出祭品，哭而祭之。其声之哀，惊动众人。

城门校尉大惊，急命兵卒将其捕住，送往长乐宫发落。

刘邦闻报，也是吃惊不小，命将此人带至殿上。举目望去，见不过是一莽汉，便厉声问道：“你是何人，曾随彭越谋逆乎？我禁人收彭越之首级，人皆不敢近前，为何独有你祭而哭之？如此张扬，岂不是反迹已明？”

只听那人答道：“臣乃梁大夫栾布，不忍见梁王死于无名，故而哭之。”

原来，这栾布也是梁人，曾为彭越旧交。家甚贫寒，昔年流落于齐地，为人帮佣，做了个酒保。后又被人设圈套，贩卖至燕地为奴。既为奴，其心倒也颇忠，曾为主人报仇，斩杀仇家。其时，燕将臧荼甚推重栾布，便与燕王韩广言之，举为都尉。及至臧荼自称燕王，则拔栾布为部将。彭越在梁地举旗反楚，写信拉栾布入伙，栾布念及旧谊，毅然投奔，遂拜为副将，后擢升为大夫，为彭越得力之左右手。

日前，栾布出使齐国，未及返回，彭越便为朝中收捕，旋即枭首。栾布闻之，大恸，三日水米未进。返定陶后，料理好家事，一身缟素独赴长安，来至彭越首级之下，伏拜奏事，以示复命，继而哭祭之。

刘邦闻栾布为彭越辩白，不禁怒从心中起，叱道：“吾杀彭越，岂能无名？彭越反形已具，他自家都不抵赖，何须你来喊冤？来人，推出去，着即烹了！”

众郎卫闻命，便上前来捉牢栾布，一面在殿前备好汤镬。

那栾布却了无惧色，只冷眼看着众郎卫忙碌。不消片刻工夫，一镬热汤便已滚沸。众郎卫一声呼喝，正要推栾布往镬边去，忽见栾布回首，对刘邦高声道：“愿一言而后死。”

刘邦一笑，道：“有何言，只管道来。”

栾布直视刘邦，慨然道：“昔楚汉相争时，陛下败于彭城，困于荥阳，然项王却不能西移一步。究其缘故，乃是我彭王居梁地，与汉合纵，屡袭楚军粮道所致。当是时，彭王一顾，势倾天下，助楚则汉破，助汉则楚破。且垓下之战，若彭王不率军至，项王焉能旋即覆亡？值此天下已定，彭王剖符受封，贵为诸侯，岂有不想传于万世之理？又何来反心？日前君上征兵于梁，适逢彭王有病，不能应命，陛下即疑以为反。然彭王并无反迹，诛戮无名，便以苛细之故诛之；臣恐如此处置，功臣闻之心寒，人人自危也。今彭王一死，臣生不如死，烹便烹了吧！”

这一番陈词，说得刘邦心内羞愧，然事已至此，又怎可挽回？当下便不语，脸色红了又白。

栾布望之，冷笑一声，挣脱郎卫，便大步往汤镬奔去。刘邦一惊，连忙立起，急唤郎卫拉住栾布，命人为栾布松绑。

栾布解缚后，也不谢恩，挺立原地不动。刘邦遂离座，缓缓踱至栾布跟前，温语道：“公之言，甚是有理。然人之就刑，不似刈韭而能复生；彭王之事，就无须再提了吧。朕征伐四方，阅人甚多，唯重忠直之士。公若有意，可否为汉家都尉？望公在汉家，以事彭王之心而事我。即使世事更易，陵谷变迁，我亦定不负公。”

见刘邦神态甚恭，词意诚恳，栾布倒不好再出恶语了，只是沉吟。

刘邦又劝道：“彭王既薨，尽忠死节亦是无益，不如归汉。吾待公，定如彭王。”

栾布泪如泉涌，僵立多时。刘邦便有些急，整整衣冠，向栾布行躬身大礼，道：“望公助我，刘邦这厢有礼了！”

栾布见此，遂仰面一叹，也向刘邦回揖道：“栾布无能，愿从帝命。”

刘邦连忙将栾布扶住，眼里似也含泪，道：“彭王之事，就此了结。请公尽心职司，汉家必有重托。”

君臣两人又说了些肺腑之言，栾布才谢恩退下。

待彭越事了，刘邦看看北方无事，这才惦记起南边的事来。

数年前，长沙王吴芮便曾来函，称南越赵佗已在岭南自立为“南越武王”，封关绝道，不与中原相通，以岭南三郡①之地，自成一统。刘邦闻之大怒，禁边民向岭南售卖铁器、牲畜，两下里便成敌国之势。

至彭越伏诛，刘邦见天下一统，唯缺岭南，且多年不能收服，不禁大费踌躇。

想那南越五岭险峻，瘴气密布，始皇大军也曾折兵岭下，一筹莫展。如今北边匈奴未平，时有不靖，若再向南用兵，显是取败之道。然听任赵佗划地自封，又实有损汉家威仪，不好向天下交代；想来想去，还是以安抚为上。

于是唤来陆贾，吩咐道：“今南越赵佗，违命不从，自立为王，阻断五岭，为汉家一大患。然则向南用兵，吾不如始皇也，故应以收服为上计。拟赐赵佗南越王号，为我藩属，以示汉家天恩。如此，两家皆有脸面，和揖共存，岂不是好？”

陆贾道：“陛下此计甚好，免得我儿郎赴瘴疠之地送命。然赵佗已自立为王，他若归服，朝廷也不过再封他一个南越王，这又如何能诱得他就范？”

刘邦便一笑：“巧言说之，必可成也。今海内善辩之士，仅得先生一人，先生开尊口，神鬼也要颠倒，便看你如何能似郦夫子一般，凭一张嘴，说下异国数十城了！岭南三郡若来归，千秋史册上，陆夫子当不输于郦夫子。”

“不敢！郦公乃千古一遇之才，臣仅得其皮毛，然唯愿一试。”

刘邦便将少府所铸南越王金印一方，交予陆贾，笑道：“以公之数语，兼赐这金坨一个，若换得岭南来服，亦为我平生一大快事了。”

陆贾道：“赵佗乃故秦之人，非异邦冒顿也。臣以中国之礼晓谕之，必不辱使命。”

领命之后，适逢五月，陆贾不顾天气渐热，率随从数人，携了黄金、缯帛等厚礼，快马疾行，间关万里，取道长沙国南下。至都城临湘，其时老王吴芮已于高帝五年病殁，其子吴臣袭了王号。闻朝中使者路过，吴臣出城相迎，恭恭敬敬对陆贾道：

① 岭南三郡，即南海郡、象郡、桂林郡。所辖包括今广东省、海南省、广西壮族自治区的大部分与越南北部。

“南国暑热，岭南瘴气更可畏，请先生路途保重。”

陆贾道：“谢大王牵念，臣本闲职，蒙君上有所托，唯履险克难以报。”

别了长沙王，一行人又颠簸半月，来至阳山关（在今广东省阳山县），见峭壁摩天，飞鸟绝迹，果然是险要异常。陆贾抬眼望去，但见关隘阻塞，岭上有旗帜隐约，显是驻有重兵。于是亲挽强弓，在箭矢上缚了帛书，大喝一声：“上面听着，吾乃汉使陆贾，前来叩关！”喊罢，便一箭射上了关去。

听得关上一阵嘈杂，却许久不见有人回应。众随从跋涉数月，已是疲极，不免焦躁起来。陆贾却道：“慌个甚？且下马安营。他关上守将，总不能装聋作哑。”

众人下马，在阴凉处歇了半日，忽见丛林中拥出一彪人马来，为首一员关将，拱手揖道：“闻汉家使者至，特来相迎，恕未奉王命，不便开关。请上使弃马步行，随下官自山路攀援入关。”

众人闻听，都面面相觑，不知吉凶祸福。陆贾将心一横，对从人道：“朝命在身，生死许之。大丈夫临此地，岂能回头？”说罢，便率众人随那关将，钻入丛林中去了。

诸人随那关将，一番手脚并用，方得攀爬过关。下至平地，见早有辂车备好，由一队兵卒护送，一行人便乘车南下。

众人皆是生平头回涉足岭南，一路只看见新鲜，觉山川树木，皆与中原不同。那百越之民，面目黧黑，衣着多粗陋，然田园之繁茂，又远胜于中土。南行半月后，才进了番禺城（今广东省广州市），更见那市街繁华，人烟稠密。道旁店铺之中，玳瑁、珠玑、瓜果等货物累积如山，又有无数海外珍奇，为平生所未见，众人便纷纷惊叹。

至南越王宫门前，早有典客在此等候，将一行人迎入宫内。看那王宫规制，虽不能与长乐宫比，然屋宇、门廊皆为石砌，中有水渠回环，格局与中原宫殿迥异。陆贾细看那殿宇，飞檐如翼，欲凌空而去，宏丽竟又胜过长乐宫几分。屋上瓦当之文字，也不似汉宫取“延年”“永寿”“长乐”之语，而多为“万岁”两字。

汉使一行来至殿前，只听得大行官一声呼喝，众人望去，见赵佗早已坐于殿上。只是坐姿箕踞，十分无礼；且未戴冠冕，发结依旧从秦俗，向右偏。

见赵佗面色不善，众随从不由倒抽一口冷气。唯陆贾不卑不亢，手捧印绶，拾级而上，行大礼毕，抬头缓缓道："久闻南越王治越有方，朝野无不敬服。汉天子刘邦尤重大王，只因战乱多年，故未通音讯，今遣微臣携薄礼前来致贺，并赐汉南越王印绶。愿大王勿忘故里，心存魏阙，乐见宇内混一，与我君臣共襄大业。"

赵佗未答话，看也不看抬上殿来的礼品，只教谒者接过印绶呈上，将那金印拿在手中看了看，冷笑一声道："我为先皇守边二十余年，守白了头，未闻秦二世之后有诏命。如何凭空便掉下个新天子来？"

陆贾闻言，脸色便一变，挺直身道："足下为中国人，亲朋兄弟迄今犹在真定，祖宗坟墓也在真定。却一反天性，弃中华故邦，欲以区区之南越与天子抗衡，视汉家为敌国。臣以为，大王祸将临头矣！"

赵佗哂笑道："久闻陆贾为汉之国士，果然是一张利嘴！我乃堂堂秦将，渊源有自，秦亡而非我亡，如何要我臣服刘邦？"

"秦虽堂堂，然失之于苛政，天道不容。向时群雄并起，唯汉王一人先入关，此即为天命。后项羽背约，自立为西楚霸王，不可谓不强。然汉王应天之命，起于巴蜀，挥鞭扫天下，诸侯望风而从，共诛项羽，一举灭楚。五年之间，海内便告平定，岂是人力可致乎？此番宏业，乃是天之所建，天之所佑，天之所成！"

赵佗听到此，微微一颤，急问道："汉家将征南越耶？"

陆贾霍然挥袖，急趋两步，挺立赵佗座前道："正是。闻大王僭称王，欲弃绝中国而自立，汉天子左右将相皆攘臂请战，欲发兵南下，破五岭，堕番禺。然天子怜百姓安定不久，不忍再驱之，故而作罢。今遣臣南来，授大王印，与贵邦剖符通使，永结和好。大王本应郊迎于前，称臣于后，顺天而行事；然大王却不知利害，欲以新造未稳之南越，逞强于蕞尔之地。若我朝君臣闻之，必掘大王先人冢，烧毁墓庐，夷灭宗族。而后，遣一偏将率十万军，兵临南越，则越人必杀大王以降汉，此易如反掌耳。"

赵佗浑身一震，猛然坐起，忙将衣襟整好，向陆贾一揖，谢罪道："我居蛮夷地日久，已失礼仪！"

陆贾回揖一礼，殷切道："大王中国人也，根系所在，心岂能外移？臣临行之前，已向天子申明，保大王必定归服。"

赵佗频频颔首，继而又道："汉家果真济济多才，惜大多未曾谋面。请问先生，我与萧何、曹参、韩信比，谁贤？"

"大王似更贤。"

"我与汉帝比，谁贤？"

"汉家天子，起丰沛，讨暴秦，诛强楚，为天下兴利除害，继五帝三王之业，统理中国。中国之人以亿计，地方万里，居天下丰腴之地，人众车繁，物产殷富，政由一家。此盛况，天地开辟以来未曾有也！反观大王，人众不过数十万，蜷曲于山海间，仅如汉之一郡。臣性素鲁钝，唯知驽马难以追风，河伯羞于见海，大王又何能比于汉？"

此言甚犀利，赵佗身边有一老臣，闻之脸色转怒。而赵佗反不以为忤，大笑道："吾十八岁投军，以龙川县令入仕，出身与汉王相类，却无缘在中国起兵，仅在此称王。倘使我居中国，未见得不如汉家。"

陆贾立时对道："臣陆贾不才，然当年若居沛县，或也成汉王。"

赵佗一怔，不由便哈哈大笑。以手指身边老臣，对陆贾道："此乃我国丞相，越人头领吕嘉。吕丞相机智过人，孤王原以为天下无双。今日看来，陆夫子当在吕丞相之上。"

吕嘉便跨前一步，向赵佗略一施礼："以上使之智，出使我南越，未免屈尊了。"

陆贾闻此言不善，忙还礼道："丞相，陆贾性本如此，非以汉家势大欺人。四海之内，无不为我族人，无不为我兄弟。"

吕嘉不卑不亢道："上使谦逊了！封关多年，南越孤悬，不知关中归了谁家。今闻上使之言，老臣始知有汉。"

"既知天下已易帜，丞相亦应知顺逆。昨日封关，是为避祸；今日开关，则为免祸。此即顺逆之不同也。"

"不然！顺逆之道，当以南越百姓之意取舍之，非关汉家君臣所喜恶。"

"汉家与南越,所从何来?秦也!秦时天下便混一,四海无缺,何其伟哉!吾辈新肇基业,反倒不如秦乎?"

吕嘉自知再辩亦无益,便道:"此事重大,我虽倾慕中国,然身为南越之臣,唯从吾王命也。"

经这一番较量,赵佗甚喜陆贾见识通达,留陆贾在番禺数月,餐餐煎烤,日日痛饮,只拗着陆贾讲述秦亡以来世事之变,乐而忘倦。

南越之酒,向不浓烈,陆贾谈兴大起,只顾豪饮,酒酣耳热时,辩才更是无碍。直听得赵佗恨不能秉烛达旦,目视陆贾叹道:"南越国中,罕有高士,皆庄子所言之鸱①,只知腐鼠为美味,无足与相语者。幸而有陆生来,令我每日闻平生之所不闻!"

又过了数日,赵佗赐陆贾一个皮囊,内藏明珠、琉璃璧等奇珍,价值千金,另有其他所赠,亦值千金。陆贾便择了吉日,沐浴斋戒,依中国之礼,拜赵佗为汉家南越王。五岭关禁,就此解除。赵佗心悦诚服,称臣如仪,誓言守汉家之约法,不在南边为患。

分别之际,赵佗率吕嘉等重臣,送陆贾出番禺郊外,行三十里而不忍驻足,执陆贾之手叹惋道:"非先生,南越不得归汉。然此一别,不知何日能与公对饮?即是有龙肝凤胆,也无甚滋味了。"

陆贾连忙称谢道:"大王盛意,令微臣也开了眼界——旬日之内,食尽平生所食鱼鳖虾蟹!"语罢,二人大笑揖别。

待陆贾返回长安复命,刘邦闻其禀报,心中大悦,赞道:"好个陆夫子!只几樽老酒,便赚得南越归服,胜过能将兵百万的韩信了。往日朕不许你说话,看来失之操切。尔等儒生,生了一张嘴,除了吃喝,便是要说话,今后便允你说个够吧。"当庭便下诏,拜陆贾为太中大夫②,专司谏议。

---

① 鸱(chī),此处指猫头鹰一类的鸟。

② 太中大夫,秦置官职,掌论议。汉以后各代多沿置,后世亦称谏议大夫。

话分两头，且说春四月之时，淮南王英布在都城六邑，闲得无聊，只追逐声色。这日，又点起了亲卫，赴郊外围猎。

就在今春正月，英布乍闻韩信伏诛，着实惶恐了多日。然转念一想：自己不过一武人，上阵虽勇，却不习韬略，刘邦又能有何猜忌？若似韩信那般饱读兵书，将兵百万若挑轻担，便无怪乎招祸了。如此一想，便卸去许多疑虑。堪堪春去夏至，见朝中果然并无异常，英布才放下心来。

这日天气晴和，南风习习，英布在郊野飞鹰走狗，好不快活。众军士赶得些鹿豕狐兔出来，英布跨马持弓，只追风般奔来驰去，箭无虚发。

歇息之际，英布跳下马来，与上柱国、大司马等左右坐于地上，远眺大别山。见一片葱茏之上，有山石嶙峋，状若巨人，便问左右："此石可屹立几时？"

中大夫①贲赫此时便道："可立千秋万代。"

英布笑道："孤王以刑徒而诸侯，千古以来可曾有过？"

"绝无。"

"哦？那么英布之名，亦当如此石了。"

左右闻言，皆拊掌大笑，齐声称颂不已。

贲赫向英布一拜道："臣以为，大丈夫在世，当博取英雄之名，令后世仰之。山石或因日晒雨淋成灰土，然英雄之名则不灭。"

英布仰头大笑："中大夫说话，听来就是顺耳，若吾名能与这山林同寿，便是幸事。昔年秦乱，丞相李斯为二世皇帝所杀，临死唯憾，不能再猎。吾一草泽之人，经刀兵而不死，得享围猎之乐，已强于李斯矣。"

"不然。草头百姓之愿，唯求身前平安；然吾王英武，又恰逢盛世，必与山泽同寿。"

英布望了贲赫一眼："孤王知你忠直，然休得轻言盛世！今春以来，汉家内外皆不宁，你应以诤谏为上，莫只顾了讨孤王喜欢。"

---

① 中大夫，官职名。秦始置，为光禄勋属官。

贲赫辩白道："臣乃剖心之言，非为奉承。大王可问：淮南诸臣及百姓，何人不敬服大王？"

"哈哈！这等话，能信乎？孤王明白：吾在世一日，众人便是这些奉承话而已。"

正言笑间，林间忽有一白鹿窜出，猛见围猎人众，惊而止步，掉头便跑。

英布挟弓箭一跃而起，大喜道："白鹿，祥瑞也。儿郎们，快与我去追！"说罢，便翻身上马，循踪追去。

岂料那白鹿钻入丛林，眨眼便不见了踪影。众亲随分头去找，也毫无所获。英布正迟疑间，忽闻有几个军士鼓噪起来，搭箭瞄准一处树林，高叫道："出来！"

少顷，便见一白衣男子，从一片梧桐林中步出。

英布打马上前，喝问道："何人在此，搅了我好兴头？"

只见那白衣男子，神态从容，衣带飘飘，腰间系有一柄竖笛，看去竟无一丝烟火气。他见英布气盛，知是尊者，便一揖答道："在下为市井之人，不耐喧嚣，出来寻个清净。不想有扰尊驾，还望包涵。"

英布跳下马来，端详那人，叱道："看你模样，似读书之人；不安分读书，来此荒野闲逛甚么？"

那男子毫不慌乱，微笑答道："秦亡以来，恃强者胜，刀剑下方讨得好活。善读书者，可有几个能苟全性命的？"

英布闻言，知此人绝非常人，便敛起了骄横之态，道："看不出你年纪轻轻，倒还能说出老成之言来；那书，不读也罢！然兵乱方息，谋食艰难，你一个文弱小子，又何以为生？"

白衣男子一笑，淡然道："生计，小技也。足下请看，在下以此技便可为生。"说罢，从袖中拿出一枝木芍药来。

众军士望见，甚感好奇，都围上来看。只见那花束，本是一枝白花，男子用长袖一遮，旋又露出，那白花竟成了一枝黄花。众人正在惊奇，那男子复又遮挡一遍，花又变为了朱紫。如是五六回，每次颜色皆不同。军士见了此等幻术，不由得欢喜，都嚷了起来。

英布亦是惊诧,问道:“小兄弟,你是人还是神?”

白衣男子将那花枝弃于地上,大笑道:“这有何怪?颜色虽不同,不过一枝花耳。譬如天下万民,爵位有等差,门楣有高下,总不过活这一世。何者为贵?何者为贱?全不用烦恼。”

英布知是遇见了异人,连忙敛容,深深一揖道:“先生方才曾言,读书人不能苟全性命,若似我不好读书者,可否长保富贵?”

白衣男子打量英布片刻,答道:“读书者百虑,尚不得保全,遑论不读书者?观足下之贵,海内罕有,何以仍担忧不长久?”

英布闻之,心惊肉跳,连忙道:“人在世,有百忧而少有一喜,正要请教先生,可有灵验的避祸之道?”

那男子一笑,解下腰间竹笛,吹了几声,而后道:“我在市集上,为人吹笛鼓盆,也可养家。足下也可弃富贵,归于恬淡,便无可忧之事。若恋富贵而希图长久,所失恐不只是富贵。”

英布闻罢此言,眺望远山良久,微微摇头:“路已行至此,如何还能回头?”遂向白衣男子一揖,“多谢先生良言。在下无所报,送你些珠宝吧。”

那男子遽然色变,凛然道:“小人已有一技在身,便是受用不尽之宝。今与足下相逢于山野,实属天意。数语之间,竟涉及贵贱生死、人世穷通,何其惬意耶!此际遇,小人不敢忘,望足下好生珍重。”言毕,便往梧桐林中疾步而去,头也不回。

英布看得愕然,良久才喃喃道:“天知我心也……”遂又摇头苦笑,吩咐左右牵过马来,准备重新围猎。

此时远处忽有人高呼,众人循声望去,但见两骑飞驰而来。原是朝中一使者,由宫中谒者引路来见。

英布一惊,连忙整好衣冠,恭恭敬敬迎上前去。

那使者翻身下马,与英布互相揖过,稍事寒暄,便转身,从马背取下一陶缶,呈予英布,宣谕道:“故梁王彭越,图谋作乱,未逞。上命斩杀,悬首于长安东门。尸身斩作肉醢,分赐诸侯,以儆效尤。”

英布闻诏大惊，接过陶缶，忙掀盖视之。见果是一罐肉酱，当下脸色大变，竟忘了谢恩，只惊骇道："这，这……"

那使者也不多言，向英布略施一礼，道一声告辞，便翻身上马而去。

英布面带怒意，双手发颤，几不能持缶，狠狠吐出两个字来："桀纣！"左右诸人中，有少府忙抢进一步，接过陶缶。又有中尉牵来马匹，请英布上马，再行围猎。

英布强忍惊恐，叱道："如何能再猎？彭越既死，我还做得几日李斯？回宫，回宫！"

回宫之后，英布连发数道密谕，命各边将就地征发壮丁，守牢四方，以防朝廷大军突至。

这一夏，英布心中怵惕，无心饮宴，昼夜思应变之计。如此日子一天天挨过，倒也无事，眼见得是虚惊一场。

岂料至秋七月，合该他命中注定，竟有人告他要谋反，且如韩信一般，也是臣属赴阙举发。

变故皆因一桩家事牵扯出来。话说英布身边有一爱姬，名唤陈姬，生得美貌无比，且知如何取媚，深得英布钟爱。这位陈姬，在秋伏日中了暑气，厌食无力，常含愁苦之色。英布见了不忍，便令其赴名医崔孝襄家中就医。

那崔孝襄见是淮南王爱姬登门，不敢怠慢，使出浑身解数望诊把脉。初时服下药，病况并不见好，陈姬便隔日赴崔府一趟，如此往返数次，方有所减轻。半月间，那陈姬便早晚常赴崔府。

可巧中大夫贲赫的府邸，就在崔府对门。闻听陈姬来此就医，贲赫自忖身为内府侍臣，照顾好陈姬乃分内之事，便备了许多奇珍珠宝，代陈姬厚赠崔孝襄。其间，又陪陈姬在崔府饮宴了数次。

崔孝襄受了贲赫厚赠，只道是淮南王有所托，诊病就更是上心，不数日，便药到病除，陈姬复又巧笑如初。这本是寻常事一桩，岂料，陈姬于谈笑之间，却生出了好大的枝节来。

某日入夜，英布揽陈姬在怀，二人坐望星汉灿烂，言笑晏晏。英布见陈姬康复如初，满心欢喜，不由夸赞道："那崔氏确是有些身手，只这几日，你便痊愈了。"

陈姬应道："崔孝襄在淮南有大名，看病又十分尽心。此等小恙，当不在话下。"

"嗯，孤王日后若有恙，也须延他入宫来看。"

此时，陈姬想起贲赫日前的照拂，不禁感慨，随口赞了一句："那中大夫贲赫，忠厚尽职，实乃长者也！"

不料此言一出，却惹得英布起疑，当即面有怒意："妇人长居深宫，属官品性，你从何处得知？"

陈姬见英布发怒，不由便慌了，忙将贲赫数日来的照拂，如实道来。

哪知英布只是不信，将陈姬推下地去，起身从剑架上拿起一柄剑来，剑锋直指陈姬咽喉："贱妾，你如实招来！可是与贲赫有私？竟当着孤王之面，美誉贲赫，倒是有何所图？"

陈姬吓得面如土色，只嘤嘤哭泣："妾未病之时，半步不出宫门，如何能与属官有私？"

"胡言！那贲赫，又代你馈赠，又陪你饮酒，若不是淫乱，又为何如此殷勤？"

"大王如此说，妾身百口莫辩。那贲赫殷勤，总是看在大王面子上，且他又不曾托妾代为美言。"

"狐为捉兔，方肯刨土，他怎能白白为你掘洞？你还为他辩白！看我一剑斩了你，再去取他人头。"

两人便如此，直吵嚷到半夜，英布方才半信半疑，收起了剑，喝令陈姬："今后不得出宫一步。若敢再为贲赫言事，定将你斩首示众！"

宫中的这场风波，隔日便有涓人传了出去。贲赫闻听风声，心中暗暗叫苦，想面谒君上为自己辩白，又怕越发说不清楚，只好称病不朝，避避风头再说。

过了半月，英布忽然想起，已有多日不见贲赫了。问过左右，方知贲赫称病，心中益怒，脱口骂道："骚犬！主意打到孤王眷属身上，真有包天之胆，此时倒不敢露头了？看我捕了你，谅你也不敢抵赖！"

英布只是出恶语泄愤，却未立下捕令。次日，便有与贲赫交好的涓人，向贲赫暗递了消息。

贲赫在家中闻讯，惊出一头冷汗来，心想自己忠而见疑，浑身是嘴也难以分辩，不由悲愤莫名。其时韩信家臣因变告而封侯事，已遍传国中，贲赫思前想后，认定唯有赴阙举发主公，方能免去这无妄之灾。

情急之下，他伏地向天叩了三个头，念念有词道："主上不惜忠臣，便莫怪臣之不义。贲某活了半世，今日方知：世上负义之徒，多为主上所逼。此举是祸是福，无从猜度，唯愿上苍护佑，保我一家性命。"

主意已定，贲赫便觉迟疑不得，再过半日，捕人差役恐就将前来叩门，于是连家眷也不及告之，出门即直奔邮驿，等到往长安的传车驶至，便登车遁逃。

贲赫出逃多半日之后，府中寻不见主人，乱作一团。家眷四出探寻。至暮方探知，曾有人见贲赫登传车西去。次晨，相府也侦知此事，忙禀报英布。

英布闻贲赫乘传车西逃，岂肯罢休，急命宫中亲卫乘马追赶。须知那传车乃三十里一换马，疾驰如飞，甲士已落后了一昼夜路程，如何能追得上？直追了二百里，仍不见传车踪影，只得返回复命。

英布见贲赫逃走，更认定贲赫与陈姬有私，遂将陈姬幽禁，命内史将贲赫家眷统统收捕，待捉到贲赫之后，一并发落。

却说那贲赫乘车入长安，便立至长乐宫北阙，擂鼓变告，向中涓呈上了变告信。

刘邦接到变告信，吃了一惊，想那彭越肉醢才分发不久，诸侯应知利害，如何英布又要反？此事究竟是真是假，难以辨明，于是召萧何来问计。

萧何看那变告信称：英布往日即多有不法阴事，尤以今春得肉醢之后，即征集丁壮守边之事为甚。凡此种种，皆为谋反端倪，朝廷应趁其未发而先诛，以绝后患。

阅毕，萧何沉吟有顷，只是不语。刘邦微微一笑，问道："相国，计将安出？"

萧何摇摇头道："英布，汉之旧臣也，当不至有此，或为仇家诬陷。应将那贲赫下狱，另遣使者往淮南，详加侦访，以验英布有无反迹。"

刘邦冷笑道："那韩信也是旧臣，谁料他会反？相国诛韩信时，可曾谨慎若此？"

萧何脸色一白，半晌方答道："正因韩信之故，微臣至今仍心怀忐忑。"

“唔,也好！吾也不愿得个滥杀之名,便依你之计,先行查验再说。”

当即,刘邦便吩咐下去,令将贲赫收监,另遣刘敬为使者赴淮南,佯为安抚,实为密访。刘敬临行前,刘邦又嘱道:“公乃聪明人,于世事有独到之察。向日曾窥见匈奴诡计,独出众人之上。今往淮南,请本以公心,密访淮南王究竟有无反迹。英布究系汉家旧臣,若反迹未发而先诛,恐天下人要将我唾死!”

刘敬心领神会,当下带了亲信数人赴六邑,见了英布,一番慰谕,便在馆驿住了下来,遍访官民人等。

那英布自从封淮南王之后,权势赫赫,无人约束,确有诸多不法阴事。日前见贲赫西逃,便疑心贲赫会入朝变告。正惴惴不安之际,又见朝中来使,住在馆驿不走,形迹甚是诡秘,便遣心腹去贴近打探。

待心腹打探得明白,回来禀报,英布大吃一惊。原来刘敬所召见,无一不是相府中关要之人,正逐个查验今春调兵守境等旧事。

英布当即叫苦道:“如此查验,不反也是反了。今上枉杀韩信,不赦彭越,如何就能饶过我？索性便起兵了吧!”

有左右忍不住提醒道:“汉使尚在,大王不宜轻举妄动。”

“哈哈,不说倒忘了！那汉使刘敬,拿他自家当真姓了刘,将我当成了冒顿？今日便教他有来无回。”当下便命亲卫,前往馆驿捉拿刘敬。

然那刘敬是何等机敏之人,验实了英布数件不法之事,料想自己密访,英布必会有异动,仅滞留数日,便率亲信连夜出城,奔回长安。待英布遣人去馆驿,那刘敬一行,早已出了淮南地面。

英布得报,大怒道:“跑得了一个,跑不了一窝。”当下便要传檄四境,竖起反旗。

亲信中有老成之臣,上前劝阻道:“汉家势大,猛将如林;若汉帝亲征,我军恐不能敌。”

英布大笑道:“今上老矣,久已厌兵,必不能来,唯遣他帐下诸将来。诸将中,吾独惧韩信、彭越,今两人已死,余者不足畏。”

诸亲信闻言,皆大感振奋,拔剑喧哗,各个誓言相从。

英布足踏案几，睨视群僚，当即下令道："将那贲赫三族斩首，传谕国中，以儆官民。"随即又传书各边将，严令封关，断绝往长安通道。此令一下，全境震动，百姓皆知淮南王已是反了。

未几，邻近荆楚两国便有军书飞递长安，报称淮南王反。刘邦阅罢军书，目露精光，一拍案道："果不其然！"随即下令，赦贲赫出狱，加为将军，以示奖赏忠良。

那贲赫虽得荣宠，然家眷满门被英布诛杀，心中自是五味杂陈，只得忍泣谢恩。

刘邦又召诸将前来计议，以军书向诸将示之，问道："英布反，如之奈何？"

诸将闻听英布作乱，皆大忿，一派喧嚷。樊哙高声道："发兵击之，坑了这竖子！天威之下，谅他能有何为？"

刘邦白了樊哙一眼："我如何不知发兵？然英布并非草寇，我军欲获胜，诸君可有良策？"

诸将面面相觑，不知如何应对才好。刘邦冷笑道："诸君说话，可用心乎？英布何许人也？昔日项王之先锋悍将。讨英布，恐为立朝以来从未有之恶战，岂如诸君所言这般容易？只不要坑人不成，反倒坑了自家。"

樊哙辩道："项王已死，英布有何可惧？季兄得了天下，如何反变得胆小？"

刘邦道："项王固然已死，然韩信亦死。我倒要问诸君：谁人可当昔日韩信？"

樊哙脸忽地涨红，张口结舌，诸将也是一片哑然。

刘邦挥挥袖道："今日无谋，明日便无头，又谈何取胜？还是想好了再说吧。"便命诸将退下，改日再议。

诸将退下后，刘邦忽觉胸中气闷，头晕目眩，不由长吁一声："这天下，如何了得？"

回到寝宫之后，刘邦愈觉病重，竟卧于榻上不能起，尤厌见人。隔日便发下诏令，令门禁诸卫，不得放群臣入宫，只图个清净便好。

这边厢，军报一日三至，称英布军势极盛，荆楚两国已危在旦夕。夏侯婴、周勃等诸将得报，心急如焚，欲进宫奏事，皆为郎卫所阻，只得止步叹息。

如此过了十数日，军情更急，群臣心内焦虑，相见只是搓手顿足。这日，樊哙耐不住，吼了一声："即是杀头，又如何？诸君请随我来。"便率群臣至北阙，抢先步上阶陛。众郎卫见了，大惊失色，一起拥上来拦阻。

樊哙大喝一声："狗眼看清了，我是何人？滚开！"说罢，推开众郎卫，排闼直入，文武诸臣也相随一拥而入。

待闯入寝宫，见刘邦正枕着一少年宦者躺卧，那少年名唤籍孺，素为刘邦钟爱。闻听群臣聒噪，刘邦眼也未睁一下。众人来至榻前，伏地而拜，樊哙流涕道："反秦之时，陛下与诸臣起丰沛，定天下，何其壮也！今天下已定，为何反倒颓丧若此？今闻陛下病重，大臣震恐。然陛下不与臣等议事，却与一宦者独处，欲就此隔绝臣民乎？陛下昏聩，已忘记前朝赵高之事乎？……"

刘邦听到此，忽然睁眼，一笑而起，叱道："甚么赵高？我疲累，枕籍孺之腿歇息，如何就扯到了秦二世？"

樊哙望望刘邦，不由也笑了："不如此谏言，陛下哪里得痊愈？"

刘邦摸摸额头，环顾群臣道："尔等这一闹，我病倒是大半好了。"

樊哙连忙叩首道："既然好了，便请陛下视事。"

刘邦瞪了樊哙一眼："屠夫，只你一个是催命的鬼！尔等来见，无非是为英布事，此事正是我心病。近来想了多日，仍不知他为何要反？既不知其反意，又如何言及征讨？各位有甚好计，明日再议吧。"

当日见过刘邦，夏侯婴回到府邸中，细思刘邦所言，觉是切中要害，深愧自己胸无良谋。忽而就想到了门客薛公，连忙遣人去请。

原来，那薛公曾为楚令尹，位高权重，为西楚百官之长，等同于汉之丞相。项王西征时，他与项声同守彭城、下邳。当初灌婴攻下邳时，阵中盛传薛公战殁，然仅为传闻而已。其时楚军势危，薛公有一亲随护主心切，与他互换了衣装。于乱军中，薛公只身脱逃，战死的只是一个替身。

其后，薛公辗转多时，投奔了旧识夏侯婴，在夏侯府中做了一个门客。项王死后，刘邦赦项氏诸人无罪，除钟离眜、季布以外，也未追究其余楚臣，故而薛公在夏侯门下做宾客，倒也安稳。

这日薛公闻召而来，夏侯婴便道："君上召诸将，问英布谋反事，诸将无计所出。你说，英布如何要反？"

薛公脱口便道："英布当反！"

夏侯婴面露诧异："君上待英布不薄，裂土而封之，加爵而贵之，令其南面为王，贵为万乘之主，他为何要反？"

薛公便一笑："前日杀彭越，往日杀韩信，你教英布作何想？三人功劳相似，视同一体，韩、彭先后死，英布岂能不疑？必忧惧祸及己身，不反才怪。"

夏侯婴闻言一惊，不由起身道："我非诸侯，竟未虑及此！薛公到底是高士，明日定要将你荐于君上。"

那薛公闻言，倒是慌了，连连摆手道："滕公，使不得！楚汉皆传说我战殁，我今复出，岂非成了诈死而匿？君上若知，我便是又一个钟离眛。"

夏侯婴笑笑，道："哪里会？容我禀告陛下，包你有个好前程。"

次日夏侯婴入见刘邦，将薛公投为门客之事禀报，盛赞薛公有奇谋，可察英布之机心。

刘邦讶异万分，直视夏侯婴半晌，方道："薛公在你门下？你要做甚？"

"无他，惺惺相惜而已。"

刘邦眨眨眼，想了想，叹道："也是。堂堂故楚令尹，竟躲在你府中吃白饭，可惜可惜！你唤他来，我要问他，究竟有何良策？"

夏侯婴当下回府，将薛公载入宫中。刘邦于偏殿召见，劈面便朗声道："薛公，昔闻你战殁，我还着实唏嘘了一回，不意你竟能复活！"

薛公惶然道："臣未死，托庇于滕公，苟活至今，只是不敢见陛下。"

"故人有何不敢见？我又未生出獠牙来。楚汉之争，已成往事，一笔勾销算了！我召你来，是为问计——那英布作乱，朝廷该如何应对？"

"臣孤陋，姑妄言之。英布反，不足怪也，其成败与否，在于他出何计。倘使出上计，则山东之地将非汉所有；若出中计，胜负之数未可知也；他若出下计，陛下可安枕而卧也。"

刘邦望望夏侯婴，笑道：“令尹到底是令尹，语出即不凡！”转头便又问薛公，“何谓上计？”

“先取吴楚，再出兵灭齐鲁，传檄定燕赵，而后固守其本，则山东非汉之所有矣！”

“天下大半归了他，汉家哪里还有活路，这如何使得？那么何谓中计？”

“先取吴楚，再灭韩魏，据敖仓之谷粟，塞成皋之关口，则胜败之数未可知也。”

“嗯，如此，他便又是一个西楚霸王！何谓下计呢？”

“东取吴，西取下蔡（今安徽省凤台县），掠财宝归于越，移兵长沙，则陛下可安枕而卧，汉家无事矣。”

“移兵江南，欲为流民乎？其蠢岂能如此！依你之见，英布将出何计？”

“出下计。”

“彼非庸人，何以弃上计而出下计？”

“英布，昔日骊山刑徒也，趁乱而起，遂成万乘之主，然性本爱财，所谋皆为自身计，岂能为百姓万世而虑？故必出下计。”

刘邦大喜，向薛公揖道：“所言甚是。薛公果然通达，项王若纳公之所言，今日怕是已无汉家了。罢罢，那夏侯婴府中，白饭也不好吃，朕便封你为关内侯，食邑千户，保你衣食无忧，也算为我添些脸面。”

薛公自是心喜，再三谢恩而退，刘邦便与夏侯婴道：“有薛公此言，我不惧英布矣。岂用我亲征，便是刘盈也可讨平他。”当即唤来涓人，下令拟诏，由太子统兵讨英布。

夏侯婴心有疑惑，脱口道：“太子如何能统兵？”

“他再不统兵，怕是接不得这个天下了。深宫长成，不辨菽麦，来日怎么得了？叔孙通寻常所教，不过是些装模作样之术，治文臣尚可，如何治得了枭雄？今也让他掂一掂刀剑，拼杀他几阵，来日或许可以安天下。”

夏侯婴摇摇头道：“太子若败，将如何是好？”

刘邦便厉声道：“若战败，他便做不得这太子了！”

夏侯婴见刘邦动怒，遂不敢再言，拱手而退。

时不久，诏令传入椒房殿，吕后正与兄吕泽、子刘盈闲话，闻令无不愕然。吕后接过诏令，弃于地下，怫然怒道："失心翁究是何意？欲陷我儿于死地乎？"

吕泽忙起身道："此事突兀，待我先去打探一番。"

吕后忽而想起："你那商山四皓呢？快快去问计。"

吕泽拍拍额头道："忘了忘了，罪过！"便辞别吕后，连忙赶回府中。

当日，吕泽邀集商山四皓，围坐于庭中槐下，议起太子将兵事。夏黄公挺身长跽，朝吕泽一拜道："我等来此，即为存太子位，若以太子将兵，事危矣！"

东园公颔首拈须，亦道："太子将兵，有功则太子不能加位；若无功而还，日后必受诸侯欺侮，且太子所辖诸将，皆为枭将，曾与今上共定天下，谁能听太子号令？今若遣太子领兵，无异于驱羊入狼群，太子无功而返，乃铁定矣！今戚夫人日夜侍寝，常将赵王如意抱于堂前。今上亦曰：'总不能让不肖子居于爱子之上。'此话已说得再明白不过，无非是想以如意代太子。君何不请皇后向今上泣言，请放太子一马。至于皇后应说些甚么……你附耳过来……"

听罢东园公一番耳语，吕泽不由面露笑意："好好！商山四皓，果然厉害，在下受教不浅！"谢过四皓之后，即连夜入宫，去见吕后。

吕后听了计策，颇觉有理，便在心中温熟了东园公所言，屈尊去了长信殿找刘邦。

见了刘邦，吕后依商山四皓之计，掩面泣道："英布，天下猛将也，善用兵。故而此次征英布，不可草率。如今汉家诸将皆为陛下故旧，若以太子为将，无疑使羊将狼，无人肯为他用命。假使英布闻之，必大喜，击鼓而西行。令太子将兵，不若你亲征。你虽有病，然可强作支撑，卧于戎车中，诸将都不敢不尽力。如此，虽辛苦些，就算为妻儿勉强一回吧！"

刘邦仰头想想，叹口气道："正是。那竖子不足以成事，还是我自去好了。"

太子出征之议，遂告作罢，旋即另有诏令下来，曰：天子自将兵十万东征，群臣留守，着令曹参自齐国带兵会攻。废去英布淮南王号，另立皇子刘长为淮南王。

这位刘长,也非等闲之辈,乃是张敖送给刘邦的赵姬所生。赵姬蒙冤而死,刘长则为吕后所养,虽是婴孩,但终究是刘氏骨肉。以子弟守四方,既然是刘邦心心所念,就算婴孩,也不妨为王了。

且说刘邦率军出城当日,群臣都送至霸上。张良抱病在家,也强打精神起身,赶来相送。行至曲邮(属长安下辖)这地方,见到了刘邦,连忙下马道:“臣本该相从,然病甚,上不得路。陛下此去,臣无须多言,唯楚人剽悍,愿陛下勿与楚人争锋。”

刘邦望望张良病容,叹惋良久,嘱道:“我不放心者,唯有太子,今已令太子为将军,督关中之兵。竖子素少计谋,子房虽病,也要多为太子献策才好。”

张良诺诺应允,刘邦便又道:“太子已有太傅叔孙通,你且委屈一下,暂任太子少傅,多教他学识,不得敷衍。”

临别,刘邦又命太尉周勃:调集车骑、板楯蛮及禁军,拢共三万人,驻军霸上,为太子护卫,嘱张良、周勃道:“我若归不得,太子便是天下之主。你二人,一文一武,可安天下。”

两人听了,都极感惶悚,连声说道:“还远不到托付后事之时,陛下请放心出征。”

刘邦此番重披战袍,又见兵马络绎而行,如当年反秦之时,自是感慨:“半老的人了,还要如此披挂。没有得力子弟分守四方,如之奈何呀!”遂下令以灌婴为车骑将军,率马军为前锋,务求神速。

再说那英布,果如薛公所料,先发兵击荆、楚。那荆王正是刘邦族弟刘贾,刘贾哪里肯示弱,自都城广陵发兵抗拒。两人挥军大战一场,惨烈无前,两面皆死伤无算。然英布终究是悍将,知此战是死地求生,须驱士卒舍命厮杀,便忽地掣出一面大红旗来,上书斗大的“灭刘”二字。

众淮南军见了,齐声欢呼。英布跳下战车,拉过一匹马来,翻身跨上,手举红旗一马当先。淮南军登时士气大振,一场恶战,竟大破刘贾所部,追刘贾至富陵(今江苏省洪泽县)。一彪淮南马军呼啸突进,将刘贾团团围住,杀尽他身边亲兵。刘贾身被重创，宁死不降，为淮南军乱剑击杀。所部残兵，尽都降了淮南军。

首战得手，英布便又回军，北渡淮水，攻入楚国。现今的楚王，乃是刘邦幼弟刘交，闻报大惊，急发本部兵马前去抵挡。一日里，自国都薛城连发三路大军，三军各有列伍，互为犄角之势，以便救援，在徐、僮一带（今江苏省泗洪县）迎击英布。

此时，有臣属对刘交谏道："英布善用兵，民皆畏之。今别军为三，敌若败吾一军，余皆逃走，安能相救？"

刘交少年气盛，哪里听得进这话，只是命三军分头齐发。接战后，果不其然，其一军为英布所破，余二军闻之立即逃散。刘交大惭，知自家绝非英布对手，只得率残部奔回薛城。

英布起事以来，连胜两阵，震动江淮。每据地登城，甚为得意，常对左右道："荆楚全境，指日可下，关中也就不远了。早知反汉如此容易，早就该反！"

此时忽有斥候来报，称："汉帝亲率十万兵，沿河而下，已过荥阳。"

"哦？"英布心头不由一紧。"老翁果然来了？也罢！那就及早会面。"言毕，即号令全军十五万余人，空巢而西进，要与刘邦约战。

高帝十二年（公元前 195 年）冬十月新岁，天气渐寒之时，曹参奉了刘邦诏命，发齐地步骑十二万人，由博阳（今山东省泰安市）沿泗水而下，一路拼杀，颇有斩获，稍挫英布军之锐气。

曹参军乘胜进抵蕲西（今安徽省宿州南），与朝中大军会合，汉军声势便压过了淮南军。两军在会缶（亦在今宿州南）狭路相逢，彼此遥望，都不敢轻易接战。

刘邦见英布部伍整齐，军锋甚锐，心中还是忐忑，遂下令汉军在庸城（亦属蕲西）安营，筑垒坚壁，暂且闭门迎岁首。未几，英布军尽数前移，也在城外扎下营。两军剑拔弩张，对峙起来。

这日，刘邦率曹参、灌婴、郦商等诸将，登上庸城城头，望见淮南大营连绵十数里，旌旗林立。那英布本为项羽骁将，治军甚严，反汉后，又命全军换了楚之赤旗，因此，颇有项羽军当年之风。见此状，刘邦不禁就蹙起了眉头，眼前又浮出睢水畔的一片血海。

曹参见刘邦脸色不好，便道："英布小儿，有何可惧？我率部前去冲他一冲。"

刘邦道："且慢，待我问他一问。"当下便写了约书一封，打发兵卒送往英布大营，约英布于阵前过话。

至约定时辰，两边营门大开，各自涌出一队兵马，簇拥主公戎辂车来至阵前。

刘邦一见面，便问："英布，你何苦要反？"

英布也懒得说理，只答了一句："欲为皇帝也。"

刘邦大怒，戟指骂道："英布小儿，你本为刑徒，趁秦末大乱，肆行暴虐，项羽所坑降卒数十万，大半乃你所为。因此才侥幸得个诸侯做，还不知足吗？皇帝乃天下共推，岂是你匹夫说做就做的？"

英布回道："诸侯固推你为天下之主，然自你登基之后，我辈却逐个身灭，这又是何道理？我若不反，你也容不得我。天下本非你所有，原为诸侯助你而取，今我不欲助你，便想与你在刀剑上较量。这天下你刘氏坐得，我英布便也坐得，还是阵上见个高低吧。"

"英布，天下之大，怎就容不得你，竟要自寻死路！堂堂汉家，海内共举，万民归服，岂是你英布反得了的？秦为乱世，刑徒可为诸侯；汉为治世，则诸侯也休想作乱！"

"你我皆由乱起，何以五十步笑百步？你如何夺秦之天下，我便如何夺你天下，还是毋庸多言为好！"

刘邦将袖一挥，道："好你个英布竖子，十日之后，你我拿刀剑说话！"

英布便躬身一揖："季兄，弟恭候。"

两边人马遂各自归营，那灌婴按捺不住，问刘邦道："今日即可开战，何须十日以后？"

刘邦便指点淮南军阵精妙处，摇头道："英布兵锋甚锐，不亚于项王楚军，今日出战，胜负难料呀。"

诸将随刘邦手指看去，逐一看出了门道，皆叹服，情愿归营待战。

过了十日，便是开战时。晨起，两军之间平野上，一派肃杀。北来寒风凛冽，漫天都是欲雪的样子。朝食毕,两营先后开了营门,队伍源源涌出,在野地里各自布阵,但见汉军阵中,气象森严,军士多为百战之卒,行走之间,张弛有度;再看英布阵中,一派赤旗飘扬,虽经十日消磨,军卒士气仍高昂,都在跃跃欲试。

待两军布好了阵,英布登车眺望,看了看汉军阵容,不由叹道:"今日有一场好仗!"正要擂鼓时,前军忽发鼓噪,一阵纷乱,竟从枯草丛中拽起一个人来。

英布诧异道:"斥候都潜入阵前了,了得!带过来看看。"

众军卒将那人推至戎辂车前,英布定睛一看,不由笑了:原是那日在六邑,曾在郊外玩幻术的白衣男子。

"又是你!两军大战在即,你躲在此处做甚?"

那人望望英布身后大纛,猛醒道:"哦,原来是淮南王。怪不得!在下云游至此处,晨起就坐在这里,焉知忽就来了恁多军士?"

"读书儿郎,快快闪避,不然鼓桴一擂,小心你丧命!"

"在下这就闪避。大王,且听读书郎进一言:冠冕再高,亦不如一技在身,何苦去争那名分?"

英布听了,眨眨眼,放声笑道:"我本武夫,唯有一技,便是战死在阵前。且躲闪去吧!"

白衣男子仰头叹道:"阵前死,是好死,只恐是……欲死于阵前而不得呀!"

英布不耐烦听他啰唣,挥手命军士将他带往阵后,随即,高举起鼓桴,全军荷戟而望,只待令下。

当此时,天地间仿佛万物屏息,一派静默。两军阵前,万人无声,唯刀剑相碰之声清晰可闻。英布正犹疑时,对面汉军阵中,忽一阵鼓声骤然擂响,数万汉军,齐声发喊。英布心头一凛,忙将鼓桴击下,淮南军便也一齐呼喝起来。

只见汉军阵门大开,为首一将,乃是曹参,威风凛凛立于戎车上,急擂鼙鼓。众军挥戟跟上。英布见了,冷笑一声:"曹参更是何物?"随即大喝一声,"求富贵,杀汉贼!"便挥军大进。淮南军阵门一开,便如当年楚军般,数十列纵队疾奔而出,势若洪流。

两军渐近，顷刻间，便贴近在一处，阔野间唯见剑戟林立，如同棘丛。锋刃寒光，灼灼刺目。两军都知对方非等闲之辈，这一番厮杀，必是血流成河、人头滚滚！

刘邦于阵后，乘车停在一小丘之上，观看战阵，周緤、徐厉等诸将紧随其后。从高处望去，汉军与淮南军如同红黑两条巨蟒，近身互搏，紧紧缠绕。喊杀之声，不绝于耳，遍野狐兔被惊起，四处逃窜。

英布历来为项羽楚军之先锋，拔城陷阵，无不当先。所练部伍精干猛锐，此时在平野上与汉军对撼，杀声盈天，凌厉无前。

两军互有进退，反复冲杀，阵中鲜血喷溅，如同泉瀑。士卒们在血泊里践踏，以肉身迎住剑戟之锋，顷刻便如谷捆般连排倒下。前队仆倒，后队便至，源源而至，不见尽头，直将那无数人身填进血海之中。汉军虽威猛，但也觉多年未有此等恶战了。战至正午，汉军后队已全数压上，仍不能击退淮南军。

周緤等人护卫在刘邦身侧，见此不禁着急，欲提剑杀入阵中。刘邦阻止道："急的甚？且看。"

果然不久，从淮南军北侧忽然杀出一彪汉军来，远望旗帜，原是灌婴、郦商领数万别军杀到。灌婴一马当先，神勇无比。此时两军正战得力疲，淮南军冷不防侧翼受敌，立时动摇。英布见势不好，急忙调兵去抵挡，然汉军人数终究占上风，自西、北两面压来，淮南军渐渐不支。

刘邦在高地看得清楚，对周緤等唤了一声："随我击敌！"便命御者冒箭矢前行。

但见一杆汉王大纛，自阵后向前疾进，迎风翻飞。汉军见了，欢声雷动，更是勇猛进击。

英布望见，眼中精光一闪，又擎出那面"灭刘"红旗来。有部将急谏道："大王，军力已疲，全不似前日能战。此时不退，则全军将覆没！"

说话之间，灌婴已连斩淮南军中三员楼烦将，淮南军惊恐大起，纷纷高叫："汉军有神！"

英布手搭遮阳望望，一叹，只得弃红旗于地，一面命弓弩手拼死放箭，一面引军退向淮水。

汉军见淮南军退了，都跳跃欢呼："反贼败了！"遂挺起长戟，奋力追击。英布悲愤莫名，忽对御者大吼一声："停车！"便回身搭箭，瞄准了刘邦射去。车旁一众弓弩手，也纷纷勒住马，向刘邦放箭，一阵疾射，眼见得汉军前锋迟缓了下来。

众弓弩手正要欢呼，忽见前队溃兵潮水般退下来，漫山遍野，止不住脚。英布见大势已去，再战已是徒劳，便骂了一声"背运"，跳下车来，也随众而逃。

半日之内，数万淮南军奔逃于途，或死或降，三去其一。汉军得手后，倒也未再穷追，趁势收了兵。

经此一战，英布知刘邦已非当年沛公了，日前贸然反汉，显是走了一步险棋，渡淮水南下后，回望身后又有尘起，原是灌婴领别军一支来追。英布气不过，遂下令止军，回头再与汉军厮杀。

汉军挟得胜之威，其势锐不可当。骑将刘濞一马当先，众军卒漫山遍野高呼："杀反贼！"

淮南军将士知力不能敌，自家名分又不正，便失了战心。在洮水南北，勉强两战，复又败，一溃数十里，弃甲遍地。上柱国、大司马皆战死。英布精锐尽失，无力回天，只得打马狂逃，原先七万人马，仅余了百余骑紧随左右。

一行人逃至大江以南，踏入姻亲长沙王地面，方稍得喘息。

其时老长沙王吴芮已辞世，长子吴臣袭了王位。那吴臣虽是英布妻兄，却是无心反汉，闻听英布败落，怕受牵连，便欲使计诱杀之。当即遣人送信给英布，伪称厌汉已久，愿与英布一同逃往南越国。

英布正在走投无路之际，接了来信，一时不能辨真伪。

有随从劝谏道："若有诈，一入长沙，则成囚俘！"

英布苦笑道："姻亲若也想害我，则天地间还有何处可逃？"遂不疑有诈，改道往长沙奔去。

途经鄱阳郊外的兹乡，堪堪日已暮，一行人走得困乏，便寻了一个田舍家歇息。

众人席地而卧，草草入睡，全不觉有异常之处。至半夜，忽然院外人声嘈杂，大门猛地被撞开，数百乡民手持火把，挥舞锄耙拥入，口呼："杀反贼！"

英布倏然惊起，闻室外有人格杀，心中便明白了，怒喝一声："妻兄也诱我？大丈夫，果不能死于阵前乎？"便欲寻剑格斗，然黑夜里寻不着军器，便抓了家具来抵挡。

乡民发觉英布在此处，立刻声如鼎沸，蜂拥而至，以刀剑相逼。英布不屈，捉了案几来抵挡，怒喝声震动屋瓦，然终究是寡不敌众。一场厮杀后，可怜一代英豪，竟被众乡人用锄头击杀。

吴臣闻报，心中稍安，遣人去取了英布首级，飞递至汉军大营。

却说早前刘邦出阵，不巧为淮南军箭矢所伤，牵动旧创，正负痛难忍。见首级传入，不禁大骂："猪狗！好好的兄弟不做，却非要如此相见。不看了，拿去抛了，抛了！"

十、大风歌罢看苍黄

灭掉英布，刘邦便觉天下无敌，心略略放宽，命大军于淮南休沐些时日。想到刘贾战殁，且无后，又不胜哀伤。不几日，便有诏下，曰："吴，古之国也。昔日荆王刘贾兼有其地，今荆王战殁，不忍再立。朕欲复立吴王，诸臣请议可任者。"

诏书下后不久，便有长沙王吴臣等共推刘濞为吴王。

这位刘濞，乃刘邦之侄，即次兄刘喜之子。刘喜怯阵逃归，被贬为侯，其子刘濞却是个伟丈夫，年方弱冠，英武异常，其虎背熊腰，望之俨然。此次征英布时，已封为沛侯，以骑将之职随军出征，身先士卒，建有大功。

刘邦便将刘濞召至帐中，望望其面貌，不由疑道："诸臣荐你做吴王，夸你厚重，朕为何看你似有反相？你近前来。"

刘濞来至刘邦座前，刘邦拊其背片刻，似有劝勉，却猛然问道："近日我曾问卜，太卜许终古曰：'汉家后五十年，东南有乱。'莫非是你耶？"

刘濞脸立时白了一白："臣哪里敢？"

刘邦又嘱道："侄儿，你不似乃父，一望而知你大有胆略，朕甚嘉许。然天下同姓一家，你须慎之，不可以反！"

刘濞连忙伏拜，连连叩首道："臣不敢。"

"那便好。平身吧，不日即封你为吴王，领故荆王之五十二县。将来若生事，莫怪阿叔不留情面。"

待刘濞退下,刘邦心中甚感不妥,便想道:"秦末以来,天下多出枭雄。有枭雄,便要动兵戈;如此兵戈连绵,怎么得了?须得使百姓皆知尊孔读书方可。"自此,便将这一节记下。

几日后,北地又有捷音至,周勃在代郡半年,追击陈豨,致其逃无可逃。终在当城(今河北省蔚县),将其围困。城破,汉军卒将陈豨当街击杀,割了首级传回。代郡一带,就此全数平定;连带云中、雁门两郡,亦皆无叛众踪迹了。

刘邦大出一口气,赞道:"厚重者,周勃也,当成大事。"于是下令周勃、樊哙着即班师。

想想江淮也是无事了,刘邦便于冬十一月下令:禁军及关中兵随驾班师,各郡国之兵亦各自返属地。

回军途中,刘濞在卤簿前伺候,甲胄鲜明,英气逼人,观者疑是天将下凡,纷纷夹道仰望,竟冷落了皇帝大驾。刘邦看了,心中不是滋味。忽而就下令,全军转向,绕道鲁城,将以大牢①之礼郊祭孔子。众臣担忧刘邦伤势,频频劝阻,但刘邦只是一个不理。

至鲁城,郊祭当日,三军簇拥刘邦出城。于鲁城南郊排列成伍,跟随刘邦齐齐伏拜,行大礼,山呼万岁,场面极是壮观。阖城百姓都出城来看,各个心喜,皆赞孔子之尊。

刘邦拜毕,对诸将道:"我等善使刀剑,却拿不起一杆秃笔,安天下恐也安不得几年。这四方河山,有何人可为我守?朕为此,每夜不得安枕,必得后代子孙世世读书,方为长远之计。"

诸将为祭孔仪典之盛所慑,闻此慨叹,唯有应声诺诺。

曹参道:"英布既灭,海内晏然,今日回军途中,不如绕道沛县去看看。"

---

① 大牢,祭祀时并用牛、羊、豕三牲,曰"大牢",亦称"太牢"。用于隆重的祭祀,按古礼,仅有天子、诸侯可用大牢之礼。

刘邦怔了一怔，叹道："昔年还是睢水大败后，曾匆匆一过，至今又是十年了！好，不妨便前往。"遂命大军，转往沛县而行。

十一月中，寒风萧萧，云飞雪落，正是天地苍黄时。大队行至沛县，刘邦见农家仓廪尚充实，心中喜悦，对曹参等沛县旧部道："昔在故里，遍地都是凋敝；今见士民安乐，仓廪尚可，也不负我辈厮杀一场了。"

行至县城，刘邦着令各旧部将士，凡家居沛县的，尽可归家探亲；卤簿则进驻城中，以泗水亭官署为行宫。

故里人民闻听皇帝驾临，都欢天喜地，跑来县邑观看。刘邦便嘱当地县令、啬夫道："百姓来观望，不得阻拦。"

隔日，刘邦见人来得更多，便在行宫设筵席，广召县中父老子弟近千人，置酒高会。

那些乡中耆宿、幼时玩伴，闻刘邦有请，无不泣下，纷纷赶来赴宴。泗水亭内外，铺了数百幅毡席，众人分席围坐，一派喧腾，连槐树上鸦雀亦被惊飞。

邻近十数家民户的灶头，火光熊熊，众邻里前来帮忙烹炙，将美馔流水般地呈上。此筵乃由少府打理，水陆珍禽，无所不有。每上一菜，皆系乡中父老闻所未闻，子弟更是一片惊呼。

刘邦方要举杯，席上即有父老起身，祝酒道："天子归故里，吾乡父老何其幸也……"

刘邦连忙摆手道："今日不提天子，我就是刘季。十数年来，兵连祸结，刘季在外争战，连累父老受苦。人皆曰：游子思故乡。我又何尝不是？今天下安定，我身在关中，却是只念着丰沛。"

众父老皆含泪称："吾人亦思陛下。"

"朕昔为沛公，自此地起兵诛暴秦，遂有天下，当以沛县为朕汤沐邑，免百姓赋役，世世无须缴付。"

此言一出，满座皆欢，父老都齐呼万岁，击掌相庆。

酒过数巡，刘邦抬眼望去，见院中角落处，有数席是女流，便起身过去，招呼道：

“王媪、武负，两位阿嫂可在？”

席上两妇人应声而起，原是邑中两个酒肆的主人。

刘邦举杯道：“昔日所欠酒资，至今尚未还清，惭愧！今我永免故邑赋役，两位可否也免我欠资？”

那武负便拍掌笑道：“这个买卖，皇帝岂不是亏了？”

众人亦大笑，都道：“善哉，两清便是！”

正杯觥交错间，有一队小儿嬉笑跑过，刘邦便唤来县令，命他将城中小儿统统召来。

县令连忙传话下去，各里正便挨户搜求，唤来小儿一百二十名。刘邦大喜，趁酒酣，亲自击筑，教众小儿唱自作歌曲，前后温习数次。待小儿唱熟，刘邦便起身至庭中，腾挪起舞，与众小儿齐唱。其曲苍凉无比，辞曰：

大风起兮云飞扬，
威加海内兮归故乡，
安得猛士兮守四方！

如此反复再三，益发悲凉。一曲尚未歌罢，刘邦便想起垓下以来诸事，不由慷慨伤怀，泣数行下。

歌罢，众人流泪喝彩。刘邦满腹心事未了，伫立原地，仰望苍穹良久。

少顷，有庖厨急急来报，抱怨道：“宾客太多，饕餮过甚，庭中琉璃井之水，已被汲干了！”

众人闻言大笑，刘邦亦笑道：“民之膏血，就如井水，哪禁得起恁多人饮？”便命郎卫速去别处担水。

与庭中众人尽欢之后，刘邦一手提壶，一手拿酒盏，自庭中踱至院外，遍巡各席，逐一敬酒。席中诸人，多有相熟的。或旧日有恩，刘邦便要多饮一杯；或昔时结怨，便是一笑了之。正游走间，忽见有一席人已饮罢，离席起身，已各自骑上了马，堪堪便要走。

那一席人共七男一女，长幼不等，雅俗各异，衣饰与现世判然有别，不似沛县地方的人。刘邦连忙抢上几步，大呼道："诸君且慢行，待我刘季祝酒。"

为首一位壮男，头戴斗笠，长须飘飘，于马背上拱手道："我等一行，非沛县人也。虽老少有别，贤愚不一，然皆来自南山，长居云深处。近闻世事翻新，特来恭贺。心意既至，多留也无益。当告辞。"

刘邦至此已是半醉，趔趄了几步，问道："诸君……可是商山四皓之友？"

那长须男子一笑："商山四皓？恕我孤陋，不曾见过。吾辈出山，乃是应天命，不忍见秦乱连绵、人间相杀，欲助王者开天下之正道、安无助之黎民。此行所遇，见各路豪雄，怀抱有别，或向通途昂然而行，或往绝路埋头狂奔，纷争不已。窃喜终有人悟得大道，一鸣冲天，开我中夏千年太平，百姓终不致再填沟壑。说来，我辈八人，个个都是为此出了力的，今日山河既定，便也该归去了。"

"哦！然则……急的甚？不妨暂留尽欢，或明日再来？"

"古之大化者，乃与无形俱生，吾辈亦最喜无形而生。今日既已遂愿，自当归去。再重逢，恐在千年之后了。"

其余众人也一并揖道："今日当别，后会有期。"

刘邦环视这几个奇异男女，不觉一怔："千年？……"

长须男子笑道："君曾为吏，治天下，必循规蹈矩。世代因袭，即是千年以后，与今日又能有何异？"

刘邦闻言，心头一震。察其音容，忽觉熟稔，不由脱口道："你，你是……"

那人摘下斗笠，大笑，在马上拱手道："大象无形，圣人无名。兄弟，别过！"

"你！美髯客，莫走！"

那人一笑："吾八人，皆为同道，无缘为君所用！"说罢催马便走，其余人也紧随其后，瞬时，便疾风般地驰远。尘头起处，唯见八人身形如仙，衣袂飘飘而远。

刘邦愕然半晌，方举起杯，将杯中酒缓缓洒于地。

周緤、徐厉等诸将，此时也察觉有异，跑来问道："陛下，走的是何人？"

刘邦微微摇头:“乃天人也,非人间所能留。”

此刻泗水亭外,一片苍黄,高天流云正急,半空有苍鹰高翔。刘邦前行几步,来至一株老槐前,手扶斑驳树干,远望山河,阔不知边际,渺不知来者,心中便更是空茫,不由叹了口气:“时无英雄乎?竟推我至此!”

至夜,刘邦在行宫酒醒,于榻上辗转。忆起美髯客现身之事,又唏嘘了一回。

此后每日,由故旧族属轮流做东,极尽欢宴,争说当年旧事,以为笑乐。如此欢悦十数日,刘邦便欲告辞,众父老哪里肯放,皆拽袖挽留。

刘邦恳切道:“吾随从众多,父兄哪里供得起?”于是下令起驾出城。

沛县父老闻之,空城而出,人人携果蔬鸡鸭,至西门外,伏于道旁,把那鸡鸭举在头顶进献。刘邦禁不住热泪盈眶,逐一答谢,作揖作得手臂发麻,然相送者仍不肯舍,致车马寸步难移。无奈,刘邦便命就地设帐幕,又留了三日,与诸父老痛饮。

三日后,刘邦决计启行。临别,沛县父老伏地叩首,请道:“沛县有幸得免赋,然丰邑尚未免,故里小民苦盼天恩,望陛下怜之。”

刘邦这才想起,笑笑道:“丰邑,吾所生长之地,最不能忘。丰邑不免赋,乃因吾恨雍齿曾偕丰邑子弟投魏,使我颜面全无。”

父老不肯起身,又流泪再三恳求,刘邦方才挥袖道:“罢罢!父老的面子,我也驳不得。便比照沛县,永免丰邑赋役便是。”

众人闻之皆欢,手舞足蹈,方让出道路,目送卤簿西行。离城数里后,刘邦回望故邑,知今生恐不得再见,不由就鼻酸。行了半日,忽又想起,命刘濞无须随军回朝了,即刻赴广陵就国。

沛县父老送走刘邦,几日不能心静,遂日日聚议,由那富户豪族捐资,草头百姓出力,于行宫原址筑起高台一座,号曰“歌风台”,以资纪念。

且说刘邦率队出了沛县,一路逢城邑便停留,受吏民拜贺,好不惬意。半途曾数遇朝中来使,押解军粮接应大军。刘邦知萧何在关中做事细密,使前方无一日断粮。然越是如此,越是心怀疑虑,每每扯住来使,问三问四,务要打听明白:相国近来所做何事?

那几路使者无从揣测上意,皆据实答道:“相国勤恳操劳,安抚百姓,筹措粮草,无一日敢懈怠。”

随驾众臣听了,都大赞萧何,唯刘邦听后默然,似心中有不乐。来使见了,摸不着头绪,返回长安时,便报给萧何听。萧何听了,心中也纳闷,不知刘邦此举究竟是何意,也只得佯作不知。

一日,东陵侯召平来访,萧何与他在堂上说话,寒暄既毕,便谈及此事。东陵侯问了问详情,脸色就一变,大声道:“不好! 公不久将要灭族!”

萧何大惊失色,忙问究竟。

东陵侯便道:“公位至丞相,功居第一,已不可复加了,今上屡问公所为,乃是恐公久居关中,深得父老之心,若乘虚而起,将关中做了芒砀山,据地称王,今上岂非失了老巢? 公不察上意,只知处处为民,令今上越发猜忌,你爱民越深,祸就越近,反将好人做成了逆贼!”

萧何听得瞠目,脱口道:“朗朗乾坤,焉有此理? 往日着实未曾想过。”

“若想保命,怎能做如此干净之人? 须得自污。天子只怕圣人,唯不怕声名狼藉者。公何不多买田地,且以极低之价,逼户主贱卖,务使民间怨声载道。你有恶名在民间,今上还能再提防你了吗? 唯自污,不惜羽毛,公方可保全性命。”

萧何茅塞顿开,摇头感叹不止,当下就唤来萧逢时,命他去招一伙恶徒来,赴四乡强买好地,务必凶神恶煞,以相国府之名压人。

萧逢时大惑不解,不欲做恶人。萧何大怒,道:“你不做恶人,便要你的头! 头颅与美名何轻何重? 请君自选。”

萧逢时低头想想,忽然有所悟,抬起头来望望萧何,叹了一声:“做官做到这个地步,当初又何苦反秦?”

“唉! 你我非神人,谁又能料得到?”

萧逢时只得摇摇头退下,即去闾巷招揽恶徒了。

如此过了不久,相国府便恶名在外,民间物议,如煮如沸。中尉、廷尉各衙署屡次接诉状,只能装聋作哑。唯御史大夫赵尧不依不饶,接连密报刘邦,却不见有回音。

有使者再赴淮南,也忍不住向刘邦告状,说萧相国扰民甚苦。刘邦听了,故意装作不懂,只道:“萧相国何至于此?必是家臣所为。”心中却甚觉欣慰——看来萧何老儿,在关中似也未必得民心。

此事刚放下,却又有忧心之事接踵而至。原来,刘邦在途中颠簸,劳累过甚,竟引发了日前箭创。这日醒来,忽感疼痛难忍,便急召御医孔何伤来看。

孔何伤来至刘邦辒辌车上,看了创口,见红肿流脓,已是难治。又屏息把脉良久,只觉脉搏紊乱,竟有险象,心中就一惊,汗流满面。

徐厉在侧见到,也一惊,忙问:“孔先生有何见教?”

孔何伤强作镇静,朝刘邦一拜:“陛下圣体,经百战而无事,小小箭创,岂有大碍?只须静养,不可有一时出辒辌车。”

刘邦便一叹:“弄了个山河在手,整日碌碌,又谈何静养?速还长安就是了。”

“途中纵有胜景,也请陛下勿再流连。”

刘邦脸上便突现怒意:“你是怕我做了秦始皇吗?”

孔何伤也不答话,再拜之后,下了车,将徐厉拽至一旁,附耳低声道:“陛下圣躬堪忧,欲归,不可迟一日。如能抵长安,便是大幸。”

徐厉瞬时面如白纸,竟然口吃起来:“这,这……臣如何脱得了干系?”

“将军请无忧。回朝后,皇后那里,我自去交代。”

这之后,大队行进便骤然加速,日暮而歇,日出即发,过郡县而不停留。

刘邦在车上昏沉了几日,也不知到了何处。这日,忽闻车外人声喧腾,似有人阻道喊冤,随后徐厉便大声呵斥。

刘邦在车内听见,便喝道:“徐厉不得无礼!百姓有冤,听一听不妨。当年吾辈如能拦车诉冤,何至于上芒砀山?”

徐厉便将车帘拉起,刘邦起身一看,吓了一跳,见车已行至霸上,道旁百姓跪了一地,竟有千余人之多,都头戴白幅巾,将诉状举至头顶。

刘邦命徐厉将诉状收上来，拆开看了几个，竟都是诉相国府强买民田的，心中便有了数，命徐厉宣谕："圣上有旨，将诉状全部收上，回朝后，自有廷尉府处置。"

那些冤民听了上谕，立时喊成一片："廷尉府哪里敢治相国？请陛下亲断。"

刘邦只好探出头去，宣谕道："父老请归。相国府有恶仆扰民，我定将亲断。萧相国昏聩，亦将受严处。"

众人闻之，都高呼万岁，方起身让开了道路。

徐厉抹抹额头上大汗，咂舌道："真吓煞人也！"即命御者加速通过。待卤簿一过，便留下后队禁军千余名，执戟遮道，禁行至日暮，不许冤民即刻返归。冤民大呼："皇帝待民如子，你等如何似虎狼？白日当头，这是甚么天下？"

徐厉叱道："甚么天下？刘氏天下。才安生了几日，难道又念秦始皇了吗？敢再喧哗，以刺客论处！"

众人无奈，只得噤声。徐厉督军卒拦至日落，方才解禁放行。

且说刘邦一行抵近长安城，便望见萧何率众文武，郊迎于途。刘邦见萧何貌仍恭谨，留守众臣神色也无异常，这才放下心来，吩咐萧何道："相国辛苦了，请随我入宫，有要事相商。"

萧何心中一跳，当即应诺，登上了车辇，随卤簿入宫。

刘邦进了寝宫坐下，不等洗漱，便命人将冤民诉状搬进来，足足有两担，笑对萧何道："相国，我出行不过两月余，你在朝中，干的利民好事！"

萧何拆开几卷信函，见是失地之民告御状，便也不慌，朝刘邦拱手道："臣御下不严，致使白圭有玷，当向百姓谢罪。这些诉状，请赐我携回，老臣定当平息民愤。"

刘邦挥挥手道："拿走拿走！怪不得沛县旧部中，唯我一人可坐天下。尔等处世，真是奇哉怪也，莫非还嫌食邑不足乎？"

萧何也不答话，只唯唯而退。

刘邦静思片刻，忽而疑惑起来："老儿昏聩，似也不至于此！莫非是演戏与我看？唉，做了这天子，连人心都看不透了。"当下便命人传赵尧来。

赵尧进宫来，猜到是为萧相国事，便抢先谏言道："天子不可久离都城，一旦久离，便有各种古怪事。”

果不其然，刘邦劈面便问：“你说，相国强买民田，究是何意？”

“为子孙计。”

“朕尚安在，他就想到身后事了吗？”

“不唯相国一人，诸臣心中，也都是惶惶。”

“哦？难得你直言。昔年吾曾不解：秦始皇何以要重用赵高？今日看来，坐上这龙床，天下还有何人可信？这万人之上，倒真是孤家寡人了。赵尧，自今日起，你便是我的赵高，上至相国，下至屠夫，凡有图谋不轨者，尽速报来。我活一日，便容不得朝野有一日离心。若需坑儒……坑也就坑了吧！”

赵尧听了，暗自心惊，也只得将心一横，高声领命。

次日晨，赵尧便向宫中发出密报，称相国府已将所有强买民田，按市价重估，今日即补钱给民户。众民户闻之，皆口诵天恩，称相国乃是真为民。

刘邦接报，呆了半晌，喃喃道：“民心，便是如此好收买的吗？”

隔日，刘邦正看奏章，忽见有一道是萧何亲笔，内中言及：“长安地狭，关东豪族迁入，族人多无田，遂成滋事游民，为京都之大患。昔日上林苑，尚有空地，荒芜多年。以臣之见，不如准百姓入内开荒，使游民有业。”

刘邦阅毕，触动心事，大怒，将奏折摔下，高声道：“相国受商贾贿赂，为他人请上林苑地，还有王法吗！甚么游民无业？彼等既是游民，又怎能有心思开荒？”当下，便急召廷尉邹育入见。

邹育进了宫，揖过刘邦，不知又要处置甚么人，心中只是忐忑。

刘邦问道：“你斩了彭越，夜半可有彭王阴魂索命？”

邹育不知此话是何意，遂答道：“汉家天下，阳气冲天，岂有阴魂敢作祟？”

“那好，你既斩彭越，当是百鬼不侵了。今又有头等功臣触刑律，着你立即拿下。”

“是何人斗胆？”

“萧相国受贿，着你将他拿下，械系入狱，听候处置。”

邹育当即面如土色，口齿结巴："这，这……这如何使得？"

刘邦便高声叱道："彭王无辜，你尚且能问出罪来，相国如何就动不得？"

邹育闻刘邦提起彭王事，心中一凛，又不敢反驳，只得辩解道："那相国，乃百官之首也。按汉律，以下犯上乃逆伦，故下官不敢纠弹相国。"

"恐不是你怕以下犯上吧？朝中文官，皆以攀附相国而自固，上下勾结，连我的话也不大听了。"

邹育慌忙伏地，请罪道："陛下令出如山，微臣怎敢违拗？既有诏，臣这便去相国府拿人，然需赐臣符节，也好持节捕人，否则便是造反了。"

"你造反，也强于相国造反！今日他敢受贿，我死后，他就定要造反了。我赐你符节，你尽管去，只拿相国一人，不得惊扰他眷属。"

邹育这才松了口气，领了符节退下。回到廷尉府后，立时布置下去，移文中尉衙署，请丙猜遣兵卒一队，将相府大街净街，执戟警戒。待安排妥帖，即率廷尉府吏员百余人，浩浩荡荡开往相府。

那相府守门的司阍，早察觉风声不对，通报了长史萧逢时。萧逢时出门来看，但见兵卒林立，街上无一闲散行人，还当是皇帝即将驾临，连忙奔告萧何。

萧何正在书房闭目养神，闻报，微微一笑："陛下岂能来相府？你只管守住门，非陛下，天王老子亦不许进。"

少顷，邹育率百余名掾吏，来至相府门前，下得车来，望了一眼门楣，撩衣便要进。萧逢时识得邹育，情知有异，挺身挡在了门前，赔笑道："小臣为相府长史萧逢时。邹公有何事？容我通报。"

"奉上谕，面见相国。"

"上谕何在？可否出示？"

那邹育并非沛县旧部，与萧逢时并不熟，只道："我奉上命，会办公事。无须长史你通报，请借过。"

那萧逢时资历甚深，远胜于灌婴、王陵等辈，哪里将一个新任廷尉放在眼里？闻听此言，不由火起，断然道："此地为相国府，不经通报，百官皆不得入。"

邹育便将符节一举:“奉上命,何人敢阻?”

萧逢时见是错金龙符,知道来头不小,心中便暗自叫苦,却仍是嘴硬道:“廷尉一人请入内,其余人等,可在廊下等候。”

邹育不禁大怒:“一个长史,敢阻九卿乎?来人,与我拿下!”

左右吏员闻命,一拥而上,将萧逢时按倒在地,一把绳索捆了。相府内属吏见了,不由大惊,都掣出剑来,一齐冲出大门,将邹育等一众官差逼住。

邹育怒喝道:“阻拦公务,是要造反吗?”

众相府属吏登时大哗:“擅闯相府,尔等才是造反!”

那些警戒的禁军见了,亦满面惊惶,不知该助哪一边,只是呆立观望。

正僵持间,萧何闻声出来,对属员喝道:“不得放肆!”又向邹育一揖,“不知邹公驾临,恕老臣失礼。”

那邹育已知相国府厉害,也无心周旋,当即口传上谕:“奉上谕:相国干犯禁令,收了商贾之贿,着提至廷尉府问话。”

萧何闻言,脸色一变,忽想起查抄淮阴侯府情景,将头一昂,问道:“可要抄家?”

邹育连忙道:“哪里?相国多虑了。有令,仅提相国一人,无涉眷属。臣下职分在身,有所冒犯,万望宽恕。”说罢,向后一使眼色,众属吏就要上前拿人。

萧何冷冷一笑:“且慢!廷尉府是何衙门?”

邹育道:“奉上命执法。”

“既然执法,可知汉律?我乃汉家相国,一人之下,万人之上。有罪过,请御史台先行弹劾,罢职后,才轮到你廷尉府拿人。你那些爪牙,请闪避,我随你去就是了。”

邹育正要称谢,忽闻萧何又道:“将我那长史放开!彼为沛县人,君上也不敢如此待他。”

邹育也知萧府之人绝非寻常,这面子定然要给,于是一笑:“好说,放人!请相国上车。”

一行人遂押着萧何,转了几条街,来至诏狱。萧何望见诏狱大门,便微微吃惊:

"邹公,来此处何干?"

邹育也不答话,跳下车来,一声断喝:"来人,将罪臣萧何拿下,枷锁伺候!"

众公差立时扑上来,褫去萧何衣冠,将一个二十斤重的枷,套在萧何头上,又将锁链缚住双腿。

萧何也不挣扎,只仰首叹道:"我今日便是商鞅了,作法而自毙!只不知,堂堂汉律何在?"

邹育适才受了萧逢时顶撞,也正气闷,便道:"相国今日才知汉律?若早知汉律,为何要强买民田?"

"为买田事,何至于下狱?"

"相国,非为下狱也,且械系于此,听候处分。吃喝用度,尽管令家臣送来,本衙决不刁难。"说罢,便唤来狱令,教他调来两个犯官,与萧何同室,以便伺候。

狱令此生,从未见过如许高官入狱,也不知该如何处置,便将萧何当作了死刑犯,令同室犯官昼夜看守,吃喝便溺,有人从旁协助。家眷探监,只许送物品吃食,决不允私会。

一连关了数日,并无人来提审。那狱令每日来巡视,颐指气使。因平日威风惯了,也将萧何叱来喝去。

萧何左思右想,只觉得如同梦寐:二十年勤谨奉公,竟落得形同死囚。一日,那狱令吼得凶了,萧何不由便怒:"差爷,此地唯你为大,固然不错;然我仍是相国,并未夺爵。"

那狱令便冷笑:"进了诏狱,便不是相国;何日你回庙堂,才是相国。此时欲得善待嘛——请交钱来。"

"大胆!你竟敢公然索贿?"

"相国以受贿罪名入狱,心中应有数,这算得甚么?"

"呜呼!汉家废秦法,是为利民,非为方便你等小吏索贿。"

"既废秦法,索贿便不至死,不死还怕个甚?我又不是傻瓜。如此苦差,若不索贿,谁还情愿来做?"

萧何掂量此话,似无从驳斥,也只能无语。默默看了十余日,只觉诏狱之黑幕,深不可测,各种徇私枉法事,关节重重。不由便叹:“前朝之时,我亦掌县狱,只道秦法严苛,不似人间。岂知今日诏狱,黑幕竟甚于秦时!既如此,我辈舍命建立新朝,又是何苦?”

同囚室两个犯官,急忙掩萧何之口,劝道:“相国慎言,此地不比朝堂。无罪的彭王,都问成了谋逆,况你相国乎?”

萧何闻言,面露惨笑,唯有叹息而已。

如此半月过去,朝中百官闻相国系狱,无不骇然。却又不知罪名为何,故不敢上疏为萧何缓颊,唯恐沾上那谋反罪。府中掾吏因惧怕株连,几日里便逃去大半。唯萧逢时独自一人,东求西拜。却不料,群臣中平素最恭谨者,多变了脸,或敷衍或冷脸,一派炎凉之态。

当此际,有名唤王纯者,新接了郦商为卫尉,为萧相国大感不平。这日巡视路过诏狱,便唤来狱令,吩咐道:“我要见相国。”

狱令回道:“请王卫尉出示符节,我去提人出来。”

王卫尉怒道:“当我是何人?若须我出示符节,你离灭门便也不远了!”

那狱令害怕,连忙去提了萧何出来。

王卫尉见萧何蓬头跣足,面无人色,不由得心痛,连忙扶他坐下,问道:“相国,外面盛传相国系狱,却不知罪名,都惊骇万分。只不知相国犯了何罪,竟致陛下暴怒?”

萧何只是摇头:“不知。只知我曾上疏,请准游民入上林苑垦荒,陛下便斥我受商贾之贿,实是冤枉。”

“再无他事?”

“我留守关中,王卫尉昔日常与我相见,我还能有何事?”

王卫尉便颔首道:“我知矣。”当下唤来狱令,塞了几吊铜钱过去,嘱他不可怠慢相国。

数日后,恰逢王卫尉侍驾,见刘邦与群臣议事毕,便不等散朝,上前发问道:“相国有何大罪,竟遭陛下严惩?"

刘邦不意有这一问,当着群臣之面,又不好发怒,只道:"吾闻李斯为秦始皇丞相,有善归于主,有恶归于己。今萧何受商贾之贿,为其请上林苑地,与民开荒,以此笼络民心,意在陷我于不义,故而囚系之。"

众臣面面相觑,这才知萧何被系缘由。

那王卫尉有备而来,当即回禀道:"所请若便于民,当请之,此乃宰相职分,陛下如何就疑相国受商贾之贿?说到相国受贿,岂非玩笑?陛下数年在外,与楚军相持,后陈豨、英布反,陛下又自率大军征讨;当是时,相国留守关中,若有异心,只须稍一跷足,关西一带便非陛下所有。然相国却不曾有私,遣子弟从军,出私财助饷,使我关中固若金汤。相国不在那时谋乱,以取大利,反倒贪图商贾区区贿赂乎?想那秦末,以拒不纳谏而亡天下,此乃李斯之过也,李斯又何足效法哉?陛下疑相国,持理何其浅也!"

刘邦闻此番话,自知理亏,然当着群臣之面,又不愿认错,只得拉下脸来道:"王卫尉,所言我已知,你可退下。满朝文武,无一人言此事,你贵为九卿,反来多言,也不怕人说是萧氏党羽乎?"

"党羽,亦有荣辱之别。能为萧党,荣莫大焉!"

刘邦闻言,甚惊愕,直视王卫尉良久,方转身离去。

当日,刘邦便召王恬启、王陵进殿,温言道:"汉家立朝,二位有大功,然不得封王,皆各有因,也不必挂怀。老臣之中,我只信你两位。今日召入,乃有重任,请做我使者,赴诏狱开释萧相国。"

二人闻命,皆感惊异。王恬启大惑道:"释相国,乃天经地义事,由狱令宣谕即可,何用我二人出面?"

刘邦摇头道:"相国在狱中,必遭狱令折辱。狱令宣谕,他不出,则朝野震动,反倒是我下不得台阶了。"

二人这才领会,于是衔命而出。至诏狱,出示错金符节,声称开释相国。狱令闻命脸色大变,不敢怠慢,连忙提了萧何出来。

萧何见两位老臣至，叹了口气："陛下赦我了？若非你二位来，我便不出，宁愿死于这诏狱。"

王陵连忙劝慰："相国息怒。季兄已老，作好作歹，我等也奈何不得，且忍一时。"

王恬启亦道："近岁以来，今上行事，臣下多有不解。然他若不容我辈，则天下还有何人可容？"

萧何闻言，不禁老泪纵横，闭目无语，任由狱卒卸下枷锁。

待卸去枷锁，两人见萧何足踝已肿、步履蹒跚，都唏嘘连声，忙命狱卒拿了干净衣物来，要与萧何换上。萧何摆手道："不必，主上如何落子，便须如何收子。我就这般模样去觐见，二位无须操心。"说罢，便蓬头跣足，缓缓步出诏狱。

王恬启、王陵奈何不得，只得随在后面，扶萧何上车。

上得车来，萧何回望狱门，见那狱令正惶悚伏地，满头冒汗，便笑道："狱令不必惊慌。我自入狱，方有所悟：若无油水可捞，如何教小吏卖命？秦时法度严苛，狱吏无利可图，焉能不放走刑徒？故而陈胜王、汉沛公，皆由擅放刑徒而起事。故而法至严，则无徒；法有隙，得长久。此理，只是上不得台面而已。你尽管照旧吧，我决不追究。"

狱令闻罢此言，几乎吓瘫，连连叩头如捣蒜。萧何也不理会，只喊了一声"走"，教那御者启行。

不多时，车至北阙，二人于左右搀扶，萧何跣足上殿，恭恭敬敬揖谢刘邦。

刘邦见了，面红耳赤，俄而又嘻嘻一笑，道："相国休得如此，这是要折杀我！相国为民请上林苑，我不许，错便在我。我为桀纣之主，相国乃贤相也。天下人皆知是非，我必令天下知皇帝也有错，今械系相国，实为自曝我之过错也！"

萧何心知刘邦狡辩，然亦无心剖白，只道："多谢陛下，仅用了二十斤枷。若用三十斤枷，那便要假戏真做了，老臣恐活不到今日告谢。"

刘邦大窘，连忙道："那是那是！君臣事，权当做戏好了。这便请相国回府将养，所有公务，由掾属自行处置，你病愈之前，可无须再问。"

两大臣又送萧何返归相府，萧逢时在府门迎上，拽住萧何大哭，要与邹育去拼命。萧何严词制止，又朝两大臣一揖，请二人自回。至府中，从此不问公事，终日寡言呆坐，若泥塑一般。

刘邦自此后，待萧何倒也平常，君臣间便再也无事。

春正月，刘邦箭创复发，疼痛难忍，竟不能视事，只觉自己来日无多了，索性便搬去了长信殿，由戚夫人侍寝。

卧于榻上，想起与项王苦战数年，从未有过如此巨创。此等惨痛，或是上天示警：勿逼人太甚？想到韩信、彭越、陈狶、英布等诸人，都曾是手足一般，音容笑貌，宛然若生，如今皆成骷髅矣，刘邦便心有不安。然又想到刘盈、如意、刘长等辈，皆是孩童，若留了枭雄父执辈在世上，则自己死后，何人可助少主？今日逼迫异姓王死，或是太过，然则为子孙后代计，想来上天也能宽恕。

如此卧了几日，刘邦只翻来覆去想：汉家究竟能有几多寿数？忽想起那先秦六国，无庙无祀，已湮灭多年，不由起了惺惺相惜之意。隔日，便有“守冢令”下，曰：“秦、楚、魏、齐、赵及信陵君等，皆无后。今为秦始皇立守冢编户二十家，楚、齐、魏、赵各十家五家不等，令其四时致祭，不得有他图。”

过了几日，又恐天下物议，说汉家容不得异姓王，便下诏曰：“南越世家织，守土有功，立为南海王。”

自定陶会盟之后，新封异姓王，此乃绝无仅有的一个。这南海王，原为闽越国之南武侯，封邑在南武（今福建省武平市）。闽越一带，为未开化之境，你不封给人家，刘氏子弟也无人愿去那蛮荒之地，索性便做了个顺水人情。

忙罢这些，刘邦胸前箭创，又一日日沉重起来，竟是夜夜呻吟，难以入眠。戚夫人侍寝在侧，见此越发忧心，便朝夕进言道：“陛下，箭创如此，你如何保得我母子平安？”

说得多了，刘邦不由烦躁，叹口气道：“若要我除去皇后，如杀鸡狗耳。然朝中勋臣列侯，半为吕氏故旧。我若杀皇后，立你为后，则我今日宾天，明日你母子便休想活命。唯有废太子，将如意扶上皇嗣位，求得正名，方能保你母子平安。”

“然你万岁之后，还不是一样？”

“哪里话！如意若做了太子，便是我钦定，中外瞩望，还有何人敢反？”

戚夫人听明白了道理，心中便喜，催刘邦立下诏令。刘邦想想，将心一横，便发了“易储令”下去，旧事重提，再议太子废立，命诸臣择贤者报来，不得敷衍。

张良此时，正为太子少傅，每日旁事不问，专教太子读书。忽闻易储令下，不由大惊，连忙入长信殿谒见，力陈不可换太子。

刘邦于榻上懒懒道：“吾之家事，子房兄请勿多言。”

“此乃社稷事。”

“社稷事，也就是刘家事。自古疏不间亲，子房兄应比我明理。”

张良自投汉以来，为刘邦谋臣，所谋无不被采信，不料今日谏言，与君上竟势同水火，心头不由大沮。稍后，便抱病不出，不再去教太子了。

那叔孙通单独教了数日，才发觉有异；四下里打探，才知又要换太子了，不禁恼怒。授课毕，便闯进长信殿去，伏于地，叩头似山响。

刘邦大惊：“好了好了！夫子这是为何？”

叔孙通道：“昔日秦始皇昏聩，不早立长子扶苏，偏私幼子胡亥，遂致祸乱天下，终于灭族亡祀。这一节，陛下曾亲历，恐记忆犹新。若始皇当初早立扶苏，则陛下今日仍是亭长，何来此番天下？我投汉以来，陪太子读书，已有十余年。唯见太子仁厚，人品无瑕，天下人都知太子大贤，陛下若为戚夫人故，欲废长立幼，臣以为万万不可。”

刘邦不为所动，只道：“废立乃廷臣之事，非东宫属官所应与闻。夫子既定礼仪，当知此理。你下去吧。”

叔孙通不服，亢声道：“废立乃天下事，臣如何不能与闻？若太子无端被废，便是汉家不如故秦，一世便礼崩乐坏！皇后与陛下同甘共苦，在芒砀山立有大功，陛下又怎忍背弃？臣有言在先，何日废立诏书下，臣便请伏诛，即是颈血涂地，亦绝不遵命。”

“好了好了！夫子越说越难听，你要胁迫天子吗？且退下，容我细思。”

叔孙通走后，刘邦也甚感踌躇，明白了欲废太子这事，绝非一道诏书便可。眼见得“易储令”发下已有数日，群臣却毫无动静，并无一个推荐奏疏上来，显见是人人不赞同。此次群臣抗命，实为前所未有，若群臣不推荐，则皇帝便无由册封新太子，所谓易储之议，便徒然贻笑天下了。

想到此，刘邦便觉头痛——皇帝竟也有做不成的事！一个腐儒叔孙通，尚且敢扬言尸谏，那周勃、夏侯婴、灌婴、王陵、郦商等人若一起闹起来，岂不更是尴尬？即是旧部勉强同意，则又将陷如意母子于险境，自家撒手后，还不知如何收场？

想来想去，忽而想到了一计：不如谎称箭创已愈，置酒宫中，召太子刘盈来侍酒。于酒席间，父子私聊，劝刘盈自己让贤，岂不是好？

当下，便发了一道召宴谕令，传至东宫。刘盈闻令，急忙报与吕后。吕后闻听，心中大惑，不知刘邦为何事宴请太子；于是也顾不得许多了，急遣人请张良来问计。

张良来至椒房殿，甫一坐下，吕后便泪落如雨，哀哀道：“留侯救我母子！”遂将刘邦邀太子赴宴一事相告。

张良闻罢，大感惊异：“莫非，陛下要逼太子退位？”

“退位？”吕后一怔，立即醒悟，不由号啕大哭：“我母子死到临头了！如何是好呀？”

张良想想，断然道：“可请商山四皓相随。”

吕后拭泪问道：“四皓？那些老匹夫有何用？”

“唯有一试。若不成，臣也陪叔孙通去死！”

吕后将信将疑，命审食其速往吕泽府中，去迎四皓入宫。

张良便劝慰道：“皇后勿急，请用臣之计，或有奇效。请太子自今日起，与四皓昼夜不离。”

待得四皓步入殿中，唯见各个白须飘然，果然气度不凡。吕后见了，心头略安，连忙道了个万福，赔笑道：“四位长者，吾儿性命，便相托了。”

四老者回揖谢过，其中东园公便道：“老朽无能，唯有年纪一把，忝为太子仆从，谅无人敢于轻忽。”

吕后拭去泪，点了点头，一面便紧紧抱住刘盈。

设宴这日，刘邦命人在殿上拉了些帷幕，重重叠叠，不令外人进入，便打发涓人去请太子。

少顷，刘盈应召而来，刘邦抬头看去，只见宫女撩开帷幕，刘盈当先缓缓而入，行了伏拜礼；后面还有四人跟进，却是笼袖而立，不礼不赞。细看，原是四位长者，须发皆白，貌皆俨然。

刘邦大惊："这是何人？"

刘盈答道："儿臣之师。"

"尊姓？"

四人便挨个上前，施礼报名。刚报过两个，刘邦便又一惊："甚么？四老乃商山四皓？朕欲求四位下山，然多年而不得，分明是瞧我不起，却如何愿为竖子之仆？"

东园公一揖道："陛下无学，喜谩骂文士；臣等不愿受辱，故不应召。"

"那太子倒强于我了吗？"

"太子仁孝，善待文士，天下都慕其美名，人人愿为太子效死。故我等不辞辛劳，出山辅佐太子。"

刘邦便笑："甚么太子？竖子！尔等所说，似不是吾儿，倒像是位圣人了。罢罢，旁观者所见，或许是实。四老请不必客气，且坐下，吾与尔等同饮。"

四皓却不坐，只轮流上前，向刘邦敬酒。敬罢，亦不饮，侍立于太子身后，毕恭毕敬。

刘邦本想与刘盈说些私房话，见此情景，倒说不出甚么了。饮了几巡，终觉意兴寡淡，便道："有四老辅佐，太子将来不致失德；也好，就劳烦公等始终护佑太子。今日，诸公与太子便回吧。"

刘盈应命而起，行礼告辞；四皓也略略一揖，紧随刘盈之后而出。

刘邦呆望了片刻，急唤戚夫人出来，指着四皓背影道："本欲与太子言废立事，然太子已得四老辅佐，羽翼已成，天下瞩望，势难拔矣！"

戚夫人望去，看得一清二楚，不由便泣下。

刘邦见戚夫人无助之状，亦是悲抑莫名。长叹一声，吩咐道：“你且为我作楚舞，我为你作楚歌。”

戚夫人含泪从命，于茵席上回旋作舞，长袖飘飘。刘邦倚栏观之，一面便击掌歌曰：

鸿鹄①高飞，一举千里。
羽翮已就，横绝四海。
横绝四海，当可奈何？
虽有矰缴，尚安所施？

此曲乃是说：太子羽翼已成，高飞万里，我手中虽有弓箭，却不知往何处可射？

如此反复歌吟，再三再四，声愈凄凉，竟有些哽咽了。戚夫人闻听歌词，触动心事，旋又泪流满面，竟至舞步紊乱，索性停了下来，委地痛哭。

刘邦也不去扶，自顾流泪不止。转身凭栏望去，见二月早春，草色渐绿，然能否见到秋之黄叶，尚在未定之数，便觉这人间事，何其难料也！想自己贵为天子，既不能护佑爱姬，也不能传位于爱子，生无宁日，死亦纠结，还不如美髯客无家无累的好。

自此之后，刘邦每日愁眉紧锁，寡言无神。有时半日不发一言，有时则喃喃自语：“怎生了得？怎生了得？”叹息无数，然亦无计可施。宦者婢女见了，也陪着心伤，私下里说起，竟无一人羡慕这皇家人伦的。

废立之事，就此无人再提起。群臣见刘邦终于死心，都长出一口气，暗自庆幸。

且说周勃早前平定了代郡，应刘邦召，与樊哙分头班师回朝。周勃先至，闻主上病笃，慌忙入宫，直奔长信殿。至榻前，见刘邦已不能坐起，不禁便泣下。

刘邦闻周勃饮泣之声，睁开眼，便是一喜，伸出枯瘦的手掌来。周勃忙执起刘

① 鸿鹄（hú），即天鹅。古人常以之喻志向远大者。

邦之手，道："陛下，臣周勃复命，代郡、雁门、云中等郡，胡尘尽散，再无半个叛众了。"

刘邦喘息有顷，勉强一笑："壮哉！绛侯……我今已到寿限，英布那竖子正唤我，我将去了。汉家山河安否，有赖君矣。"

周勃顿时泪下如雨："陛下戏言了！万年尚早，汉家不可一日无陛下。"

刘邦摇头道："生也有涯，不必说那些虚言了。今春以来，我每夜辗转，只不能安睡。唯觉太子懦弱，恐又是一个秦二世。委实不愿抱此憾而离世，于地下见我汉家分崩。"

"有臣在，必不致此！"

刘邦微笑颔首道："丰沛旧人，到底是心腹。"

周勃闻言，脸色忽地就一沉。

刘邦虽病重，却十分警觉，急问道："何事？"

周勃迟疑片刻，方答道："臣扫灭陈豨，其裨将纷纷来降，有曰：卢绾曾遣使通陈豨，与之谋。"

"哦？卢绾？他与吾乃总角之交，自幼亲爱无间，今居燕六年，不闻有异，恐不至于谋反，或是降将为求活命而诬之？"

"降将供述，言之凿凿，说那燕使名唤范齐，常驻陈豨大营，陈豨左右无人不识。"

"便是如此，也不可轻信。异姓诸侯凋落至此，唯余长沙、燕王两人，若燕王亦反，我岂不成了无德之君？又如何向天下交代？"

"臣亦不愿轻信，然……"

"休要说了！卢绾少时，行鼠窃狗偷事，皆不敢瞒我。待我遣使赴燕，传召他回朝，我当面来问。"

当日，典客衙署便遣使者入燕，向卢绾传旨道："君上有话要问，请燕王速回朝。"

那卢绾闻刘邦传召，脊背上便汗湿了一片，应不应召，踌躇难决。在殿上敷衍了使者两句，便请使者暂回馆驿，改日再说。

这一晚，卢绾于灯下独坐，权衡再三，仍难以定夺。原来，他与陈豨通谋，果有其事！其前因后果，说来话长。

当初陈豨谋反，欲借匈奴之力，便遣了部将王黄入匈奴借兵。可巧，时值白登山解围不久，汉匈两家正在和亲，冒顿不愿背约，故不肯借兵。

其时，卢绾已获刘邦谕令，正要南下征讨陈豨，闻陈豨求助于匈奴，便急派属臣张胜赴匈奴劝阻，嘱张胜告诫冒顿："陈豨败亡，指日可待，单于万万不可相助。"

岂料张胜出使途中，偏巧遇见了臧荼之子臧衍。张胜早先为臧荼属下，与臧衍颇为相熟，两人就在路旁攀谈起来。

当年臧荼兵败，臧衍逃至匈奴，好歹保下一条命来，遂与汉家结下如海深仇。此时便对张胜道："汉帝乃捉盗吏出身，性本多疑，自登基以来，以猜忌功臣为乐，今日杀一个，明日逐一个，吾父迄今仍生死不明。还有那韩王信投敌、韩信伏诛，皆因他多疑所致。照此看来，你那主公又侥幸能活乎？不如劝说燕王连结匈奴，暗助陈豨。待汉帝有朝一日与燕王反目，陈豨也好从旁助燕王。"

张胜听了这番言辞，甚觉有理，竟然自作主张，见了冒顿，便鼓起如簧之舌，力劝匈奴出兵助陈豨。那冒顿娶了汉家公主，早已闻知是赝品，心中本就不悦，被张胜一激，不由大怒："中原自刘邦出，便无一句真话，连公主都有假，况乎百年结盟耶？"于是发兵犯代境，力助陈豨。

卢绾惊闻匈奴背约，遣胡骑犯境，恼恨张胜有辱使命。待张胜返国，不由分说，便将张胜拿下，要开刀问斩。

张胜被刀斧手缚住，却只笑道："大王之功，难道高过韩信吗？"

"妄言！那韩信是何人？孤王又是何人？如何能相比？"

"以故里而论，大王与汉帝近；然以灭楚之功而论，则韩信与汉帝之近，则无人可及。如今近者已诛，远者尚未诛；非为不诛，乃一时无暇诛耳。"

"我与汉帝，乃总角之友，他岂能忍心诛杀我？"

"昔日在鸿沟，父将烹，却还能嬉笑如常。有此心肠者，何人不忍心杀！"

卢绾当下语塞，想想张胜言之有理，便教左右为他松了绑，令他归家待罪。自己则关起门来，苦思对策。

不数日，张胜又强闯入宫禁，大呼道："来日若有汉使一人，率数名兵卒，便可索去大王头颅。大王有十万雄兵，却不知该当何用！"

一句话，点醒了卢绾，转念一想，便赦免了张胜，仍派他去匈奴为使，随时通消息。又遣属臣范齐赴代郡，常驻陈豨大营中，以示应援。不料，陈豨自叛后，未见有甚奇谋，却屡出昏招，一败再败，将一盘好棋下成了臭棋，终在当城败亡。范齐侥幸脱逃，奔回蓟城，向卢绾复命。卢绾闻他禀报，叹息连连，只怪自己眼盲，将赌注押错了。

正私心庆幸此事外人不知，便忽有汉使来召，卢绾哪里还敢回朝？次日，汉使又上殿来催，卢绾口中应诺，缓缓起身，却一个趔趄，"啊呀"一声摔倒在殿上。左右连忙上前扶起，搀他进了寝宫，跟着便传出话来："燕王抱病，不能回朝了。"

汉使呆立在殿上，心中暗笑："这倡优之戏，演得未免太假了些。"于是也不勉强，自回长安复命去了。

待汉使回朝，将所见禀报，刘邦仍不信卢绾有异心，不欲讨伐，只唤来辟阳侯审食其、御史大夫赵尧，吩咐道："你二人，位高而功小，朝臣久有非议，今日可建大功也！即日便请赴燕，查探卢绾病情虚实，迎卢绾回朝，勿为汉家留后患。此去燕都，安危或有难料，须多留意。"

审食其、赵尧知君上所托甚重，都不敢推辞，互望一眼，便慨然领命。

旬日之后，两人驰入燕都蓟城。卢绾闻之，大起恐慌，忙遣典客迎住二人，只说是燕王重病未愈，不便召见，务请上使多候几日。

两人便入馆驿住下，候了几日，仍不得要领，便通告典客，要往燕王宫中探病。典客亦无措，只是巧言推托。审食其、赵尧也不便用强，只好借机盘问燕王左右，查验与陈豨通谋之事。

那些燕王左右，或有见苗头不对的，便将内情和盘托出，赵尧一一录下口供，备案不提。卢绾闻之，越发惶急，索性搬出宫去，在范齐家中躲了起来，连属臣也遍寻不着。

如此数日，范齐以为大不妥，劝卢绾召见汉使，务必辩白。卢绾叹道："非刘氏而王者，今唯余我与长沙王了……"

范齐道："还有南越王、南海王。"

"嗤！南蛮番邦，那算得甚么王？摆设而已。环顾海内诸王，韩信受族诛，彭越遭烹杀，皆为吕后之计。吾闻今上已抱病不起，不理朝政，诸事专任吕后，就更不得了！此妇彪悍，专以细故诛杀功臣，显是以杀人立威，为太子张目。我若还朝，正入此妇罗网，以我一世功名，为悍妇幼主垫脚，岂不冤哉！"

"然……两位汉使在此，如何打发才好？"

"还打发个甚？就说病重，随他去吧。"

自此，蓟城中便散漫无主，相府、城衙等众官，都察觉大事不妙，纷纷逃匿。燕境内六郡乱成一团，已呈分崩之势，

审食其、赵尧见卢绾死活不出，亦是无奈，商议了半日，唯恐燕地乱起，连命都难保了，便不再痴等，收拾了行囊出城，回朝复命去了。

春二月末，两人返回长安。至刘邦榻前，赵尧出示了燕臣口供，具述卢绾反状，称已确凿无疑。

刘邦知赵尧善断案，所探必不虚，不由大怒："卢绾果然是反了！"

正巧樊哙率部自代郡返回，刘邦便唤来他，吩咐道："如今萧相国抱病，已不能视事，朕加你为相国，点起十万人马，征讨卢绾，务要提他人头回来。"

樊哙骤然位至万人之上，心中虽暗喜，然亦不愿担此恶名，便道："卢绾，是幼时总角之交的兄弟，欲拿他人头，教我如何下得手去？不若绑回他便罢。"

"你不下手，他便下手！此贼不死，来日你侄儿天下，如何能坐稳？今日发兵，我就要见他人头。"

樊哙只得领命而退，赴相国府视事。不数日，便发近畿及关中兵十万，自领将军，浩浩荡荡出关，往燕都去了。

当日刘邦召见樊哙，赵尧正在殿上，立于侧旁一语未发。待樊哙退下后，刘邦

对赵尧道："萧相国不视事，樊哙出征，你这御史大夫，便是个副丞相，朝中诸事，不可大意。"

赵尧心中惶惶，竟有末世之感，应命之后，甚感不安。回到御史台，彻夜未归家中，将朝中大事颠来倒去思量，天明时，毅然挥毫，写了一道密奏，递进宫去。

刘邦一夜未睡好，天将明时，正要瞌睡，忽有涓人呈上火急密奏。拆开一看，竟是赵尧举发樊哙欲行不轨！刘邦浑身一激，不由坐起，细读那密奏："臣闻樊哙与吕氏结党，谋于帷幄，只待今上一日晏驾，即发兵尽诛戚氏、赵王，欲阖门杀绝，不留遗孑。"

刘邦大口喘息，怒拍卧榻道："樊哙见我病，望我死也！"

众涓人皆惊，以为君上已陷入谵妄，忙为刘邦额上敷冰水。

刘邦愤而推开涓人，大叫道："果然果然！这屠夫之心，果然不正。唤陈平来，速唤陈平来！"

陈平闻召，急入长信殿，正要问候，刘邦便急命道："速驾车，载绛侯周勃赴军中，将樊哙那狗捉住，就地砍头。命周勃代将军，你携樊哙人头回朝，我要亲见。"

陈平听了，目瞪口呆："陛下，朝中老臣，所余已无几个了。"

"教你杀，你就杀！你不杀樊哙，明日他就杀如意……"说到此，刘邦觉胸前剧痛难忍，如万箭穿心，撑持不住，竟一头栽倒在榻边。

陈平慌忙上前扶住，急唤御医孔何伤前来。

孔何伤已数月不能安眠，形销骨立，颠倒衣履，闻声连忙冲了进来。

陈平乍见御医之貌，大惊道："孔太医，你这副模样，似不久于人世，如何能治得好陛下？"

孔何伤也不理会，只管为刘邦熬汤灌药。

良久，刘邦才复苏过来，喘息道："陈平兄，汉家多难，既这般多难，又如何能兴？传百世，岂不是说梦？我只问，你究竟能不能斩樊哙？"

陈平大惧，忙答道："能斩，能斩！请赐予虎符。"

刘邦便于怀中，摸出个错金龙凤符来，道："此符，乃至尊之符，可调卫尉之兵，向为我护身之符。你且拿去,即便有十个樊哙,也不敢抗命。”

“诺。”陈平接过符节,便要退下。

“且慢!拿笔砚来。出师讨逆,不可无名。我口说,你且拟诏。”

刘邦强撑坐起,缓缓口述谕旨,陈平持简牍记下,诏曰:

燕王卢绾系我故人,爱之如兄弟,近闻与陈豨通谋,吾以为无有此事,故遣使者迎卢绾回朝询问。卢绾托病不回,反迹明矣。燕吏民未与谋者,凡六百石以上吏员,各加爵一级,以示嘉勉。与卢绾同谋者,凡来归,则赦免,亦加爵一级。废卢绾燕王号,应长沙王吴臣等所请,立皇子刘建为燕王,嗣后就国。

书毕,刘邦哀叹道:“一王反,二王反,尚可说是其心不正;然诸王皆反,莫逆之交亦反,后世将如何看我?”

陈平道:“陛下勿多虑。君王在上,若无人反,便是庸主,家国之祚也必不久。”

刘邦便惨笑:“你就是赢在了一张嘴上,且去吧。”

陈平领命而出,即回府中,将战袍寻出,披挂整齐,驾车直奔绛侯府。叩门唤出周勃来,不由分说,拉他上了车,便急往东门而出。

周勃惶然不知所以,于车上数次发问,陈平只顾驱车,也不答话。周勃愈急,惊道:“中尉,你不是也要叛汉吧?”

陈平回首苦笑,手上缰绳缓了一缓,这才将刘邦谕旨详尽转述。周勃闻罢,脸色大变:“中尉,樊哙乃至尊外戚,若陛下万岁之后,你我如何向皇后交代?”

陈平便道:“将军所虑,也正是我之所忧。然上命紧迫,我又怎敢抗命?”

“君上龙体如何?”

陈平便沉默不语。

周勃又道:“樊哙,重臣也,杀之不祥。”

陈平一叹,便将心中忧虑道出:“唯其权重,便成碍目之物,不杀他杀谁?然杀之,明日太子继位,吕后必取你我之头颅,君上又不能起于地下,为你我担待。如若不杀樊哙,则君上怪罪下来,你我亦成樊哙同谋,势难保命。”

“唉!征战半生,竟然唯求保命,倒不如当年织席去了,好歹无性命之忧。”

“周兄,建功立业,恰似累卵,吾辈又能奈何?”

周勃想想,满面便涨红:“中尉,你我抗命难活,遵命亦难活,横直是不让人活了。”

陈平道:“樊哙,亲贵也,绝杀不得!且拖延行程,陛下之箭创近日复发,或许……”说到此,话头忽戛然而止。

周勃不解,望住陈平半晌,方才会意,心中不由大骇。继而想想,也只得叹气道:“遵中尉之意,便如此吧。”

两人走走停停,旬日才赶上大军。陈平高举龙凤符,自报身份,喝开了卫卒,驾车驰入军营。樊哙闻报,急忙率诸将迎出。诸将见护军中尉与绛侯至,以为是朝中添将,都欢呼起来,簇拥二人进了大帐。

陈平见人多杂乱,生怕有变,便高声道:“君上有密令,交付樊相国,其余诸人请回避。”

诸将闻言,知事关重大,连忙退出大帐。

陈平便对樊哙道:“樊哙兄,请卸甲摘剑,接旨。”

樊哙心中不情愿,嗔怪道:“今日乃何日,怎的如此郑重?”便卸去戎装,躬身听命。

陈平向周勃一使眼色,周勃便拔剑在手,对帐中卫卒道:“你等听护军中尉之命。”

卫卒都齐声唱喏,叉手肃立。

陈平便道:“今上有谕令,相国樊哙,与吕氏图谋不轨,实为大逆,着即拿下。”

樊哙大出意外,便要跳起。周勃大喝一声:“卫卒,动手!”

众卫卒怔了一怔,即一拥而上,将樊哙按住。

樊哙大怒,破口骂道:“盗嫂之徒,竟杀到自家人头上了!”

周勃喝道:“闭口!有上命:擒拿樊哙,于军中当即斩杀。若非中尉做主,我这剑便要砍下了。”

樊哙望望陈平，恨恨道：“自古疏不间亲，今日，却是连襟也要相杀了！”

陈平便道：“多言也无益，请相国随我回朝。将军之事，交绛侯代行。”

樊哙长叹一声：“事已至此，便由中尉吧。”

陈平即一甩衣袖，吩咐众卫卒道：“绑了！”

待绳索缚好，樊哙泪流不止，向陈平点点头道：“谢陈平兄不杀。”

陈平忽又弯下腰，附樊哙之耳低语道：“且随我徐行。兄若命大，陛下或等不到你我还朝了。”

樊哙闻言一震，双目大睁，惶然不知所对。

至春三月，天已转暖，宫墙外莺飞草长，可闻仕女踏青的嬉戏声。刘邦卧于病榻，仍觉寒意入骨，自知再活不多久了，便挣扎而起，召周緤、徐厉至近前。吩咐二人搀扶，要乘车辇离开长信殿，回寝宫起居。待起身，又对二人下令道：“你二人自今日起，持剑警跸，昼夜不离我左右。有朝臣故旧来，一概不见。”

二人应命，便将刘邦扶上车辇。

那戚夫人知此去便是诀别，不由大哭，欲拖住车辇。刘邦也不理，向空中做了个斩断的手势，周緤、徐厉见此，挺剑而上，双双逼住戚夫人道：“得罪了！”便不允前行一步。

戚夫人哀哭道：“陛下，欲弃如意乎？”

刘邦倚在车辇上，似未听清，只含混道：“怎生了得，怎生了得呀……”

车辇随即疾入前殿，众宦者扶刘邦进了寝宫，周緤、徐厉仗剑守住殿门。丹陛之下，郎卫执戟林立，除御医外，其余人等概不准入。至午后，便有谕令传出，宣诸王、列侯进宫，聆听遗训。

且说赵尧掌国柄之后，即移文各诸侯，通报君上病笃，望诸王尽速赴长安应变。故而各处诸侯王，已于月前抵长安候旨。此时，便有相府掾吏分头四出，传召诸王及列侯。至日暮，诸臣已集齐，皆着素服入宫，在中庭列队等候。

这半日，长安城内，各街衢唯见车马往来，疾驰如飞。百姓于道旁望见，情知有变，都屏息敛气，不敢言笑。自秦灭六国以来，苛政兵乱无日无之。直至刘邦登基做天子，天下方有八年安宁。如今，百姓都知天子病笃，命不久矣，无不惶惶然；正如大户豪族家主濒死一般，不知来日该怎样过下去。

各王、各列侯也都心事重重，不知天子驾崩后，朝政将有何种变故，自家性命又能安然否？因而各个面色阴沉，步履迟缓。

此时，内外诸人已无由可睹天颜，寝宫内所有消息，均由一二宦者传出。

日将落，周緤忽自殿内奔出，附在赵尧耳畔，密传谕旨。

赵尧连连颔首，即高声传令，请刘肥以下诸皇子登上正殿丹陛，其余诸侯、群臣皆伏地听旨。

待诸人就位，赵尧便宣谕道："陛下有旨，今与诸侯及各功臣盟约：非刘氏不得王，非有功不得侯。不如约，天下共击之。"

诸臣闻之，皆齐声复诵；诵毕，三呼万岁。丹陛之上，诸皇子随即列队揖礼，以谢群臣。

少顷，有宦者牵来一匹白马，驻于中庭。周緤、徐厉便从丹陛疾步而下，来至白马前，徐厉接过缰绳，忽地以臂夹住马头；周緤便举剑，一剑刺破白马脖颈。白马轰然倒地，颈血喷涌。

此时，殿角有残阳余晖，正照在屋脊上，檐头鸱吻，如沐于血泊之中。白马之侧，早有宦者备好陶缶，接满血，分洒于数百酒盏中，赐予诸臣。诸臣饮下，再呼万岁。

众人盟誓毕，便分列退出；殿前虽人头攒动，却是一派肃然。

此即为有名的"白马之盟"，其典仪之盛大，震动朝野。

翌日，又有明发上谕，公告天下，诏曰：

吾立为天子，临天下，于今十二年矣。与诸位豪士、贤大夫共定天下，同安辑之。其有功者，上可至诸侯王，次为列侯，下亦可封食邑。汉家重臣，多为列侯,自聘属吏,自得财赋,佩金印,赐大宅。向日随我入蜀汉、定三秦者,虽小卒,亦世世免赋,我于天下功臣,可谓不负矣。来日如有不义者,擅自起兵,逆天而行,诸君请与天下人共讨之。此谕令,布告天下,使万民明知朕意。

此即为有名的“同安辑令”,当日便飞传四方。普天之下,尽知此谕无异于皇帝遗嘱。

白马之盟后,刘邦病愈甚,牵动旧创,越发不可收拾。吕后心急,遍寻民间,终觅得一良医,自称神医扁鹊之后。

吕后大喜,连忙将良医迎入宫中,报与刘邦知。刘邦心亦甚喜,即命召入。

那扁鹊后人已是一位鹤发老翁,摸刘邦之脉良久,只是摇头叹息。刘邦便问:“吾病如何?”

那良医道:“可治。”

此话,乃婉语也。古时医者,不敢直言君王之病不可医,故而曲意称作“可治”。刘邦一听,立刻大骂:“我以布衣起家,提三尺剑取天下,活了六十有三,此岂非天命乎? 命乃在天,莫说是扁鹊孙,就是扁鹊自来,又有何用?”

吕后亦觉无奈,便劝道:“有良医在侧,总还聊胜于无。”

刘邦道:“我不用他治疾! 赐五十斤黄金,哪里来的,随他哪里去吧。”

良医遂告罪退下,治疗之事,仍由孔何伤总揽。吕后数次私下询问:“太医,能撑两月否?”孔何伤只是摇头。

吕后知刘邦来日无多,忍了又忍,还是问起后事:“陛下百岁后,若萧相国死,谁可以代之?”

“曹参。”

“曹参之后呢?”

“王陵。然王陵少谋,陈平可以助之。陈平智谋有余,却难以独任,故而只能辅佐。此外,周勃厚重少文,然安刘氏者必周勃也,可仍令其为太尉。”

“此后呢?”

“此后？此后便非你所知了！”

吕后疑惑道：“这又为何？”

“除非……你觅得长生药。”

吕后大窘，嗔道：“将死，其言也不善！”

刘邦长出一口气，喃喃道：“天下甚好，勿弃之……”便阖上双目，眼见得说不出话来了。吕后看看，便要告退，刘邦却伸手拉住吕后衣袖，吕后会意，连忙坐下，此后便昼夜不离病榻。

如此拖到春四月廿五日，晨起，刘邦忽然睁开眼，面露欣悦，口中喃喃有词。吕后听不清，侧耳过去，方听见是在唱：“我便是我，我便是鹅……”唱了数声，眼角便流下两行清泪。

吕后正要说话，忽见刘邦手指墙壁，随着看去，原是墙上有一幅绢绘山河舆图。吕后会意，忙起身去摘下，交予刘邦。

刘邦以枯瘦之手紧紧攥住舆图，张嘴想说话，却发不出声来。吕后心急，望住刘邦。但见刘邦忽然睁大双目，费尽全身力，只吐出一个字来：“刘！”便头一歪，双目阖上，竟是溘然长逝了。

吕后吃了一惊，瘫坐于地，众宦者急忙围上去扶，殿内顿时嘈杂声大作。门外周緤、徐厉闻声，脸色猛地惨白了，急急拔出剑来，惶然相对。

此时宦者籍孺从殿内奔出，颤声道：“糟了糟了……”

徐厉浑身一颤，手中剑掉落地上，呆了一呆，忽跪地大哭道：“陛下，陛下……这怎么得了呀！”

才哭了几声，吕后忽自殿内冲出，戟指徐厉，厉声喝道：“住声！天塌了么，你就哭？”